U0115663

大唐封诊录

天雷决

先封现场，后诊死因，此为：封诊道

九滴水 作品

CMS 湖南文艺出版社
中南出版传媒 HUNAN LITERATURE AND ART PUBLISHING HOUSE

博集天卷
CS-BOOKY

序言

　　2017 年 6 月 18 日，我也是像今天一样坐在电脑前，而那天是"尸案调查科"全系列七本完结的日子（最后两本更名为《罪案调查科》）。这是一套以痕迹检验为切入点，描述如何运用鉴证科学破案的罪案小说，文笔、人物、结构等虽与专业作家的作品相比有些差距，但它还是给读者打开了新世界的大门。

　　在"尸案调查科"系列相继出版后，我开始思考一个非常重要的哲学问题——生存还是毁灭？为何这么说？因为"尸案调查科"这个系列的成书，其实是无心插柳柳成荫，我根本就没有经过任何系统的考虑，如果一直勉勉强强往下写，我写得累，读者看得更累。

　　所以，当意识到这一点后，我开始了新系列的构思。

　　细心的读者可能会发现，"尸案调查科"系列描述的是利用鉴证科学侦破现发案件，那么鉴证科学在陈年旧案上是如何被运用的呢？于是我的第一个新系列"特殊罪案调查组"便应运而生了。

　　另外，在写作的过程中，我难免要去找些资料。不知大家有没有留意过这样一个事实：任何领域都有自己的发展史。注意到这一点后，我就不由得要多想一些。

鉴证科学是从什么时候开始被我们的老祖宗运用的呢？

难道真跟影视剧里演的一样，古人破案，只会刑讯逼供？

有了这个思路，我开始疯狂翻阅史料。令我万万没想到的是，指纹检验、足迹检验、工具痕迹检验、文书笔迹检验，以及法医学、理化检验学，在上千年前就已被运用。为了证明我所说并非诳语，我专门写了一篇科普文《破案！老祖宗绝对是认真的！》附在书后。我建议大家在阅读这部小说前，一定要先看看这篇文章，否则，你肯定会认为，小说中的一些情节有些玄幻，但其实不然。

另外，大家是否知道"尸案调查科"系列里面介绍的犯罪现场勘查制度是从何时开始形成规范的？

答：是两千二百多年前的秦朝。

1975 年 12 月，湖北省云梦县睡虎地秦墓中出土了大量竹简，其中有98 简名为《封诊式》，内容是案件调查、勘验、审讯、查封等方面的规定与一些案例。简单来说，就是将犯罪现场封锁起来后进行现场勘查的标准技术规范。

这是有确切记载的、极其规范的犯罪现场勘查准则。为了让大家尽可能深地领略两千多年前的古人是如何勘查犯罪现场的，我还原了其中一案《封诊式·穴盗》，把它也附在了书后，有兴趣的读者可以看一看。

有了这些前提，我不禁想到：鉴证科学在古代是如何被系统运用的？于是，又一个新系列被构思了出来，我把它起名为"大唐封诊录"。

为何要把故事背景选在唐朝？是因为古风小说对很多人来说有一定的阅读门槛，而唐朝无疑是为大家所熟知的朝代。所以在好友的建议下，我把故事背景定在了唐朝。

唐朝历经289年，更替二十多位皇帝，这些皇帝中，连小学生都知晓的，莫过于武则天。为了最大限度地还原"封诊器具"，同时也是为了降低阅读门槛，"大唐封诊录"的故事便围绕着这位中国唯一的女皇帝徐徐展开了。

从现代切换到古代，难度最大的并非故事构思，而是如何在历史缝隙中给书中的人物找到恰到好处的生存空间。

面对如此令人头疼的难题，我"高薪（一箱淮南牛肉汤）聘请"了我的好友顾茹森担任本书的历史顾问。我从头到尾翻阅了五十多本关于唐朝的史书，在敲定了人物背景后，又开始研究唐朝的政治制度、法律法规、行为规范、山川地理，以及唐朝人吃什么、穿什么、用什么、玩什么，有什么民俗、过什么节日、遵循什么礼节等常人不会注意的细节。另外，我还研究了那个时代有哪些"封诊器具"及"封诊方法"。

俗话说"万事开头难"，解决了开篇，就相当于在土壤中扎了根，后面的故事也就会顺理成章地生根发芽。

如果说"尸案调查科"系列是无心之举，那么"特殊罪案调查组"与"大唐封诊录"便是有备而来。为了让新系列尽善尽美，我听取了读者对我的所有批评，尤其在写"大唐封诊录"时，我还花高价报了写作辅导班，不为别的，只为能给读者交上一份满意的答卷。

那么，闲言少叙，接下来就让我为大家打开另一扇新世界的大门，带大家梦回唐朝，感受一下古人的智慧。

九滴水

声明：本故事纯属虚构，如有雷同，纯属巧合。

引言

人生来有五脏肺腑，骨骼皮肉，食五谷，故而也生百病。

上古神农尝百草治诸症，由此而开医道。后有道家密藏《黄帝内经》现世，其分为《灵枢》《素问》两部，其中描绘人体构造，无不纤细入微。

有名医名为俞跗者，治病不以汤液醴洒，镵石挢引，案扤毒熨，一拨见病之应，因五藏之输，乃割皮解肌，诀脉结筋，搦髓脑，揲荒爪幕，湔浣肠胃，漱涤五藏。

俞跗剖解人体诊疗，也将此等神技传于后人弟子，渐成争鸣百家其中一脉。战国之后，先有秦始皇焚书，又有汉武帝独尊儒术，进而废百家之技，俞跗后人亦因此大受打击。

然而此技虽惊世骇俗，却也能治疑难重症，故而得以暗中流传，民间有华佗为病人开颅捉虫、刮骨疗毒的传说。

只是此等神妙之举虽为医家手段，却因剖腹劈骨伤及皮肉，违背儒家"身体发肤受之父母"的人伦观念，渐为世人所不容。

俞跗后人平日也只好用寻常医者或是道士的身份掩盖行藏，悄然寻觅机会剖解尸首，使得门中绝学在艰难境遇里得以代代相传。

这些后人虽不能公开以此术医人，却能另辟蹊径，为死者诊断死亡原因，渐渐也在民间有了名气。

每每发生疑难凶案，当地主官便会请出此道弟子前去验尸查案，暗中剖尸捋肠，寻觅死因。

因其素来有先封场所后诊死因的习惯，时人遂将之称为：

封诊道。

目录

大 唐 封 诊 录

封诊道史传

上古时期，聪慧的中国人就拥有了先进的医学外科技术。人们通过研究人体结构，开创了刮骨疗伤、开颅剖腹等治疗方式。外科神医俞跗偶然利用外科医疗手段侦破了好友被杀案，从此传下在罪案现场"先封后诊"的神秘"封诊道"，收弟子无数，作为大夫行医的同时还诊案破案，名噪一时。

封诊道流传至秦代时，为朝廷所吸纳，封诊道首领入宫为官成为定例。秦代的刑事侦查过程中，使用封诊道所规定的"封诊式"问案，也成为习惯。1975年，在湖北省云梦县睡虎地秦墓发掘出的秦简中，还有"封诊"的查案记录——《封诊式》。

时光飞逝，汉朝尊儒，强调"身体不可受损"，受此社会变革的影响，封诊道因解剖尸体而逐渐为世人所厌弃，不得不借由医生、术士的身份隐藏在黑暗之中。由于发展分歧，伪装成医生的"封诊道天干十家"投靠历代朝廷，成为司法体系的一环，寻踪查影，为罪案侦破服务，尤其是宫中不可告人的秘案；而伪装成术士的"封诊道地支十二门"则与之分道扬镳，独立山头，不知去向，似乎逐渐湮没在了历史长河里。

经历了数代王朝更替，封诊道一脉延续至唐高宗末年。因天皇李治身患风疾，天后武媚娘当权。长安、洛阳等地屡发奇案，天后武媚娘利用封诊道破获怪案，进而斗倒太子李贤，步步上位，成为一代女皇，展开了一场波澜起伏的大唐封诊道罪案之旅……

但，我们以为是真相的，就真的是真相吗？

第一回

天雷击尸　云起东都

大唐封诊录

仪凤^①四年，大唐东都。

夜半，风起。

洛阳南面的万安山仿佛蠹立在天地间的一头巨兽，兽首处的南阙天门峰在狂风中昂着头颅，望向头顶上随风汇聚的漆黑雷云。

云团有了生命一样不断翻滚扭动，无数纤细电光像池塘里嬉戏的游鱼，不断穿梭其间。

其中不时朝下方探出树枝状的闪电，让人不禁觉得就在下方的高山上，有什么正在疯狂地引诱着闪电，让它迫不及待地想要降落。

终于，一道粗大的金色光芒划破长空，从雷云里迅猛坠下，伴着瓢泼骤雨直劈山巅，层峦叠嶂的万安山也同时被照得一片雪亮。

电光中，南天门上六合观里，悬崖上的庙堂顶部，一根下粗上细的铜柱就像是一把伸出的巨枪，自殿内朝着天际直直刺出。

在大唐百姓眼中不可逾越的天地差距，对这道金色闪电来说，不过一眨眼就能到达。

---

① 唐高宗李治曾用年号，676—679 年。

只用了一瞬，闪电就寻到了这根现成的"通道"，在震撼大地的雷声里，闪电雷龙般蜿蜒，劈在殿内安置的巨型丹炉上，炉顶竖起的铜柱瞬间发红，变得滚烫，炙烤着雨水，形成丝丝白雾，仿佛马上就要熔融。

天雷的力量太过巨大，整个丹殿都被撼动，雕满日月星辰和九重云天图案的丹炉来回震荡，绑缚在四条铜龙口中的巨大铜链剧烈颤抖，发出刺耳的哗啦声。

暴雨落下，没有新的闪电被引入丹炉，被震动的铜链在雨声中也逐渐变得安静。

殿外，电闪雷鸣时断时续；殿内，丹炉之上，一个赤裸身影盘足端坐。此人双手结印安置膝头，指呈莲花状，裸身沐浴在大雨里，就像在借助雷雨的巨力进行着神秘的修行。

只是——他没有头。

不但缺了头颅，他的胸腹处似乎完全敞开，瞧着像个黑洞，那根引雷铜柱从下而上端正地把他穿刺在炉顶，腹中之物滚落下来，悬在他腿上，影影绰绰，让他跟这座巨炉融为一体，妖异，恐怖，又极度邪恶。

在他已经被雷劈得焦黑的脖颈上，几缕白色烟气带着焦煳的腥味，在一阵阵闪电光芒里升腾，渐渐地弥散在殿堂黑暗的角落中……

东都洛阳的西北方，雕梁画栋的上阳宫①中。

一个少年太监正在疯狂奔跑，每一步都在暴雨过后的地面上激起水花。他气喘吁吁，脸蛋涨红，全身湿透，仍不敢有丝毫停滞，瞄准前方的一片宫阙，继续竭力狂奔。

---

① 唐朝东都洛阳城中重要的宫殿建筑。上元二年（675年），唐高宗采纳司农卿兼知东都营田韦弘机的建议，在东都苑东部、皇城西南隅修建上阳宫。上阳宫南临洛水，西拒谷水，是唐代洛阳宫殿建筑中最具规模的建筑。唐高宗后期，常来上阳宫听政。

不久后，少年太监来到仙居殿外，神情紧张地对一名额贴梅花花钿^①的宫装少女说了些什么。

宫装少女大惊失色，她面色发白地进入仙居殿，没有心思看一眼屏风上壮丽的大唐天下风物图，就匆忙从十二扇巨屏旁绕过，迈着碎步来到内殿的铜制梳妆镜旁。

镜前，一名美貌丰腴的女子正闭着眼睛，任凭身后的宫娥小心翼翼地用鹿角金梳打理着她黑亮的长发。

少女使了个眼神，侍奉的宫娥们迅速退去，她凑到女子耳边，低语起来。

"正谏大夫^②明崇俨死了？死在陛下所赐的六合观中？"

女子蛾眉倒竖，怒容满面地霍然站起。梳妆台差点被她突然的动作带翻，一盒胭脂从梳妆台上滚下来，摔得粉碎，染出一地血红。

"天后息怒！"少女连忙跪在地上。

"他们还是下手了。明崇俨是我和陛下的人，杀他，目标又何止他一人？"女子面色冷沉地道，"婉儿，传我的口谕，着大理寺彻查此事！"

上官婉儿却有些迟疑。"天后，曾经与您作对的宰相张文瓘兼任过大理寺卿^③，此人去年已命归黄泉，可他的旧部至今仍对您格外防备，只怕大理寺此番是不会尽心的……"

说到这里，上官婉儿点到为止地停了下来。

"哼，这些对我不满的人，根脉倒是扎得很深，人死了也还是不省心。"天后武媚娘思索片刻，然后挥袖道："那就叫上李绍，让他和大理寺一同调查，有他在，不论什么案子，总能得到我想要的结果。"

---

① 唐宋女子的一种面饰。唐宋女子多流行满脸贴上各种花形的花钿，即用极薄的金属、彩纸等剪成各种小花、小鸟、小鸭等形状，用一种哈胶粘贴。

② 官名。秦置。专掌议论。西汉置谏大夫，东汉改称谏议大夫，秩六百石，掌侍从顾问，参与谋议。名义上隶光禄勋。隋、唐隶门下省，掌侍从规谏。龙朔二年（662 年）改称正谏大夫，神龙元年（705 年）复旧称。

③ 官名。汉景帝时始置，其前身为秦之廷尉，九卿之一。其后或称大理卿，或称廷尉。隋唐时为大理寺之长官，隋为正三品，唐为从三品。其职责为总理大理寺之事务以及量刑决狱。宋于神宗元丰年间始设卿。历代因之。

上官婉儿思索片刻后，顺从地行礼道："是！天后。"

在她离开后，武媚娘起身缓步来到窗边，向远方看去。在她的视线里，遥远的洛阳城中，整整齐齐的坊市就像水墨画出来的一样，影影绰绰地铺展在远方的地平线上。

她转身来到另一扇窗前，极目远眺。那个方向，正是李唐皇族的根基西京长安的所在。

"说来，明崇俨曾开罪东宫，此事恐与太子有关……"她怒视着那边的天与地，又像是在询问着那个创造了旷世伟业，现已死去多年的李唐帝王。

"太宗陛下，这莫非是你的诅咒吗？"想起刚入宫时的日子，她的眼中浮起了一点哀伤。

"可惜，现在的武媚娘，已不是过去被你赐名的少女，就算真是贤儿，也一样是顺我者昌，至于逆我者……"

她没有把话彻底说完，只是菱角般丰满的嘴唇在她说出这句话时微微勾了起来，露出带着煞气的冷酷笑意。

大唐封诊录

渑池寻狱　牢里求活

第二回

狂暴雷声在半空里疯狂炸响，位于洛阳西北方向的渑池县县城，家家户户关窗闭门，街上百姓四散奔逃，每个人都想赶在暴雨到来之前寻觅一个安全的避雨之地。

然而，有一行人偏偏反其道而行之，这个时候仍在城中大道策马狂奔。

他们胯下的骏马已极度疲惫，每匹马的嚼子边都堆积了一摊白沫。这些马已经跑得脱力，将来就算调养很久，也很难重回巅峰状态。

可它们仍不能停步，只能在骑行者的不断鞭笞下奋蹄前行，马蹄伴着暴雨前的狂风激起灰黄的尘土。

一行人中的领头人身着灰色翻领胡服，这位的骑技相当高超，在她的操控之下，疲惫的马在飞奔时并没有碰到百姓堆积在路边的任何物品。

阴云浓密，白昼如夜，数匹奔马一路直朝渑池县狱而去……

渑池县狱与大唐所有的县狱并无区别，一定要找出差异的话，那就是它明显比其他多数县狱更大，也更深。

大唐的县，根据领土大小和富庶情形，一共分为七等，即：赤、畿、望、紧、上、中、下。另外，大唐还有东西二都，分别为西京长安和东都洛阳。由此二都直接治理之县，便名为赤县。

渑池县是东都洛阳的旁邑，虽比不上赤县富庶，倒也还算在畿县之中，比起级别较低的县，这里有更大、更深的县狱，也是理所当然的事。

不过不论怎么大，只要是牢房，条件就好不到哪儿去，阴暗湿冷是必然的。牢内塞满了等待发落的戴罪之人，这些人的吃、穿、住、用、大小二便都在里边解决。

哪怕在偌大的渑池县狱，那气味也还是令人窒息，只有在刮风下雨之时，从墙上的细小通风口中吹进来的清风才会让里面的人觉得稍微好过一些。

每当这种时候，牢中的人犯不管天色多晚，都会像夜猫子一样神采奕奕地抬起头，用力嗅着外面的气味，露出期盼的神情。

不过，在这儿，唯独一个人例外。

此时此刻，县狱最深处的牢房的角落里亮着一颗豆子大小的光，如同把黑夜烧了个窟窿。

那个"例外"似乎压根听不见震耳欲聋的雷声，也对难得清新的风不感兴趣。

他身着破烂囚服，披头散发地盘膝坐在一面高墙前，脸几乎完全贴在墙上，正在努力用手中的石块刻画着什么。

牢房里只得一面墙，另外三面都是人腿粗细的木柱。这面墙是石条所制，非常牢固，不给犯人一点逃脱的机会。

手上的石块与石壁发生剧烈摩擦，由于他的双手双脚上套着沉重冰冷的铁链，他双手间的铁链晃动发出的叮当声，混合石块发出的令人牙酸的声响，形成极为难听的可怕动静。

就在此时，一阵急促的脚步声传来，牢门旋即嘎吱一声洞开，两名典狱[1]面无表情地走进去，一左一右伸手架起那人，迅速地将他拖了出去。

脚步声与铁链在地上摩擦的声响渐渐远去，他手中的石子被磕掉，滚到石壁旁，轻声地碰撞一下，终于不再动了。

---

[1] 主管牢狱事务的官吏。古代设于地方府、州、县级机关。

银白电光从石壁上的窗口射进来的刹那，空空如也的牢房中，那面石壁被照得雪亮，石壁上那些看似混乱的线条也显出真容。

只见墙上绘有一名闭目盘膝端坐的男子，他双手扶膝，身上不着寸缕。

自他锁骨下方起，胸腹部被完全剖开，肋骨被钩状物扯向两边，露出胸腔里的心肺。腹腔内大小肠蜿蜒盘曲，胃囊形状鲜明。

虽然呈现一副惨状，但男子表情安详，五官柔和。在他脸上有着一丝莫名的悲切之感，让人想起洛阳龙门石窟①中的那些佛像。

轰隆一声，炸雷终于在电光消失后落了下来，牢笼又陷入了一片无尽的漆黑之中……

谢阮在火把昏暗的光芒中负手而立。

她的马跑得快要断了气，也没能让她躲过这场雨，身上的灰色胡服已经彻底湿了，变成了深灰带黑的颜色，袍角不断滴落着水珠。她昂起尖尖的下颌，目光冰冷地看向大牢石壁上的铁条窗，外面的天空中，电光还在乌云里闪烁纠缠。

"此女下颌过尖，是短命之相，双十之年，必遭横祸牵连而死。"

不知为何，此时的她忽然想起了多年前的一件事。

当时，那个被天后招入宫禁的术士才和她打了个照面，就为她断下了这样一个不吉的命格。她记得，那也是一个雷雨天，只不过地点不是在东都上阳宫，而是在西京长安大明宫里的大角观外。

那时的她还只是个小女孩，因父祖违法，她成了罪人，被没入宫中充当官奴。

_____

① 亦称"伊阙石窟"。分布在河南洛阳城南伊河入口处两岸的龙门山（西山）和香山（东山）。始开凿于北魏太和十八年（494年）孝文帝迁都洛阳后、景明元年（500年），延续至唐（一说至清末）。

在宫里，像她这样经层层挑选被带到天后身边养育的罪人孩童有不少，当时她也只是其中之一。

由于年纪太小，听到这样的判词说自己只能活到二十岁，她不免觉得心惊胆战，看着那个术士，觉得他有些不怀好意，就不由自主地躲在了天后身边。

见到她含泪求助的眼神，大唐最尊贵的女子忍不住笑了起来。武媚娘对那名术士说道："我的人，不论是死是活，向来由我决定，这不是你乃至上天可以染指的。"

说完，武媚娘就叫来两位身穿金甲的千牛卫①把那个术士给拖了出去，打那以后，大明宫里就再也没人见过那个术士，而她也被武媚娘养在身边，和那位出身名门的上官婉儿一起特意培养起来。

一直到隔年的秋季，她才听人说起，在大明宫内的太液池畔，有一丛龙爪菊开得格外灿烂，其中最大的一朵，长得比宫中盛汤的海碗还大，就像一颗突兀的人头。

"太液池的花丛下埋着死人。"上官婉儿这样笑嘻嘻地告诉她。和她一样，上官婉儿也是罪人之后。

"我去年都看见了，那个胡说八道的家伙被千牛卫一枪捅穿了胸腹，尸体就草草埋在龙爪菊之下，听说下雨天还露出了一些骨头，后来花匠还特意加了土。"

…………

耳边传来金属脚镣在地上摩擦的声音，声音越来越大，打断了谢阮的血腥回忆。

"将军，人犯带到。"有人在她身后说话，语气很是恭敬。

谢阮转过身，她的幞头②湿漉漉地耷拉着，随着她的动作，一些雨水被从上面甩了下来，钻进脖子，那种湿冷让她很不舒服。

---

① 禁卫军名，分左右，为唐代禁卫军十六卫中的两卫。设上将军各一人、大将军各一人、将军各二人，掌侍卫及供御兵仗。

② 又名"折上巾"，一种包头的帛巾。

她抬起手，有人马上上前一步，把点燃的火把放到她手中。她将火把向下移了一下，想看清被带来的那个罪人。

两位典狱颇为善解人意，不等她吩咐，就主动伸手撩起那人遮脸的脏污乱发。

橘色的火光霎时照亮了他的脸，与此同时，谢阮微微皱起眉头。

男子大约二十岁，他的脸很脏，但在火把的强光下还是能勉强看出，此人有一种男生女相的美。他眉眼纤细，眼珠漆黑，目光很亮，但也显得极为冷淡。和冰凌一样的目光不相称的是，他脸部的骨骼轮廓很柔和，让他看起来像个孩童，虽说中和掉一些冷漠感，一眼看上去却仍让人喜欢不起来。

谢阮的手指摸向腰间，磨出老茧的拇指顺着蹀躞带①一直抚到镶嵌灰鲨皮螺钿的直刀上。

俊美男子她见得多了，虽然这个男人脏兮兮的，但她也得承认他的相貌很不错。可不知为何，此人给她一种面对的是一头野兽的错觉。她很想抽刀劈过去，不过很快又克制住了。挥去心头莫名的反感，她把火把扔给旁人，抓住他打结的长发，迫使他抬起头来看着自己。

"李凌云，"她问那人，"你想死，还是想活？"

"把死者开膛破肚，被死者亲属当场捉拿归案，犯了悖逆人伦、侮辱尸首之罪，这样我居然还能活？"叫李凌云的男子平淡地叙述，像在说别人的事情，"只要是人，就迟早都会死，要杀就杀，我无所谓，不必闲扯。"

"你的话太多了，说，到底选，还是不选？"谢阮盯住李凌云。

"选。"他也盯住了她，"既然可以，当然要选。"

李凌云扯开干裂的嘴唇，一字一顿地道："我——要——活！"

---

① 古代玉佩饰。缀玉的同时又缀有许多钩环，用以钩挂小型器具或佩饰等物的玉带。最早为胡人的实用器物，用以佩挂各种随身使用的物件。魏晋时传入中原，唐代曾被定为文武官员必佩之物。唐开元以后（713年以后），一般官吏不再佩挂，在民间更为流行，但仅存装饰意义，而无实用价值。

第三回

富商灭门　重案亡命

大唐封诊录

河南府泥泞的官道上，一行骑士雨中纵马飞驰，为首的谢阮仍是一身灰色胡服，幞头两角因快速狂奔而横飞起来，发出噗噜噜的声音。她胯下的白马却已换成了一匹黑马。

身着黑袍的李凌云同样在策马狂奔，只落后于她半个马首，梳洗过的黑发草草在头顶绾了个道髻，额旁的头发被风吹散几缕，为秀美的脸添了些粗犷气息。

"两日之前，新安县城发了大案，知名豪商被人灭门，"谢阮没回头，自顾自地大喊，"破了这个案子，你就有活的机会。"

"不是选了就能活？"李凌云抽了一鞭，胯下青马吃痛，朝前冲了一冲，总算追上了她。

谢阮朝旁边瞥一眼，冷笑道："想活下来，总得证明你有价值。若不值得，扔回牢里当臭肉去！"

说罢，谢阮双腿夹紧马腹，黑马嘶地大叫一声，不管不顾地朝前蹿了出去。李凌云望着她的背影喊起来："这位娘子，规矩可以听你的，可我得问问你，新安县这几日里，可有下过雨吗？"

谢阮眉头一挑，心中不快极了。

下雨不下雨的，跟破案有什么鬼关系？

正是曙光乍现时，新安县西南向，一所两进的大宅大门紧闭。青蓝晨光里，李凌云叉着两条腿蹲在门前地上，随手捏起一块土，用手指捻了一下，土块就裂开来，簌簌窣窣地从指缝落下去。

"新安县的白直①说，案发后这几天，此间都不曾下过雨。"他站起身来，拍拍手上的灰，看向健步走到自己身边的男装丽人，"看来我的运气不错。"

谢阮低头看地上的土块。"你在路上就问下雨的事，很要紧？"

"除了皇家御道，大唐路面大多覆有泥土，就算在东都城里也是一样，最多弄点碎石撒上去，雨水太多时，就会变成一摊稀泥。"李凌云用脚拨弄土块，"只要路面被雨水浸透，哪怕没人走过，泥路上留下的痕迹也必定会发生变化。若是渑池县那么大的雨下在了这边，那么什么痕迹都不会留下来，连凶手的脚印也会全被冲走。"

回忆起东都大雨时小路上的泥潭，谢阮略略点头。"原来如此，倒是有些道理，不过若是留下痕迹，你就能立马破案？"

李凌云不答她的问话，指向红漆大门道："案发后，可有人进去动过里面的东西？"

"不曾有人动过。"谢阮别有深意地上下打量，"既然用了你这个剖尸的封诊道来查案，就得按你们的规矩办事。各县都有你们的弟子，此案非同寻常，出事之后我就找了人问过应当怎么做了。"

"这般提前准备，看来你是觉得我一定会答应破这桩案子了？"李凌云挑眉。

谢阮一声冷笑。"任谁在牢里关上半年，若有机会离开，为何还要犹豫？"

说罢，她又不耐烦地道："都告诉你吧，省得你那么多问题。案发后，某就让贼曹尉②找人把这里彻底封了，除因天气炎热，尸体必须收殓，而让验尸

① 两晋南北朝时期在官府当值而无俸禄的吏役，后亦指额外的吏役。
② 县内负责"追捕盗贼，侦察奸非"的县尉，其职责包括"平斗讼，慑凶狡"等。

的仵作行人①还有抬尸的进过之外，再无外人进入，就连周边这几条泥路也都有人看守，命百姓绕道而行。"

李凌云点点头，似乎对这种安排感到很满意。他甩甩袖子，沿大宅周边泥路而去。"封诊查案闲人回避，先封后诊自有规矩，这种杀人越货的现场，倘不注意，很容易被进出之人弄乱，致使罪证损失无法破案，你这次做得很好。"

"本将军还用不着一个人犯来夸。"谢阮朝李凌云追去，"你不进宅子，在外面走来走去做什么？"

"先绕宅子一圈，看是否能找到脚印之类的痕迹……对了，路上你说过，有人已经去取我的箱子了？"

"当然，早就差人去做了，据说你们封诊道有一些专门的东西用来……"谢阮犹豫片刻，终于还是说出那两个字，"剖尸。"

"剖尸只是一部分而已，"李凌云边往前走边四处扫视，"除剖腹挖心，冒天下之大不韪，封诊道还有很多独门绝学，有着别的用处。"

"别的用处？"谢阮重复一遍。

"嗯，在秦朝时，秦王宫中有一官职，专门执掌宫廷医事行政，此职务就是由我们封诊道的首领担任的……而且除了剖尸，我们也会治病。"

谢阮嘲弄道："你们治病？该不会是那种神神道道的让死人复活之类的巫术吧……"

李凌云对谢阮挑衅的话并不动气，口中念念有词："先下后上，由地而空，秩序不乱，殊痕不漏。"

谢阮微微眯起眼，她发现李凌云正按他说的，抬头由上而下地观察着大宅。过了片刻，他的视线又从地面移到墙上，这才答她先前的话："若是有人说能复活死人，那必定是骗子无疑。我不过是会一些粗浅医术，只是我相信，这天下也没几个人敢让我治。"

---

① 仵作是旧时官署中检验死伤的吏役。仵作行人指从事仵作这一行业的人。实际上，"仵作"之名始于宋代（也有说始于五代），文中内容仅为虚构。

"……你在渑池县验尸时，被苦主①检举到县令那里，说没有得到他们的许可，你就把他们家人的尸首开了膛。封诊道这么爱乱来，确实没人敢让你瞧病。"

"那是诬告，他们给了我许可，我还核对过署名和指印，但不知怎的，那东西突然就不见了。我们长年做这行当，怎会不核对许可？其中因果，你自去想……"

李凌云双手插进袖中，摇了摇头，朝大门绕去。"说起来，那些泥路上被水浸的脚印，其实哪怕冲刷得快没了形状，只要不是彻底没了踪影，我们封诊道也有特别的手段可以查验。"

"不过……"李凌云停下脚步，瞥着红彤彤的大门，"我并未在这房屋墙根的软土上发现可疑脚印，看来这些法子暂无用武之地了。"

见他欲言又止，谢阮问："没有可疑脚印，又说明了什么？"

正在此时，细碎的马蹄声传来，谢阮抬头看向远处，那边果然有一匹骏马奔来，骑士身穿月白道袍，头戴银制莲花小冠②。行至封锁线外，骑士利落地飞身落地，从马鞍上提下一个形状古朴的箱子。

李凌云似乎对这变故毫无察觉，自顾自道："院墙上无攀爬痕迹，可见凶手并没有翻墙入户，而是从大门走进屋的。"

来人向看守的卒子表明身份后，提着箱子过了封锁线，来到二人跟前，正巧听见李凌云这番话。他伸手把箱子递给李凌云，嘴里道："杀人越货，犯下灭门大案，走的却是大门？这也太嚣张了！"

"咦，我的封诊箱？"李凌云伸手接过箱子，才意识到身边多了个人。来

① 人命案件中被害人的家属。
② 古代帽名，其形制前低后高，中空如桥，因其小而得名。始于汉，盛行于魏晋，隋与唐初仍流行，以后亦有用的。

人是位三十五六岁年纪的男子，身形高大健硕，丰鼻薄唇，浓眉如刀，生着一双英气的眼睛，眼下卧蚕微隆，看着温厚诚恳、成熟可靠，让人一见就心生好感，忍不住想跟他多亲近亲近。

"你叫李凌云，李家的大郎。你家大人是侍御医李绍，家住宜人坊，与东都太常寺药园同在一处，倒也不算十分难找。你家中人说这箱子是你备用的，让我先给你拿过来。"来人冲李凌云一笑，很是温善可亲，"某是明珏，字①子璋，任大理寺少卿②之职，今次奉命随谢三娘到此，同你一起查案。"

"谢三娘？原来是谢将军。"李凌云抬眼看向谢阮。

"某是谢阮。"谢阮这才跟李凌云通报姓名，脸上还有些不情愿，"在家中姐妹中行三，别人都叫谢三娘。"

"你是宫里头的人，我也可以直呼三娘吗？"李凌云好像觉得有点别扭，抬手揉了揉鼻子，把圆润的鼻头搓成一颗红色珠子。

"你是怎么知道我是宫里人的？"谢阮似笑非笑，眼里有些惊讶神色，"某就不能是朝中要员的家里人？这死了的富商王万里，和京中贵人可就很有关系。"

"你外边穿的是灰色胡服，里头却着绯袍，绯色衣袍品秩颇高，若不是官身，一般百姓可是不能穿的。"李凌云说着把箱子掉过头来。这只箱子相当古怪，从表面看不出箱盖和箱体的接口，只有一大一小两个铜盘叠合镶嵌在箱子一侧的中部，一个铜盘上刻着甲乙丙丁等天干，另一个铜盘上则刻着子丑寅卯等地支。

李凌云左右转动起铜盘，先大后小，手上的动作极为小心。他一边转一边说道："大唐百姓只能穿黑、白、黄之类的颜色，别说绯色，就算是等级更低的青色、绿色，没有官职在身的人穿着也是逾制，被发现是要被捉起来的。"

"喊！朝中五品以上皆穿红衣。俗话说得好：长安大，居甚难，公卿多如

---

① 古代人际交往的称谓符号。字往往是名的解释和补充，与名相表里，故又称"表字"。字是男女成年之后才取的，以表示他们已开始受到人们的尊重。

② 官名。北魏始置廷尉少卿，北齐称大理寺少卿，为大理寺的副长官，历代沿置。

狗，皇裔遍地走。再说了，这里仍是东都附近，地属京畿^①，着红袍的人哪里会少见？单单凭这一点，你就认为某和宫里一定有关系，太儿戏了。"谢阮轻蔑地耸耸肩，身边的明珪却对她摇起头来，显然，他不太赞同这个说法。

"可你的红衣不同。"李凌云无畏的目光扫过她领口露出的红衣，"一开始我就发现了。你这袍子，在日光下光彩熠熠，瞧着像纸一样光滑。寻常蚕丝所制衣料可不会如此，这是用了特别手段，把蚕丝轧光挤平之后纺成方能有的效果。再说透彻一些，这是越州制绫的手段。"

听李凌云这么说，谢阮低头看看自己的袍子，有几分不甘。"越州绫在洛阳城中就有卖，虽然比不上西京长安四千家商铺的数目，可东都货物之多，也是毫不逊色，我买来穿穿又怎么了？"

"那玄鹅纹呢？"李凌云闷头小心拨弄，铜盘随之发出咔咔声，"有些织纹非宫中是不能用的，平民上身要杀头的，这一点，你应当比我更清楚。"

谢阮还没找着托词，就听李凌云继续道："还有你那衫子，虽说只在圆领上露出一丁点，但我也已认出，这是售价一匹五两银的单丝罗^②，不提工费，光是用来纺一匹这种罗的上等蚕丝，便值三两银，寻常富足人家也用不起。"李凌云抽空随便指了一下谢阮的靴子，"你也算用心隐藏来路了，可靴边缝线交合为辫状，仍是让你露了馅。除了少府监^③绫锦坊的巧儿们，我还没见过其他人会这个做法——哎，你可别说有人仿制，这是宫里独有的，就算懂得技巧，也绝不敢在宫外胡乱用，要掉脑袋的。"

"若是不穿这个，你还能看出某的来路？"谢阮脸上蔑意略少，好奇地问。

"实话实说，其实你腰上挂的金鱼袋^④才是让我真正笃定你是宫中人的原因。"李凌云冲抬头看向自己的谢阮眨眨眼，"你佩带着紫袍大员才能佩的鱼袋

---

① 国都及其附近的地方。

② 一种罗，因为是用单丝织成的而得名。马缟《中华古今注》记载："隋大业中……又制单丝罗以为花笼裙，常侍宴供奉官人所服。"

③ 官署名。隋大业三年（607年）析太府寺置，掌手工业制造，领左尚、右尚、内尚、司织、司染、铠甲、弓弩、掌冶等署。

④ 从唐代开始，三品以上的官员着紫袍，佩金鱼袋；五品以上的官员着绯袍，佩银鱼袋；六品以下的官员着绿袍，无鱼袋。

也就罢了，可这个袋子，要比一般装鱼符的口袋鼓得多。”

“那又如何？”谢阮奇怪道。

“因为这里面装的，并不是扁塌塌的鱼符，而是背后隆起的龟符。”李凌云总算把那个小的铜盘转到了合适位置，发出咔嗒一声，“当今天后姓武，所以特别喜欢玄武，玄武也就是乌龟。谢阮，你，应该是天后的人——”

说罢，李凌云一掌拍下铜盘，那箱子咔嚓一声震动起来，发出叽叽嘎嘎的机械声，片刻后，箱体上露出一丝细缝，李凌云抬手一掀，开了箱。

一直在旁观察的明珪终于忍不住赞叹：“箱子有机关，而且制作极为精巧……”

李凌云抬头看谢阮，发现后者眯着眼忌惮地瞧着自己，便轻叹道：“你也该说真话了，大理寺和宫里的人一起找我，天后恐怕是遇到了大麻烦。只是我不明白，封诊道的首领，也就是我阿耶[①]李绍，本就在宫中为天后办事，论本事，连我都是他教出来的，有他还不够？你们为何还要来渑池大牢里头寻我？”

谢阮抿抿丰满的红唇，不情愿地答道：“因为，你父亲已经死了……”

“节哀顺变。”一旁的明珪轻声道。

听闻父亲李绍的死讯，李凌云沉默了片刻。他伸手在箱中操作，不知如何，忽地拽出一段五色编绳，他旋即将箱子扛在肩头，直直地走向了红漆大门。

“如果我没猜错，我阿耶死了应该已有一段时日了，是吗？”到了门边，李凌云神情冷漠地打开封诊箱，从一个木格里掏出巴掌大小，外面以铜圈箍起的长柄水晶[②]镜。

谢阮来到他身边，端详着他的脸，有几分不可思议地问：“你父亲死了，你不觉得伤心？你是他亲生的吗？”

---

① 古北方方言，意思是父亲。

② 先秦古籍《山海经》即对水晶有所记载，也就是说水晶在先秦时期就已经出现。水晶在唐代已经广泛流行了。

李凌云却不动声色。"人已经死了，伤心就能让他活过来吗？再说了，你们来找我，也就是说，这是天后的意思。我必须得先解决眼前的案子，否则别说为阿耶的死伤心，我自己活不活得下来，恐怕还难讲。再者，你在牢里不是问过我了吗？事有轻重缓急，眼下我要做的最重要的事情，就是让自己能够活下去。"

李凌云套上一双薄绢布制成的手套，一把推开大门，走了进去。他握着水晶镜，透过镜片观察起红漆大门的门闩。

谢阮眉头耸起，表情阴冷。她沉声道："封诊道的人都没心没肺吗？虽说某早就有所耳闻，这种把尸首血肉剖开仔细观察的人，技艺越是精湛，为人也就越是冷酷无情，只是他对父亲之死表现得也太冷漠了，简直不配为人子。"谢阮言语里透出一股厌恶之情。

"三娘想多了，大家这不是才刚认识？兴许他只是不愿被人看出伤心来，你还是不要过度猜测。"明珪苦笑，"再说了，现在正值用人之际，许多事还要他来做，姑且忍一忍。"

李凌云对两人的话置若罔闻，一个劲地凑在门闩上瞧，似乎那门闩对他来说更有意思些。谢阮对李凌云虽然不满，但看他这番操作颇古怪，便好奇地在一旁窥视。

不承想，谢阮一看之下，发现透过镜片，那门闩竟然变得巨大无比，上面的磨痕都丝丝可见。她一把将那封诊镜夺去，翻来覆去地摩挲查看起来。

"这镜片是用无色水晶造的？咦，怎么两面不平整，抚之有凹凸之感？"谢阮有样学样，低头用水晶镜观察起门闩，"莫非是因为这种凹凸制作，所以才能透过它看到细微之处？看了这么久，你可察觉到什么异状……"

"没有，"李凌云摊手，"门闩上只有平日使用留下的擦痕，没发现利器挑拨的迹象。你之前告诉我，当地白直都说王家养着一条恶犬，平时只要有人路过，从门口都能听到里边犬吠不断，可邻人却都回忆，案发当晚，王家的恶犬没有发出任何吠叫声。之前我们已判断出凶手应该是走正门进的王家，也就是说，那天王家有内应来给凶手开门。狗最会看人脸色，家中人开门迎接的必非凶徒，所以狗才没有叫。"

"内应？"谢阮疑惑，"这不是灭门案吗？灭门就是全家死绝的意思，这难道还需要解释？人都死光了，打哪儿来的内应？"

"呃……"明珪从怀里抽出一沓案卷，插话道，"此案虽说是灭门案，但其实富商王万里的夫人刘氏现在还活着。"

"活着？"谢阮大吃一惊，"那还灭个屁的门？"

明珪听到谢阮的粗话，挑了挑眉，忍住已到嘴边的劝告，把案卷递过去。"这是新安县记下的案卷，因天气炎热，尸首易腐，验尸已提前由人完成，验尸的这位也是封诊道的弟子，案卷都是如实记录的，应该没有什么谬误。"

谢阮闻言，把封诊镜扔给李凌云，接过案卷翻了翻。"夫君全家都死了，刘氏却一个人独活，那她不就明摆着是那个内应吗？"

"不是她独活，"明珪摇头，"新安县查过，那刘氏在案发前与丈夫王万里吵了一架，所以带着她的贴身婢女雀儿回了娘家，这事已经过去好几天了，有刘氏的家人做证。"

"这就奇了怪了，若不是刘氏杀夫，那这个家里的人全都死了，内应难道是什么鬼怪精灵不成？"

说到这里，谢阮下意识地看向李凌云，却见他对这边的对话不理不睬，径直走向了院落左面，最后在两扇房门前停下了脚步。

李凌云抬手推开房门，先朝屋里探看了片刻，又蹲下身歪着脑袋观察了一会儿地面，这才回身走到二人面前。"靠左两间是杂物房，地面有浮灰且完整，没发现任何痕迹，正所谓雁过留痕，看来案发当晚，应当没人来过这里。"

李凌云从箱中取出一本册子，只见封面上写着"封诊录"三字。他又摸出一根形状怪异的木棍，棍头处夹着泛着灰光的细条。拿起这些东西之后，李凌云看了看谢阮，最后却朝明珪走去，把东西放到了他手里。"静观于先，记后而动。我们封诊道必须先记录情况，然后才能动手验看案发之所的物品。为我记录的隶娘当下不在，只好麻烦你了，先把我方才说的都记下来。"

明珪点点头，便用那木棍开始在册子上书写起来。用惯了毛笔，他一开始写得有些别扭，李凌云观察片刻，见明珪逐渐适应，略略心算了一下他的手速，便放心地走向右面。

推开此处房门，李凌云仍是先用水晶镜检查门闩，接着蹲下侧头逆光观察片刻，这次他没直接走开，而是从箱中取出绢套裹在脚上，轻拉套口绳索。

闲在一旁的谢阮看到李凌云的动作，有所察觉。"有发现？"

"这屋子有些回潮，地面湿润，要是有人走过，脚上的尘土就会留在地上……"

他又取出一盒质地细腻的黑色粉末，缓缓靠着门边踏进房中，接着轻轻将粉末抖在房中地面上。

李凌云边做边说："略湿润的足印会吸附细粉，稍加拂拭，粉末就会集中在足迹花纹处，如此一来，便能得到清晰的鞋痕。"

随后，他取出一把不知用什么动物鬃毛制成的软刷，只是轻轻拂过，地上便显出了一枚黑色鞋痕的形状。

他依次将粉末撒在某些位置上，一个个鞋痕便排列在地面上，形成一溜足印。

"按我大唐屋舍的常见布置，入门右侧均是奴婢住处，据案卷所写，此屋住有婢女三人。凶手入室时，在此屋门闩上留下了刀具拨弄的痕迹，可见这屋里的婢女绝不是里通外贼的家伙。"

李凌云放回刷子，自箱中取出一把奇怪的尺子。这把尺子是用两片一模一样的黄铜板打造的，边沿标有"尺""寸""分"的刻度，一尺分为十寸，一寸又分为十分①，两板的尽头制成狮头形状，用铆钉在狮嘴中铆起，使其可以开合到相互垂直的角度。

---

① 唐朝的 1 尺约合今 30.7 厘米，1 尺为 10 寸，1 寸为 10 分，1 分为 10 厘，10 尺为 1 丈。

李凌云用怪尺测量鞋痕宽窄，又拿出一些绢帛放在鞋痕上轻轻印下痕迹。接着，他又掏出一根那种夹着泛着灰光的细条的木棍，在鞋痕旁写下测量到的尺寸。

"此屋的地面上一共留下了三种不同的鞋痕，经封诊尺测量长宽，再看绢帛描下的痕迹，可推出三人均为青壮男性，身形高大，皆在……嗯……六尺左右。"

"你从鞋痕就可以推出来人的身形？"谢阮质疑。

"你见过小矮子长一双大脚吗？"李凌云不客气地反问，"又或者大汉长着纤细秀气的小脚？人的脚掌要撑起全身，矮小的人自然脚小，高大的人身体沉重，大脚才能支撑其行走。"

说完，他头也不抬地朝明珪伸手。"屋内床上都是血，人一身血液亦有定数，以这流血量看来，这些婢女多半已性命不保。把案卷验尸格拿出来给我看看。"

明珪连忙在案卷里翻了翻，找出绘制尸体情况的那页递给李凌云。这种绘画了死者正面、背面的表格名为验尸格。谢阮见李凌云翻阅得飞快，疑惑地问："这些脚印看起来大小差不多，你怎么看得出是三个人？"

"人行走时的姿势不会全然一样，有人脚掌偏外处用力，所留脚印外沿就重一些，反之同理。再说了，这些鞋底纹路虽很相似，可仍存在细微差异，在咱们大唐，无论草鞋、麻鞋，还是皮靴，都由人手工制成，任何两双鞋的鞋底纹路都不会完全相同，只需耐心细细分辨，便可知进屋的到底有几人。"

李凌云解释完，手指卷宗上标有"婢女"的几个人形绘像，只见每人的脖颈处都绘有一条标注"可见骨刀伤"的红痕。

"她们被杀之时，人都还在床上，身穿亵衣入睡，脖颈被利刃切开，据验尸格上的记录，伤口非常平整，一刀毙命，屋里并没有凌乱迹象，可见婢女们均未反抗。看来案发时间应是在半夜，凶手为了避免惊醒熟睡的婢女，便干脆把三人一起杀掉。然而，她们同榻而眠，要想一个个杀死而不惊醒另外的人，很不容易。所以要想保证不被发现，就要同时杀死三个人，也正是因此，凶手才留下了一个与众不同的特征。"李凌云手指一动，指向其中一个绘像，"三个婢女的伤口长短近似，可那两人是左边颈部伤痕较深，这人却是右边的伤痕更深。"

"但凡用过刀剑的人都知道，持刀的手不同，发力时的方向也必有不同。"明珪微微眯眼，"看来，这三名凶手中，有一个人是左撇子。"

"大理寺的人，果然有些见识。"李凌云看向明珪，"那谁……你过来，你说说，对这床边的血迹有何看法？"

"这血……应该是滴落的！"明珪观察片刻，"我在大理寺办事，也见过一些案发场所的血迹，只是我也看不出更多了。"

"没错，就是滴落的。只是这血滴溅得极开，你看，它的形状像不像夜空中闪烁的星芒？"

"这又表示什么？"谢阮不以为意，"几滴血迹，你们封诊道还能看出什么不同来？"

"有什么不同，试试看就知道了。"李凌云走出房间，从封诊箱中拿出一个瓷瓶，又扯了一张白纸放在地面上。

谢阮问："瓶里是什么？"

"鸡血……"李凌云打开盖子，在距离白纸略高的地方倒了一滴。

啪嗒一声，白纸上就多了一滴圆形血迹。李凌云又在更高一点的地方滴下血液，这一滴血形成的血迹的边缘出现了轻微的毛边。当他在更高的地方滴下血液后，纸面上的血迹就呈现出与屋里的血迹极为相似的星芒状。

李凌云抱着双臂，歪着脑袋解释道："这是直接从空中落下的，所以要形成星芒状的血迹，落点需要极高。然而形成屋内血迹的血液却是从兵器上滑落下来的，因此这三人所用的武器，刃口应当又直又长，唯有这样，血液从刀刃上滑落时速度才会更快。而匕首之类的短刃是不会留下这种血迹的。"

谢阮低头看看自己腰间，突然将刀子抽了出来。

"你是说，凶手用的是这种长刃横刀？"

"差不多。"李凌云点点头，好像对谢阮之前的诸般冒犯完全没有心存计较，"你要不要试试看？"

谢阮举刀观察刀刃片刻，把直刀递给他。"某不会弄，你来。"

李凌云却把直刀还给她，让她自然握住，刀尖对准白纸，在刀刃上滴下血液。果不其然，这回从刀尖滴落的血液形成的血迹也呈现出星芒形。

"你没说错，一口气杀死三人，看来凶手手段凶残利落，一般不是复仇就是求财。"谢阮掏出白巾擦拭刀刃，"婢女虽说穷苦，但也多少有些财物，房中可被人翻过？"

李凌云摇摇头。"凶手来此房中只为杀人，倒是没翻过屋内的东西。"

一旁的明珪也否定道："搜证时贼曹尉也说，屋里就没见着什么钱财。"他又补充说："王万里那夫人刘氏治家极严，抠门得要命，听闻下仆的钱财必须寄放在她那里，要支取的话，还得拿出名目，清楚地告诉她用于何处，才能拿到手中。慢说婢女，就连两个小妾房中也一样，根本没有银钱，仵作本以为她们头上的簪子是金的，结果摘下来一看，发现分量不对，才知道不过是铜打的罢了，只是为了好看，上面镏了一层金膜而已。"

李凌云离开婢女房，翻着卷宗，走向其他房舍。"这两间住的就是王万里那两个妾室，她们的死状与那三个婢女完全一样，只是……"

说到这里，他依样验过地上鞋痕，一并印在绢帛上，这才跨步走进第二间妾室房。"据验尸格上所写，这间房内的小妾，下身衣物被人给脱了去。"

"什么？莫非这些人是为了劫色？"谢阮脸上泛起一层怒意，"劫色也就罢了，何必杀人全家？"

"并不是劫色。"李凌云看向屋中床榻方向，双目微微闪烁，似乎此房中过往发生的事正在他的眼前重演。

突然，李凌云回头直奔谢阮而来，不等谢阮惊讶，李凌云就把她腰上的刀抽出握在手中，直奔妾室房，在房中床榻前站住。

"现在我们就是凶手，我们已经杀死了三个婢女，还有另一间房中的小妾，眼下我们来到了这名小妾房中……"

李凌云伸手向前，在染满鲜血的枕头上方张开五指，像是正抚摩一颗人头。他眼泛凶光，猛地揪住那个想象中的人的发髻，横刀于虚空中，利落地一切到底。

没料到李凌云会来这一套，谢阮与明珪齐齐愣住。

"她没反抗就已经死了，那么此时，我们应该离开这个房间……何必还要脱她的衣裳呢？"

李凌云提着直刀，呆呆站在床头，表情从凶狠转为迷惑。

"或许是……在她死后劫色？"谢阮在他身后猜测，她可能是觉得这种猜测过于疯狂，说话断断续续的，"怕不是凶手对死人……有那种兴致……"

李凌云回身摇头。"据案卷记录，此屋住的老妾年龄已四十有七，比富商王万里还大了两岁，连月事都停了。杀人者个个年富力强，就算杀人是为了劫色，隔壁那个二十不到的新妾不是更合适？"

"这可真是蹊跷，"明珪也感到困惑，"凶手一来不在别的房里翻找财物，二来不图老妾美色，那么这些人到底是为了什么才做下这弥天大案的呢？"

"要想知道答案，需要封诊所有房间，不全面掌握状况，就无法判断凶手的目的。"李凌云健步离开妾室卧房，来到主人房门外。和之前一样，他先取过鞋印，才允许二人一同入内。

李凌云来到主人榻前，展开验尸格，念道："富商王万里就死在这张床上……"

他看向床边小几，几上放着凌乱的食物和一把酒壶，还有一个酒杯。他又看看旁边的木桶。"案发前一晚，王万里在屋内饮酒、吃夜宵，对了，他吃的是鸡。他很可能是趁着抠门的夫人不在，想满足一下口腹之欲。大吃大喝一番后，王万里就在床上睡了过去。"李凌云站到床榻上，低头看着下方，就像王万里仍然活着，正躺在那里休息，"或许，因为此屋藏着钱财，他有些警觉，睡得不是很熟。"

李凌云描述得就像一切是他亲眼所见。"凶手进屋后，他马上惊醒过来。醒来后，王万里极力反抗，所以与之前五位死者不同，他的手上满是刀子留下的竖直划痕，而这种痕迹，一般是由于死者勉力反抗，才会留在身上。"李凌云说着轻轻摇头，"可惜，凶手人多，他到最后还是被凶手数刀捅死。"

李凌云迈向室内一角。"据卷宗所录，王万里夫妻在这个地方弄了个密间，里面藏了四个满满当当的宝箱，案发后，宝箱均不翼而飞，箱子的压痕倒是深深留在地上——看来那些凶手没有别的目的，就是冲着这些宝箱而来的。"

李凌云看向明珪那张令人莫名信任的脸，与他目光一碰，微微摇头。"所以，凶手还是为了谋财才会做下大案。只不过，他们只图这个屋子里的财，其他房间里的看不上而已。"

谢阮颇为愤怒。"直刀有分量，杀人可一刀毙命，他们携带如此凶物，只怕打一开始就没打算留王家活口。"

"最可怕的是，他们不但知道哪里有财，也很清楚要害多少人命，下手时干净利落，绝不手软。"明珪叹息，"这种心狠手辣之徒，要是不尽快逮住，恐怕京畿之中很快会惶惶不安。"

"王家并无其他男丁，等闲并不允许外人夜宿。只是他家中做生意，货进货出，常有人出入，其中混杂几个能翻墙的游侠儿倒也不奇怪，只怕是这些人平日里见王家富裕，所以图谋不轨。"李凌云翻阅卷宗，拣出要点来说。

"可你不是说院墙旁边并没有脚印，应该是有内应开门吗？难道那些游侠儿还能凌空飞跃，从天上掉进院子里不成？"谢阮见李凌云死死盯着自己，有些不快，"我记忆力素来极好，别以为我是女子就可以小看我。"

"男子胆子大，女子则心思细腻。说起记录案情，我的隶娘六娘就很厉害，我怎会小看你？"李凌云摇头，"我只是在想，你是女子，身材也十分纤巧，倒是提醒了我一件事。"

"什么事？"

"凌空飞跃，凡间之人自然是做不到的，可屋子中藏个你这样身形轻巧，不留痕迹，轻易不会被人发现的人，却是完全可以的。"李凌云看向主人房，缓缓地道。

"那藏身的会是什么人？"谢阮问。

"我也不知。"李凌云不以为意，"没关系，反正等把那些贼人抓到，就能水落石出了。"

"这还无凭无据呢，要怎么捉拿贼人？"谢阮皱眉，"别觉得为女人说两句好话，就能破了此案。"

"证据当然有。"李凌云道，"刚才我取脚印时发现，在那密间门口交界处，还留有半个较小的脚印。"

"半个？"谢阮奇道，"有何用处？"

"既然是主人房，各色人等进进出出自然很频繁。此屋的脚印纷乱不堪，具体是谁留下的，并不容易分辨。"李凌云道，"唯独这里不同，既是密间，又存放着重宝，那刘氏吝啬，不会轻易让其他人进入，其中应当只有王万里与夫人刘氏的脚印才对。"

"话虽如此……"明珪思索道，"或许，这半个脚印也是那三个贼人所留？"

"他们几个的脚印尺寸你都看到了，与此痕极为不符。用封诊道的计算方法，能以脚印大小逆向推出身高，此人个头非常瘦小，身高应该不会超过五尺三寸。"李凌云边说边拿出带有那半个脚印的绢帛给他们看。

"咦？可是……家中除刘氏主仆，其他人不是都死了吗？"谢阮眯起眼来，"莫非刘氏说谎？"

李凌云皱眉来到几旁，小心翼翼地捧起一个镏金[1]葡萄纹银酒壶看了看。放下酒壶后，他从封诊箱内拿出一个小巧的泥炉和一个小锅。

进了屋，李凌云把锅架在泥炉上，向锅里倒了些水，又加了些木炭。

谢阮摸不着头脑。"烧水做甚？你饿了？"

"酒壶上可能有凶手的指印，"李凌云道，"指印留下的时日长了，无法直接查验，但遗留的指印颇能吸水，湿润后方可施展封诊技。"

说着，小锅里冒出白色水汽，李凌云把酒壶拿来，在水汽中短暂熏蒸，之后再度拿出那盒黑色粉末。这回李凌云先用刷子蘸蘸，在掌心轻拍抖掉多余粉

---

[1] 将金涂附在金属物上的一种技法。具体制作过程是：把金和水银合成金汞剂，涂在金属表面，经烘烤或研磨，使水银挥发而金留在器物上。关于金汞剂的记载，最早见于东汉炼丹家魏伯阳的《周易参同契》。而关于镏金技术的记载，最早见于梁代。

末，再轻轻旋转着刷子扫过酒壶。

李凌云将酒壶拿到屋外，此时，酒壶在灿烂的阳光下熠熠生辉，上面奇迹般地显露出清晰的漆黑指印。

"指印竟能出现在这等细处？用你这法子弄得倒是清楚多了。"谢阮对转动酒壶观察的李凌云说着，伸手要碰，却被一旁的明珪轻捏住脉门。

明珪冲她摇头。"碰了就会留下你的指印，要让大郎为难的。"

谢阮闻言连忙放下手来，却仍不忘追问："这是怎么办到的？那粉末可以让指印和脚印自动现形吗？"

李凌云观察着指印细纹，口中答："用上等的木炭研制成粉，反复过筛，直到细如轻尘。用的时候捏一撮，在光洁之物旁用嘴吹上去，或拿兔毫轻轻刷拭，指印自然就变得肉眼可见了。"

"原来如此，是不是所有细粉都行？女子化妆用的胡粉也很细腻……"谢阮刚说到这儿，李凌云却叫起来。

"就是这里。"

李凌云手指壶盖上的一排指印。

"那天晚上，在这个房间里必然是两人对饮，你看，其中一人倒酒，另一人抬手阻止，才会在这个位置留下这种形状的指印。"李凌云虚握壶把，另一手做抬手阻止状，展示二人当时姿态。

"之前查阅验尸格，我发现王万里虽说也身高六尺，却体格瘦削，可见这人没有多大气力。按理说，体虚之人吃不下太多东西，可夜宵中却有整整一只鸡。"

谢阮扫一眼空荡荡的桌面，疑惑道："你怎么知道的？"

"吃剩的鸡骨头不就堆在脏物桶里？那些鸡骨有头的，有翅的，有脖的，还有脊骨，刚才看了一眼，自然心中有数。"

"呕……"谢阮目光扫去，看见鸡骨上有蠕动的细小蛆虫，顿觉反胃。

听了李凌云这番话，三人面前的主人房里似乎出现了这样一个场景：有二人在桌边对坐而食，一人是那富商王万里，另一人则是个面目不清的小个子。

"在我大唐，分桌而食是正礼，但王万里身为商户，以士农工商而论，他家境富裕，身份却下贱，所以私下里也未必就有那么多讲究……"明珏看看李凌云，试探地推测，"吃掉整整一只鸡，更说明他不可能是一个人吃夜宵，而是在和那个人举杯畅饮。"

"他想要给此人倒酒，可是此人身份应该比他低，于是伸手阻止，才留下了这组手印。"李凌云敲敲银壶，"事后，此人拿走了自己的酒杯，为的是让人误以为王万里是在家自斟自饮，但百密终有一疏，留下的鸡骨数量却出卖了他。"

李凌云展开封诊尺，在手印上比画一下大小。"通常而言，一个正常人若不曾患有怪病，其肉身各处骨骼尺寸均会自成一套比例。这么瘦小的手指，身高六尺的王万里是绝不会长得出来的。所以，这个指印跟密间门口的半个脚印一样，都是开门迎贼的那个人留下的。"

明珏讶然。"根据刘氏的证词，其家中就这几个人，此人又是从何而来？"

"所以要等到拿住贼人，严加审问，自然会有答案。"

谢阮却不解。"这……虽说知道贼人身量长短，却不晓得他姓甚名谁，这要我们怎么拿人？"

李凌云也不理她，伸手把手脚上的绢套摘下，一马当先地出了宅子。

外头那群唯谢阮马首是瞻的骑士，此时都站在宅子外的街边维持秩序，李凌云径直从他们身边走过，顺手将绢套扔在路边装垃圾的竹篓里。

"不要了？"谢阮感到莫名其妙，看了看，追上去道，"这东西破了吗？"

"没破，只是这东西只能用一次，之后就必须丢弃。你想一想，前一个案子里有人被毒杀，这个套子已经碰过毒药，在下一个案子里用时，不就把毒药带过去了？把痕迹弄得乱七八糟，还怎么断得了案子？"说完，李凌云朝前走去。谢阮听了一愣，却也觉得有道理。虽不知李凌云要去干吗，但她还是和明珏对了个眼色，连忙跟了上去。

绕着宅子，众人在距离远一些的地方又走了一圈。来到侧门土路上时，李凌云忽地蹲下，专注地看着眼前的东西。"找到了。"

"是什么？"谢阮走近一看，地上原来是坨干牛屎，不由得嘲讽道，"找坨牛屎还费这么大劲？"

"不要小看它，这是破案的关键。"李凌云伸手摸摸牛屎旁边的牛蹄印。蹄印早已透干，一连串伸向远方。

"什么？就这个？你不会要说王万里家养的牛跳起来杀人越货了吧！"谢阮忍不住大笑，笑得前仰后合，像个爷们儿，丝毫没有女子模样。

"蹄印很多……"他倒也不介意她的玩笑，每走一段路就蹲下来看一看，一路走了很远，并耐心解释，"看这一串牛蹄印，就知此牛每一步都迈得极小，行走得十分缓慢。而且这些蹄印，比起同在这软土路上的旁边的其他牛蹄印，还要再深上几分。"

李凌云说完拿出一包石膏，加水调制之后倒进蹄印里，说是要取牛的蹄印模子，用来认牛。

"这个我知道，要是牛负着重物，那牛蹄印自然会比较深啊！"谢阮哈哈一笑，颇有几分得意，同时却也明白李凌云说的是关键，陡然间，她意识到了什么，杏仁大眼突然亮了起来，"车上必有宝箱，那牛的脚步自然沉重了。"

"孤证不立，只有牛蹄印，还不能就这么断定。"李凌云摇摇头。

"不错，"明珪道，"根据这些蹄印，只能判断出牛车上装载了重物，但装载的也完全可能是别的东西，未必就是那四个宝箱。"

"有道理……那现在要怎么办？"谢阮想了想，有些头疼。

"一路跟下去，如有其余痕迹与这些蹄印相互印证，就会有所发现……"李凌云站起身，顺着牛蹄印一路追踪。谢阮和明珪对视一眼，当即跟上。没过多久，李凌云就停下了脚步。

"有血迹。"李凌云手指一处牛蹄印。二人一看，果然有一点血迹留在地面上。

谢阮一看那血迹形状，顿时开窍。"星芒状，是直刀上落下的？"

"嗯。"李凌云点头。

明珪闻言长出一口气，面色微喜。"看来这牛车果然是那群凶手用来运载宝箱的。"

谢阮却又追问："有办法找到车吗？只要知道车是谁的，岂不就能弄明白谁是凶手了？哪怕是租来的，也算有了线索。"

"只怕没有你想的那么简单……"李凌云直接否定了谢阮的猜想，"别说车了，就算我们查出牛是谁的，那个人也未必是凶手。"

"什么？"谢阮露出搞不懂的表情。

"虽然车上有宝箱，但均匀负重时，两边后蹄的蹄印应该差不多深才对，"李凌云将手指戳在左右两个蹄印里测量，"可你看，明显左边蹄印更深。"

"莫非这牛瘸了？"谢阮戳一下明珪，"明少卿，你有什么见解？"

"这事我也摸不着头脑，还得问李大郎才是。"明珪虚心拱手，"还请大郎赐教。"

"不用这么客气。说透了，这牛没有瘸，它只是怀了小牛而已。"

"怀孕？"谢阮惊讶道，"这你都能看出来？"

"女子如果怀孕了，步态就会随之改变。"李凌云看向明珪，"那谁，你穿着道袍，可见家里有修道者，或许听过这种事。"

"不错，"明珪微笑，"据闻还有修道者能看出所怀是男是女，可我也未曾亲眼见过，不知是真是假。"

"牛怀孕，左重，则所怀为公牛；右重，则所怀为母牛。案发之处的蹄印是左边的深，怀的应是公牛。"李凌云又道，"宝箱中藏有巨万钱财，沉重巨大，弄到手后必须尽快运离此地，否则一旦案发，追查起来，太容易被发现了。根据土路上的牛蹄印和很深的车辙痕迹来看，凶手杀完人后，就迅速用牛车运走了宝箱，拉车的牛还有了身孕。"

"怀孕的牛……可你之前说过，只凭牛找不到凶手，老琢磨这个有什么用？"谢阮可没忘了李凌云之前说的话，寻到机会找了个小碴。

"我大唐百姓向来格外珍惜牲畜，牛可用来耕种，如今中原一带，杀牛吃肉都是违法之举，可见牛对百姓来说是家中不可或缺的劳力，牛价也颇为昂贵。人怀孕后不能做重活，那牛也一样，人们是不可能让孕牛外出劳作的，更不会把自家的孕牛租给别人，何况还是拉这么沉重的车……要是我没猜错，这头牛必定来路不正，不是偷的就是抢来的。"

谢阮仔细想想，对李凌云点头道："有道理，丢失牛对百姓来说也不是小事，必会有人报官，那我们也就有迹可循了。"

"不错，所以将军最好立刻派人去查近期是否发生过盗窃或抢夺耕牛的案子。"

听李凌云这样说，谢阮当即招来该县的贼曹尉。来人一听要找失踪的孕牛，便想起一桩案子来，禀道："城外有个叫作周村的地界，村中一个老者前几日被人杀死，家中耕牛被抢，只是那头牛是否怀了孕，情形尚且不明。"

三人闻言对了个眼神。李凌云对那贼曹尉道："烦请领路，我们这就去周村。"

牛踪觅迹 葬地追凶

第四回

大唐封诊录

县城外沿的周村是座不大的村落，由于少有外人出现，谢阮带着一大群人过来，村民就全都跑出来瞧热闹，一时之间，四面八方都闹哄哄的。

谢阮一行也不理会这些探头探脑的家伙，在贼曹尉的带领下，径直来到了死去老者的院内。

这是村落里的一座寻常独院，因住户贫穷，家里只有一间土房外加一个牛棚。确认老者的尸首已在村中弃屋暂时收殓，李凌云便让谢阮派人把尸首弄过来，自己则抬腿进了牛棚。

虽已牛去棚空，但牛棚里留下了满地蹄印。将牛棚里的蹄印与之前泥路上留下的蹄印对比后，李凌云确定，这家丢失的耕牛就是灭门案中运送宝箱的脚力无疑。

此时死者的棺材也被抬了回来。把看热闹的村民驱散之后，李凌云就在院中开棺验尸。

因天气炎热，棺材还没打开就冒出了极臭的腐气。谢阮压根没敢往前凑，拽着明珪躲得老远，眼看着李凌云穿上一件怪模怪样口袋一般的外衣，嘴上捂着一大块不知材质的厚布，一脸无所谓地走到棺材前，伸手在里面迅速翻动起来。

这边厢，李凌云飞快地用尺子测量着老者身上那唯一的伤口。接着，他又小心拨开皮肉仔细观察，果然在创口内发现了一点独特的东西。

一阵又一阵的恶臭不断飘来，憋气憋成大红脸的谢阮总算等到李凌云起身朝他们走来。

"死者身上只有一个伤口。"李凌云一把抓下脸上的东西。谢阮无心观察他手中的是什么，面色难看地忍着臭气朝后退了退——现在的李凌云，闻起来与那腐尸也没什么区别。

"一个伤口？"可能是在大理寺待久了，明珏对尸臭味的反应不是很大，倒是对李凌云的说法颇感兴趣。

"老者是被人用枪刺死的，枪头呈三角形。大唐百姓一贯很少用枪这种兵器，因为枪只能刺于一点，所以十分难学，不下一番苦功夫是很难练成的。军中倒是常有用枪的。"李凌云思索片刻，"凶手只怕是个练家子。"

"用的是什么枪？"明珏问，"据我所知，市面上常见的枪有钩枪和锥形枪两种……"

"从老者致命伤的伤口深度可推测出，那凶手用的是锥形枪，这种枪的枪头有一个锥体，打磨难度较大，但比较容易穿透人体。"说到这里，李凌云摊开手掌，"还有，我在伤口里找到了这个。"

李凌云的掌心里是一根红色细绳。

"这是……"明珏见之挑眉。

"是枪头装饰的红缨。可见这把枪平时一定很醒目。锥形枪价值不菲，就算是在军中，也只有领队持有，一方面可做兵器，另一方面，走在队伍前端时，素以红缨为记，鲜艳夺目，便于引领众人。"明珏沉吟起来，"这人既然武功不凡，而且还能带领他人，只怕来头不简单。"

"院中发现了一些鞋痕。这村中全是农人，即便村正①训练了一些人在村中巡逻，他们穿的也不过是草鞋而已。所以我先排除了草鞋鞋痕，那么剩下的

---

① 职役名。唐制，在农村除里正外，每村另设村正一人，满一百户的大村可设两名村正；村民不满十户的，就隶入大村，不另设村正。

就可能是凶手的足迹，尤其是牛棚附近……我刚才看了一下，有几处鞋痕与灭门案现场的鞋痕极为相似。"

李凌云继续道："这些凶手所穿并非官靴，长期步行，鞋底磨损极为严重。若非官兵，那么民间能有此特征，又持有尖枪、修习枪技的，便是走镖之人了。镖队中，一般都是镖头手持红缨枪走在前头，以警示马匪、山盗。由此我们可以合理地揣测一下，凶手会不会是王万里平时为了护送财货聘请的镖师呢？"

约莫是忍不住好奇心，谢阮还是捏着鼻子走了过来。"听说王家平时接触的镖队很多，我们如何分辨具体是哪家呢？"

明珪思索道："能杀人、抢牛、制造灭门惨案，这是做好了鱼死网破的准备。说明这帮人必定对王万里一家知根知底，一次就要把王万里的钱财全部夺去。可是外人又怎么知道王万里到底有多少钱财？单说主人房中的那个密间，就不是外人能摸清楚的，可见作案之人与王家的关系非同一般。"

李凌云点头赞同。"不错。运送货物，尤其是在犯下大案时，一般以马车或者驴车代步最佳，可以快速逃脱。而牛车行动缓慢，凶手大多弃之不用。可这帮人竟不惜杀人也要抢一头怀孕的母牛，可以看出，他们早就想好了退路，对脱逃有成算。不提前做计划，必定无法如此滴水不漏。从老汉被杀、牛被抢这件事来看，这个案子他们已谋划了很长时间，绝不是突然之举。"

明珪想了想。"不管怎样，都必须找到赃物。那刘氏说宝箱中藏有巨万钱财，硕大无比，定是相当显眼。然而新安县一听到案发的消息就让人四处封路，在官道上也拦车查探，都未查到宝箱下落，又是何缘故？"

"这里属于京畿范围，河南道内有东都洛阳在，道路通达宽阔，如果出现抢劫杀人这种恶性案子，在洛阳境内，依靠驿道便可一呼百应。"谢阮面露鄙夷，"那些贼人跑得再快，也未必能逃出洛阳，所以他们才不用行动迅捷的马或驴，反而用了牛，必是早就想好了要怎么遮掩。某看新安县那群贼曹尉怕是早就已经把人给放脱了。"

"那……他们又要如何遮掩？"明珪陷入思索之中，"发生这等大案，用来送货的车肯定会被守卫查看，遇到不易翻查的，比如炭柴车，还要用刀矛捅刺，很难掩蔽宝箱形迹。"

一旁的贼曹尉听得抓耳挠腮，转头问李凌云："李先生，帮人帮到底，你说那些凶徒究竟会用什么方式遮掩？"

"我觉得明少卿已经想到了。"李凌云看向明珪，挑起眉毛，"修道也好，行医也罢，你既然在大理寺任职，对此必然心中有数吧！"

"大郎这是信我，还是要故意考校我呢？"明珪笑笑，顿显成熟男人的魅力。他对听得一脸费解的谢阮道："由我略提一二，三娘也一定能猜到。你想过有哪种车，大家是绝不会用刀砍、用矛捅的吗？"

明珪话音未落，谢阮恍然大悟，满面兴奋地喊叫起来。

"凶事车跟秽物车。"可刚说完，谢阮又陷入迷惑，"二者之中又会是哪个呢？"

李凌云不咸不淡地道："县城比不上东都洛阳，百姓虽住在城里，但很多人城外有田地，需每天外出耕种。正所谓'肥水不流外人田'，城里的屎尿秽物大多由本家运去种田，小小县城，有几个需要用大车来运送的大户呢？就算是县里用的秽物车，也不可能大得装下四个宝箱。如用这个法子，必会被守卫的卒子看出蹊跷来。"

"你这么一说，那就只剩下凶事车了，棺材做多大也没人管，只当是特别有钱罢了。再说送棺材外出落葬，没有人会主动开馆，谁也不喜欢触霉头、不吉利的事。不过，赤县城中夜里虽管得没有东都严，但也要敲静街鼓①，有街使按时巡查。"说到这里，谢阮兴奋地搓搓手。"贼人夜半劫掠，只能把车藏在角落暗巷，绝不敢行人大道，所以，他们肯定要等到第二天天亮，才会以办凶事为名，驱赶牛车离城。"

明珪连忙接上她的话："然而这个时候，王万里已经被杀，按理说，他们应该走小路，才更好回避搜查。可牛车沉重万分，若不走官道，说不定会陷在土里。又因财物太多，他们不太可能冒险在官道附近坐地分赃。如此一来，为

---

① 街鼓即设置在街道的警夜鼓。宵禁开始和终止时击鼓通报。始于唐代，宋以后改名为"更鼓"。

了掩人耳目，他们多半会把宝箱直接埋掉。"

"运的是棺材，要埋了它，又不引人瞩目，当然是假戏真做，直接藏在坟地里最为合适。"谢阮眯眼推算，"看来，只要让本县少府①顺此线索去查，找出县城附近这几日立的新坟即可。至于贼人到底去向哪边，寻守门卒查一下灭门案第二天一早出城的名单，也就清楚了。"

"说得很好。那么我的事已做完了。"李凌云摊手，"接下来要等结案，还是……"

听李凌云这样说，谢阮却低头思虑起来。李凌云正觉古怪，想要询问，却见她又抬起脸，朝他露出了白白的两排牙齿。只见谢阮鼻梁皱起，咧开嘴，野狼一样笑起来。

"要怪就怪你，之前把我的胃口吊得老高，现在想拍屁股走人，那是绝对不行的。李凌云，你就跟咱们一起走一趟，帮着新安县把元凶捉了，否则的话，活命的那个机会，我偏就不给你了，看你能把我怎么着？"

说完，谢阮拍拍李凌云的肩膀，懒得看他做何表情，自顾自去一旁牵马了。

黄昏时分，闪电的光芒里，倾盆大雨看起来就像从天而降的白色布匹，密集如注。

新安县城东郊外官道之上，数匹骏马正冒雨奔行，踩踏出一片泥泞。要是有人细看，就会发现，为首的黑马上那名骑士其实是一个身姿窈窕的男装丽人。

在这一行奔马过去之后，却有一匹行动迟缓的马，在道上迈着小步追着马队。马背上明明坐着两个人，却可怜巴巴地只披了一件蓑衣。

---

① 唐代因县令称明府，县尉为县令之佐，遂称少府，后世亦沿用。

李凌云抬头看天。突然一个颠簸，他沉默地伸手抓住了明珪的腰带。

横飞的雨水糊得人视线不清，他从蓑衣缝隙里伸出手，抹了一把脸，听见明珪在尴尬地解释。

"之前的驿马都跑伤了，再跑下去会死的，不得不换马……但驿站的马也不够……"明珪的声音夹杂在雨水里，断断续续。

"谢家三娘就是这脾气……她在宫中得宠，不要跟她计较……

"此番天后也是全权委托给她……

"别说是你……我也要让她三分……"

话语声模糊不清，李凌云只能竭尽所能从中获取信息。

这位来自宫中的谢三娘到底担了什么职务，他当下虽还不清楚，但毫无疑问，她一定是天后的心腹。那位天下人眼中挟天子之威自重，像一头雌虎般盘踞在东都的女人，好像很热衷于给自己的手下人放权，尤其是给女子放权。

性情坚毅，冷酷决绝，却也爱憎分明，这是父亲李绍对天后的评价。他为武媚娘办事，别说在李家，在封诊道之中也不是秘密。

很显然，谢三娘拥有一些可以不依大唐律且不受当地县衙管辖的自主权。那么正如她所言，他活下去的机会，就要看这个女子乐不乐意给了。

不过天后让谢阮找他，绝不会只是为了告知他李绍已经死了的消息。武媚娘让他办的事，绝非任何人都可以胜任。要不是那种让大唐天后都难以决断的麻烦，也不至于派出如此亲近的女官来经手。

"……真是不得已而为之……

"朝中的局面也不顺遂……她要面对的危险也极多……"

明珪仍在说话，声音不沉，反而有些脆响，像个少年，声音很是温和，令人感到舒服，李凌云也就没有打断他的意思。

自牢中被突然拽出，又连续不断赶路，一天一夜没合眼的李凌云开始觉得，在明珪的声音里保持神志清醒有些艰难。

他的意识朦胧起来，眼前渐渐出现了父亲李绍的身影……

…………

李绍有张白皙的脸，看起来颇为文雅，虽留着长须，但并不是很老，只是作为封诊道领袖，操心的事情多，眉心总是挂着很深的川字沟壑。

李凌云似乎看见李绍站在他面前叹息。他想起父亲总是这样对他叹气，若是发现他看过来，又会马上掩饰地笑起来。每当这种时候，父亲看他的目光，总会给他一种欲言又止的感觉。

"可是，阿耶不是已经死了吗？"李凌云迷迷糊糊地想，"按谢阮说的，阿耶死了有一段时日了，我怎么可能现在还能看到阿耶？"

"所以，这一定是梦！"

意识到自己在做梦，李凌云猛地睁大眼睛。他抬头看向前方。在他眼前是一个男人的后脑勺，散发着头油的花香味，夹杂一点蜂蜜的甜。李凌云总算想起，这是他上马坐在明珪身后时就已经嗅到的味道。他方才打了个盹。

"……之前新安县尉说找到了一座新坟，可大郎你又是怎么判断出那些贼人一定会在今晚掘墓移宝的呢？"明珪还在继续说。

李凌云双手捧了把雨水，洗了洗脸，总算清醒些。

"你看前面，三五丈开外就已是一片迷蒙，我们就算骑着马，仍看不了多远。"

明珪顺着李凌云手指的方向望着挂在蓑衣上的雨帘，发现的确什么也看不清。

"我们从新安县城出来，走到现在，一路上并无行人车马，就是因为夏季天气炎热，又突降大雨，冒雨赶路很容易患病，而请大夫和购药都不便宜，所以路上行人都会找地方避雨。再过一会儿入了夜，官道上更是人迹罕至，而且雨水不光可以阻碍视线，还能冲刷痕迹，对那些藏了宝贝的贼人来说，今晚绝对是取宝的最佳时机。"

"言之有理……"明珪颔首，"可天气这样恶劣，对他们的行动也会有所妨碍，移宝加倍不易。若他们自认藏宝妥帖，不必非得这时取出，因而蛰伏不动，大家岂不是空跑一场？"

"谢三娘要抓人，贼曹尉也要抓人，抓贼拿赃不是我的事，我只不过是推断今夜较为适合移赃。我还建议新安县最好做守株待兔之举，所以说，本来也未必就能建全功，我没打什么包票，就算空跑一场，也赖不到我。"

李凌云无所谓，明珪却苦笑起来。"要是贼人不出来，谢三娘一定会气得一佛出世，二佛升天。"

说到这里，他转头温和地对李凌云解释道："她只是表面上与你过不去，其实……天后说过，办这事的人非你不可，就因为这个，她对你有些怨气。"

李凌云有些不解。"剖尸断案这种事，本就是我们封诊道擅长的。再说，都是为天后做事，我做也好，谢三娘做也好，事情做得妥帖才是关键。托付给不合适的人，做出问题了，对天后反倒不好，这个道理谁都懂，她为何会对我有怨气？"

明珪闻言回头，目光在李凌云脸上扫视。"理是这么个理……可天后一贯对谢三娘委以重任，现在用了外人，还要她专门跑一趟，她心里不是滋味，闹闹性子也正常。这你都看不出来？"

李凌云想想，摇头道："我看不出。我只知道，应该找合适的人做合适的事。"

"大郎这话可让我糊涂了。"明珪笑得勉强，"方才我就想问，谢三娘也没跟你说过天后到底要你做什么，你又是怎么推测出来是找你查案的？不过无论如何，你都是个聪明人。既然如此，谢三娘耍点小性子，你却搞不懂，听起来倒像是在故作不知了……"

李凌云垂下眼，并不马上回答，反而想起过去李绍一再耳提面命的事来。

是从什么时候开始的呢？他早已经忘了。好像从他能记事起，父亲就是那样反复叮嘱他的。

父亲总说："大郎，你对人的情感，对关乎七情六欲之事，总是十分迟钝，所以阿耶警告你，你必须时时刻刻提醒自己，什么事应当做，什么事不应当做。你要清楚地记着，这世上的人，一旦做了不应当做的事，就会惹祸上身，给自己带来性命之忧。"

说完这段话之后，父亲就会假设出种种事件情形，命他进行选择。要是他选择错误，父亲就一边用戒尺狠狠打他的手板心，一边与他再三强调那个正确的选择，同时还会仔细说明缘故，让他牢牢记住，甚至还会写下来，让他反复诵读。

"人通常生来就有缺陷，世界上没有完美无缺之人，你在这方面就是比别人笨拙，出了家门，若还犯错的话，可能会有性命之忧。阿耶希望你能好好活下去，所以才会对你格外严厉，只希望阿耶老死以后，你能照料你那体弱的弟弟……"

不管当天教他的结果父亲是不是满意，这句话父亲总会在教导结束之后说一遍。只是往往那个时候，他的手板心已被戒尺打得肿起老高，又热又疼……

"阿耶曾说，我于人情方面很是迟钝……"一片雨声里，李凌云突然说道。

原本已回过头去的明珪又转头看向他。久久不见李凌云说下去，明珪这才意识到，李凌云是在回答自己之前提出的问题。

"大郎……是在回答我？"明珪试探地问。

李凌云点头解释道："我们封诊一道由上古神医俞跗开宗立派，原本都是医者，你应该听过三国时华佗的传说，他曾建议曹阿瞒开颅取虫……"

"我是听过，"明珪笑道，"那根本是神仙传闻，且不说华佗如何看出人头中生了活虫，这个世上怎么会有把头颅打开了还能继续活下去的人呢？"显然，他对此觉得有些不可思议。

"其实，那是真的。"李凌云肯定地道。

见明珪惊得张开了嘴，李凌云继续道："人腹中可以生虫，肌肉腠理间也可以生虫，那么头颅里有虫，又有什么好意外的？"

长期被关在牢里不见天日，李凌云的面色显得有些苍白。但说起这些时，他兴致勃勃，脸上也有了光彩。"我五岁时，阿耶就带我去剖人尸体，教我如何用铁锯打开头颅而不伤其脑。那人之所以会死，就是脑中生虫痛死的。锯开脑盖，发现骨头被顶开，拆开骨片，人脑却不散，上面有一层血膜包裹，可以看出经络血脉。阿耶挑开那层膜，就滚出这么大的一个球来。"李凌云抬起手，食指与拇指扣成环状。"戳破了球，便发现里边有一条活虫。"

明珪目瞪口呆。"莫非是中了蛊？"

"我不清楚究竟是什么虫子，或许是某种蛊吧……那时我年纪尚小，没问清楚。"李凌云没有继续，话锋一转，"不过可见神医华佗开颅捉虫，不会医死人，的确是事实。再说，也有关云长刮骨疗毒的传闻。遇病先开三服药，喝下去就能治病，是一般医家的手段。我们封诊道不同，行医必剖人身，开腹观心，自皮肤、肌肉、骨髓、肠脏之中寻觅治疗之道，不过，这也是我们惹人厌恶的原因。战国时礼乐崩毁，征伐不断，百姓食不果腹，还要时刻面对突如其来的死亡，倒也容得下封诊道大夫。可到了大汉朝时，天下一统，武帝又独尊儒术……"

"……儒家讲究身体发肤，受之父母，不能轻举妄动，更有甚者，连头发、指甲都不愿修剪……"明珪喃喃道，"就算你们那种治疗办法能够让人活命，只怕也没人愿接受'违背礼数'的诊治。"

"所以，自那之后，我封诊道几乎被逼上绝路。因为封诊道掌握着真正救命的医技，历朝历代的皇室看在这个份儿上，才出钱出力助封诊道流传下去。之前提过秦朝有专门执掌宫廷医事行政的官职，它向来是由我们封诊道的人担任的，实际上直到今日，我阿耶以封诊道首领身份任职宫中，做的仍然是一样的活，哪怕朝廷由大明宫到上阳宫，从西京一直搬到了东都，宫里都缺不得他……只是后来，由于没有活人可供锻炼医技，我们就渐渐将目标转向了死人……"

李凌云顿了顿，似在思考怎么说，片刻后继续道："毕竟要用到奇诡医艺的情形太少见，所以封诊一脉在宫廷之内也一样参与检验尸首，断明死因。宫城深深，离奇死亡事件时有发生。而且我阿耶说，许多事情发生在宫里，刑部和大理寺不宜知晓，宫内省的宦官又是不会验尸的，这时就得我阿耶上了。"

听了一段封诊道秘辛，明珪想起宫中流传多年的那些传闻，颇为赞同。"……此话倒是不假。"

"在宫里，阿耶所做的大多也就是验尸验伤。如今他死了，天后用我，就是在补他的缺，所以我知道谢三娘找我一定是冲着案子来的，这不难推断。加上她说过我要想活命就必须破案，而她又如此热衷于验证我的推测，总体来看，天后估计是被案子给难倒了。"

"大郎真聪明，"明珪轻叹，"既有这样的聪慧，在人情上迟钝一些，倒也不算碍事。"

"等一等，你这话说得好像之前就知道我一样……是谁同你这样说过？"从明珪的话里，李凌云听出了弦外之音。

"就是把你举荐给天后的那个人……"明珪不想继续深入，话锋一转，"人情方面，大郎如果觉得困扰，倒不妨找人探问。人间之情也不过爱、恨、贪、嗔、痴等几种，有人替你参详，总能搞得明白些。"

"过去我都是问我阿耶的，现在不晓得问谁好……"李凌云微微颔首，算是赞同明珪，"对了，你方才说，谢三娘只是表面与我过不去，亲自抓贼却是另有原因？"

"大郎这么问，莫非是找我替你参详？"明珪微愣。

"是你说可以找人问的，我眼前只有你一个人，不问你又问谁？"李凌云迷惑地道，"怎么，你不愿意？"

"当然没有，某倒是觉得荣幸。"明珪笑笑，转而语气严肃地道："谢三娘之所以亲自上阵，是因为看了这个案子，觉得这群人性情凶残，不能姑息养奸。她跟我说，这种劫掠杀人的恶徒，拿下后一经清查，就能发现他们大多作案累累。她虽可以直接带你回京，却还是逼着新安县马上把凶手一网打尽。她是担心再拖下去，他们会继续杀人。"

"原来她考虑的是百姓的安危。"李凌云了悟，"这些心狠手辣的匪徒不会有什么正经营生，劫掠来的钱财十有八九会花在赌坊和妓酒歌舞之处……要是不把他们拿住，他们迟早会再犯下大案。可是……我真的只是推论，不敢肯定他们今晚到底会不会来挖宝。"

李凌云想了想，又真诚地解释道："封诊道只能依照证据对案件的情况进行分析，我不过是凭借一些周边条件推测，会不会叫谢三娘失望？"

"大郎不必介意，某看他们今晚一定会来。"明珪安抚道，"这些贼人杀人越货，心狠手辣，而且目标明确，就是为劫掠钱财，要是有耐心等上一年半载，又何必做这种杀人全家，不留后路的事？"

"明少卿这么说，是因为你有什么我不知道的证据？"李凌云问。

"确凿证据是没有的。不过大郎你不擅人情，所以不知道，依靠对人心、人性的熟知，也可做出一些精准推测来。前些年大理寺就出过一位狄公，他靠着这一手，清理了所有陈年积案，其中最有名的，是两位母亲争夺一个孩童的案子，当时她们都说自己是孩子的亲生母亲。狄公冷眼在一边观瞧，发现那孩子被两个女人拉着手，哇哇大哭，其中一人连忙放手，面色焦急不忍，便判断放手的人才是孩子的生母。根据就是，世上真正疼爱孩子的母亲，是不舍得见孩子受苦的。所以，打那时之后，大理寺便注重起人情推测，某在大理寺做官，猜度人心这种事如何运用，还是懂得一些的。"

明珪继续道："那些贼人已习惯了作恶，连偷窃耕牛都要杀人，显然是为达目的不择手段。这种人本性就偏好冒险，所以我想，他们不会放过这个大好机会。另外，经雨水冲刷，新坟不牢固，万一宝箱露出来，被他人瞧见拿走，他们岂不是费了九牛二虎之力，却便宜了别人？所以，我猜他们今晚必会来挖宝。"

明珪说罢手指前方，笑道："我们的马虽慢，不过紧赶慢赶，总算是赶上他们了。"

李凌云闻声看去，前面果然有许多模糊身影在晃动。不等靠近，有个男子就领着几个捉不良①上前迎接。到了跟前一看，正是抢先一步来调查的新安县尉。

同样身披防雨蓑衣，那县尉拱手一礼，便连忙对二人交代案情："虽说现在雨水很大，可是我们出城找寻时却还没下雨，于是沿着牛蹄印和车轮印记追

---

① 唐代缉捕盗贼的吏卒，犹后世的捕快。唐代张鷟《朝野佥载》卷五记载："敕令长安、万年捉不良脊烂求贼，鼎沸三日不获。"

踪到了这块墓地。"

县尉伸手指向旁边,雨水里影影绰绰,只能勉强看出是一段比较平缓的山坡。"凶手埋宝时留下的痕迹被大雨冲走不少,却也让寻找新坟变得容易许多。"

李凌云接过话头:"新坟土壤定比不上旧坟凝实,雨水一冲就能发现。"

"不错。"县尉佩服道,"贼人为不被人察觉,在新坟上种了草皮,不过大雨一冲,顿现原形。谢娘子……谢将军没花多少工夫,就领着咱们找到了用来藏宝的假坟。咱们只需等待片刻,应该就能瓮中捉鳖了。"

大唐文武官职均分职事官和散官,后者只是象征尊荣层级用的,却没具体职务。自天皇风眩之症加重,天后一方的权势也水涨船高,后宫女子为官者变得多见,但受女子体力和学识限制,大多封为内职和文职。

在如今的大唐,谢阮作为女人要真正担任武官实职,绝非易事,而她却一定要搞个将军的名头,连李凌云都能看出,这个女子是颇有几分雄心的,她要亲自抓人,也就不难理解了。

众人与县尉一起上了山坡,没多久便到了坟地北面的灌木丛。

来到埋伏之地,李凌云回头看看,发现从灌木丛向外望去,恰好能看见那处假坟,也能勉强看到一旁的官道,可见这里的确是坐等贼人的绝佳地点。

为防打草惊蛇,几个捉不良正牵着众人的马匹,把它们带到树林里藏匿。起初雨中尚能隐约看到移动的马影,一会儿就都不见了。

李凌云随大家一起埋伏着。在瓢泼大雨的冲刷下,那座假坟上不断流下混浊泥水,很轻易地就与周边的老坟区分开来。

县尉压低声音解释道:"真坟会用糯米青膏泥隔水,假坟无须这么麻烦,为了挖掘方便,贼人不过是盖了土压实而已。这种挖松了的新土,被雨水浸润后容易疏松塌陷,我们方才轻松挖开一角,打眼一瞧,里面就是王家不翼而飞的那四个宝箱。现在只等贼人前来,有谢将军一行,再加上我县的人,怎么也有数十人之多,他们敢来,我等就能顺利拿下。"

谢阮早已跃跃欲试,一边听一边朝李凌云和明珪投去炫耀的目光。李凌云却转头看向明珪，问："明少卿方才对人心的推测，能有几成把握？"

明珪也看向李凌云，亲切一笑。"大郎平日封诊时，对死者的死因又有几成把握？"

"如果痕迹未遭破坏，少则八九成，多则有十足把握。"

"那若是论人情推测的话，我跟大郎的把握相仿。"

"你们一起骑马，不过走了十几里①路，怎么就变得这么亲密了？李大郎，你要记住，是我把你从牢里弄出来的！"谢阮见二人毫不理会自己，颇为不满。

明珪连忙叉手拱了拱。"我们只嘴上说说，抓贼拿赃这事，还要看三娘你的。"

李凌云在一旁观瞧，发现明珪态度貌似恭敬，实则没有弯腰行礼，想起阿耶曾教过自己，若两人对面，行礼时没有正式弯腰行到位置，这是二者实力、地位相当的表现。

明珪作为大理寺少卿，官职高于谢阮，可谢阮毕竟是天后的人。粗看他对谢阮好像毕恭毕敬，而且心存忌惮，可现在这个情况却让李凌云意识到，要么明珪跟天后的关系不在谢阮之下，要么就是明珪还有别的倚仗，表面上维护谢阮，实则却并不怕她。

能让天后发话把自己从牢里拎出来，看来这桩要办的疑难案子一定与宫中有关。李凌云从小看李绍办案，自然知道阿耶在宫中接触的那些案子，通常不会与三法司②打上任何交道。

可以说，供职宫中的封诊道和三法司的办案官员，属于非此即彼的关系，任何案件有了一方参与，就不会有另一方。

三法司打从周朝开始就有设置，现在的大唐，三法司分别是刑部、御史台、大理寺，宫中的案子在彻查清楚后，或许才会酌情交给它们审理，但查实

---

① 唐代的1里约合今454米。

② 我国旧制三个司法机关的合称。《商君书·定分》："天子置三法官，殿中置一法官，御史置一法官及吏，丞相置一法官。"后世"三法司"之称或来源于此。唐代指刑部、御史台、大理寺。《新唐书·百官志一》："凡鞫大狱，以尚书侍郎与御史中丞、大理卿为三司使。"重大案件由三法司会审。

死因前，定不会让外人掺和。

尤其是现在的案子还跟那位与皇帝比肩的女人有关，按从父亲那边了解到的信息来看，武媚娘一贯格外排斥外朝介入宫中。虽说阿耶不怎么提皇家的是非，但外面的风言风语，李凌云也不是完全没有听过。

那么，明珪这位大理寺少卿为何会跟天后的代言者谢阮一道，他又是站在何种位置上来涉足天后指派的要案的呢？这一点，在李凌云看来，就颇值得深究了。

谢阮当然不知李凌云此时在想什么，她鼻子里哼了几声，不屑道："抓贼的自然是我，你这大理寺少卿看着就行。"一旁的县尉满脸欲言又止的表情，心道你也不是三法司的人，怎么就抓贼的自然是你？可他也不敢在这个时候开口，生怕顶撞到这位来头不小的谢将军。

县尉甩掉手上的雨水。"我们已经做好了捕捉准备，谢将军请各位就在这里守株待兔，一会儿我们随她行动便是。"

"将军？我倒忘了问，谢三娘是什么职位的将军？"李凌云看看明珪，后者笑着解惑："三娘出宫时，说行动不便，干脆跟天后讨了个游击将军[①]来做。"

"哎呀呀，咱们谢将军要不高兴了，还是抓到人再说吧！"见谢阮恶狠狠地看过来，明珪笑着打个哈哈，灌木丛中很快恢复了宁静。

一切都被雨水弄得湿漉漉的，虽说蚊虫都避雨去了，但天气仍闷热难当，湿衣贴在身上，很不好受，但众人还是默默忍耐。

等了小半个时辰后，天色越来越沉黑，雨水渐渐稀落，蚊虫随风袭来，李

---

① 官名。汉代始置，杂号将军之一。汉武帝时有游击将军韩说。魏、晋为禁军将领，与骁骑将军分领命中虎贲，掌宿卫之任，四品。十六国前凉、北燕亦置。南朝沿置。梁置左、右游击将军。北魏、北齐为侍卫武职。唐代置为武散官。宋、明皆置。

凌云脸上被咬了好几个疙瘩，奇痒难忍。就在大家即将忍无可忍之时，一个人影沿着墓地边缘悄然摸到众人跟前。谢阮警觉地轻声呵斥："来者何人？"

"我乃新安县捉不良李十六。"来人小声应道，"少府命我在前方望风，我方才远远看见官道上有一辆牛车朝这边驶来，故前来通报。"

说话间，那辆牛车已进入众人的视野。只见牛车从官道上徐徐而来，快到坟地附近时，缓缓停在了路边，从车上下来四个人。

虽说隔得远，看不清对方面目，但四人的身形还是清晰可辨，其中三人身高过六尺，唯独一人个头瘦小，与李凌云此前的推测相当。

四人手中均提着刀，一人惯用左手。他们都用绳索在背后系了把锄头，可见他们打算挖坟掘墓。瘦小男子左右窥视了片刻，并未发现异样，于是便踩着湿泥，朝着新坟一步一滑地走了过来。

天色已黑，但谢阮眼力极佳，瞥着那四个鬼鬼祟祟、形迹可疑的人，她冷笑道："这些凶手居然还穿了孝衣，做戏倒是做全套，这是给死人做孝子贤孙呢！且等他们挖出宝箱，咱们就能人赃俱获。"

说完，谢阮朝那县尉使个眼色，后者领会她的意思，下令道："新安县捉不良、所由①听某的令，等贼人开棺时再出手。"

这边众人继续悄然静等，那边四个贼人已走到新坟前。他们放下手中的刀子，又从背后解下锄头，由小个子望风，另外三人扯开麻衣孝服，褪下半臂，袒露着肩头，努力地挖起坟来。

三个大汉一起发力，不过小半刻的时间就挖到了棺材。其中两人伸手奋力拽开棺盖，另一个大汉跳进棺中，"嘿"的一声喊，肌肉隆起，试图把其中的宝箱举到边缘。

灌木丛里，谢阮抬起的胳膊往下一劈，那县尉看了，大喊一声："拿人！"话音未落，黑黢黢的坟地里瞬间跃起数十个身影。

谢阮早已跳出灌木丛，带头跑在最前，没等众人燃起火把，贼人已全部被

---

① 唐代一般指胥吏及差役，因事必经由其手，故谓之所由。

拿下。不知是不是认了命，三个壮汉都蔫蔫地耷拉着脑袋，只有那小个子还挣扎不休。

谢阮走过去一脚将其踹翻，把他的脑袋踏进泥里。

小个子抬起头，正要破口大骂，眼前一道寒光闪过，一把利刃插在了他脑袋前面的泥水里。见状，他立马把嘴里的话硬生生吞了回去。

谢阮踩着他的肩膊蹲下来，晃了晃手里的兵器，冷哼道："刀是用来让你们杀我大唐百姓的？再敢叫嚣，某现在就取了你的狗头。"

谢阮身形纤细，却不知为何气力奇大，她随随便便飞起一脚，就把那小个子踹得在地上滚了几圈。她叫来两个捉不良，把这群货色五花大绑了，带到山下去，又提起刀来，走到李凌云身边。

"你可以活了，咱们回新安县去，稍做整饬再前往别处。"谢阮用刀鞘拍了拍李凌云的肩，转身朝官道走去，又远远喊出后半截话："让你活是暂时的，这事可没彻底定下来。"

李凌云看向明珪，奇道："怎么还是暂时的？"

"大郎终归会知道的。"明珪拽着李凌云下了山。山下早已有人把马牵来，李凌云站在一旁等谢阮分配马匹，却不料谢阮打马就走。

"咦？谢三娘。"李凌云见状朝谢阮追了几步，"某的马呢？"

"你是不是傻？来时马尚且不够，回去哪里多得出来。"谢阮头都懒得回，抬手挥挥鞭子。

此时有人赶着那辆牛车过来，李凌云忙走过去。"那我乘车回去！"

赶车的所由有些为难，他手指满满一车东西道："先生慢来，这车上放了四个宝箱，现在已经塞不下了。"

李凌云手足无措，只好站在路边。明珪策马到他面前，笑眯眯地朝他伸出手，道："走吗？"

夏日暴雨倒是去得也快，雨一歇，云便收，乌云散去后，竟露出一片星光熠熠的天空来，仿似上天也在庆贺抓住了那灭门案的凶手。

"走。"李凌云无奈地点头，抬手握住明珪，被他拽上马去，"总得先回去……唉……"

李凌云和明珪又是二人一马，回新安县城时，还是一路远远落在大队后头，因没赶上一起过城门，所以进门时，就免不了要验明正身。

明珪对门吏说了二人身份，又出示了一下鱼袋，那门吏露出笑脸道："本县少府留下话来，明少卿跟李先生回来以后，直接去县衙就是了，将军他们都在那边安歇。"

说完，这位门吏还上前给明珪指了路，确定他们摸清了方向，这才回头去关城门。

夜色中的新安县城，跟东都洛阳的繁华可没法相比，早早就已进入了沉睡。

按大唐律例，到了晚上，城中各坊关闭之后，除得病急需找大夫这样的要命事，平民不得擅自离开居住的城坊。所以进了城门后，除了巡守的街使外，二人一路上没看到其他人，也只有孤零零的马蹄声带着回音，在湿漉漉的街上敲打着。

有门吏指路，二人很快来到了新安县衙。明珪下了马，回头要伸手去接李凌云，发现他已顺着马屁股溜了下来。明珪有些好笑地道："大郎会骑马？"

"会，骑得不差……就是马屁股太颠了。"李凌云站着，觉得下半身发麻。

"下次同骑，就让大郎来驾马。"明珪建议。

"不了，我想还是各骑一匹的好！"李凌云敬谢不敏。

明珪会意地点点头，看向那县衙高大的浅顶长檐，笑道："这县衙仔细看看，倒比京中的还宽阔气派。"

李凌云拍拍袍子，感觉大腿总算舒服了些。"不论西京长安，还是东都洛阳，京里都是寸土寸金，如不是公主藩王，家里未必能修筑得十分宽敞。我阿耶说过，若论有司衙门，倒是地方上的要比京中的宽敞得多……"

提及死去的父亲，李凌云皱了皱眉，话头戛然而止。

明珪眼珠微转，知道他勾起了对父亲的思念，也不便在这个话题上继续聊，便抬手敲开了县衙侧门。跟入城时一样，看门人早就得了吩咐，遣人牵走了马，引着二人进了衙内。

过了两重门，经正厅、内厅，一路进了县尉厅。

二人发现之前那几个面熟的捕贼所由此时都在厅里。大家一同在坟地拿人，也算熟识，那几人便都迎上来见礼。

而被抓的那四人已上了刑枷，排成一溜跪在青砖上，每人腰上都被半拳粗细的铁链锁着。县尉又让人拿绳杖围起，唯恐他们身强体壮，会暴起伤人。

两个县尉一左一右坐在堂下。谢阮这个将军虽说只是散官，但来头极大，自然而然坐上了主位。看见二人来了，她满脸没趣地道："新安少府着急，想尽快水落石出，一入城便差人把苦主叫了过来。本来某是要连夜审问的，谁知道这几个家伙自知死路一条，不等上枷就都招了。"

敢情这是觉得审问太顺利所以没意思啊！李凌云看向罪犯身侧，见一个梳了髻的中年妇人带着一个白衫绿裙的婢女，正神色淡然地站在一旁。

妇人身穿天青窄袖衫子和间色长裙①，肩上搭一条淡黄披子，配色显得极为素净，粗看地位不高。

但当他仔细观瞧那妇人身上的衣物时，却发现她的衫子是极薄的罗所制，上面印着泥金花纹，间色长裙更是多达八破，所用布匹的幅面堪比京中贵妇。

"这般打扮，必是出自豪富之家，想来她就是那王万里的夫人刘氏。"李凌云耳朵一痒，原来是明珪在耳边说话，他点点头，算是附和明珪。

一口气破掉两宗命案，两个新安县尉满脸都是笑意，忙不迭差人给李凌云

---

① 古代裙的一种，是将两种或两种以上不同颜色的面料相拼接制成的色彩相间的裙子。"破"则是指间裙上每种颜色的面料形成的狭条。一条裙子若用六种颜色的面料拼制而成，则称为六破；若以七种颜色的面料拼制而成，则称为七破。

和明珪拿了两把高脚椅子①过来。等二人坐下片刻，这两位少府才有空通报姓名：二人一个姓周，一个姓赵。

周县尉之前跟着去缉凶，已是熟人。赵县尉年纪颇大，摇头晃脑地捋捋胡须。"本以为贼人凶残，必要经过刑讯才肯招出实情，谁晓得连互相对质都已省去，这就给招了？"

明珪接了送到跟前的两盏乌梅浆，递了一盏到李凌云跟前，拿起自己的那盏抿了一口。"竟然招得这么快，都招了什么？"

有些粗蛮的周县尉一听，顿时来了劲，眉飞色舞地道："他们四个就是冲着王家巨万珍宝去的，作案手段更是跟李先生推测的一样，四个人的供词交叉对比，居然一点不差。"

李凌云到了坟地后才与周县尉熟络起来，而封诊查案全程只有谢阮、明珪才知道，他心头一转，明白是谢阮将封诊之事说给了此人，于是朝她那边看了一眼。

谢阮见他看过来，恶声恶气地道："看什么看，莫非以为某会惜得贪你的功？"

周县尉用手点点地上跪着的小个子道："他就是主犯胡七，别看其余人高大威猛，却都唯他马首是瞻。他们是给王家护送货物的镖师，时间长了就打起了别的主意。之前胡七蓄意让其他人扮作山贼，蒙面劫掠过一次，他自己跑出来演苦肉计，为保护王万里受了伤，因此得到王万里的信任。王万里没有子女，打算从族中抱养个孩子，但私下里还让刘氏认胡七做了干儿子。"

李凌云一边啜着清凉玄饮②，一边抬眼看刘氏。只见这个中年妇人好像根本听不见别人说话一样，双眼垂着只看地面，眼观鼻鼻观心地站着，仿佛死了丈夫的不是她。倒是她身边那位婢女面色有些惨白。

周县尉说得兴起，起身走到低头跪下的胡七身边，踢踢他的大腿。"前些

---

① 在唐代，随佛教而来的垂脚式乃至高脚靠背椅都流行起来，再加上来自波斯的影响，使这种靠背椅发展得比较迅速。

② 唐《大业杂记》记载："先有筹禅师，仁寿间常在内供养，造五色饮，以扶芳叶为青饮，榠楂根为赤饮，酪浆为白饮，乌梅浆为玄饮，江桂为黄饮。"五色饮，分为青、赤、白、玄、黄五色，玄饮就是如今的酸梅汤。

天，刘氏与王万里发生争执，和他吵了一架后就回了娘家。王万里觉得没什么意思，找胡七在家中作陪，好酒好肉地招待了一番。谁知胡七灌醉了王万里，就打开了大门……那些人进屋后，如何杀人，如何逃遁，都跟李先生猜的一样。至于那个老妾……胡七说，她虽年纪大了，但长得很像早年嫌弃他，跟他退婚的那个女子，所以他才在杀人后辱尸……"

说到这里，周县尉抬手冲着李凌云叉手一礼。"就连那头拉车的牛，也确实是怀有身孕的。"

"少府说错了，我不是猜的，他们留下了证据和痕迹，是这些东西告诉我的。"李凌云说着，目光停留在刘氏身上。

赵县尉闻言，神情快活地道："按大唐律，凡告人罪需经三审立案，不过此案已没了什么疑惑，三审就是走个过场，一会儿收押入狱，这桩案子就算是了了。再说，这等凶顽之徒，到刑部复审，大抵也会一概赐死。"

两个县尉欣慰地互看一眼，不由得又大笑连连。在场的所由、白直之类的杂役也都如释重负。

赵县尉当即核对讯问记录，周县尉在他身边小声道："这下好了，看来武氏那边也好对付了。"

李凌云耳尖听见，好奇地问："武氏？什么武氏？"

"你别问了，他们是不敢说的。"谢阮瞥了两个县尉一眼，见二人面面相觑，便一脸没趣地起身朝李凌云走去，到他身边压低嗓音道，"王万里有个妹子，是宗正卿① 武承嗣家大管家的妾。王万里是个商人，赚钱方面是一把好手，不知给宗正卿捞了多少银钱，这样的人也算是条很听话的狗了。就为这个，他也不管自己一把年纪，在姑母跟前撒娇扮痴，求着要尽快破案，真是让人心烦。"

谢阮提到的"他"自然就是武承嗣了，而武承嗣的姑母则是天后武媚娘。李凌云听了谢阮的话，想象一个大男人撒娇的模样，不禁有些恶寒。

---

① 官名。南朝梁、陈置。掌皇族外戚属籍，由宗室充任。隋代置为宗正寺长官。历代沿置，亦称宗正寺卿。

谢阮摆手道:"此案了结之后,余下的交给新安县处置就行。某去整理一下,你们姑且自便。可以吃些东西,唯独睡觉是没时间的。我已让人备了车来,咱们要尽快去下一处,你们在车上小憩就好。"

"看来还要借贵县府衙一用……之前淋湿了,我跟李先生都要沐浴更衣。"明珏对那两个县尉说道。二人连忙叉手行礼:"多亏各位相助破案,早已让人安排好了。"

二人说罢,一个白直过来给李凌云和明珏带路。谁知明珏刚迈出一步,李凌云就伸手抓他的袖子。"有人情要你参详。"

明珏挑眉看去,见李凌云双眼死死盯着刘氏,似乎要在那张毫无表情的脸上剜出点什么。

"刘氏有问题?"看着李凌云的表情,明珏沉吟起来。

"刘氏,"李凌云点头,"她有点怪,可我不知道怪在哪里。"

明珏眯着眼打量刘氏,片刻后一笑。"你是不是觉得,这女人死了丈夫,却好像一点也不伤心?"他回头看李凌云,"如果刘氏不是与大郎一样,天生对情感迟钝,那么她现在的表情的确很反常。"

"阿耶说过,我这样的情形可不寻常,千万人里也未必有一个。"他对明珏道,"阿耶死后,我梦见过他,不过即便是我,其实也不太愿意想起他。"

明珏回忆起在县衙门口,李凌云提到父亲李绍时突然闭口不谈,知道他是在暗示,死了亲人的人不伤心,定有什么缘故。他别有深意地凝视李凌云片刻,笑着起身,径直走向刘氏。

"你是刘氏,商贾王万里之妻?"明珏笑得亲切。刘氏一直低着头,她身边的婢女却明显有些慌乱。

刘氏行了个万福礼,平静地回答:"奴正是刘氏。"

"某是大理寺少卿,有话问你。你们夫妻二人平日是不是存在感情不和的情形?"明珏双眼死死盯着刘氏,只见她双手骤然握紧,将手里的巾帕拧成一团,却久久不愿答他。

"你要是不想说,我也可以派人过去,把你家邻人或夫家长辈请来,想必他们不会为你隐瞒。"

刘氏闻言骤然抬头，眼中恨意深深。"自然是感情不好，否则奴怎么会跟他争吵，又怎么会回了娘家？奴与他膝下无子，现王万里已死，族中必有人图谋他留下的家产，叫奴如何不恨。"

"你们也都一把岁数的人了，到底为了什么，能闹到如此地步？要不是你吵架离开，那胡七也未必能找到机会下手。"明珪温言相问。刘氏却只是摇头："人都死了，说这些也没用，奴也不想败坏夫君名声。"

"你不愿意说，那就问你的婢女好了。"明珪侧头道，"你主子生气，脸色冷淡，似乎有充足的理由，可你呢？你又在怕什么？"

那婢女悚然一惊，连连摆手。"没有……奴没有……"

明珪却朝她逼过去，仍是那张亲切笑脸，可说出来的话却字字诛心："自我进了这个厅堂，你好像就一直在看胡七——莫非，他是你的相好，是你把他引进门的不成？"

婢女把头摇得跟拨浪鼓一样，身子也不断后退。"我没有……我不是……"

"没有？那你到底在慌什么？"明珪步步紧逼，"让我猜一猜，兴许你是他的同谋，连他拜在你家主子名下，做什么干儿子，都是你参与谋划的……"

"不不不……不是……"婢女脚下一顿，尖叫着一屁股坐在地上。她不敢接触明珪的目光，却祈求地看向刘氏。

"有的话，我劝你最好自己说。"明珪蹲下来，平视满头大汗的婢女，朝婢女耳边靠过去，用不大不小刚好能让人听见的声音道，"你方才也听到了，王万里的妹子嫁了宗正卿家里头得势的下人，王万里这么大的生意，他赚到手的钱财大都送到京里，你说宗正卿少了财路，会不会迁怒于人，尤其是你？"

明珪顿了顿，直到那婢女惊恐得浑身颤抖，如同筛糠，眼睛瞪得大大的，像看鬼怪一样看着他，他才继续道："这里是赤县，大理寺按说是管不着的，但王家妹子要是在东都为自己的亲哥哥出首，这案子便可算成东都的刑案，只要我想，我就可以把你弄到京里去审。"

明珪轻言细语，笑得十分温和。"某还要告诉你，大理寺狱内有的是让你说真话的法子，你信，还是不信？"

"奴招，奴都招。"那婢女唰地跪在地上，"千万别下狱，奴这就招，这些都是我们娘子的主意。"

"说！"明珪站起身来，却对李凌云伸出大拇指，用口型道了个"彩"字。

李凌云知道，明珪这是夸他感觉敏锐，给这桩案子找到了突破口。不过这时他也来不及跟明珪说话，仔细听起婢女的供述来。

"郎君娶妻之前，就对做妾的卢小娘情有独钟。他俩一起长大，青梅竹马，而我们娘子是随后而来的。郎君本想让卢小娘做正室，可卢小娘是贱人出身，不够般配，他这才跟我们娘子说了亲。为此，娘子嫁过来后，与郎君骂也骂过，打也打过，还……还借着卢小娘生病，下了药，让她再也生不出孩子……"

"这……王家巨富无子嗣，竟不是王万里有暗疾生不出孩子，而是因为这个恶毒的女人？"听到这等秘辛，一旁的赵县尉一激动，竟捻断了好几根花白胡须。

婢女不敢停，哆哆嗦嗦道："本来娘子以为此事做得隐秘，可谁晓得郎君对卢小娘那么上心，四处求医问药。郎君花重金请了一位知名大夫问诊，那大夫极有本事，诊出卢小娘是因为吃了恶毒之药才不能生养。此事被郎君知晓后，家中闹得鸡犬不宁。他虽说在别的事上勉强还听娘子的，可死活不再跟娘子同床，以致……以致王家至今无嗣……再后来，胡七就做了娘子的干儿子，他对娘子很好，当真把娘子当作母亲来孝顺。他听闻此事之后，就说要为娘子打抱不平，让王万里这个辜负娘子的男人不得好死！他们还约定事成后，胡七就携宝外逃，等族中分配了王家的财产，尘埃落定，他再把娘子接去当亲娘来孝敬，于是……于是……"婢女再也说不下去，崩溃地伏地大哭起来。

两个县尉面面相觑，还来不及做什么反应，明珪身后一直低头站着的刘氏就发出一声惨笑，仰头长叹道："到底还是没躲过去……"只见她从袖中抽出一把寒光闪闪的匕首，照着自个儿心口插去。

正此时，一道银光掠过，一把飞镖伴着匕首当啷落地。刘氏茫然失措，空着手站在地上，面前却多了个周县尉。

飞镖就是周县尉扔的。他看刘氏没死，连忙大叫："抓起来！"不晓得是不是因为受了惊，他这声喊破了音，听来很是滑稽。

几个捉不良一拥而上，片刻间把刘氏捆成了个"粽子"，看她无法再寻死觅活，才一把把她扔在地上。

周县尉擦擦额上冷汗，走上前来，冲明珪连声道谢："亏得明少卿慧眼如炬，没想到胡七到了这等地步，也不肯供出他这干娘。所幸此番没有让刘氏糊弄过去，这种狠心妇人不抓起来，定会后患无穷。"

明珪却指指李凌云。"是李先生觉得奇怪，我多注意了一下，这才让那婢女露出破绽。"

明珪这么一说，两个县尉又向李凌云表达一番谢意。李凌云刚要谦虚，却听见地上那被五花大绑的刘氏喃喃自语："怎么偏偏喜欢那个贱人？"不由得微微出神。

那刘氏又念了几遍这话，声音越来越大，面露疯狂之色，五官抽搐，像个恶鬼。赵县尉忙使眼色，让人把厅中一干人犯带了下去。

刘氏刚出了门，就在外头破口大骂："那卢氏是个贱种，是卖给他王家的私奴，呸，还想让她当正室？宠妾灭妻的老狗，活该去死！贱婢——贱人——田舍老狗——"

刘氏的喊声尖厉如鬼，让两个县尉尴尬不已。赵县尉对一个捉不良吩咐了一句，旋即见那捉不良抽了块木板出门，片刻之后，传来板子炒肉的啪啪声，刘氏的叫骂便戛然而止，再也没了声息。

秘殿觐见　相约死斗

第五回

大唐封诊录

驿道还带着雨后的湿润气息，明媚的阳光穿过树叶，在泥地上投下点点金斑。一只山雀立在路旁的桂树上，歪着毛茸茸的脑袋，全神贯注地盯着一块状似树皮的东西。

没过多久，那东西忽然一动，长出几只手脚。原来，这竟是一只精心伪装的甲虫。那甲虫伸展肢体，开始沿树枝攀爬起来，显然，它还不知道自己已经被盯上了。

山雀很有耐心地等着，待那甲虫咬破树皮，放松警惕，只顾埋头用尖嘴吮吸树汁，这才展开双翅飞了过去。霎时间，它一嘴叼住那甲虫，这才满意地落在树梢，爪喙并用地刺穿了甲虫的硬壳，吃起里面的嫩肉来。

美美地享用一餐后，山雀在树上喜滋滋地唱起歌。过路辎车里的人听到响动，伸手打开了窗帘。

这是一辆以木为框、黑布为篷的普通辎车，从短短的后辕来看，这是用作女子乘具的车。但在此时，从车门附近的小窗往外看的，却是个长着凉薄双眼的美青年。

"咦？"李凌云朝外张望片刻，回头看向坐在软垫上的明珪，"怎么回事，我们没进东都？"

"没进，你睡着时从城外绕了过去。见你累了就没叫醒你。"明珪笑道，"怎么，想回洛阳了？"

"家中还有个孪生弟弟，身子不太好，我出来半年有余，阿耶也去世许久，虽有家人照顾，但仍是挂念得很。"李凌云掂量了一下，开口问："明少卿之前去我家中取我的备用封诊箱，可有听说我家现在是谁在做主？"

"与我相见的是你姨母。"明珪了然，"你想知道弟弟的情形？"

李凌云点点头。"嗯！本以为可以尽快回去，可现在不得不问问你。我家二郎身患顽疾，长时间不见，恐他这段时日里有什么意外。"

"我这回没见到你家二郎，倒是你姨母让我带话给你，叫你不必担心家中，你弟弟和家人一切安康，可要是不忙了，还是早些回家的好。"明珪从车厢壁上取下一个银口羊皮水囊递过去，"说来，你姨母好像不知道你被下狱的事，她说你一直在外忙碌，我也就没和她提。"

李凌云接过水囊，伸手摩挲皮面上的银雕。"这狮子不像大唐风格，是波斯货？"

"好眼力！只是并非波斯出产。"明珪笑道，"打造这个水囊的胡人工匠，是从康国来的。"

"康国，原来是昭武九姓①的人，他们多居长安、洛阳，其中专打银货的工匠的确不少。"李凌云对着水囊喝了两口，擦擦嘴，"怎么不是去上阳宫？谢三娘说过此番是去见天后的。"

"大郎在牢里待了好几个月，自然不知，天皇和天后已不在上阳宫里了。"明珪把水囊拿回，自己也抿了两口，然后把它收好挂在车架上，这才继续道，"去年吐蕃人很不安生，滋扰了好几次，天皇有些心神不宁，一进入五月，便命太子监国，和天后一同去了黄花村。"

"渑池县？我不就在那儿坐的牢，此番岂不是走了回头路？我记得陛下早些年在县西黄花村修了个行宫，说是黄花村的桂树好，后来给行宫起名，还真

---

① 隋唐时对中亚锡尔河及阿姆河流域之间九姓小国之统称。

就叫作紫桂宫。二圣去休养时，我阿耶也跟着去过。"

"那是仪凤二年的事了，紫桂宫从今年起改名叫避暑宫了。"明珪把前面的车帘拉起一些，看看前路，"已经过了桂树林，看来快到了。"

李凌云也朝外看去，不承想一匹黑马打着响鼻，冷不丁地把漆黑的马脸凑到他跟前，眼看着要伸进窗来。

李凌云一惊，连忙抓下车帘，谁知一根剑鞘倏地伸来，把车帘挑起，精准地挂到一旁的金钩上。

与此同时，黑马摇头晃脑地撤开，谢阮的脑袋紧接着探了过来。

谢阮扫他几眼，贼笑道："李凌云，前头可就是避暑宫了，你这老像女人一样待在车里，小心颠散了骨头，要不要一会儿下来走走，省得见天后的时候走不好道，深一脚浅一脚的，丢了脸面。"

对谢阮的公开挑衅，李凌云报以一脸平静。"虽说辎车平日多是女子乘载，但谁也没说男子就不能乘。大唐男子爱骑马，可女子戴着羃𬤊①骑马的也很多，你自己也是女人，怎么还人云亦云地小看女子呢？"

谢阮被他堵了嘴，一时间无话可说，憋了半天道："说得冠冕堂皇，谁不知道你们男子最怕的就是有女子超过自己。你要是与某比武输了，只怕比我更人云亦云，死不认账呢！"

"世间人有千千万，男子也有千千万，我不过其中之一而已，在我看来，比我厉害的女子不但有，而且说不定会有很多。我在坟地里见过你出刀的速度，你武学高妙，比我能打，这又有什么不能承认的？"

李凌云直视谢阮，漆黑双眸不躲不闪。谢阮见状一愣，眼神微微闪烁。

片刻之后，她沉声道："别骗人了，这世间的男子，谁不自豪于自己生来是个伟丈夫，有几个男子会觉得有女子比自己厉害？"

李凌云道："他们又不是我，再说无论男子女子，还不都长了两个眼睛、一个鼻子、一张嘴，不都是人？但凡是人，总有擅长和不擅长的，你的长处我

---

① 古代少数民族的一种头巾，可用来遮蔽身体，用纱绢制作而成。后传入中原。

没有，但尺有所短，寸有所长，我自有我的用武之地，男子又何必处处要胜过女子？"

谢阮突然笑起来，拱手道："今日受教了，李大郎。"说完用刀鞘敲敲车窗，打着马屁股赶去了队伍前头。

"谢三娘害羞了，所以不跟你继续说。"明珪道，"她不是不明理，而是被天后宠得过了头，大郎别介意。"

李凌云看向明珪。"不必担心我会在意，不过，我倒另有一些事想问。"

"你说。"阳光照进车厢，在明珪柔和的五官上铺了一层金色，让他温和的面容显得明亮悦目。

"封诊道最初并不叫这名字，只是医道中的一支，后因遵照先秦断案时所依据的《封诊式》制作案情记录，才真正独立成派，并有此名。封，指的是查封案发之所；诊，是诊查勘验的意思。所以我们一直以来只负责查案，却并不擅长刑名之事。你是大理寺的人，这些你会比较清楚，我想问问这个案子……刘氏最后到底会怎么判？"

"杀夫自然算是谋杀，按大唐盗贼律，诸谋杀之人，已杀死者，斩。也就是说，只要试图谋杀，而且被谋杀者死了，谋杀者就一定会被处斩。"明珪轻叹，"我走时也问过了，那四个凶手肯定是要斩首的。而刘氏和外人一起谋杀丈夫，也是理应斩首。婢女虽没参与，但知情不报，按从犯计，会判个绞刑吧！"

"你有些感慨，莫非是在可怜那个婢女？"李凌云盯着明珪，"为什么？"

"你我当时虽觉得刘氏有问题，但她既然下了狠心谋杀亲夫，就绝不会轻易被我说动，更不会吐露真相。那几个凶手自知必死无疑，也不愿意牵连刘氏。这也不难懂，毕竟刘氏若是平安无事，他们可能还会偷偷和她要点好处，打点一下刽子手，最起码行刑时下刀利落，可以少受点罪。"

马车颠簸，明珪很难正坐，他干脆随意张开腿，背靠车壁，口中不嫌烦琐地解释道："那个婢女当时看起来就很害怕，我猜测她多半知道什么，只是不敢当着主人的面说出来。"

"所以你才吓唬她，说要把她提到大理寺狱？"

"还真不是吓唬，王万里不光给武氏经营生意，还提供巨量的钱财，这种人多会牵扯到一些见不得光的事里。武氏为了这些事不曝光，对此案是一定要过问的。大郎总不会认为谢三娘选这个案子让你来破只是偶然吧？"

"不错，她也说过，本就是因武承嗣找了天后，天后才命她协助侦破此案的。"

"对！就是这么一回事。"明珪整一下袍摆，"这些为奴为婢的人，人生没有半点自主。他们只是物件，连人都可以被买卖，所以就算主人做了伤天害理的事情，也轻易不能告诉别人。以仆告主，在大唐是有罪的，她为刘氏隐瞒，其实也是逼不得已，可现在却落得一个被绞杀的下场，所以，我觉得她的确可怜。"

"原来如此。"李凌云点点头，似乎已明白了，但他又马上抛出了下一个问题："可我一直没弄懂，刘氏杀王万里也就算了，为什么如此憎恨那个老妾？以致还命自己的干儿子杀人辱尸，毁其名节，这分明是画蛇添足，有什么必要非得这样做吗？"

明珪闻言轻叹道："我读过案卷，而你只看了验尸格，所以不知道那个老妾本是自小卖身给王家的奴婢，一直是个贱人。"明珪目光微闪，低声道："大唐各色人等，按良贱进行区分，不同色等的人，彼此间不能通婚，否则便是违法，要遭受惩处。① 王万里和她从小一起长大，青梅竹马，两小无猜，感情深厚无比。可他虽爱这个妾室，却也无法娶伺候人的奴婢当正妻，只能想办法将她放为良人，才能抬作良妾。若娶她为正妻，必定丢脸，别说族中不允许，说不定他为之办事的武氏也不乐意。所以说，那王万里无法给她正妻的名分，只好格外宠爱她。刘氏明明是正妻，却不得不眼睁睁看着一个贱奴尽享丈夫的偏爱，站在刘氏的立场上，她当然气不过，天长日久，恨意也就变得深刻了。"

在心中排列了一下大唐各色人等的级别，李凌云仍有些不解。"可——经

---

① "各色人等"指社会上各种职业、各个阶层的人，大体分为良人和贱人。我国古代等级森严，良贱之间无法通婚。

商不也是贱业？王万里赚了再多钱，在别人眼里，他也不如种地的田舍老汉值得尊重。"

"世道如此罢了。再说他虽然操持贱业，也不等于就是贱人。以我为例，我就认识家里父祖做官，后代却在东都开酒肆的商人。虽说商人相对低贱，但是至少身份上还算良人。这些人往往不敢跟欺负自己的贵人叫板，反倒会欺压身份比自己更低贱的奴婢。就像刘氏那样，她对一个老妾的恨意，甚至比对那位冷淡的丈夫还要深。"

李凌云听完他的话，似乎陷入了思索。

明珪觉得他的模样有些奇怪，便问道："怎么，莫非大郎之前不知道这些？"

"我自小跟着阿耶，学的都是怎么查案，阿耶说，我生来有缺陷，不太会看人脸色，说话更是不中听。所以他让我悉心钻研封诊之技，少跟人往来。只要少跟人打交道，也就不会做错太多事。迄今为止，经我手查清死因的人也有上百之数。你们或许无法理解，但我对死人确实比对活人更为了解，活人的想法、活人的规矩，我反倒是有很多都搞不清楚。"

明珪听了这话，忍俊不禁。

李凌云仍自顾自道："况且在我看来，不论生前是什么身份，死了都一样。"

明珪奇道："一样？哪里一样？就连葬仪，不同身份的人用的棺材和坟墓也有明确规矩，不可轻易逾矩。"

"话虽如此，但他们出现在我面前时，都是赤条条的，不过是等着被剖开的尸体……当然，这是死于非命的。可不管是病死，还是老死，最终人的结局都是一样，埋在地下，化为一抔黄土，在我看来，这就是一样的地方了。"

明珪怔住，面露古怪。"这……你们封诊道……呃，倒也没有说错。"

"所以我不太懂，都说人分贵贱，可彼此的区别究竟在哪儿？人都是一样地生，一样地死，死后烧了作灰埋了化骨……虽有色等区别，可在生死之事上，我也看不出不同之处。"李凌云摊开双手，满面费解，"我问你刘氏会怎么判，就是因为不太明白她究竟有什么执念。明明一切的始作俑者是那富商王万里，他既然喜欢老妾，就不该娶刘氏。有怨报怨，有仇报仇，刘氏杀了那王万里也就算了，何必要对无辜之人下手呢？"

"大郎说得是……"明珪点头附和，话音未落，犇车便停了下来。

两人刚稳住身形，便听见谢阮在前头喊："到了，下车——"

两人依次下车。李凌云坐的时间长了，果然像谢阮说的那样脚步虚浮，下地后没站稳，径直向着谢阮那匹黑马的肥臀摔了过去。

眼看他的热脸要贴上马的冷屁股，明珪拽他一把，他又朝明珪扑去。

明珪被他搂个正着，见他狼狈不堪，忙扶他站稳。

"下盘好稳，"李凌云拉拉衣袍，灰头土脸，但面色不变，"明少卿也习武？"

"习过剑术，跟你一样，技艺都是自家阿耶教的。"

明珪正答着，谢阮已跳下马，朝二人喊："跟紧了，别踩御道中间，那可是只有皇家能走的道，小心被人射成豪猪。"

谢阮说话难听，李凌云却已经有些习惯了。二人一路紧跟着谢阮，沿禁军守卫的御道从旁边走上去。

只见青石铺设的御道边山峦秀美，浓荫密布，翠绿树冠中金碧辉煌的殿顶若隐若现，林中不时响起幽幽鸟鸣。此景衬托得这座大唐皇家离宫寂静空灵。

因刘氏的案子，李凌云心头略感烦闷。走在这样的山道上，他心中的燥热才渐渐散去了些。

三人缓缓爬到宫门前。虽是离宫，但毕竟是皇家地方，宫门巍峨厚重，让人见之不由自主地肃立。

出示了名牌，宫门旁侧的小门打开一线，谢阮领着他们来到一处房间前，叫来几个小太监，侍奉他们沐浴更衣。

谢阮瞅着二人，满脸嫌弃。"把你们身上那股馊味好好洗洗，不知道的还以为你们刚从牢里出来！"说到这里，谢阮眼珠灵动地转了转，不怀好意地弯腰探身过来，调侃道："某倒是忘了，李大郎当真是刚出牢的人犯。"

说完，她也不管他俩，自己大笑着龙行虎步地走了。

李凌云见谢阮笑着离去，回头发现明珏不见了，就剩下个清秀的小太监在旁边小心翼翼地指引："郎君这边请。"

李凌云进了澡房，房间正中间放了一个装满热水的大木澡桶，里头撒了些香料叶片。一路颠簸，他已疲惫不堪，懒得再想别的，下去痛快地洗了个澡。

等小太监问要什么颜色的衣裳替换，李凌云这才想起自己压根没有准备换洗衣物，就连身上这身行头也是出狱时乱穿的。他将实情相告，小太监似早已心知肚明，闻言转身而去，不一会儿回来，手里捧了一套素白的衣衫和一双乌皮六合靴。

接着，小太监又把脏衣收起，打了个包袱，说是要交给专人清洗熨烫，等出宫时自然会交还与他。没等李凌云应声，小太监便唤人把脏衣拿了出去。

李凌云哪儿会担心，毕竟皇家家大业大，怎会坑他一套衣裳？

伺候他穿上新衣，小太监又帮他梳了发髻，扎好巾子，再戴上崭新的硬罗幞头，上下打量他一番，见彻底拾掇好了，没有失仪嫌疑，才肯放他出去。

李凌云出来时，明珏早就等候在外了，他正仰着头看天上的流云。此时他已换下那身道袍，穿着天青色圆领衫子，腰系九环银带胯卷草纹蹀躞带，一侧的腰带上悬着吊白玉珠子的银白帛鱼。这身搭配内敛而不失贵气，更让人觉得他格外温厚可亲。

察觉身后有人来了，明珏回头，发现是李凌云，笑道："我刚出来……我是说，不要觉得我是在专门等你。"

李凌云听了点头道："阿耶也会跟我这样说话，他做事时，喜欢和我解释为何这样做。"

"是吗？"明珏不可思议地道，"这倒是巧了，我也是突然想起来，就多说两句。"

"我不太能听出别人的弦外之音，阿耶说因我情感太过迟钝，所以若别人说话不够直接，我可能就要会错意。"李凌云想想，又道："明少卿，你人很好，愿意迁就我的毛病。"

"大郎过奖，我阿耶也教我，做人要多替别人着想，所以我习惯了，这点小事不值一夸。"

经两人多日接触，李凌云心里明白这位大理寺少卿性情宽和，所以也不跟他客气，径直问道："我无官无职，现在是个白身①，只能穿黄、白、麻、皂这几种颜色的衣物，所以选了个白衫，配的也是铜铁腰带。怎么你一个四品少卿，在宫中也穿得这么素淡？"

大唐律对各色人等穿衣的颜色和质料都有严格规定。大唐平民百姓多穿白色、黄色或麻色；日常从事贱业者，如屠夫或官府小吏，则通常着黑色；官员之中按品级也有区别，九品以上着青色，到了七品就可以穿绿，五品以上则可以穿红，三品朝廷大员才能服紫。

皇家也有自己的禁忌，赭黄色只有皇族可用，有些吉祥纹样，如龙凤之类，皇家也有相应的场合限制。

从制作服饰的质料上讲，类似织锦、绸缎这样华贵的面料，普通百姓是不能用的。普通百姓只能穿麻、绢之类的便宜质料做的衣服，只有身份极为高贵的人才可以穿用锦缎做成的衣裳。

总而言之，人们平日里衣着打扮不能僭越，绝不能穿级别高于自己的人才可以穿的颜色、质料，反之则不受限制。

举个例子：大唐的五品官员可以穿红衣，但不能着紫色，更不能用皇家专用的布匹、纹样，否则将受到处置，可如果他想要穿一身绿色麻袍出门，则不会有谁来挑剔，更不会招惹法度是非。

明珪这样的四品少卿，比谢阮讨来的职位更高，理所当然可以穿红着绿，臣子见君主是正式场合，着装要符合官职，至少也要着一件暗示官身的绿衫。可明珪却穿了件素色衫子，这在李凌云看来是件很古怪的事。

———————————

① 无官职的人。

"你说这个啊……"明珪打开臂膀，低头看看身上的衣袍，笑道，"以我的年纪，四品少卿这种官职实在是过于惹眼了，只要不在大理寺内当值，我一般都穿道袍。天后也知道我的顾虑，所以这一身倒也不算失礼。"

而立之年官居四品，其实也不是稀罕事。看得出明珪是不想惹麻烦，李凌云也就顺坡下驴，道："木秀于林，风必摧之，这个我倒是也能听懂。"

令他意外的是，明珪却面露苦涩。"杰出倒未必，我能做这大理寺少卿，实在是托了我家阿耶的冥福。"

"冥福？"李凌云注意到这个词，"莫非，你阿耶也去世了吗？"

明珪正要答，余光瞥见一身红袍的谢阮正从廊道另一头走来，就住了口。只听她果然先声夺人地道："他阿耶的事，李大郎以后有的是时间可以打听，现下你们先随我来。天后要见你们。"

说罢，谢阮狡黠地笑笑，突然转身就走，边走边道："李大郎你快一些，还有熟人在等你。"

"什么熟人？"李凌云刚一开口，就见谢阮没走两步，已不见踪影。他知道那边一定是有通路转折，不赶快跟上就会走丢，连忙小跑两步。

等赶到廊道那端，果见谢阮转了方向。她在廊道里走得飞快，李凌云不解地大声问："别走，告诉我，是我的哪个熟人？"

谢阮脚下一顿，李凌云确定对方一定听到了自己的问话。但谢阮并不理他，一个劲朝前走，他只得闷头追将起来。

所幸她领着他们转了好几圈，最终还是把他们带到了一处宫观前。那宫观斗拱宏大，出檐深远，观之威严庄重，却又在飞檐、楼阁的设计上不失轻灵，对比周遭，此处更像是用来偶尔怡情的华丽楼阁。

李凌云追着谢阮，和明珪肩并肩地进了门，见谢阮站在那磨得锃亮的地面上饶有兴味地盯着他。

"你那熟人，可不就在这里等着你？等见了面不就知道是谁了？"见他过来，谢阮大声说道。

殿中安置了许多坐卧用具，看来金碧辉煌。梁上垂下许多幔帐，微风拂过，摇摇曳曳，很是轻盈。因宫室太大，谢阮的话在里面荡起了不小的回声。

"我不过是问问你到底是什么人而已，谢三娘，你跑那么快做其？"李凌云话音刚落，仿佛是冥冥中的感应，那泥金幔帐忽然被风给吹得飞了起来。他瞥见一个熟稔的身影从远处慢慢地走了过来。

李凌云眯着眼睛端详了好一会儿，方才认出，从殿宇深处走出的那个人，果真是他的熟人。

"杜公？怎么是你？"来人的身份令李凌云感到很惊讶。他的反应令谢阮感到高兴，她走到李凌云近前，伸手一拍。

"没骗你吧！不过这位与其说是你的熟人，倒不如说是令尊的熟人更为确切。"

来人是个五十余岁的男子，穿深绿花纹绫圆领袍，身材高大，浓眉方脸，长一脸络腮胡子。男子目光苦涩地看向李凌云，却不发一言。

"杜公……你为何会在这里？"李凌云的目光落在来人身穿的袍服上，他的瞳孔微微一缩，"按大唐律，六品官员着深绿衣装……你做官了？"

"你阿耶过世，侍御医缺人，总该补上吧！这有什么好奇怪的？"谢阮神神秘秘地笑着，大声道，"自我大唐高祖以来，侍御医中必有一个名额是给你们封诊道首领的，之前是你阿耶，现在嘛，便是杜衡杜公了。"

明珪在一旁默不作声，眼中却有些微妙的嗟叹之意。显然，他早就知道取代李凌云的父亲入宫做官的人就是眼前的杜衡。只是不知出于何种考虑，他并未把此事提前告知李凌云。

李凌云来到杜衡跟前，叉手行礼问道："封诊道自古流传，我们祖辈不断传授技艺，收徒散叶，形成天干十支封诊家族，这十个家族里，唯独令所有家族都心服口服的族长，才可以持有天干甲字祖令，全族及其弟子也因此可被授予天干甲字令牌。杜公，你既然入宫为官，那我阿耶所持的天干甲字祖令，现在已经在你手里了？"

"什么意思？"杜衡闻言须发皆张，怒道，"你这是疑心我造假，还是觉得我用了什么手段抢了祖令？小子，某早年是与你阿耶争过首领的位置，但某还没那么大胆子敢违反祖制，更没胆犯欺君大罪。祖令在此，你尽管验看便是。"杜衡伸手从怀中摸出一枚令牌，递了过去。

那令牌比成年男子手掌稍大一点，十分厚重，上头雕有奇异古朴的纹路，其中一面用整块白玉嵌入，上面以小篆书有一个金色"甲"字，令尾穿十二色流苏。

杜衡态度激动，言语里也透着怒意，可李凌云却不为所动。

他平静地接过令牌，双手快速轻弹纹路上的某些节点，随之发出轻微的叮当声，那令牌突然咔嚓一声响，令上的"甲"字蓦然弹起，随即又好像有了生命一样迅速缩回原处。那"甲"字竟然不是写上去的，而是某种装置在玉石中的机栝。

显然，这是封诊道中用来验证令牌真假的一种手段。

"祖令是真的，不过按常理，祖令都是传给家族长子的。如有人想要挑战，争夺首领之位，也需在我继承祖令之后再提出，因此我才会对杜公持有的祖令产生疑问。不过，祖令既然已在杜公手里，我阿耶没有选择将其传给我，也由不得我不承认……"李凌云交还令牌，后退一步，弯下腰，对杜衡十分恭敬地一揖："封诊道李氏凌云，见过首领！"

"啪"的一声，李凌云的胳膊被杜衡托起。他还来不及发问，就听杜衡朗声道："大郎，我要与你赌斗——"

杜衡仿佛下定了决心，微微抬头，闭眼深吸了口气。"有一桩案子，你我相赌，看谁能首先破获此案。至于赌注……"

说到这里，杜衡猛地睁眼，像一头老迈而凶狠的野狼，双眸泛红地盯住李凌云，嘴里缓缓地吐出三个字。

"败者，死！"

杜衡突然发起赌斗，李凌云当然吃惊。他并没有马上答复，而是挑起细剑一般的眉，仔细观察起眼前的杜衡。后者很快就被他盯得有些焦躁，眼带怒意地瞪了回去。

"你这小辈，磨磨叽叽什么？不就是跟老夫比斗生死吗？怎么，你不敢？"

李凌云收回目光，也不回答，转头环视起殿内来。杜衡见状，正想再说什么，却被李凌云打断。"这里是不是还有别人？"

杜衡闻言不由得瞪大双眼，口中喃喃道："你是怎么知道的？"

"她跟你，说话都太大声了。"李凌云指了一下谢阮，"这殿中，粗看起来总共只有我们四人，以我们彼此间的距离，除非有谁身患耳疾，否则没必要那么大声讲话。由此我可判断，你们之所以如此大声，是要说给殿中一直没有现身的那个人听。"

"而且……"李凌云对谢阮摇头，"你在说话时，会有意无意朝着某个特定方向，简直就是在提醒我，那边一定藏着什么。"

不等谢阮回答，李凌云又道："杜公，你与我阿耶之间一直以来是有些小争执，不过阿耶告诉我，你二人争执，都是为了封诊道考虑。不管我做了什么不应当的事，你都不至于在阿耶死后这么坚决地跟我这个小辈赌斗。退一万步，就算赌，也不至于到一决生死的地步。我虽不知杜公为何要咄咄逼人，但相关实情，我还是可以推测一二的。"

"你啊你，你就不应该离开牢房。"杜衡闻言叹息一声，眼神复杂，"我也不瞒你，其实你阿耶他……他从未打算让你继承他的首领之位。"

李凌云闻言眸中精光一闪，眼神冷酷如冰，染上了强烈的偏执。"别的也就算了，可杜公这话，我不信。"

"不信就对了——"

一个傲然女声突然自殿中响起，声音洪亮清晰。李凌云发现听不出女声是从什么方向传来的，他心念电转，朝谢阮说话时刻意朝向的方位看去。殿堂深处被重重幔帐遮掩，他无论如何也瞧不出是否有人躲在那边。

"你不必找寻，此殿是由擅长消息机关的大家所造，我不想被看见，你便看不见我。"

中气十足的女声响起。话音未落，谢阮就带头跪伏在地，大礼参拜道："臣等见过天后。"

杜衡又叹一声，也跪了下去，口称天后。

知道这就是那位手握大权的女子，李凌云当然不能例外，和明珪一起跪下，称臣叩拜。

"你这么聪明，应该早就猜到藏起来的人是我，所以我也不必多说。如今有一桩十分着紧的案子，需要有人尽快去办。其实此事最初是交给你父亲的，可半年前，他却突然离世，令我不得不另寻你道良才取代他……"

提及死去的李绍，天后武媚娘声音略沉了一些，停顿片刻才继续说下去。

"杜公就是那时入宫的，只是他也没办法解决我的困扰，我不得不请杜公在封诊道中另举贤能，结果我现在才知道，原来李绍的儿子在封诊一道上也天赋异禀，而且，你阿耶还一直悉心培育你。"天后呵呵笑了数声，"如此瑰宝，你阿耶这个人，偏要藏起来不给我用，要不是看在他跟了我多年的分儿上，我必要定他个欺君之罪。"

李凌云伏在地上，并不说话。他知道，武媚娘这番话倒也真不是用来吓唬他的。在大唐，不允许臣子对天子有任何隐瞒，对作为皇帝代理人的天后也是同样。

"杜公明知技不如你，却没有早早向我举荐你。你父亲去世虽说也是因为我，但他也同样欺骗了我。有功则赏，有罪当罚，我现在急需用人，所以你们之间必须要分出胜负来，赢家当然无碍，输了的人，就得负起责任。"

李凌云猛地抬头，在他的眼中，那些轻舞的幔帐突然变得犹如掠过锐利光芒的刀剑一样，充满凶光。

武媚娘的意思再清楚不过，她需要一个人来取代不堪重用的杜衡，为她所驱策。与此同时，她既要确定李凌云的实力，也要断掉杜衡离宫后泄密的可能。

毫无疑问，在她心中，李凌云与杜衡之间只有一个人可以活下来。如果李凌云办案能力不如杜衡，武媚娘就会勉强留杜衡一命，继续任用。可若是杜衡技不如人，以天后的性格，光涉事太深这一条，就足以让杜衡死上百回。

这是李凌云第一次直接感受到大唐天后的想法。这个尊贵无比的女人，在他眼里就像那些用蚕丝纺织出的幔帐，看起来柔软温暖，可挡风遮雨，但实际上，也可成为杀人利器。

年幼时阿耶亲自教导过他，丝绸是怎么将一个人杀死的。

那天，阿耶在剖尸房里给他看了一具尸首。那人是一个犯错的宫中内侍，他的脸上覆着层层湿漉漉的白绢。

这些织物平日被人穿在身上，或被制成幔帐悬在房中，要么遮挡寒风，要么增加情趣；然而一经湿润，它们就变得沉重恐怖，将其掩在口鼻上，则毫无缝隙，受刑者会渐渐窒息昏迷，最终命归黄泉。

天后武媚娘是一个女人，女人在大多数情况下，都会给人柔和温软的印象；但武媚娘又有强大的力量，可以轻易决定一个人的生死。

李凌云久久不语。武媚娘似乎对他的沉默也无所谓，她语气温和地道："当然，你也可以选择不与杜公赌斗。但若是那样，从今日起，大唐之内便不会再有什么封诊道了。"

令人窒息的威胁让李凌云皱了皱眉。

"普天之下，莫非王土；率土之滨，莫非王臣。谢阮，让他们去斗，只带着赢的人回来，届时我可以允许赢家提出一个请求。"武媚娘吩咐道。

"诺！"谢阮响亮地回答。

天后不再说话。殿中传来一声清脆的铃响，谢阮极快地站起身。这个时候，她脸上已没了调侃，倒是颇有几分同情。她对李凌云和杜衡道："你们起来吧！天后已经走了。"

李凌云始终沉默。他起身望向杜衡，这才注意到杜衡的头发与胡须花白了许多，已不似上次见面时那样乌黑。他回忆起最后一次在家里见到杜衡时，这个长辈还跟阿耶谈笑自如，现在看来精气神都被抽去许多，简直像一个濒死的病患。

"赌斗，我接下了。"李凌云冲杜衡弯下腰，认真地把之前那个揖礼做完。

接着，他直起身子，对谢阮冷冷地道："不管要查什么案子，我现在都必须彻底睡一觉，不要让任何人来打扰我。"说完，他不等谢阮开口，就抢先否定她可能提出的建议："在马车上将就的那种不算。"

谢阮闻言立即眯起眼睛，目露凶光。

"来人，安排李大郎和明少卿，还有杜公……在宫里歇息一夜。"她磨着牙抬手拍了拍，两个内侍迅速出现在殿门外，就像他们一直守在那里一样。

李凌云并不关心内侍是从哪里冒出来的，毕竟天后已然告知，整座宫殿是机关大家所造，随便哪个不起眼的角落都可能藏匿着重兵，再说皇后身边又怎可能无人防卫呢？想到这里，他不由得推翻了自己之前的假设，这殿内除他们之外，只怕还藏了很多的人，只要一有异动，就会冲出来把他剁成肉酱。

李凌云快速地分析着他掌握的所有信息。他的确并不通晓人情世故，所以李绍为他安排的，是一条只需集中精力，在封诊技艺上精益求精的生存之道。

可他并没忘记，阿耶说过，人世间的一切，其实早就被上天安排好了。比如说，耳聋之人的眼睛就比常人更为明亮，所以耳聋之人虽然有一些缺失，但可以捕捉到其他人无意中会忽略的东西。这个道理放在他身上也同样适用，他虽然在人情方面愚钝，可在搜寻破案线索方面，他一向有着很大的能耐。

李凌云思索着，挪动脚步朝杜衡走去。"半年前，我在偃师县教授门中学徒如何观察案发痕迹。突然有我封诊道弟子自渑池县来寻，说是有一桩溺水案，疑似有人伪造死因，让我过去施以援手，调查真相。"

李凌云来到杜衡跟前，这时的他不像平日面对长辈时那样恭敬，而是牢牢盯住了对方的瞳孔，不容杜衡有所回避。

"这名弟子当时说，怀疑死者是先被杀害，后被沉入水中的，需剖尸检验这人的肺中有无泥沙。我顿觉奇怪，此等简单的案子，为何一定要来找我？附近明明有其他封诊家族的人，只要持正式令牌，随便哪一位都可以剖尸。但那弟子说，附近的人手上都有案子，走不开，于是我去了渑池县。到了地方，我先验看了文书，确定在案卷中有死者亲属的剖尸许可，这才下的刀。可是等我剖开尸首，死者亲属就突然一拥而至，把我给押送到了县衙。"

李凌云边说边缓步朝杜衡走去。对方见他逼来，下意识地后退一步。

"从方才开始，我就一直在想一个问题，杜公，你为何要害我？"

"……你胡说什么？"杜衡神情愤怒地质问，"这与我有什么干系？"

"既无干系，你又何必生气呢？"李凌云面无表情地整理衣袖，"从渑池县过来找我的弟子是封诊丙字丁家的人，族人都知，丁杜两家向来交好……当然，这并不能让我做出定论，不过……你刚才那句话，还是露出了破绽。"

李凌云眯起细长的双眼。他有些男生女相，眯起眼睛时让人觉得很温和，只是眼神略显凉薄而已。可现在他的神情看起来却极为冰冷无情。

"需要提醒你吗？你方才说'你就不应该离开牢房'。"李凌云一字一顿，重复着杜衡说过的话，"我在牢中这半年里，时时觉得有些怪异。苦主在提出告状之后，不曾当堂与人犯——也就是我，进行过质辩。未经大唐律规定的'对推'环节，渑池县就将我直接下狱，这分明违反了大唐律，而我却因此稀里糊涂被关了足足半年。在此期间，不论给家里传递消息，还是托人申冤，我得到的都是'不许'二字。最为奇怪的是，剖尸时协助我的隶奴与隶娘却并没有像我一样被关起来，据说被打发回家去了。东都治下，京畿之地，为官者违律，可是要加倍严惩的，所以到底是什么人让一县父母官甘冒这等奇险也要无事生非，把我拘在大牢里呢？"

李凌云微微歪头，眼睛死死盯着杜衡，神情冷漠，更有一种深深的执拗。"杜公，你说实话，我阿耶可是死于半年之前，正好是我入狱那时？而你，是不是为了得到封诊祖令，才故意陷害我的？"

"胡说——全是胡说——"杜衡大怒拂袖道，"我看你是被恶鬼魇了心智。"

李凌云抬起下巴，冷声道："世间无鬼怪，只有作恶人。我阿耶死后，你就设法将我困住，目标当然是祖令，现在我的推测也算得到了部分验证。杜公，要是作恶后会有恶鬼入梦的话，那梦见恶鬼的必定不会是我，而是你。"

杜衡瞳孔大缩，急道："不是这样的——"

"杜公！"李凌云低吼一声，杜衡浑身一震。只见一向木讷冷漠的李凌云冲他微微一笑，笑容阴沉寒冷："不管是不是，你承认还是不承认，这一场，我都必定会赢你。或许到了那个时候，我才会有兴致听你慢慢解释。"

说罢，李凌云越过杜衡走向殿外。内侍慌忙跑过去在前引路。明珪挑了挑眉，望着杜衡失魂落魄的模样，轻叹一声，朝李凌云追去。

见二人走远，杜衡脚下一软，跌坐在如镜般的地上。谢阮缓步踱到他跟前，弯下细腰。"怕了吗？这就是你欺瞒天后，藏着李大郎的代价。"

她眨了眨眼，不无同情地道："这里是大唐，对天后来说，大唐没有秘密。"

狐妖作祟　细辨幽冥

第六回

大唐封诊录

山中过于安静，所以在皇家离宫的李凌云难得地做了个颇长的梦。

在梦中，他回到了幼年时代，早间醒来之后，从自己屋里的小床上爬下去，不顾乳母的阻拦，跑出门去寻自家阿耶李绍。

自从母亲死去，孪生弟弟生了怪病后，有段时间，他一定要看到阿耶才能觉得安心。或许是为了锻炼他的心性，阿耶故意常常外出办案，与他保持距离。就在这段时日，为照看家中两个孩童，姨母胡氏被接进了李家，成了兄弟二人的继母。即便如此，他还是天天到处寻找阿耶，找不到就会非常难过。

只是，在今天这个梦中，阿耶并不难找，就在家中的院子里。见他跑过去，阿耶笑了笑，抓住他的手，缓步把他带到了一扇漆黑的大门前。

"这里是祭祀封诊道先人的地方，也是我们封诊道在先秦长安建立的祖祠。封诊道各家族的宅院包围着这里，就像所有后人都拱卫在此一样。"

这两扇大门与其他门扉不同，上面并没有铜环锁扣，也没有落下常见的黄铜锁头，而是装饰着很多拳头大的铜钉，仔细一数，足有六十个之多。

"天干地支搭配，有六十衍数^①，六十一甲子……只有手持祖令之人才能打

---

① 推算数字。

开此门，打开的方法就在祖令之中。每过一年，方法会和门上的机关同时变化，去年开门的法子，在今年是无法施用的。"

阿耶伸手拍下其中几个铜钉，大门里发出沉闷的嚓嚓声。他惊讶地用手摸着门，感觉门扉下面有什么怪兽一样的东西在震动。等到声音停止后，阿耶抬手推门，门扉霍然洞开。

父子二人携手走进门，厚重的门竟在他们身后自动关闭。一道天光从上方落下，照亮了空旷宽阔的空间中那尊巨大的造像。

那是一名道骨仙风、身穿道袍的老头儿，在李凌云看来很是清瘦，但神情格外慈祥，手中拿着一把长柄小刀，刀锋前端形同柳叶，刀片极薄，闪烁着魅人的银色光芒。

"凌云，这是我们封诊道的祖师俞跗，快过来参拜。"

他懵懵懂懂，依照阿耶的吩咐跪下给造像叩首，又插了三根点燃的线香。很快，一股檀木燃烧的味道弥漫在四周。

"大郎，从今日起，我便开始教你封诊道的技艺。你母亲已逝，弟弟罹患重病，将来可能无法独立生存，所以你必须精于此道，将来才能照顾二郎。"

"阿耶，我会照顾二郎的。"他看向阿耶，对阿耶话语里的某些内容感到不明所以，问道："可是封诊道是什么？"

"封诊道是你阿耶、阿耶的阿耶以及李家历朝历代的祖宗做了一辈子的事……说起来话就长了……"阿耶捻着胡须。

仿佛从回忆中回过神来，就在这时，阿耶突然与他对视，话锋一转："婢子翠儿的猫老死了，是不是你给剖开的？"

"我想知道猫的肚腹里面到底有什么。"他没有否认，点了点头，"猫可以跳得很高，也能爬上墙，夜里伸手不见五指，猫还能抓住老鼠，我想知道为什么。"

"那么……"阿耶蹲了下来，神色凝重地看着他，"大郎，你想不想知道，人的肚腹里有什么？"

梦中的一切突然终止，李凌云陷入了无边的黑暗里。

他忙转头寻觅，却什么也看不见，没有阿耶，也没有俞跗的造像。

黑暗中，一道清癯身影渐渐亮起，白面长须，眼神柔和，却欲言又止。李凌云看见那道身影就开心起来，因为那是他的阿耶李绍。

李凌云朝前走了一步。这时他忽然意识到什么，低头看了看自己的手，有些费解。

刚刚上香时，这还是一双孩童之手，现在却已骨节分明，手指修长，长成一双成年男子的手了。

他抬起头，不解地看向李绍，后者好像悬浮在虚无的黑暗里。

"这是梦，"他对李绍说，"阿耶，你已经死了，所以这只是一个梦。"

"这确实是一个梦，我也已经死了。"梦里的李绍对他微微笑着。

"刚才是我小时的记忆，我记得跟阿耶一起经历过的事。"李凌云想了想，对李绍继续说道，"我们封诊道对梦境也有很多研究，你教过我，人都是日有所思，夜有所梦，人会在梦里继续整理自己的想法。如有担忧，可能做噩梦；如有喜悦，可能做好梦。"

李凌云说着，看看微笑不语的李绍，缓缓地盘膝坐下。这是阿耶教给他的能摒弃杂念，更好地思考的一种方法。"做梦看见阿耶，是因为我在想阿耶是怎么死的。"

"我是怎么死的？"李绍问。

"现在还不知道，证据不够。"李凌云低头看向自己的手掌，屈起一根手指，"天后说，阿耶是因她而死的，所以，阿耶一定不会是暴病身亡，否则，她这句话就是画蛇添足了。"

他又屈起第二根手指。"杜公可以抢祖令，但也不至于要亲自暗害阿耶，再说了，如果他有这种本事，也无须等到我长大成人才下手。所以，杀死阿耶的人，也不会是他。"

"阿耶一定死得很蹊跷，最有可能的是，你是死于为天后办案的中途。那么这案子一定是件大案，大到阿耶都因它而死，前来找我的谢阮和明少卿却不敢对我透露一个字。"

李绍听完，仍是微笑。"大郎，你要小心，为皇家做事，千万不能越界，越界之人不可活。你要遵守的不只这个，还有我们封诊道的底线。"

"我一定会找出阿耶之死的真相。"李凌云眼神坚定，他站起身来，转身而去，他的声音也飘荡在梦境的黑暗之中，"我记得阿耶的教诲，我知道你要叮嘱什么，我们封诊道，是不制造死人的。"

"愿你永远不要忘记……"

李绍轻声说完，倏忽之间，散为无数光点……

两天后，京畿附近，邙山山脚之下。

周姓族人聚居的小村内锣鼓喧天。身穿白黄麻服的外村百姓纷纷从路上拥了进来，村内并不宽阔的泥土路上人头攒动，摩肩接踵，人们纷纷朝着一个方向挤去，那是一片热热闹闹、人山人海的景象。

村外小道上，在几位跨着骏马的骑士的带领下，一辆黑漆麻拉的怪异的车由四匹蒙着双眼的马奋力拉动，朝着村口驶去。

说它怪异，是因该车通体发黑，车辕、车轮亦是如此，而且它比普通马车更显宽阔，车厢看起来就是一个巨型黑箱，旁人根本分辨不出是什么材质。漆黑的车辕上，正在驾车的是一位皮肤黝黑、头发卷曲的昆仑奴 [①]。

这一色黑车、黑马、黑人，很难不吸引别人的目光。

只见那昆仑奴上身穿麻色小袖短衣，衬着白色半臂，黑而发亮的胳膊上套

① 多见于唐、宋时期的域外民族，肤色黝黑，体貌类似今非洲人。大多自海道入华，往往充任随从、仆役。

着一对雕刻有怪异纹路的古朴铜环，下身着条纹小口胡裤，光着宽阔的脚板。在他身边，则坐着一位腰肢纤细，戴锦绣浑脱帽①，身穿绿色翻领窄袖袍的美艳女子。

女子目似秋水，口似樱桃，别有一番妖娆。她也穿了那种条纹小口裤，坐在车上摇着腿，透空软锦鞋在空中摆来摆去。

"你们封诊道连婢子都这么怪异，瞧六娘这身打扮，倒是比你还像是主人。"谢阮依然穿着男装，但身上的袍子换成了猩红色的，她满脸古怪地看向身后那架怪车，又转头看骑在马上，衣着朴素的李凌云，"你怎么跟明子璋一样，喜欢胡乱穿衣？"

"天地良心，李大郎穿什么与我有何干系？"明珪苦笑，"我这衣袍虽无法与你的相比，但也是宫中巧儿特别织造的，好歹也是用的贡品中的方纹绫。再说李大郎所穿，你也不能小瞧，他那身白纻衣是袁州贡麻所制，软似云白如银，价格昂贵着呢，也就是你在宫里瞧多了好东西才看不上眼。"

"六娘家过去是官宦人家，因祖父坐罪下狱，才被没入宫中做了官奴，她是宫里赏给我们封诊道的，现在是我的隶娘。既然为奴为婢，日常有些脏累活计也非得他们来办不可，她爱穿什么就随她吧！"李凌云对此不以为意，随便解释一二。

"宫里还能赏人给你们？"谢阮听到"坐罪"二字，眉头轻皱，朝六娘多看了两眼，又问："隶娘是什么？"

"宫里赏人给封诊道，不只是大唐，而是古来有之的事。我们封诊道经常要剖尸查案，不是什么尸首都干干净净的，有时遇到腐败生蛆、流水流脓、身体胀大、形象恐怖的尸首，这时但凡身家清白的人都不愿来打下手，所以宫里历来会赏罪人给我们差遣。这些人因为是奴婢，所以必须听从主人吩咐，不能推托不干。隶奴多做些打下手的力气活，隶娘则执笔帮忙记录。若死者是女子，封诊道的先生为了避嫌，也要麻烦六娘这样的隶娘。"李凌云不厌其烦地说道。

---

① 唐代一种男用锥形帽。源自西北少数民族。浑脱，原为一种革囊。因此帽与浑脱相似，故名。

"原来如此。"谢阮觉得炎热，抬手扇扇风，朝前头看去。

前方人群熙熙攘攘，但看得出大多是麻衣布衫的百姓，其中有些人戴着尖尖的遮阳斗笠，都朝前方挤去。

"这些人到底在做什么？莫非今日此村祭神？"谢阮大惑不解。她身边的明珪闻言，把马背褡裢[①]里的案卷卷宗拿了出来，准备翻阅。

"你又看什么？这案子也是个烦人差事，案卷天后都命我看了许多遍了，想知道什么，我直接说给你们听不就得了？"

谢阮一面朝前看一面道："邙山下的这片地方不太平，也非一日两日了。最早是在前面的黄村里发生了一桩莫名其妙的案子，死者是一位罗氏娘子。那罗氏刚嫁人，夫君名叫邵七郎，是村里的猎户。罗氏死时，口吐白沫，双眼怒翻，七窍流血，下体也流血，死相难看不说，身下还压了一条狐狸尾巴。她丈夫日常上山狩猎，专门打山上的狐狸，以为是自己招惹了狐妖，于是在案发后跪地求饶……"

见李凌云在听，明珪将案卷递给他，善解人意地配合谢阮的讲述问道："自己刚过门的娘子死了，不报官吗，忙着求什么狐妖？"

"山村野夫能有什么见识？有人在旁胡说什么闹狐妖的浑话，他也就信了。倒也并非谁都信狐妖作祟这种事，还是有人报了官，可你们猜怎么着？那县令跑来一看，居然也觉得是狐妖发难，于是草草找了个'暴死'的理由，居然把那罗氏给埋了。"

"埋了？"李凌云从案卷中抬起眼，"这也把人命看得太轻了！"

谢阮将手中的马鞭抖了一下，啪地在空中打个鞭花，笑道："谁说不是呢？这傻货已被天后发配到交趾[②]，跟他的狐妖打交道去了。不过就在罗氏下葬后没多久，胡村便又发一案，这次死的还是年轻女子，姓苗，苗氏。"

"那苗氏的死相和罗氏一模一样，也是暴亡，尸首下压了一条狐狸尾巴。"

---

① 中间开口，两端可装贮钱物的长口袋，大的可以搭在肩上，小的可以系在腰间。

② 初泛指五岭以南地区，后专指越南中部、北部；一说初指长江下游一带。西汉平南越后置交趾刺史部于岭南，又在今越南北部置交趾郡。

谢阮指指李凌云手中的案卷，"这时，有人开始在百姓之中散播谣言，说邵七郎杀了多少只狐狸，狐妖就要杀死多少人来报复，于是县上便炸了锅。那罗氏的夫君邵七郎自己也不知道自己这辈子究竟猎杀了多少只狐狸，整个村子陷入恐慌之中，当时县衙里头那位亲民官也是一个头两个大……"

"我来猜猜，这位亲民官一定怕得要死，站在邙山一带就能望见东都，邙山自古是绝佳的葬地，我大唐素来有'生在苏杭，葬在北邙'的说法，山上埋的人多了，鬼怪传闻也不会少。这位县令在任时，地方出现了妖异，就算他什么错都没有犯，一旦被人上报朝廷，也必会影响仕途。"明珪摇摇头，难得地表露不满，"我猜，他会跟处理罗氏那起案子时一样，大事化小，小事化了。大郎你对对案卷，看看我说得是不是？"

李凌云依言翻阅卷宗，点头道："明少卿猜对了，那苗氏的尸体在得到县衙认可后，也被匆匆掩埋。"

"我在我这一辈行十四，大郎不如叫我十四郎，不然，像谢三娘那样，直接唤我的字也行，"明珪温和一笑，"称官职的话，总觉得太生疏了。"

李凌云微微点头。谢阮发出几声冷笑，道："你们别急着扯交情，先听我说。那蠢货县令害怕朝廷知道了会处罚他，为镇住这些风言风语，花大价钱请了些自称能降妖伏魔的道士作法。然而就在道士作法后没几天，狐妖案再次发生，这次的受害者是嫁进这个周村的谭氏娘子，她的死相同样凄惨，死后身下也压着一条狐狸尾巴。"

谢阮拿起马鞭，在掌心啪啪拍了几下。"一下子连续死了三个年轻小娘子，这作祟的狐妖可是厉害得很，于是这案子再也压不住了，连在上阳宫里歇凉的天皇、天后都很快听闻，于是天后命人彻查此事。"

"……案子固然荒唐，但也还不至于要让天后亲自过问吧！"明珪道，"其中是不是有什么别的蹊跷？"

"蹊跷自然有，跟你们明家还有关系呢，"谢阮没好气地伸手摸摸编得整齐的马鬃，"你那个死鬼阿耶这几年在宫中可没少搬弄是非，弄得太子殿下与天后母子间一直别别扭扭的。今天做儿子的找一群人批注《后汉书》，借着里面的典故教育自家亲娘，明天呢，做阿娘的给儿子送什么《少阳正范》《孝子传》，教育太子要听母亲的话，朝堂、后宫整天鸡犬不宁。而那些不安分的臣子素来对天后很有成见，现在出了妖异的案子，自然就有人穿凿附会，在背后嚼天后的舌根，说什么'牝鸡司晨，天下妖孽丛生'，一切都是天后把持朝政搞出来的，狐妖都看不过去，所以制造血案，警醒世人，真叫人气不打一处来。"

明珏无奈道："好吧！又是我的错处。那查得到底怎样了？"

"要是有结果，还拿出来给你们赌斗做甚？闲得没事吗？"谢阮一翻眼睛，"查是查了，可因地处荒僻村落，又沾上了妖鬼之说，总有些不晓事的百姓喜欢看热闹，他们拥挤在死人的院子里，竟将案发时的痕迹差不多都给毁了。这么一来，就算是多年的老刑名也拿这案子无可奈何。因为天后亲自发了话，所以京畿之内但凡有能耐的人几乎都来查过，可这狐妖案到底还是没破。如今唯独能确定一点，这案子，一定不是狐妖作祟，而是人干的。"

"何以见得？"一直没开口的杜衡总算忍不住，问出了这个关键问题。

"说出来也没什么好稀奇的，查案的老刑名说，打从天后要求彻查以来，狐妖案就再也没发生过了，单从这一点就能猜测出，案子一定是人为的，若真是高来高去的妖怪，谁会管凡人查不查案呢？正因是人干的，所以凶手才不敢冒大不韪顶风作案。只是可惜那家伙不再作案，我们也始终没能揪住他的狐狸尾巴。"谢阮愤愤不平，"某最恨借着女子体弱欺压女子之人，这贼货要是被我逮住，一定给他好看。"

"天后下令，竟也没有结果，这桩案子破不了，恐慌只怕还会加剧……"明珏有些疑惑，"对了，我常在宫中走动，却没听过这桩案子，可是被人故意压下了？"

"自然是压下了。"谢阮有些无奈，"你也不想想，要是放任不管，不知道最后会被传成个什么模样，于是只能放出说法，就说天后下令彻查此案，借着天后的皇气，把那狐妖给镇住了，使得狐妖不敢再继续作祟。说到底，这也是在暗中告诉凶手，千万别再作案，否则朝廷不会袖手旁观！"

"如此看来是有些作用，然而以天后的脾气，绝不会放过凶手。这凶手在京畿重地犯下残忍凶案，还令人摸不着头脑，不管怎么想，始终是个隐患。"明珪说，"所以，这次天后便借着赌斗之机，希望大郎跟杜公能破获此案，把那'狐妖'给捉拿了？"

"不错，顺便嘛……"谢阮龇牙笑笑，"要是他俩都破不了案，那这封诊道要来也没啥用啰！"

"我们不先去罗氏家中吗？那里才是第一案发之所。"李凌云对谢阮的威胁充耳不闻，他翻翻案卷，反而提出问题。

谢阮嗤之以鼻。"李大郎不懂规矩，你平日也在县上查案，难道不知，没有县里亲民官带领，别人是不会理你的吗？先前我们经过县衙时，听说那县令带人来了周村，所以才过来寻他。反正案中三个娘子都已死了许久，先去哪里后去哪里，应该也没有什么妨碍。"

李凌云已经意识到，只要谢阮叫他李大郎，那多半就是在调侃他，他也没什么火气。"我在县上查案，都是相关人等带着，其中人情往来上的事，也都是别人处置，最多让六娘去谈一谈，反正我只要到了地方，先封后诊，查出死因就行了。"他问道："那么这位明府①，现下又在村中何处呢？"

谢阮回头，手指跟在马车边的一名黑衣打扮、相貌老成的中年男子。

"这是周村附近的里正②，在县上当职，正好陪我们来找那县令。"说完，谢阮问那里正，"你们明府在村里什么地方，你知道吧？"

那里正不敢在谢阮这样身份高贵的人面前骑马，他始终牵着马匹走在一旁。听言后，他壮起胆子，连说两声"知道"，健步如飞地在前面领起了路。

前方人流越发密集，但那里正在乡里颇有名望，只见他中气十足地高喊几声，人们纷纷闪开，还有几个年轻男子主动走出帮忙轰开众人。

谢阮等人被那里正带到一处农家院落，下马拨开人群后，就见那身穿浅青色常服袍子的县令正合眼坐在地上，嘴里念念有词，他身后一群巫师在院中乱蹦乱跳，围观的百姓也跟着七嘴八舌地念起咒语。

---

① 唐时县令的别称。
② 官名。春秋始置，一里之长。

那为首的巫师身裹一件破洞道袍，手里握了根捆着五色布的马鞭，脸上涂得红红白白的，嘴里叽里咕噜，声音一阵大一阵小地喊着什么。

周边人多杂乱，但李凌云却觉得这个院落很是眼熟。他从怀里取出案卷翻了翻，挑眉拣出一页递给谢阮。"这院子，不就是那谭氏案发时的居所吗？"

谢阮闻言，拿过案卷对比着看了看，发现果然如李凌云所言。她面色一变，咬牙切齿地正要撵走那些巫师，却不料明珪伸手拦下了她。

"谢三娘，你仔细听听他们在说什么？"明珪瞥一眼巫师。谢阮停下了动作，李凌云、杜衡以及随之而来的几名随从也都凝神静听起来。

只听那巫师鬼哭狼嚎着："死的都是女子，这便是阴盛——"

众人跟着喊："阴盛——"

"阳衰——"

众人又喊："阳衰——"

那巫师猛烈摇头，双眼反白。"牝鸡司晨，天生异象，地有精灵，狐灵示人。以血为祭，以肉为献，天道不正，人世皆殃。"

说到这里，旁边的百姓一起喊道："皆殃——"气势听起来还有些磅礴。

谢阮顿时面色发青，咬牙连连冷笑。"终日打雁，却被雁啄瞎了眼珠子，才扔去交趾一个傻货，又来了一个更蠢的，如今这些推举之人都瞎了眼吗，都举荐的什么狗货来朝廷当官？天后早就应该把那科举给彻底改个法子……"

李凌云疑惑地看向明珪，后者早发现他有些拐不过弯，于是凑到他耳边说："这些话的意思是说天地对天后把持大权不满，借由精灵杀人警醒世人。这搞的仍是妖言那老一套，用来打击天后。这不稀奇，稀奇的是谢三娘之前明明说妖言流传的事已解决，现下村中竟还有妖人作乱，这是在打天后的耳光。"

"传某的令，后头那些提刀的，用最快速度给某滚过来——"谢阮话都没说完，她身后的随从就转身跑开了。

谢阮也不管，杀气四溢地来到李凌云和明珪身边。"你们都好好看着——往后给某捉拿妖逆的事当个人证。"

明珪但笑不语。李凌云却有些兴致，继续盯了一会儿那群蹦跶的巫师，又拿出案卷来翻。

"依卷所录，这个谭氏死时年方十四，是三个死者中年纪最小的。她的丈夫是一名柴夫，正所谓'夏日砍柴，冬季烧炭'，在县上有人家会固定购买他的柴与炭，但他所得银钱很是一般，这房子也不过是土坯房，房顶为枯草树皮覆盖，没见半片砖瓦。那凶手若是为了谋财，在谭氏身上只怕榨不出什么银子，不会是为财杀人。"

"不为钱财又为什么？杀人总要有个缘故。"谢阮恶声恶气地盯着那些跳来跳去的巫师，又跟身后的随从发起脾气："怎么这么慢吞吞的？还不快些过来！"

李凌云与明珏回头看去，只见乌压压地从后头奔来一群人。这些人头戴红抹额，身穿圆领墨绿纯色长袍，脚踩皮靴，左手握刀，右手边全部佩着收纳弓箭的弯月兽皮弓韬，草草估算，竟有不下五十人。

为首者腰间蹀躞带上挂一黄铜鱼袋，蓄八字短须，表情肃穆，到了谢阮跟前行了一礼。谢阮冷笑挥手，道："将那些巫师还有官员杂吏通通拿下！跑了一人，唯尔等是问。"

"诺!"众人齐声应承，声势震天。

巫师们此刻才察觉不妥，停下巫舞，探头探脑朝这边看来。只见这群身穿戎服的人潮水一般散开，把这小小院落围了个水泄不通。

李凌云问："这些人是……"

"北衙禁军①里的飞骑好手，拢共遴选不到千人，只有天皇、天后有权调遣。"

明珏话音未落，那群飞骑已把县令等一干人等悉数抓获，并带到谢阮跟前，一个个踹了腿弯，逼他们跪在地上。

那县令还不晓得发生了什么，朝谢阮惊怒不已地道："你们凭什么抓人？敢在这里作威作福，按大唐律——"

---

① 唐代禁卫军有南衙兵和北衙兵，南衙兵属于府兵十二卫系统，由宰相管辖；北衙兵为禁军，有羽林、龙武、神武、神策等亲军，由皇帝直接统辖。

"还按大唐律？按大唐律，你现在就该给某去死——"谢阮抬腿，一脚踹在县令心窝上，踢得他如滚地葫芦一样在地上足足转了两圈。她下脚够狠，那县令中招之后只能强撑起半个身子，怎么也爬不起来。

"汝是何人——汝是何人啊——"那县令颤抖着口喷唾沫道，"本县治下有狐妖作乱，这才请仙师祈祷，请上苍镇压精灵，你……你要对本县做什么？"

"妄言杀人罪案为凶兆，诡称鬼神言语，胡说灾祸祥福，身为亲民官敢妖言惑众，罪同谋逆，按大唐律，此为十恶不赦之滔天大罪。"谢阮抽出刀子，刀身一震，宛若龙鸣。她健步到县令跟前，又一脚把他踹翻在地。

"某看你就是活得太舒坦了。"谢阮眯眼，目光如刀一般在那县令脖颈上掠过，靴子踏在县令肩头，刀头一下一下拍着那家伙的脸。

"麟德[①]二年，女巫蔡氏以鬼道迷惑众生，说什么能让死者复活，结果拿个刚断气的人给她尝试，你猜怎么着？人搁三天都臭了，长蛆了，死而复生个屁啊？于是她就被抓起来，徙到鸟不拉屎的边疆去。听说交趾瘴气重，如今那蔡氏的坟头草怕是都有三尺高了。"

县令听得两股战战，谢阮却意犹未尽，蹲下盯住他，舔着嘴唇道："咸亨[②]中，赵州人祖珍俭说自己会妖术，具体如何某是不记得了，不过他比蔡氏更倒霉，被人告了一状，直接拉到市上斩了头。"

"我就弄不明白了，好好的明府你不做，偏信这些歪门邪道，非得自寻死路不可吗？"谢阮起身吩咐左右，"仔细绑了，既是十恶不赦的妖逆之罪，那就特事特办，罪人不抓入县狱，通通给某送至东都刑部处置。"

"诺！"那飞骑首领叉手行了个礼，跟手下打个手势，那群人便被迅速拖起带离众人视线。当地百姓见飞骑这般凶悍，哪里还有看热闹的胆子，便一哄而散了。

好不容易得了清静，一行人这才进屋仔细查看起来。

李凌云四处瞧了一遍，对谢阮摇头。"院子中来过这么多人，四处都被碰

---

① 唐高宗李治曾用年号，664—665 年。
② 唐高宗李治曾用年号，670—674 年。

过，这里就算有痕迹，要么早已灭失，要么也无法分辨是不是案发时留下的，还不如案卷所载有用。"

谢阮擦擦鼻子，皱眉看看房内，发现墙角生了些蜘蛛网，心知这里的确已有一段时间没人居住。她只好把那里正招来，问谭氏丈夫的去处，得知这人仍在村中，只是不敢再住这凶宅，已经换了地方，才算是放下心来。

"至少还能问问这男人案发时的详情。"谢阮说道。李凌云点点头，算是赞同。

"那你说，另外两处村落还用走一遭吗？"谢阮看向里正："某问你，另两个村子也跟这里一样，有许多人进出过？"

"自打传出狐妖作祟，三处案发场所在两任明府主持下，已被祭祀过很多次了，想来与这里差不多。"那里正相貌憨厚，双眼却极为灵活，三言两语就把情况说了个清楚。

"还是应该实地查看，"杜衡提议，"不如我跟大郎分头前往两处？我的封诊车用马不如大郎的神骏，本就落在后头，黄村正巧在来路之上，要不我跟大郎分道而行，也就不必走回头路了。"

李凌云闻言，若有所思道："既然痕迹都破坏殆尽，倒也不妨跟杜公分头查诊……"

"我觉得不妥。"明珪袖手在一旁声音温和地道。

见李凌云、杜衡齐刷刷转头，明珪温厚的脸上露出无辜的神情，轻声道："我是这么想的，二位此番是生死比斗，若真如这位里正所言，已没什么痕迹可用，倒也就罢了，可要是你们其中一位首先找到了破案关键，却暗自隐匿起来不告诉对方，最终让另一人断案失误，对二位来说，岂不都是极大的不公？"

见二人闻言陷入思索，明珪又道："二位都是封诊道的人，家族之间相互亲善，你们自然不太可能那样。但人心难测，向来经不起猜度，所以就算麻烦一些，我们也还是一同前往为好。"

"就这么办了！你二人无须犹豫。"谢阮大刺刺自众人面前走过，"天后让你们赌斗，自然不想看到什么不公平的事发生，某同意子璋老狐狸的说法，同去便是。"

明珪闻言苦笑。"不过比你大一些，我怎么就变成老狐狸了？"

他忙追上谢阮。李凌云与杜衡不敢拖延，也跟了上去。明珪无奈地道："查的是狐妖作祟，你却叫我狐狸，你年岁比我小，一点尊重也没有的吗？"

"某跟你算起来都是天后跟前人，你跟我计较个什么？你不老吗？老吾老以及人之老，幼吾幼以及人之幼，你是老人家，让着我怎么了？"

"这不是计较，没有规矩，难成方圆……还有，我哪里老？"

"既然不计较，那就别啰唆了……"

李凌云望着明珪宽厚的背影和像男子一样大步前行的谢阮的背影，听到身边的杜衡轻叹："当年，你阿耶与我聊起继任首领的事情，让我一旦得到祖令，就将你赶出京城，最好一年半载不许你回京……"

"杜公，你还是就此打住。"李凌云转身看他，语气严厉，"难道你现在要我相信，是阿耶授意你将我羁押在牢狱之中的？"

杜衡面色数变，终于叹了口气，无奈道："你阿耶，是真的不想你入宫。"

"所以封诊道的首领就只能你来做？"李凌云朝前走去。

"我说的是真的。"杜衡在他身后回了句。

李凌云却道："是真是假，等我赢了你再慢慢查，你我之间，除非我能活下来，否则，我想不出任何理由相信你。"

看着李凌云的背影，杜衡目光闪烁，许久之后，才发出了沉重的叹息声。

另两处案发村落距周村并不远，快马代步的众人有里正带路，很快把两位死者家中的宅院查探了一遍，如此前所料，这两处也没找到什么有用的线索。

从罗氏宅中离开后，杜衡有些焦躁地道："痕迹全毁，本想用封诊车中的工具，如今倒是不必了。"

李凌云赞同道："杜公没说错，罗氏十五岁，死于家宅之中，她与丈夫都是良人，村老说这对夫妻平素老实厚道，并未听说得罪过谁。罗氏家是一处四合院，房屋以木材构筑，房门也是大扇木门，制作粗劣，门缝不小，这样的门只需在外间用扁形薄片，比如说竹片轻轻拨弄门闩，即可打开。"

"凶手居然如此大胆，直接开门进屋杀人？那罗氏就这么不知防备吗？"谢阮觉得有些不可思议。

"也没有什么好奇怪的。"明珏解释，"我是偃师人，幼年曾随我家阿耶到这种乡野人家给人诊病。京畿一代治安较好，村中人大多相互知根知底，兼之地处偏僻，卖东西的货郎也要半个月才来一次，平日村正会组织人手巡逻，再加上几乎没有外人入村，村里人的防备之心自然不足。"

那里正在一旁连连点头。"是这个理。这些村子虽不至于夜不闭户，但通常也颇为安泰，一般在此生活并无危险。"

"可罗氏不还是被害了？看来人无远虑，必有近忧。"谢阮望向杜衡，"方才杜公跟李大郎在院墙处看了许久，可是找到了什么痕迹？"

"是，我们发现正对堂屋院墙上的木刺被人拔掉几根，留下了几处凹陷，可见有人故意损毁。第二桩案子中死去的苗氏家中贫苦，丈夫为力夫，家里压根就没有院墙，只是起了个低矮的木栅栏，木栅栏倒也完整无缺。如此看来，凶手将罗氏家院墙上的木刺拔掉，显然是这东西妨碍了他，可拔掉的范围并不够宽，不足以让一个成人越过这个缺口翻墙而入。所以我推测，他是站在此处暗中观察死者，那两根木刺刚好阻挡了他的视线，所以才被拔掉。"杜衡口中喃喃地掐着手指，似在计算什么，"第三个被害的谭氏，她家里院墙上也插有木刺，但木刺完整，并未被拔除。这恐怕是因为院墙低矮，并不妨碍凶手作案。粗看那墙高五尺三寸左右，而第一案中罗氏家的院墙算上木刺，刚好五尺五寸，如此算来，凶手身量……"

"杜公的推测与我相同，凶手身高必在五尺三寸至五尺五寸之间，除此之外，并未找到有用的线索。"

谢阮听着，表情似乎有些不快。李凌云也不介意。毕竟众人追了三个村子，却没得到什么进展，以她的性子，能有好脸才怪。

明珪望着那缺了木刺的墙头思索。"这桩案子最难的是已时过境迁，而且最初因两任县令尸位素餐而草草结案，案卷虽在，但记录却模糊得很。"

"我看，还是要麻烦里正……"明珪对那里正道，"这三家闹了狐妖之后，还不时有人祭祀，所以三人的丈夫都没在家居住，而是另寻居所。敢问能否把罗氏的夫君邵某找来问话？"

"某这就把他叫来。"里正应承着而去，片刻后就带回一位身材劲瘦的青年男子。

那男子二十岁上下，面目生得粗犷，头戴一顶沾了各色兽毛的黑毡帽，身穿圆领开衩齐膝短衣，脚踩一双麻鞋，双手有老茧，骨节突起，典型的大唐猎户装扮。

来到自家曾经的宅院前，男子眼中露出畏惧。在里正的带领下行过礼，他自己报上名字，说叫作邵七郎。杜衡率先问道："听说你娘子罗氏死在屋中，是你第一个发现的？"

"是，那天我上山打猎回来，远远就发现屋门虚掩，我还以为是娘子给我留了门。进屋才发现，我家娘子七窍流血躺在地上……我吓得魂飞魄散，便连忙出门叫人来救，当时天色已晚，我还是一户一户敲的门……"

"你是什么时候发现你娘子身下有狐狸尾巴的？"见邵七郎有长篇大论的苗头，杜衡老到地打断他。

"是……是大家都来了之后，村中有懂医药的长辈探过娘子的脉搏，说是身子都凉了，已经死透了。"邵七郎因回忆起当时的情形，眼中畏惧之色淡去，却多了些悲痛，"我把娘子抱起大哭起来……手里却摸到个毛茸茸的东西，取出一看，是一条硝过的狐狸尾巴。"

说到这里，邵七郎抬手揉揉发红的眼圈，苦涩地道："大家说是我打的狐狸太多，狐妖来讨债，这才害死了我娘子……可这些日子，我想了又想，不明白那狐妖复仇为何杀我娘子？捕猎的是我，要杀也应该杀我才是啊……"

说完，邵七郎呜呜地哭出声来。杜衡想再度打断，却又面露不忍。李凌云则漠然不顾地问道："邵七郎，你回忆一下当时的情形。发现你娘子时，屋内可有被人翻动过的迹象？"

邵七郎擦擦泪水，努力回忆片刻，摇头道："不曾有人翻过，屋内东西都是平日里摆放的样子，没什么乱七八糟的。"

李凌云拿出卷宗，沉吟道："依卷宗所记，仵作验尸时发现三名女子下体都有流血，却并没与男子发生性事，她们身上的衣物也都穿着完好。大唐普通百姓家里，女子常穿小衣短襦与长裙，本就有些繁复，况且人死后，肢体不如活人灵活，如凶手侮辱她们后，再把衣物穿回去，也难掩盖脱下衣裙的痕迹。"

明珪见邵七郎听得脸色苍白，小声道："这里没你的事了，你可以回家去了。"邵七郎连连行礼，似一刻也不想在这不祥之地逗留，很快便走掉了。

李凌云奇道："你怎么就让他走了？"

"他到底是死者罗氏的丈夫，你当他的面谈论他娘子与凶手是否曾经行房，对他也太残酷了，他面色苍白，一看就是受不了的。"明珪说完，见李凌云有些了悟，又对里正身边的几个村老问道："狐妖之说，是从什么人开始传的？"

一个拄着拐杖的村老回答："起初是到邵七郎家里的村人，他们见邵七郎的娘子身下有条狐狸尾巴，当即就想到了。"

"你们县上的人怎会相信这种愚夫愚妇的传闻？"谢阮冷哼一声，质问起那里正。

里正苦笑。"要只是愚夫愚妇说闲话，我们胆子再大也不敢信这样的妖言。但三起案子，受害女子个个家中生活极苦，那第二起案子的受害者苗氏的丈夫除了一身力气没有别的长处，只能去扛大包，穷得家徒四壁，这样的女子，杀了又有什么用处？就算是劫色，三位女子也没有一个是生相好看的，还说那苗氏，脸上天生一颗长毛大瘊子，丑陋无比，否则她怎么会在青春少年时甘愿嫁给一个卖膀子的男人？"

里正说到这里，叹道："既非劫财，又不劫色，凶手为何杀人，我们也真的摸不着头脑。加上县里的仵作也是老刑名了，不是第一次见死人的雏儿，可就算是他，也未见过这种惨厉暴毙的情形，而且一下子还死了三个。找不到理由，人又死得蹊跷，慢慢地，他也觉得是真有狐妖在作祟了……"

"那后来的县令，也是因为百思不得其解，才选择相信妖言？"明珪回头看房舍，喃喃道，"财色都不是杀人缘由，这三人也没什么仇家，案卷上说，他们不怎么和别人口角，确实令人迷惑……"

明珪陷入思索，他身旁的李凌云却半点犹豫也没地问那里正："三名女子都是在死亡当天就被发现的，且根据尸首迹象，她们也是当日被害的。她们的丈夫白天在外做活，夜里才会回来，所以凶手必然是在她们丈夫不在家的时候杀的人。我方才看见三家门口都挂了铃，那么……可有人在案发之日听到过铃响？"

那里正想了想，摇摇头道："没有的，并未有人听过铃声。"

"铃？"谢阮抬眸，疑惑道，"什么铃？"

李凌云走到案发院落的门口，伸手朝上方一指，果然门角处挂着一个看起来有些年头的带着铜绿的铜铃，铃上有一根细线牵进院内。

"这是用来叫门的铜铃，但不是家家户户都有，只限于还没生孩子的新嫁娘使用。"李凌云道，"城中没有这样的规矩，但在村子里，各家住得远，还没怀孕生子的小娘子，丈夫不在家时若有男人闯入，就会马上摇动门口的铃铛，这样附近村民便会赶到，把闯入者驱逐出去。"

谢阮进入院内，循着线走去，发现那根线一直延伸进堂屋窗内，拴在一根钉上。谢阮伸手一拉，外面的铜铃叮当声大作，声音非常清亮。谢阮走出门来，就见几个村中百姓探头探脑地朝这边看来。

"确是可以用来叫人。"谢阮肯定道。

李凌云点头。"案卷上说，三人被害时没人听见动静，凶手从大门口进来，不可能每个小娘子都没察觉。我看，来的人恐怕不是男子而是女子，否则三家的铃不至于一家都不响。因同为女子，于小娘子贞节无碍，自然就没必要去摇铃。"

"女子？"谢阮秀眉紧皱，"什么女子会凶残地杀人？"

李凌云没顾得上回答，兀自推测道："之前，我以为只有一家门口有铃，所以误以为有人利用大门缝隙开门，现在看来却不是。虽然大唐豪放女子不少，洛阳城里就有许多，但在村落之中，会肆无忌惮与男人交谈往来的女子，一般都生过孩子。那些还没生养的女子，通常相当小心谨慎，如家里男人不在，不会轻易给人开门。就算有人闯入，她们也会第一时间拉铃才对。"

明珪顿时明白了李凌云的言下之意。"如此说来，这些提防心很重的初婚女子给人开门，又不拉响铃铛，必然是知道来人是谁。"

"看来，凶手是她们的熟人，而且，是女人。"杜衡摸摸胡须，"大郎，此处应该再没什么遗漏了，我们接下来是不是要开棺验尸了？"

"验尸？"谢阮柳眉倒竖，"可要剖尸？"

"自然要剖。"杜衡冷静道，"大郎，你也觉得要剖吧！"

"是，这几名女子死因成谜，除了七窍和下体流血之外，仵作并没验出常见的几种毒，更没发现她们身上存在任何凶器损伤的痕迹。"李凌云转身看向谢阮，直直盯着她，"也正是因为不知死因，不知凶手目的，才会有狐妖作祟的说法，不开棺验尸，这赌局我与杜公谁也赢不了。"

谢阮无语地抬手，示意李凌云闭嘴，把里正叫到跟前。"你命人传告，在村中找一些不怕晦气的人，把已死女子的棺材起出来，全部送到县衙里去，我们在那处等着。"

"这……村中百姓很信鬼神之事，怕是没人愿意……"那里正面露难色。

谢阮懒得费口舌，果断道："挖坟的一人减一年丁役，再予十斗米、五千钱，那些苦主家中，按这个的三倍给。"

里正闻言大喜。"村人并不富裕，如今有米有钱，一定会抢着做了。某这就去。"说完叉手一礼，转身跑开了。

"可真是少见，按以往，若是胆敢不从，那些人免不了要吃鞭子，今儿这番话说得也太不像我认识的谢三娘了。"明珪忍不住调侃。

谢阮却面色凝重。"这些年来我大唐征伐不断，不是咱们打别人，就是别人打咱们，加之连年天灾，关中地区一斗米竟要卖出数百钱。早年时，一斗才数钱罢了……那些为官者，要么出身富裕，要么举荐之人颇有钱财，反正谈不上穷苦，我揍他们倒也无妨，可煎迫百姓这种事，你让我怎么做得出呢？"

听了谢阮的话，李凌云深看她一眼，他似乎现在才发现，这个女子不像一贯看来那样粗犷凶猛，反倒是粗中有细、是非分明的一个人。

众人启程赶回县城，刚梳洗一番准备喝水休憩，就来人传报，三名受害女子的棺材已被送进了城内。杜衡老到地找了个所由，让他把县上的仵作叫来，准备一会儿问话。

那所由去了之后，谢阮在席上如男人一样盘膝而坐，拈了块粉色的酥点吃了一口，觉得味道不好，又扔回几上，看向跪坐一边的杜衡。"既有案卷，杜公为何还要叫那仵作过来？"

"死的是良人，家中贫苦，只怕当时不过是一口薄棺就把人给葬了，如果在尸首身上得不到线索，让仵作过来，也好跟他再问问。"

谢阮想一想，却又皱起秀眉。"良人贫苦，跟开棺后尸首上得不到线索，二者间有什么关系？"

见谢阮仍不解，李凌云解释道："死的要是达官贵人，或是乡贤豪富，下葬时不但有许多陪葬之物，还要给尸首进行防腐。譬如在棺内底部铺上杀虫害鼠的水银朱砂，或在墓底涂抹石灰膏泥，墓土以糯米混合来避免漏水。之前新安县那个新坟，就是因为没做这些手段，轻易被看出是个假坟。须知这些穷人家连院墙都修不起，哪里有闲钱做这些防腐手段？而死者又埋下去有些日子了，只怕挖出来的尸首早已彻底腐坏，或是给虫子吃尽了。所以找仵作过来，也是为了看看能不能问出点线索。"

"原来如此，"谢阮回过味来，看看李凌云，又扭头看看杜衡，忽然笑起来，"你们封诊道的人，明明在赌斗生死，却好像更在乎赌局里的这桩案子，怎么，你们对自己的性命都觉得无所谓吗？"

"是人都会在乎生死，我也不例外。"杜衡苦涩道，"但'以封固本，以诊问案，以慈悲寻真，以怜悯问心，辨幽冥逝者之声，雪黄泉不白之冤'这句话，是我封诊道千年来不变的祖训。不论是我还是大郎，就算此番终究要争个你死我活，但这桩案子，既然是交给我封诊道的人办，就一定要办出个结果来。"

"好一个'辨幽冥逝者之声，雪黄泉不白之冤'。李大郎，你也如此吗？"谢阮目光闪烁，看向李凌云。

"我与杜公的输赢，其实与破案无关，不管是杜公破了此案，还是我找出了真相，对苦主而言都没有什么差别。封诊道只寻真，不徇私。这是我阿耶第一次带我修习封诊之技时，就着重传授我的，这个规矩，我跟杜公都必须守。"

李凌云话音未落，那仵作已走进门来。由于身份卑微，公门杂吏通常都穿着一身黑衣。这位上了年纪的黑衣仵作刚进门就恭敬地叉手行礼道："我是本县仵作杨木，见过各位贵人。敢问座上可是有封诊道的先生？"

谢阮目光在李凌云和杜衡身上移来移去，笑道："小小仵作，进门不见官，却问起封诊道来了？"

那杨木闻言连忙跪下，恭敬地朝谢阮叩礼，口中连道："上官不知何等身份，想来一定是了不起的贵人。我们仵作行人是贱业，自古以来，多由罪人或出身低贱者担任，可封诊道的先生们是良人出身，会验尸寻踪，不像我们只是讨口饭吃，而是怜悯死者，怕有人遭了不白之冤。所以我们仵作行人对封诊道的先生们素来尊重，但凡先生们查案，都要过来问候的。"

"还有这种规矩。"谢阮道，"既然如此，那也不怪你，你先起来吧！"

杨木口中称"诺"，这才爬起身来。杜衡却严词厉色道："你们仵作行人的行首每年也会送选可靠之人去封诊道里学些验尸技巧，为何你不问真相却去扯鬼神？要不是你说有狐妖作案，外面怎会传得沸沸扬扬，以致连县尊都相信了？"

杨木苦笑道："我也不敢推卸责任，可是乡下荒僻，这些女子死得蹊跷，家中亲人不愿让我剖尸，所以到头来也查不出死因，只能草草把尸体掩埋。至于狐妖作祟，我只是验尸时百思不得其解，念叨了两句，不知如何传了出去，明府自己愿意相信，我更是没法说清楚了。"

"杜公，此时不便追责，破案要紧。"明珪安抚了杜衡，又对杨木道："有两位封诊道的先生在，你跟着一同开棺验尸，这次千万要实话实说。不怕告诉你，此案牵涉妖言惑众，是十恶不赦的大罪，你要是不能将功赎罪，把自己给择出来，怕此番难以善了。"

杨木又惊又怕，作揖道："某必尽心，保证绝无遮掩。"

此时有人来报，说是棺材都送进了县衙。谢阮站起身来，命令众人一同前去开棺。

第七回

三尸成谜　血食蛊现

大唐封诊录

众人来到县衙的一处小院，只见三副棺材整整齐齐地放在地上，以朱笔标注了死者姓氏，棺木上还有泥土痕迹，显得破旧不堪。每副棺材上都贴着一些镇压邪祟的符纸，符纸破败，但朱砂所绘的红色痕迹却鲜艳如新，看着颇为瘆人。

杜衡绕着棺材走了一圈，戴上油绢手套，摸了摸棺材上的木料缝隙，对李凌云摇头道："果然是杂料拼凑的薄棺，下葬后木料吸潮，缩胀不一，四处漏水……"

李凌云闻言，戴上油绢手套走过去，从一副棺材上拈下一只已死的黑色小虫，皱眉道："是尸虫，有这种虫子，看来棺中尸首恐怕早就被吃得只剩尸骨了。"

这时院墙上突然传来咯噔一声，众人抬头看，见好几个人头从墙头上迅速缩了下去。

"这些胆大不怕死的，你们出去捉几个，套了木枷扔在县衙门口。"谢阮气得笑起来，"喜欢看热闹，就让他们给人当热闹看个够。"

"不必这样，"李凌云捏着虫子扔进一枚小小的绢布袋子，抬头道，"叫人去把我们封诊车上的屏风拿来，一封即可。"

"屏风？院墙都挡不住这些人，屏风又有什么用？屏风能高过院墙？爬上墙头的人，不是一样能看见吗？"谢阮对李凌云所说的屏风有些不屑，但她对黑铁箱子般的封诊车好奇很久了，嘴上说着一套，却也马上吩咐人照李凌云讲的办。

"到时候你就明白了。"李凌云提着布袋口两头的细绳，轻轻一拉，口袋瞬间收紧，变成一个小小荷包。

"什么绢这么清透，色似琥珀？"谢阮伸手讨要，拿至眼前细看，用手搓了搓道，"原来涂了油？这不就是宫里用来做防雨琥珀衣的油绢？"

"绢布用上等桐油刷过，然后晾干，这样里面的物事就不会沾到外面的东西，也不会让外面的污秽侵袭，用这布袋来安置案件证据，最好不过。"李凌云抬手晃晃，"我手上这个套子，其实也是油绢做的。"

李凌云话音未落，赶车的昆仑奴跟那个绿衣女子六娘一起进了院子。昆仑奴头上顶着一大堆东西，只用单手扶着，那些东西用黑色绳索捆扎，长短不一，外面用一个黑色大口袋套起。他来到院子一侧，把口袋打开，从里面取出一些漆作黑色的木制零件，不一会儿就组起了许多落地屏风用的架子。

架子零件间只需相互碰触，无须发力插入，便发出轻微咔嗒声，显然已经铆住，只是不知是如何榫接在一起的，而且也看不出外面有什么活页，就能随意转动。在宫中见过许多奇物的谢阮此时也忍不住感叹："你们封诊道的这些玩意儿，果真精巧得很。"

那昆仑奴自出现以来就从没说过话，此时抬起眼睛冲谢阮张开厚唇嘿嘿一笑。谢阮奇怪地问："你笑什么？"

一旁的六娘忍不住也笑起来。"阿奴是个哑巴，他这是在告诉你，你一会儿看见屏风面的时候，或许会觉得害怕。"

"害怕？"谢阮来了兴致，"那更要快些拿出来瞧瞧了。"明珪也好奇地凑在一边，只见二人拿出硕大的黄杨木筒，从中取出白色的屏风面徐徐展开，在屏风架子上一一卡定，上面有许多图画，密密麻麻挤在白色画布上。

谢阮凑过去眯眼看屏风，发现这些画用了白描手法，只有走到极近的地方，这些屏风上的画才能被人真正看清。

上面绘制着无数个恶形恶状的鬼怪，几乎没留下空白。这些鬼怪或被鬼差投入熊熊烈火，或在河流中苦苦挣扎，有一些被铡刀砍去头颅，仍在血腔子里面哀号不已，还有的肠肚被挂在磨盘上拉扯，神情苦不堪言。

这绘画手法纯熟，画技无比细腻，鬼怪个个栩栩如生，心、肝、胃、肺、肾形状真实，表情痛苦哀伤。谢阮一看之下，竟有一种心神被吸入其中的感觉，仿佛身在地狱，正跟这些鬼怪一起被折磨。她猛地向后退几步，大口喘息道："这是什么？"

"封诊屏，也有外人给它起名叫地狱幡。"杜衡看那屏风一扇扇地围绕三副棺材被接榫起来，轻言细语道，"发现尸体的地方要是在室外，就得用封诊屏来封起场所，否则人来人往容易破坏痕迹，兼之也可以遮风挡雨。"

"既是用来遮挡，为什么要弄上这些绘画？不嫌费事？"

"这也是不得已，"李凌云接过话头，"有人生性好奇，总在屏风上捅几个洞来偷窥我们封诊，所以不得不涂些鬼怪来震慑愚夫愚妇。自太宗时玄奘法师取经归来以后，佛法广传大唐，深入人心，渐渐就改成画佛家的地狱变相了。"

"有些道理。"谢阮歪头看屏风，捏着软翘的下巴道，"我怎么觉得，这绘法有些眼熟……"

"这屏风是大郎阿耶的，前些年大郎外出时转赠给了大郎，是京中知名的大家所绘，"杜衡说完又提点道，"吴氏大家。"

"吴氏，那个专司宫中绘画，笔法有'吴袍携风'美誉的吴氏？难怪了，连我都差点被这画摄了魂……看来，你们封诊道在京中很有底蕴啊！"谢阮惊讶地看向李凌云，后者却抬头看那昆仑奴。昆仑奴正从屏风顶上的木轴里拉出一张张琥珀绢，迅速集中到中间，用绳索扎起，就形成一个滴水不漏的顶棚。

见李凌云看得很认真，似乎没听见她的话，谢阮眉毛一竖，有些火大。

杜衡见状，连忙在一旁解释道："长安大，居甚难，但凡有能耐在京中置产的，无不是家大业大之人。家里人一多，生老病死就是常事，谁家没几个死于非命的人？很多事不宜声张，甚至有人不寻官府，偷偷就给处置了，却又一定要查清死因，所以我们封诊道虽说名声不显，但也没人敢小看，各家各户都有可能请托到我们头上。吴氏的画虽难得，但我们去求画，却相对比较容易。"

"你要不是官身，就该被那屏风挡在外面了。"李凌云回头对谢阮说完，抬头看看天色，眯眼道，"时辰还早，天光可用，不必额外掌灯，抓紧时间开棺吧！"

明珪在谢阮身边闷笑不已。谢阮皱眉看他。明珪捧腹道："不要看我，你也是太好奇，不怪他这样说你。"

"你是还记恨那句'老狐狸'吧？"谢阮刚要发火，就见李凌云递来一张方正麻布，四个角上各缝一根细绳，再仔细看，那麻布不止一张，而且是由上等的精品麻制成的，质地纤薄柔软，重重叠叠放在一起，细绳部分则是麻布卷起缝进去的，和那油绢袋上的绳索一样活络，可以收紧。

看见这新鲜玩意儿，谢阮顿时忘了李凌云讽刺她的话，笨拙地学着他把这玩意儿罩在口鼻上，绳索收起挂在耳后。

见谢阮疑惑的目光扫来，李凌云解释道："这是我们封诊道用的口鼻罩。尸体腐坏以后，腹中容易生出有毒的尸气。之前一直没见尸体，所以用不上，现在要开棺验尸，不得不防备一下，免得闻了以后让人生病。"

谢阮点点头，见仵作杨木满眼崇拜，伸手不断摸着脸上的口鼻罩，心中顿时有些腻味。

咯吱叮当一阵声响，那昆仑奴手持一枚两头扁平的黄铜撬棍，按顺序把三副棺材一一起开。

杜衡也是封诊道的人，身边自然跟着隶奴、隶娘。那不知姓名的二人此时也一同帮忙，小心翼翼地把棺材盖掀开，放在了一旁。

李凌云等那难闻的尸气散开一些后，这才看向棺材里。三名死者果然跟他猜测的一样，几乎都已化为白骨。只是她们的骨骼都被衣物包裹，身边都放着一条狐狸尾巴。

李凌云拿起罗氏棺中的狐狸尾巴，问杨木："这是案发时在死者身边的，还是另外放入的？"

"正是案发时发现的，"杨木道，"因死得过于蹊跷，死者亲属不敢给她们更衣，生怕沾染晦气，所以不光是这些东西，就连死者身上的衣物，也是原封不动一同下葬的。"

"尸首已成白骨，狐狸尾巴还保持原样，想必后者经过了什么特殊的防腐处理。"

杨木满脸崇拜。"我们对狐妖作案之说也心存疑虑，考虑到狐狸尾巴可能是日后关键证物，所以我略施雕虫小技，给狐狸尾巴定了个型……"

杜衡眉头一动，心知所谓"定型"必然是某种防腐之法。再瞧那三条原模原样的狐狸尾巴，他有心细问，又觉得此法怕是杨木的看家本事，别人吃饭的技艺，不可当众刨根问底，于是点头道："如此甚好，或许还能多寻到些线索。"

不给李凌云插话的机会，他直接走到棺边问："按身亡顺序，先验这罗氏？"

"就先验她。"李凌云对六娘道，"虽说只剩下白骨，但终归是女子。六娘，还是你来为她解衣吧。"

谢阮闻言，看李凌云的目光柔和了几分。那六娘显然已做惯了这种事，素手轻扬，快速地将被尸水浸渍过的衣物解开，露出罗氏的骨头来。

"尸骨不曾发黑，"李凌云抚触尸首咽喉处脊骨内侧，沉吟道，"至少粗看不是服毒或被人灌下毒液。"

仵作杨木点头。"没错，当时我们用银针插检她的喉咙，也没有发现银针发黑。"

李凌云皱眉道："银针验毒并不是百试百灵，只有少数具有腐蚀银的属性的毒物才可被验出。如果遇到对银不起作用的毒，一样无法用银针测出。况且，会让银针生出反应的并不一定就是毒，你可以把银针插入煮熟的鸡蛋黄试试。"

李凌云说完，杨木便急着要按李凌云的话试验，从封诊屏上特别安置的小门离开了。

明珪见李凌云把罗氏的骸骨逐一翻检了一遍，忍不住问："没有发黑的骨头，是否可以确定罗氏并非死于中毒？京中刑部大牢里有些手段，能让人外表上看不出损伤，却伤及筋骨，乃至内脏震裂而死，会不会……"

李凌云摇头。"如果那样，骨头上不可能没有一点体现，但你看，罗氏的骨骼上没有任何裂伤痕迹。"

"不是毒也不是内伤，还有什么法子可以让人身上的窍穴通通流血？"谢阮问道。

"死者被发现时均是七窍流血，"李凌云思索道，"七窍，指的是人的眼睛、耳朵、鼻孔和嘴巴，这些地方与人体内的'腔穴'勾连在一起，比如口喉、鼻内、耳孔、咽骨的管道之类。人的颅骨中有一些很细小的孔，虽然平时看不见，但是打哈欠时，会发现听到的声音能变大或变小，这就是小孔存在的证明。部分小孔与人眼中的裂隙相连，如死者心跳骤然停止，血液有可能从胸腔中流入气道、食道，再流到口腔中，进而沿着小孔逆入七窍，形成七窍流血的恐怖场面……"

李凌云叹道："只有人暴毙，才能达到如此效果，若是用毒，也必是非常剧烈的毒。"

"可骨骼上看不出毒啊……"谢阮不解。

"看不出，也不一定就不是毒杀，只是这种毒不会让骨骼发黑罢了。"李凌云忽然注意到了什么，伸手拿起罗氏下身穿的黄色襦裙，细细地验看一番。

"杜公，你看这处，应该是血迹。"李凌云将襦裙递给杜衡，手指暗褐色的一点。杜衡仔细看了看，伸手拉开口鼻罩嗅了嗅。

"看上去是血！时日太久，混了那尸体腐败的气味，不太能嗅出来。"杜衡回头对自家隶奴道："带狗来。"

那隶奴口中称"诺"，出去了一会儿，带了条身量纤细、双耳长毛的纯黄犬回来。杨木也跟着一同回来，手里好像还握着什么。

"关中细犬？长安城里也很少见这么好的猎犬，哪儿弄来的？"谢阮蹲下，高兴地摸摸那犬的头。那犬却坐在地上，一双流露着忠诚的深琥珀色眼睛死死盯着主人杜衡，完全不理夸奖它的谢阮。

"你们封诊道的狗都这样不理人？"谢阮起身，见杜衡拿襦裙走过去给犬嗅闻，向李凌云问道，"狗又能闻出什么？"

"平素我们用来追踪罪犯气味，和猎犬是一样的用法。不过这种犬经过特别训练，对人血格外敏感。"

李凌云话音未落，那犬已经吠叫起来。但和一般的犬不同，它只是短促地叫了五声，一声不多一声不少。

"是人血。"杜衡对李凌云点头，他早已看出这位天后亲信对什么都非常好奇，不等她问就解释，"这犬对一些气味极大的毒物也能粗略地分辨，只是吠叫的次数却不相同。现在它叫了五声，襦裙上的，便一定是人血。"

谁料谢阮还有问题，她看向襦裙，问道："是人血又怎样？死者本就下体流血而死，沾在裙裾上也不足为奇。"

李凌云也不理她，对隶娘道："六娘，取水和碗。"他又对昆仑奴比画着说："阿奴，把封诊箱拿来。"

阿奴提来封诊箱，又是一番咔咔动静。李凌云转动铜盘，打开箱子，从中取出一把精工制作的剪刀，把襦裙上染血的地方一起剪下。

谢阮摸摸鼻子，讪讪地看着。六娘捧了一个极小的水碗过来，把染血的布片浸在里面小心搓揉，一会儿便融出一小碗血水，端给李凌云观瞧。

"拿去喂了。"李凌云淡淡说完，六娘就又离开屏风，不知拿什么去了。此时那仵作杨木才找到机会走上来，有几分激动地打开手掌，露出一个剥了壳的鸡蛋和一枚发黑银针，兴奋地道："银针插进煮鸡蛋里，果然针尖发黑，只是不明白是什么缘故，李先生能不能教我？"

"鸡蛋当然无毒，但蛋黄中存在能让银针发黑的东西。"李凌云说完，见杨木如获至宝，补充道："银针放在温泉水中也会发黑，泉水却未必就能毒死人。银针验毒是十分不准确的，你要是愿意，抽空去一趟东都，找一家门楣上雕有七片草药叶的药铺，进去说要学习封诊之道，就会有人带你去学些有用的封诊法子。"

说罢，李凌云对兴奋不已的杨木不再理睬，拿起罗氏身边那条狐狸尾巴端详。明珪踱到他身边，轻笑道："大郎对这杨木，好像特别照顾。"

"仵作行人要想进封诊道学习，必须要经过层层遴选，再由他们的行首推荐。学了技巧的仵作一般能在县里做个领头的，破了大案还能升迁去更好的县份。有这样的好处，选人的人难免掺杂私心，并不是有心学就都去得成。我看他对此道是真心喜欢，所以才给他指条路，再说能少几个被冤枉的人，多破几桩案子，那也是很好的……"李凌云把狐狸尾巴递到明珪眼前，"依你看，这是什么狐狸的尾巴？"

"你问错人了，狩猎之事子璋老狐狸可不擅长。"谢阮走过来，弯腰瞧了瞧，让李凌云拨开毛发仔细看看，这才道："外红内不红，不是奸人造假，这红色是天生的，是赤狐的尾巴。"

谢阮又找李凌云要了油绢手套戴上，上手捏一捏尾毛深处。"狐与狸皮毛触感相似，有人会用便宜的狸尾冒充狐尾，但这毛发触之有兔毛感，可以肯定是真的狐尾。"

"赤狐……"李凌云对杨木招手，叫他过来，"附近山上赤狐多见吗？"

杨木忙道："山上很常见，总有人来买。那罗氏的丈夫邵七郎不就是捕猎赤狐的猎户吗？他猎了很多狐狸，所以才害怕狐妖寻仇。"

李凌云捏捏狐狸尾巴，摇一摇，又拨开毛发，将手指伸进白色的皮子中。

"尾巴里的骨头已取了出来，皮质柔软……"李凌云把狐狸尾巴拿到面前嗅嗅，"除了人死后散发的尸臭，没有额外的恶臭。这尾巴已晾透，还用细沙揉过，是可以直接做衣裳的熟皮。"

谢阮见他这番操作，心中有些作呕，斜眼看着他，朝后退了一些。这时六娘正好回来，手里拿着个圆桶一般的笼子，笼中"吱吱"有声，能看到一些灰黄的小影子在笼子里面跑来跑去。

谢阮定睛一看，里面竟是几只一指长的老鼠，不由得浑身上下齐齐打了个战。她伸手捏了明珪的衣袖，藏到他身后，嘴里连道："怎么老鼠都弄来了？真恶心。"

"你死人都不怕，还怕老鼠？"李凌云伸手提起笼子看看，"这些是田鼠，地里拿稻子做窝的那种，最多也不过一指长，不吃城中秽物，从小被我们用谷物果蔬养在屋里，繁衍至今已有数千代了。它们跟外头的老鼠不同，很干净，就算被这些老鼠咬了，也不会生病的。"

"就算再怎么干净，也是老鼠，瞧着怎么可能不恶心。"谢阮胆子大了一些，从明珪身后露出头来，"平白无故的，你们养这玩意儿干吗？"

"当然不是平白无故。"李凌云把老鼠笼子扔给六娘，"这是验鼠，我们封诊道专门用来试毒的。"

六娘听他俩吵架，但笑不语地打开笼子上的一扇小门，从里面抓出一只老鼠，在它脖颈上系了一根红色绳索，这才用铜匙把襦裙上溶出来的血水灌进了老鼠口中。那老鼠也很乖巧，全程任她摆布，不见有任何抵抗的意思。

"这老鼠怎么笨笨的？给什么吃什么，也不咬人。"谢阮大着胆子盯住老鼠。

"田鼠每两月就可以生产三次，被养上了数千代，整日就混吃等死，早就给养傻了。"六娘笑着说完，把老鼠塞回去，却见那老鼠刚被放进去，就在笼中狂奔乱窜起来，只见它突地倒地，四肢伸直颤了两下，便不再动弹了。

"死了！"谢阮惊叫道，"罗氏果然是中毒死的？"

"因死者是女子，所以我挑的都是雌鼠。你们看这死状，与死者一模一样。"六娘把老鼠拿出托在手上。众人围过来观瞧，发现这老鼠也是七窍流血，下体也渗出一些新鲜的血水。

验罢此棺，众人不约而同地看向第二口棺材，朝那边迅速围过去。那苗氏果然也只余下骸骨，杜衡看了她的衣着，却"咦"了一声。

"她身上只穿着罗衫？"杜衡问，"苗氏的外衫呢？莫非弄丢了？"

杜衡一说，大家都发现了问题，苗氏身上果真没有穿外衫。

"这罗是用捻绞手法织造的，经丝在相互绞缠后，会形成椒孔形，成品上面就会出现织空。此质料极为薄透通风，单独穿着时，可见女子胸部，所以只能贴身或作为内衬穿着。"

杜衡问杨木："到底怎么回事？莫非有人剥了她的衣裳？"

"不是不是，她死的时候，根本没有穿外衫，"杨木连忙道，"我记得很清楚，每个案子我都是第一个赶到的，苗氏亡于屋内，当时确实就只穿了罗衫，至于外衫，就放在旁边的榻上。那些巫师说，死者沾染了邪祟，生人不宜碰触，所以是按原样下葬的，苗氏的家人也没给她穿上衣裳。"

"苗氏家贫，这罗的卖价却不低，她这样的人也穿得起昂贵的罗衫？"谢阮觉得有古怪。

"这个问题我也问过。起初查案时，也不知这些女子是否有私通之嫌，发现任何异常都得弄个清楚。她家中人说这是她成婚时长辈送的，看似贵重，其实是绸铺里压箱底的瑕疵旧货，这样的陈罗向来卖得十分便宜。新婚娘子爱美，就算家贫，也有人偶尔会穿罗衫。"杨木道，"此事算不得奇怪。"

"说得过去。"李凌云看看那轻薄的罗衫，思索道，"之前推测，凶手从正门进入，又没发现撬门痕迹，而这些新妇不会轻易给男子开门。这个苗氏被杀死时还穿着罗衫，显然，她见到那个凶手时，认为没有加一件外衫的必要，如此一来，更加坐实凶手是女子。"

"凶手不但是女子，还和苗氏非常相熟。"谢阮皱眉，"你可以问问你家六娘，如果不是与来人关系亲近，女子也不会这样衣衫不整地见客，哪怕是妓子，也不会如此失礼。"

六娘闻言点头赞同道："谢将军说得极是。"

"看来，凶手为女子已毫无疑问。"李凌云照例检查了一番苗氏的尸骨，在她的骨骼上也没发现中毒迹象，倒是同样在裙上发现了一点血迹。既然前两人身上都有血迹，他就把最后一名死者谭氏的襦裙也取下验看，果然她身上染的也是血，于是他剪下苗氏和谭氏的裙裾，让六娘浸出血水，同样喂给验鼠试毒。

六娘操作时，杜衡又仔细查看了另两条狐狸尾巴。验看苗氏棺中的狐狸尾巴后，杜衡道："这条狐狸尾巴虽已剥皮，也取出了尾骨，但皮质触摸起来相当粗硬。你们看，皮面内侧还沾着风干的血肉和骨渣，显然这条狐狸尾巴是刚从狐狸身上切下，只经简单晾晒，还未搓揉的生皮。"

说完，杜衡又继续查看谭氏身边的狐狸尾巴。

他拿出来晃了晃，狐狸尾巴如木头一样硬邦邦的。"这连骨头都没取下。"他凑到跟前闻了闻，连忙拿开老远，"臊臭腐臭，臭不可闻，从僵硬和腐败程度看，这条狐狸尾巴还带着血肉，刚砍下来未经处置，就被塞到了死者身下。"

听杜衡这样说，李凌云再度拿起谭氏的襦裙仔细检看，发现一块长条形血迹。他拿起嗅嗅，脸色也有些难看。"这块血迹臊臭难闻，不是人血。"说罢，他照例将襦裙上染血的地方剪下交给六娘，"也浸出血水喂给老鼠。"

此时之前的三只老鼠都已被喂下了血水，是一死二生的状态。活着的两只，六娘也在它们脖子上用不同颜色的绳索做了记号，就在她开始喂第四只老鼠血水时，之前那两只活着的老鼠开始狂奔，不一会儿便暴毙在笼中。

六娘小心地把老鼠拿出。这两只老鼠的死相与第一只的一样，均是七窍流血。又等了一会儿，众人发现脖上系了白绳的第四只老鼠没有暴毙，依旧活泼地在笼子里跑来跑去。

"果然是狐狸血。血只要流出，不论人血还是兽血，都会很快凝结，凝血沾染不会留下这种长条形血迹。谭氏棺中这条狐狸尾巴，是从活狐身上直接斩下的，且凶手斩尾后很快就杀了谭氏，丢下狐狸尾巴时，狐血尚可流动，所以才在谭氏的襦裙上留下这样的血迹。"李凌云看看面前一字排开的三只老鼠，"从暴毙的迹象上看，三人都死于同一种凶猛的毒药。看来这种毒物不会渗进骨头，可能是通过血液进入人体的。"

"不对，据案卷记载，三人身上没有外伤。"杜衡抚须道，"若用见血封喉的带毒兵刃毁伤人体，导致她们中毒，毫无外伤是不可能的。所以毒一定是通过口服，从肠胃进入血液的……我们封诊道的人在剖尸时早就发现，人的肠上笼罩着一层膜，膜上有粗大的血脉，吃下去的东西经过肠脏后，会通过血脉转移到人体各处。所以，我猜测，毒是被她们吃下去的。"

"嗯……"李凌云没有反驳，"人的口鼻虽比不上猫狗灵敏，却也非常敏感，若要服用者察觉不出异样，那这种毒必须没有任何异味。"他沉吟道："到底会是什么毒呢？"

"大唐现在常见三种类型的毒物，"杜衡顺着李凌云的思路一一列举，"丹药毒（砒霜等矿物毒）、本草毒（植物毒）、活物毒（动物毒）。丹药毒毒性大，但是异味强，刺鼻，且难以下咽；本草毒颜色偏深，且味苦，很难不被发现。因此只有活物毒较为可能。但世上活物千千万，毒蛇、毒虫、毒鱼均有可能……"

杜衡叹了口气。"要如何确定凶手用的是哪一种毒呢？"

"的确是活物毒，"李凌云认同杜衡的猜测，补充道，"不过无法判断到底是哪一种，它很可能是很多种活物毒汇集而成的。"

"多种？莫非是把很多种活物毒采取之后，混在一起？"杜衡惊讶道。

李凌云摇头。"单一活物毒时效短，绝不可能到了今日仍有如此强的毒性。单一活物毒经长时间之后，毒性必然会因风、水、土等环境的影响而减弱。所以这种活物毒一定含有多种毒素，其毒性相互融合。但简单人为混合的活物毒，其中的不同毒素容易互相排斥，毒性非但不会增强，反而会减弱。所以这些活物毒所含的各种毒素必然相互融合，形成那种一旦制成，就能保存极久的复合毒。据我阿耶所说，这种类型的毒，刺客身上多有携带。只是我大唐地大物博，能人异士也比比皆是，而复合毒品种繁多，制作方法秘不外传，就算将刺客擒获，也没人能说清毒物的成分。"

"如此说来，毒性要怎么去相互融合？"杜衡不解，"丹药毒中最常见的就是互相混合。不过你所言也不虚，炮制中药时，同一服药里，就有可能会出现毒性相冲的两种药材，单独使用都会损伤人体，可二者混合，毒性便会被消弭。炼制这种活物毒，必定要比制作草药复杂许多，要经长时间的尝试。这都是基本工序罢了，另外制毒者还要精通用毒、用药之道，这凶手难道还有这种本事？"

"凶手谋杀的对象是贫苦女子，她自己也是女子……"说到这里，李凌云朝谢阮看了一眼，"一般女子，除非生在医人世家，否则即便富裕一些，也很难精通医技。至于用毒，那些身份地位不高的巫女倒是会……对了，巫女！"

李凌云突然想通了什么，语速加快，兴奋地道："我知道了，对女子而言，最简单、最方便融合活物毒的方法就是——养蛊。"

"蛊？你是说，畜蛊？"明珪倒吸一口凉气，"畜养蛊虫，可是不赦大罪。"

"说是这么说，但山野民间养蛊的人向来不少。"李凌云道，"而且如果不是长期养蛊，其实也很难被人发现。而且有一种方法，可以让人很快地取得蛊毒。"

"何种法子？"明珪问。

"方法很简单，"李凌云比画，"将多种毒虫放入容器，放任其自由厮杀嚼吃，最后活下来的那个，就是最毒的。而且，这种蛊毒没有单一的解药可以医治，哪怕是经验老到的仵作和大夫，也未必能够看出死因。"

李凌云继续道："制作蛊毒需要捕捉大量毒虫，不可能不留下蛛丝马迹。所以，只要查出用的是什么蛊毒，就可以借此找到购买或者制作蛊毒的人，也就是凶手了。"

"可你又怎么确定是哪一种蛊毒？"谢阮有些头疼地道，"没有切实证据，一样找不到线索，更抓不到凶手。"

"这倒不难……"李凌云道，"虽然现在还摸不着门道，但是至少我们清楚，这种蛊毒会让人暴毙。民间都用'蛊毒'称呼，但还是有比较细致的分类，到时与各种记录一一比较，未必不能找出是什么蛊。我阿耶对此也有研究，从他的手记里，或能找出些线索。"

李凌云又说："就算不知是何种毒，我们也已知晓凶手是女子，她无法用蛮力杀人，才选择较为轻松的下毒手段。所以除了蛊毒，我们也还有这条线可以追查。"

"连续杀死了三名女子……她到底会是什么人？杀人可是大罪，要偿命的，村里人也没听说这些女子跟人有仇，凶手为何要做到如此地步？"仵作杨木万分不解。

"抓到凶手，自然就知道缘由。如今只能先做一些合情合理的推论……"李凌云拎着三条狐狸尾巴，一会儿看看这个，一会儿看看那个，目露困惑，

"一条熟皮，一条生皮，一条竟然是新鲜的。如果早已计划好要杀三人，为何不直接准备三条一样的尾巴？"

明珏闻言眉心一紧，试着提出一个问题："大郎能否看出这些尾巴是不是同一人切割下来的？"

李凌云赞赏地瞧他一眼，抬起狐狸尾巴，仔细观察每一条尾巴的断面，又用手仔细抚摩，这才道："狐狸尾巴都是被人用小号刀具沿环形切割一圈从狐狸身上割下的，此人手法极为熟练，断面整齐，且下刀处正好是狐狸尾巴骨节所在。你们来瞧，这些狐狸尾巴的断面相当光滑。且第一案和第二案的狐狸尾巴上可见同种痕迹，这就反映出凶手对狐狸的身体构造极为了解，且剥狐狸尾巴的技能相当娴熟……那么，她为什么不把狐狸尾巴都制成熟皮呢？"

"如果要买狐狸尾巴，当然是买硝好的熟皮。"谢阮提起苗氏身边那条狐狸尾巴闻了闻，那臭味让她打了个干哕，她抬手将狐狸尾巴扔给李凌云，捏着鼻子道："猎户就算自己猎了狐狸，除非一定要留整皮，否则尾毛定会留下来制熟单卖，狐狸身上最值钱的就是这条尾巴。买皮毛的人，谁会要这种发臭的生皮？"

明珏好奇地凑过去闻了闻，被熏得直闭眼，好一会儿才缓过来。"你长在宫中，怎么会知道这些？"

"朝廷也有官市啊！而且各级官市里都有店肆经营的商人，朝廷也建了专用的市籍，责令专人详细录入在籍商人手中的财产。我知道些这些玩意儿的卖价，又有什么好意外的？"谢阮白他一眼，又疑惑道："凶手手头总有狐狸尾巴，还是市面上轻易买不着的，那么……她会不会也是猎户家中的女人？"

"也有可能，但还是解释不通她为什么不全部用熟皮。"明珏思索片刻，恍然道："除非她一开始就没想过要把狐狸尾巴留在死者身下，而是突然想要杀人，意外留下狐狸尾巴，因此准备不够周全，才会导致三条狐狸尾巴状态不一。"

"为什么你会这样想？"李凌云猛抬头，视线凝聚到明珏脸上。

"第二条狐狸尾巴是生皮，第三条更是带着血肉，可见凶手连杀三人，绝不是一开始就计划好的。"明珪在三条狐狸尾巴上抚过，接着将它们拿起，放在旁边的高腿木几上，只见他手指第一条狐狸尾巴道："或许凶手一开始根本没想着什么狐妖，而是想用这条尾巴做借口，骗开罗氏的家门。"

明珪回头问："仵作，当时这条狐狸尾巴，罗氏的丈夫可亲自认过？他专猎狐狸，会不会是他自己家里的？"

"邵七郎家中并不富裕，向来一个大钱的成色都要争半天。狐狸尾巴市价很高，若自家的货都不认得，那在交易的时候，就很容易让收皮子的奸商给偷摸换了去，所以邵七郎非常确信，这条狐狸尾巴绝不是他自己家的。"

"那就对了！"明珪道，"第一条狐狸尾巴定是凶手带到现场的，至于她为何会带一条狐狸尾巴去，我猜她多半是借口称要用此尾制作衣物，罗氏的丈夫是猎户，所以罗氏一定也擅长使用皮子……第一案的房门，应该就是这么被敲开的。"

"说得过去，"李凌云沉吟片刻，"女子杀人不多见，再说凶手如果是第一次杀人，见到罗氏七窍流血的惨状，可能会惊慌失措起来。要是罗氏发作时恰好将狐狸尾巴压在身下，凶手又着急逃走，将狐狸尾巴遗落在现场，也是很有可能的。"

"不管罗氏怎么开罪了这个凶手，凶手用这种剧毒害人，显然是非常想置罗氏于死地，那么……凶手如果不确定罗氏是否死透了，是不会轻易离开的。所以就算逃，她也不会逃得太远，极有可能，她当时就在现场附近转悠。"杜衡看向罗氏的棺材，"据案卷所载，罗氏被发现死了之后，村人很快聚拢到院中看热闹。就在这时，人群中有人高呼，说邵七郎猎杀狐狸太多，得罪了狐妖，所以狐妖眼下前来索命，这才杀死了他的娘子。而邵七郎闻言，当即跪地祈祷。依我看，只有凶手才会在确定罗氏死去之后察觉自己遗落了狐狸尾巴，又发现可以借此脱罪，而如此嚣张地喊叫。一切都是为了误导众人，让众人以为是狐妖作祟杀人。所以凶手必然混在人群之中，咱们只要查清是谁喊的这句话，凶手的身份也就暴露了。"

杜衡说到这里，众人齐齐看向仵作杨木，后者苦笑摇头。"实不相瞒，我与本县贼曹尉在检验现场时，也听到了喊叫，但我只能凭声音判断喊话的是个女子，并不知对方身份。现场惨烈可怖，围观者人人自危，虽然我们也盘问过，可没人注意到是谁喊的这些话。"

李凌云不紧不慢地道："没有被围观村民回忆起来，反而提供了别的线索，至少说明此人也是个熟脸，想必就住在罗氏家附近。"

杜衡不赞同道："就算如此，附近居民何止数百人？没有实证，光靠你那'线索'，要找凶手还不是大海捞针。"

"也不是完全没办法。"明珏双目炯炯，看向苗氏的棺材，轻声道，"凶手在第一案留下狐狸尾巴，恐怕是个意外，但后面两案，看起来就是她刻意所为了。"

"意外？刻意所为？"谢阮疑惑道，"你是怎么得到这个结论的？"

"凶手在现场直接喊出狐妖作祟，就是因为发现自己遗落了罪证，她害怕这个罪证暴露后会被追查。你们想想，罗氏的丈夫是个猎户，对这些皮毛之物一定很了解，一旦他从悲痛中清醒过来，认出这条狐狸尾巴并不是自家的东西，官府就会一直追查狐狸尾巴从何而来。

"刚才大郎也说，凶手就住在附近，那么官府大有可能会沿着这条线找到真凶。而且，万一这条狐狸尾巴有别人见过，被人认出，那她岂不是作茧自缚？所以她急中生智，试图以妖怪邪说来扰乱官府查案。"

说到这里，善于分析人情的明珏也忍不住叹道：

"其实她这么喊，抱的也是试一试的想法，如果官府中人不相信这些歪理邪说，顶多就是拖延一段时间。可能就连凶手自己也没有料到，这通信口胡说，官府却给当了真，罗氏被稀里糊涂地草草掩埋了。如此一来，凶手当然是大喜过望，于是将计就计，开始盘算下一个目标。

"不论她是想借机除掉眼中钉也好，还是想坐实狐妖作祟也罢，她最后都选择了继续杀人。毕竟不杀的话，定会有人怀疑，妖怪作恶，哪里有干一次就收手的道理呢？

"而此时，那凶手手里恰好还有一条狐狸尾巴，不过这条还在晾晒，未经最后处置，仍是生皮。只是凶手心里清楚，要坐实狐妖作案，就必须接二连三制造恐怖，不让官府有反应的机会，所以在选定目标后，她就迫不及待地对下一个目标苗氏下了手。"

"如果只为证明狐妖作祟，凶手为何还要杀第三人？"谢阮不解，"作案两次就足够了，不是吗？"

"所以我还有一个猜测，被害的三人很可能在生活中与凶手有嫌隙，凶手怀恨在心，因此在第一次得手后，她就趁机把讨厌的人一一除掉。"明珪推测道，"苗氏、谭氏之死，必是事出有因，只是现在还猜不出具体缘由罢了。"

"我看这三人和凶手仇恨应该很深，仔细调查，从她们身边亲友口中问出线索并非难事，只是当时官府被狐妖传闻迷惑，才会轻易放过。"杜衡抚须道，"这凶手恐怕颇有城府，所以能瞒过他人。"

"我不这么看。"听了半晌的李凌云摇摇头，"杜公，这人与三名死者间，应该没有什么不得了的生死大仇。"

杜衡闻言目露精光。"哦？何以见得？"

"我也说不太清，只是凶手在第二次杀人时，手中没有称手的狐狸尾巴，所以用了生皮，要说她深思熟虑，倒也勉强说得过去。可那第三条狐狸尾巴，刚剁下来，凶手就着急杀人，如果真的胸有城府，怎会如此耐不住性子？"

李凌云又道："就目前看，她与罗氏之间有矛盾，但矛盾起因绝非打闹争吵，否则附近村民定会说三道四，随口一问便可知晓。她能有计划地用狐狸尾巴当借口创造杀人机会，且不被罗氏瞧出端倪，可见罗氏与她至少表面上和气，罗氏自己也不知哪儿得罪了对方，遭其记恨。再看凶手，她又是准备狐狸尾巴，又是拿出剧毒，分明下了置人于死地的决心！这恶毒的念头绝不是一朝一夕所形成的。换言之，凶手一直在乎和罗氏之间的矛盾，进而才使这份怨恨变成杀人的原因。所以我觉得，明子璋的说法更有道理，苗氏、谭氏被害，不过是凶手为了掩盖第一桩罪行，她想坐实狐妖的传闻，所以才会继续作案，她和后面两位死者之间可能并无大仇。"

杜衡听得胡子直翘，怒而拂袖道："大郎，我所言未必就是错的吧！现在没有证据，你我都只是猜想而已，莫非你就一定是对的？"

"时过境迁，直接实证已经难以寻觅，但未必就没有办法侧面验证事实。"李凌云不慌不忙地拿起苗氏那件罗衫，"杜公是不是忘了，苗氏穿得轻薄，却还是给凶手开了门。这般亲密相见不回避，可见苗氏对凶手毫无戒心。另外二人也都在房中受害。如果凶手与死者间有摆在台面上的仇恨，凶手就算拿条狐狸尾巴赔罪，也不一定就能骗开房门，所以杜公的想法怕是说不通的。"

杜衡冷哼道："你这小辈真是胡乱猜测，乡野村妇本就不拘小节，哺乳孩童都未必避嫌，见来人是个女子，更没什么好介意的。另外，村中百姓食不果腹、衣不遮体的大有人在，一条狐狸尾巴价值可观，以此为借口前来赔罪，商人都未必经得起诱惑，何况她们只是大门不出二门不迈，未见过什么世面的初嫁小娘子。"

"杜公这么辩倒也有理，可你有没有想过，如果凶手继续作案，最倒霉的人又会是谁呢？"李凌云气定神闲地自问自答，"既然是罗氏的丈夫邵七郎招来了邪祟，要是继续死人的话，村里人肯定会忍无可忍，把他赶出村去。或许，凶手早就料到了这个结果，并不纯粹是为了坐实狐妖传闻，而是打算一举两得才继续作案……杜公您觉得，我这个想法是否也有一些道理？"

杜衡闻言，勃然大怒道："什么有没有理的？李大郎，你阿耶难道没教过你规矩？你别忘了，封诊道没有证据不可直接定罪。"

面对杜衡的怒火，李凌云并不退让，直言不讳道："我阿耶当然教了，但他也说断案时，不能遇到古怪的地方就找理由敷衍，必须合理猜测，同时再加以实证方可定案！况且，我一直没把话说死，而是认为有可能，等找到实证便能判断。可杜公……您同样没有证据，轻易排除我的推测，只怕也不太妥当吧！"

见两人剑拔弩张，唯恐天下不乱的谢阮拍起手来。"好好好，这才算有点赌斗的意思嘛！既然你俩各执一词，杜公说凶手是因生死大仇杀人，李大郎说死者和凶手明面上不但没仇，或许关系还很亲密，那么我就来做这个证人，最终本案结果符合谁的说法，谁就赢了这一局！二位觉得如何？"

明珪见杜衡面色难看，忙把谢阮拽开，温声道："既然二位各有想法，之后只需求证即可。我看不妨把输赢放在一旁，再去村中查一次，问问罗氏家中情形？"

"那谁去？"杜衡、李凌云异口同声地问。

"横竖你们别看我啊！我只会揍人、砍人，不会寻什么线索。"谢阮笑嘻嘻在明珪身后一推，后者摇头轻叹道："二位别吵，由我去问村里人，你们可愿意？"

"我看行，明少卿相貌俊秀，温文尔雅，颇能得人好感。"杜衡连连点头。

"人情之事，我向来做不好。"李凌云也点了头。

"走吧！趁早儿的，否则天都要黑了。"谢阮大笑连连，伸手推开封诊屏上的小门，领头猫腰钻了出去。

众人又一次来到罗家的村头，天色也暗了下来。里正安排大家先到村中富户家休息，顺便等他召集村人过来。众人一人一张胡床①刚坐定，就见里正带着几个村老匆忙奔进院里。

明珪连忙起身，客气地招呼道："诸位都是长辈，不必多礼，我有几句话要问问你们，只是一些家长里短，各位只需照实回答便是。"

"贵人您瞧着面善，可您身后的官人，眼神却让人看着害怕得很哩！"一个白胡子老头儿说着，哆哆嗦嗦地朝明珪身后张望。

明珪回头，见杜衡低头不语正在饮水，显然老头儿不是说他，再看发现李凌云正盯住那老头儿，脸上毫无表情，双眼炯炯发亮，心知说的就是李凌云了。但明珪也知道李凌云沾案子就这副模样，于是只好找个借口，把几个老头儿带到院中问话。

---

① 古代坐卧类家具。轻便，可折叠，两足前后交叉，交接点做成轴，以利翻转折叠，上横梁穿绳以便坐。东汉后期北方少数民族所创并流入中原，适于野外郊游、作战携带。古代多称北方少数民族为胡人，故名。

见李凌云起身要跟，明珪将他拦住，苦笑道："他们怕你，在你面前怕是不能畅所欲言，你信我就稍等片刻，回来与你仔细说。"

"我自然信你，只是不要问漏了话。断案所用，句句都很关键。"李凌云叮嘱明珪。明珪好笑地拍拍他。"记下了，大郎不必担心。"

谢阮双手抱胸，倚在门口调侃："李大郎，你当真是看死人比看活人还多，就你这夜猫子进宅的眼神，叫人家活了一辈子的老头儿都怕。你不必担心，明子璋他阿耶是个厉害的术士，靠着三寸不烂之舌混进宫中讨生活，虽说他说话的技巧还远远比不上他阿耶，但从那群老头儿嘴里套话，对他来说绝非难事，你只管等着便是了。"

李凌云被谢阮打趣，倒也不跟她争执，反而乖乖回屋去了。谢阮多看了他好几眼，捉摸不透这人的想法。片刻之后，明珪果然回到屋内，笑道："问出来了。"

众人异口同声道："情况如何？"

"那罗氏的丈夫邵七郎的确是附近为数不多的猎户之一，家中虽说也不怎么富裕，但狩猎运气好时也能赚到不少银钱。只是罗氏的父亲颇爱赌钱，常从女儿这里拿钱，家中偶尔也会青黄不接。"明珪看一眼认真倾听的李凌云，继续道，"罗氏喜欢炫耀，总说家里有什么亲戚在京中做官，而且看不起诸色贱人，言语中多有贬低。但这人又有一些急公好义，有时仗义疏财，有人相求的话，罗氏也愿意帮忙，村落周围有很多人爱和她往来。像她这种说话直接、爱憎分明之人，身边难免有对她心怀不满者，所以和罗氏表面关系不错，又有利益往来的女子最为可疑。只是村老说，粗看罗氏跟谁都处得挺好，他们也想不出有谁要置她于死地。"

"罗氏喜欢炫耀，是因为她丈夫能赚钱？"谢阮思索，"照这么说，她的男人就是她的底气。凶手或许早就对罗氏的跋扈有所不满，所以杀死罗氏，连带把她的男人赶走，也在情理之中。"

谢阮说到这儿，忍不住看向李凌云。"看来此番，李大郎要赢了。"

杜衡面色陡变，语气强硬地争起来："要证实李大郎是对的，还得抓到那凶手审问，现下说得再多也不过是空口无凭。"

"身为长辈，杜公还输不起了？"谢阮皱皱眉。杜衡不由得气结："让你谢三娘来赌斗生死，你倒是试试看输不输得起。"

谢阮闻言不怒反笑："杜公平时死板，发起脾气来倒是可爱生动。"说罢，她又道："其实你也没说错，凶手抓不到，这赌斗便没个结果，说不定……最后你俩会一起丢了脑袋。"

"谢三娘，不必如此。"明珪转身看向李凌云，发现他一直在沉思，好像根本没注意到谢阮跟杜衡的口角，"大郎，可有什么法子抓到凶手？"

"还是得从狐狸尾巴着手。"李凌云道，"狐狸尾巴来自附近山上的赤狐。第三条狐狸尾巴是现剁下来的，要在杀人时狐血还不凝结，只有两种可能：凶手要么是从猎户那里收的活狐，要么就是自己上山猎杀的。之前说过，凶手在罗氏死后混入人群，并未被认出，大有可能凶手住在她家附近，或许，我们可以从附近的猎户身上开始调查。"

"此事就交给我和里正去办。"杨木是县里的仵作，跟来一起查案，只见他起身道，"某跟着二位先生长了许多本事，又蒙李先生给我机会，可以去封诊道修习，这事你们就让我跑跑腿吧！"说完杨木就出了门。

掌灯后不久，众人见杨木一个人匆忙归来，一脸喜色地道："不打听还不知道，一打听，发现村附近只得五名猎户，人数不多，且因为五人都在山头上讨生活，所以各自猎杀什么野兽，也是做了区分的，免得互相抢夺猎物，平白生出事端。其中三人全部来自一户，是有血缘的兄弟，这家人世代以猎杀大型兽类为生，必须三人合伙才能成功狩猎；有一人只能捕捉飞禽；至于罗氏的丈夫，也就是邵七郎，按约定可以猎杀身形比较小的走兽，譬如麝、狐、狸之类。"

谢阮闻言好奇道："猎户只是乡野村夫，居然这么讲究规矩？"

杨木笑道："规矩不是他们定的，这些猎户手持弓箭刀具，一旦引起事端，难免非死即伤，所以必须要给他们立个规矩。附近山头都是乡里的土地，所以他们在山中狩猎，需定期到乡长那里交些'山头钱'。我大唐的乡长一般不怎么管事，就像木头菩萨，可这位有些不同，他兄弟是本县县尉，家里有些实力，大家平日不得不听他的。乡长早已说死，必须交了山头钱，猎户才可上山捕猎，否则的话，乡长会叫他们把猎物全都交出来，只当做白工了。"

"如此说来，附近山头上，这五人做的就是独门营生，那利润只怕是很可观啊！"杜衡挑眉，有些别扭地道，"或许凶手的确是想赶走邵七郎。如果邵七郎被赶走，那猎杀狐、狸等的名额就会空出来，按乡长的规矩，只要愿意交些通宝①，就可以轻松顶下邵七郎的名额。"

"大家大户会让娘子们学习狩猎技艺，可普通人家的女子很少会上山狩猎，如果是为了赶走邵七郎，然后顶替位置，那么那个顶替的人一定是个男子，同时，此人也应与凶手关系密切，那么最有可能的，便是凶手的丈夫了。"

李凌云起身在房内踱步，这似乎也是他的一种习惯。只见他一边走动，一边语速极快地推论道："三人都是已婚却未有身孕的新妇。年岁不大的女子更喜欢与同龄人往来，而不是跟长辈交往。尤其苗氏，不会穿透肤罗衫去见长辈，所以凶手的年岁或许跟死者近似，在十四岁至十六岁之间。假如凶手的丈夫已是个猎户，因我大唐户制分明，农、猎均有记录，猎户人数不多，村老方才不至于想不起此人。但在凶手看来，他有能力取代邵七郎狩猎小型野兽，那么他一定会弓术。不选择狩猎禽类的猎户下手，多半是因为飞鸟出了名地难射，可见此人会弓箭，却不怎么精通。"

"会弓箭，但又弓技不佳，这会是什么人？"明珏思索片刻仍无头绪。却听身边的谢阮道："有了！我知道什么人会这样。"

"你知道？"明珏忙问。

"要说起会搭弓射箭，第一时间想到的就是当兵的了。"谢阮冷笑道，"只是，此人多半不是真正的兵。我大唐军户②一般归所属兵府调遣，战时为兵，余时种田，轻易不得离开所在土地。没有调兵之令，擅离土地者死，还会连坐

---

① 中国自唐初至清末钱币的一种名称。早期多以重量作为钱币名称，如半两、五铢。另有元宝、重宝、之宝等钱币。

② 唐代实行府兵制，军人身份是继承的，这种人家叫作军户。

全家。军户们平日在家要时刻操练，会用弓者大多弓法娴熟，射只鸟儿不在话下。而且军户地位比不上良人，不能与良人通婚，绝没有可能去做猎户。我看这人不是兵，倒像是贼。"

"……你是说山贼？"杜衡恍然大悟。

明珪赞同道："要是落草为寇，时刻面对官兵追剿，学些弓技却又不很精通也合乎情理。"

杨木在旁边听了半晌，逮着机会凑过来插了句话："丈夫要是贼寇，那么这女子又会是什么人呢？"

"问得好！"李凌云赞道，"罗氏家中有些银钱，凶手却并未将之取走，可见她真正图谋的是长远利益。她制造狐妖作祟的传闻，想让自己的丈夫取代邵七郎，这勉强算有杀人缘由。可那苗氏貌丑，家中也极贫困，凶手仍把苗氏作为第二个杀害对象，其中必有缘故，凶手又对她有什么不满？"

"愿意嫁给贼寇，这女子恐怕也不是什么良人。"明珪双手在腰间交握，两根拇指互相迅速绕动起来，这有些怪异的动作似乎能帮助他整理思绪，"我大唐百姓分各色人等，贵贱悬殊。乐户、商户、军户、部曲①、奴婢等身份，地位均低于普通良人。若凶手丈夫真是贼寇，那就属于罪人，连这些贱人也不如。如果凶手是良人，是不会嫁给一个罪人的。难道是她与丈夫身份都很低贱，而受害的三人却都是良人，她因此愤愤不平？"

"这就对上了！"那里正激动道，"正如先生所言，死的三个娘子，都是本县土生土长的良人！"

他又大胆猜测："凶手夫妻不是良人，那日常生活必定处处受限。那个罗氏很看重色等，她会不会是因轻贱了凶手，才招来杀身之祸的呢？"

"不对，如果他们不是良人，丈夫又是贼寇的话，只怕早就被捉拿了。"杨木推翻里正的说法，"按大唐律，百姓一旦离开乡土，处处都要使用证明身份的过所②，否则寸步难行，凶手夫妻要怎么才能掩饰罪人身份呢？"

---

① 家仆。

② 古代过关津时所用的凭证。

"过所也会有人造假啊！"谢阮嘲弄道，"这些年来大唐征战不断，光是一个新罗[1]，平了又叛，叛了又平，天天打仗，百姓早就不堪重负。别说是京畿之外，京内也都乱七八糟的，求个活路的人遍地都是，遇到灾年，拿钱造个假过所，全家逃走的不在少数。只要看起来像好人，谁遇到了不是睁一只眼闭一只眼？再说了，那些大户手中的土地，因百姓奔逃不断买卖，谁又知道有多少人假托奴婢身份藏身庄园之内？反正敷衍了事，放过两个下贱人，说来不是大事。只是这到底仍是京畿之内，土地还是很值钱的，居留容易，可要想落籍本地，瓜分百姓田土，却是不可能的。这么看来，凶手夫妻应该是以外乡人的身份居住在附近村子的才对。"

"若真如谢三娘所言，一切就说得通了。"明珪道，"外乡人没有自己的田土，租种土地也赚不了几个大子儿，过得应该很贫苦，又因来自外乡，容易受人排挤，就算遭遇不公，也不敢轻易跟本地人发生冲突。罗氏如果看不起凶手，凶手不敢当面顶撞，却未必不会背地记仇。这就难怪凶手跟三名死者表面上关系不错，心中却记恨她们。如此看来，凶手杀死她们也就有了缘由。"

"可实证还不是一点都没有吗？"杜衡冷冷地看向李凌云，"大郎，连年征战，京畿这种地方本就人来人往，逃来的外乡人不少。我要是没猜错，村中从年龄来看有嫌疑且已婚未孕的外乡女子大有人在。况且案子过去那么久了，凶手现在可能已生养孩童，而她的丈夫到现在也没有取代邵七郎，除非有人蹦出来说自己就是凶手，否则就算说破嘴角，你也找不到这个人吧！"

那里正闻言赞同道："杜公说得对，村子虽然荒僻，但这些年陆续外来不少人，都在这里定居，尽管没有土地，可也会租些田产种植，手巧的还会做一些纺织制衣之类的营生，没有实证，恐怕还是抓不准人的。"

"这么说来，确定凶手到底是下了什么毒就变得很要紧了，这种令人七窍、下体都流血的剧毒非常少见，不至于查不出来。"李凌云说到这里，抬腿便向院外走去。

---

① 朝鲜半岛古国。

"你去哪儿？怎么灯也不提一个？李大郎，你是夜猫子吗？"谢阮大声冲他喊，"喂，李凌云——听见了吗？"

过了好一会儿，才听见李凌云的声音远远传来。"我回东都——"他高声喊，"翻翻我父亲的手记，定能寻到这毒物——"

谢阮看看屋内的人，有些无奈地大步追了出去。她都走了，众人自然也要跟上，明珪匆忙对主人道了谢，又让那杨木直接回县上，再告诉里正不必跟随自己，可以回家去了。做完这些，他才与杜衡一同出了屋。

二人到了外面，见谢阮与李凌云早已上马，已经等得满脸不耐烦了。

从门口枣树上解下马，明珪小声问杜衡："杜公自小认识大郎，他素来是这样，想到什么就非得马上去做吗？"

"李大郎这孩子小时候十分乖巧，尤其他的相貌生得格外可爱，活脱儿菩萨座下童子的模样，谁见了都喜欢。可打三岁时他母亲去世，孪生弟弟又大病一场，他就突然变得性格古怪起来，说话做事，很多时候都令人不知所谓。"杜衡摇摇头。

说罢，二人翻身上马，众人在谢阮的带领下朝东都开拔而去。

往前走时，杜衡故意落在后面一些。他抬头向前看，望着李凌云挺拔瘦削的后背，眼神变得有些深邃。

狼奔凰舞　鬼河市启

大唐封诊录

快马加鞭的话，从畿县到东都，所用时间并不很长，天光乍明时，众人已赶到了东都城外。

入城的官道上已有许多车马和商人，排着队在等开城门。路边的逆旅和饭铺更是烟火缭绕，有的百姓更是就地在路边搭个草棚，售卖起朝食来。

虽然谢阮一行骑的无疑都是好马，但彻夜不眠，大家都很疲累。谢阮就让一众飞骑和杜衡自由行动，自己则拿了马鞭，和明珪、李凌云一起，在馎饦①铺子的长凳上坐下来。

阿奴、六娘身为奴婢，按规矩不能与主人同席。阿奴个头大，又是昆仑奴，见老有人喜欢看他，就干脆在道边上蹲着吃。六娘则与其他百姓一桌。三人这桌还有空位，可明珪与谢阮衣装华美，也没有人敢轻易上前凑趣。

喝一口桌面陶壶里倒出来的水，谢阮皱眉道："凉的。"

明珪闻言一笑，不顾身份，从店家灶台上拎个黑黢黢的壶过来，添了些热水进去，发现李凌云面前粗瓷碗里的水已喝光了，顺手也给他添上。

把壶提回去后，明珪坐下便问："三娘不是喜欢吃胡饼②吗？我看前头有

————————————

① 一种水煮的面食。

② 烧饼。其制作方法出于胡地，故名胡饼。

卖的。"

"那个店家啊，伸出手来五指比木炭还黑，揉的饼怎么吃得下去？"谢阮朝灶旁捏馎饦的妇人努嘴："这边就顺眼许多。"

两人闻言转头去看，只见那妇人从水盆里捞起一指粗细、两寸长短的白麦面，用手在盆边挼薄成片状，快速地扔进沸水锅中，毫无停滞地从旁边一抄，接着端起丈夫打好作料的粗陶碗，用竹漏捞起面片放入其中，再自旁边汤罐里舀一勺乳白高汤，浇在面上，撒上些切得极碎的羊肉，一碗滚烫的羊肉馎饦就做成了。

馎饦端上来，李凌云马上吃得稀里哗啦，小半刻过去，他已连汤都喝了个精光，谢阮也吃了半碗下去，而明珪才刚挑了几根准备吃下。

卖馎饦的妇人瞥见，捂嘴笑道："这位郎君太雅致了，就你这个吃法，怕吃到一半，都糊在碗里了，莫非是奴这馎饦做得太粗劣，不合郎君你的胃口？"

明珪摇头，连忙吃了几口，又喝口汤道："这馎饦是很好吃的，只是我平日在家，跟我阿耶学习修道，自然而然吃得少了。"

"是好吃的。"谢阮捞光了馎饦面片，不客气地道，"店家不必理他，他就这个做派。你看我身边这位，一口气就给吃光了，可见是好吃得很。"

"能治饿的什么都好吃，哪怕猪食狗食。"李凌云冷不丁地开口，伸手又倒了一碗水。

谢阮跟明珪齐齐一愣，那妇人也蒙了，一时不知说什么好。明珪放下手中竹箸，有些担忧地看着李凌云。"大郎此话怎讲？"

"你们以为在牢中的时候，能吃到什么珍馐美味？"李凌云反问，"我才从县狱出来几日？当然觉得什么都好吃。况且这馎饦的滋味，的确也比一般的美味。"

那妇人听见最后一句，方才大松了一口气，却也不敢再来凑趣，老老实实煮馎饦去了。

"说得也是。"谢阮看着李凌云那没有表情的俊脸，一手托腮，瞥着他道，

"李大郎，你自己觉得你跟杜公谁会赢？"

"案子真相大白，自然也就知道了，我怎么觉得又不关键。"李凌云道。

谢阮换了只手托脸，刻意加重语气："输了的人，可是会死的。"

"那又如何？"李凌云起身整整袍衫。

"你就不觉得害怕或者心慌吗？毕竟赌斗的是生死大事。"谢阮不解地站起。明珪给妇人递过钱去，此时谢阮与李凌云二人仍在说个不停。

"害怕有用？到底是可以改变案子的真相，还是可以让天后收回旨意？如果都不是，那就不必害怕。"李凌云正说着，钟声突然自城中绵绵不断地响起，东都洛阳的庞大城门随之发出轰然巨响，缓缓打开。

"城门开了，马上去我家，在我阿耶的手记上应该可以找到破案的关键。"李凌云朝系马的方向走去。在他身后，谢阮看着他的背影，目露迷惑。

"这李大郎，性子真是古怪。"谢阮推推身边的明珪，"你不觉得，这人平时太冷淡了？如果只对别人这样也就算了，他居然连自己的生死也不在乎，好像这个世上除了案子，就没有什么让他动情的事，这种人我还是第一次见。"

"他不是不在乎，你还记得他说过吗？他对人情之类的事理解起来有些障碍。"明珪同情地道，"我觉得，不光是别人的感情，他恐怕对自己的'情'，也不太弄得明白。"

"自己的'情'？什么意思？"谢阮重复了一遍，却感到更加糊涂了。

不久之后，东都洛水南面的宜人坊里，谢阮站在高大陈旧的巨门之前，两眼瞪着门上锈迹斑斑的铺首兽头，一副出神模样。

"李大郎，你家就住在这儿？"谢阮转身看看身后另一个坊，在坊路两边，都是碧瓦红墙和亭台高楼，再回头瞧着面前这破落荒凉的样子，她摇头道，"这要是洛北贫民住的地方也就罢了，洛南明明是官员商贾集中的地方，向来寸土寸金，怎么还有这等荒凉之处？"

"这里是前隋的齐王府，到了本朝被赏给了东都太常寺，现在是用来种药的，里头就没什么人。因为封诊道日常剖尸需要避人耳目，所以从大唐高祖皇帝时，就给李家赐居此处，顺便跟太常寺的人一同负责打理药园。"

李凌云敲敲门，很快就有白衣仆佣过来，从侧门把封诊车和一行人迎了进去。

众人牵马进院，看见里面有一些很破败的房舍，勉强还算洁净。房舍中有几个人在翻晒药材，见众人到来，都停下手里的事，恭敬地行礼。

"他们都是太常寺叫来负责种植、炮制药材的官奴，偶尔也会有太常寺的官员过来监督。你们随我来，走这边。"李凌云带路到侧门外。放眼望去，前面是一大片绿地，仔细一看，会发现地上分好了田垄，分门别类地种植着各类药材，遥看远处，前方另有一处院落，目测距此至少半坊远近。众人又上了马，沿一条田间小路往那边行去。

谢阮听着幽幽鸟鸣声问："不觉得太清静了？地广人稀，恐怕日常出入也不方便吧！"

"倒不觉得不便，清静是好事，只是偶尔会有一些少年偷摸翻墙进来，他们脸上涂粉，衣服还用香熏过，看起来鬼鬼祟祟，很是讨厌。"李凌云手指远方绿树葱茏的地方："你们看，那边墙外的树木长得尤其高大，有人传闻药园里闹鬼，少年好奇，就从那处跑进来，每一次都会来好多人，吵得心烦。"

"脸上涂粉？"谢阮看向明珪，挑眉笑笑。后者会意地问："这些少年，嘴唇上涂着口脂吗？"

"应该有吧！我见过，嘴巴红通通，身上香喷喷的。"李凌云道，"反正发现他们来了，就让人拿草叉赶出去，不过最近两年他们也不敢来了。"

"为什么？"谢阮好奇地问。

"大前年的六月六日晒书节时，他们又翻墙进来，结果看了我家晒在院中的东西，有人吓丢了魂，就再也没来过了。"

"你家晒的到底是什么书，这般吓人？"谢阮更加好奇了。

"吓着他们的不是书，是我家祖传的一副完整人骨架，小时候阿耶用来教我记忆人骨用的。你们知道吗？人全身上下一共有二百零六块骨，我路都走不稳时，阿耶就让我全部背下来。"李凌云挥去面前盘旋的小虫。

"洛阳水道纵横，这东西平时放在地下室内，难免沾染些潮气，要是不拿出来上油晒上一晒，骨架就容易朽坏。我又不晓得他们会在那个时候跑来，结果不但打翻了骨架，还搞得脊骨散了一地，现在只能用铜钉勉强钉在一起。最讨厌的是，这群人把自己吓病了，还找菏泽寺的那些和尚来门口念经，说是什么大威天龙般若蜜，要在这里驱魔……吵得要命，真是烦死个人。"

谢阮在一边笑得上气不接下气，手里的鞭子猛敲马鞍。"哈哈哈哈，某晓得那是谁家的纨绔。李大郎你可知道？东都有个顺口溜，正所谓：'衣裳好，仪貌恶，不姓许，即姓郝。'却不知那个吓丢了魂的，是兵部侍郎① 许钦明家的，还是中书令② 郝处俊家的子弟。这群小兔崽子竟被你家的人骨头架子吓着了，可真是乐死个人。"

明珪也忍不住笑起来，问道："那些和尚还念经？到底念了多久？"

"他家阿耶岂是常人啊？那是天后面前得用的人嘛！再说太常寺的地方，岂容小儿放肆，和尚过来不过小半天，就被宫里的金吾卫③ 官员全部给赶回去了。"杜衡无奈道，"世间愚蠢的人太多，看见尸体就跟看见瘟神一样，一副骨头架子也能惹来这么多是非，所以我们封诊一道才无法光明正大地流传，只有假托医、道两家的名义才能延续下去。"

说话间到了李家府邸，果然就是之前远远看见的那座院落。李凌云带大家到了门口，一位风姿绰约的女子已领着仆役在门口接待了。

那女子有三四十岁，保养得好，一时判断不出具体年龄。她面容恬静温柔，眼角有些细纹，但仍可以看出年少时一定美貌惊人。女子上来与众人见礼。来路上李凌云已经提前跟众人介绍过她，她是胡氏，既是李绍的填房，也

---

① 中国古代武官名。兵部尚书之属官。隋始置，唐以后各朝相沿。
② 唐代中书省与门下省、尚书省同为中央行政总汇，中书省决定政策，门下省审议，尚书省执行。中书省长官在魏晋为中书监及中书令，隋代废监，仅存内史令（中书令）一职。唐代曾改称右相、凤阁令、紫微令。
③ 官署名。唐置，分左右，掌管禁宿卫、京城巡警等。

是李凌云亡母的幼妹。

"姨母，二郎可还安好？"李凌云下了马，第一句就问起弟弟的情况。

"凌雨很好，你去里头瞧他吧！只是你不在的时候，你阿耶他已经去世了。"说到这里，胡氏深深地看了一眼杜衡。杜衡咬咬牙，大步走到胡氏面前，弯腰重重一揖。胡氏连忙伸手架住，问道："杜兄为何行此大礼？"

"某对不住茗章①，实在是竭尽全力也拦不住大郎。"杜衡起身，苦涩地道，"某没用，天后要让大郎办差……某跟大郎办案，赌……赌斗生死。"

"我都知道了，宫中来人早已说了这些，这一切不是杜公的责任。"胡氏神色冷静，显然不是深闺里一无所知的妇人，而是有担当的主妇。

她一把抓住李凌云，严厉地道："不管什么缘故，你绝不能责备杜公。现在说什么都晚了，如果此番你能活下来，有些事姨母不会再瞒着你。"

说完，胡氏将李凌云一推。"你阿耶的手记在他书房里，我一介妇人不便抛头露面，你来接待客人，我先回后院去了。"

李凌云低头思索片刻，抬眼看向杜衡。后者摇头道："待此案了结，无论谁赢，某都将一切告诉你。此时不说，实在是怕对你心性产生影响，那样的话，就算某赢了，也是胜之不武。"

"也罢！"听杜衡这么说，李凌云也不纠缠，"我们先去寻我阿耶的手记。"

虽说主人不可能再归来，李绍的书房却仍被收拾得窗明几净，一看就是胡氏每日在细心打理。

此时房中厚重的书案被移到靠墙位置，地面正中的席面卷起，露出一个黑漆漆的长方形洞穴。洞穴旁摆满了横七竖八的帛卷，一些帛卷还封在琥珀色的油绢口袋里，另外一些被拿出来。李凌云就着那洞穴坐下，腿插在洞中，也不

---

① 封诊道首领李绍，字茗章。

管旁边紫色草席上的三人，一卷卷地打开帛卷迅速阅读着。

"他怎么看得这么快？怎么只看这些，那边的呢？"谢阮指着旁边一摞摞放整齐的帛卷问道。

杜衡抚着胡须，跟明珪不紧不慢地对弈，语气里有些羡慕："李大郎这孩子自小记忆超群，过目不忘。这里的帛卷是我封诊道每一任首领办案留下的心得体会，就算是我，也只有遇到棘手之事时才可以过来翻阅。尤其他现在手中那些，都是用金漆木轴制作的，那是最绝密的《封诊秘要》，只有首领本人可以查看。"

"你现在不就是首领？"谢阮怪道，"怎么说得好像你不能看一样？"

杜衡放下一颗白子，摇摇头。"我跟他阿耶有约定，要竭力阻止他入宫。如今眼看没做成，大郎入宫办事都快成定局，某是没有那个脸皮去看啊！"

六娘端着果子冻进了门，给每人面前摆上一盘。果子冻呈青绿色，是把葡萄碾碎，再加入琼脂制成的，上面还浇了一层白霜一样的细末。

谢阮吃着六娘端上来的果子冻，感觉入口即化，十分冰凉，惊讶地问："这蜜饯怎么如此清甜？还冰冰凉的？"

"上面是大郎从冬季的柿饼上扫下来的白霜，特地找了关中专门晒柿饼的人家收集，一年到头也就能得这么几两，这种糖霜撒在琼脂果子冻上，吃来便十分清甜，跟蜂蜜的滋味又有不同。"

"他不是每天剖尸断案吗？还有心情搞这些？"谢阮说着又美美地吃了一大口。

"人吃五谷杂粮，才有生老病死。"李凌云的目光在卷轴上迅速巡睃，嘴里答道，"我们封诊道对一切与人有关的事物都有兴趣，气候、饮食、土地、民情的不同，能从人的皮肤、骨骼甚至牙齿上观瞧出来，所以了解这些对我们来说，都是很平常的功课。譬如说柿饼上扫下的糖霜，吃来很是清甜可口，但数量极少，千金难买。有人偶然间发现一物与它相似，就用来取而代之，冒充糖霜卖给人食用。"

"什么东西？我也去买。"谢阮问。

"铅。"李凌云放下一卷，又拿起新的打开。

"那不是用来做器皿的？太常寺的匠户说，上古制作的青铜器里面，就含有铅。"谢阮疑道。

"对，就是铅。如果把葡萄榨成汁，然后将葡萄汁放在铅锅里熬煮，有机会在葡萄汁熬干后得到一种水晶一样的东西。把这东西磨碎，就成了与你现在吃的糖霜口味一样的东西。不过这种东西和柿子上的糖霜不同，人吃了不但会恶心呕吐，粪便漆黑，而且会头晕烦躁，吃得太多的话还会失眠发狂，乃至死亡。"李凌云目不斜视地翻着帛卷。

谢阮眉头微挑。"这样说来，制作这种东西的人，岂不是在害人？"

"这玩意儿本就是拿来害人的，"李凌云的指尖在卷轴某处划过，他好像发现了什么，目光扫得慢了很多，"这东西其实最初是术士在炼丹时发现的，后来有人发觉它滋味甜美，就充作糖霜卖钱，谁知却意外致人死亡。最初那个案子，我们封诊道有记录，虽费了一番功夫，还是查出是食用此物中的毒。当时是贞观①初年，太宗皇帝得知之后，就严命收缴这种东西，制作者有的偿命，有的发配蛮荒，民间再不允许制作……"

李凌云停顿了一下，才继续道："不过前几年，还是有个大户家里的嫡子突然发狂而死。当时那桩案子是我去查的，我发现孩子的继母暗中给孩子吃了用了这种铅制糖霜的点心，把人给毒死了。后来嘛，我觉得有些意思，这才让人去关中弄了点柿饼上的糖霜回来用。"

谢阮看看手里的果子冻，打了个冷战，迅速把碗放在地上。

"说来，因为继母一直给孩子吃这个，孩子死前已失明偏瘫了，死的时候那孩子浑身抽搐，口吐白沫，屎尿齐流……当时他只有三岁，还不会说完整的句子，尚且不懂事。"

"……好恶毒的铅糖！"谢阮大怒。

"物其实是没有善恶之分的，这世上真正会作恶的，是人和人心。人如果

---

① 唐太宗李世民的年号，627—649 年。

无心作恶，这东西再甜美，也进不到三岁幼儿的口中。况且孩子中毒之后，大便漆黑，呕吐不止……并不是完全没有症状，长期给孩子服用这样的东西，孩子身边侍奉的婢子、乳娘，难道没有一个人发现？说透了，不过是一群人一起作恶，才会造成这样的结果。而那个娶了许多姜室的父亲，又是什么好人呢？至少他肯定不在乎这个儿子，否则，继母又怎么可能肆无忌惮地下手？"李凌云将手中卷轴抬起，递到谢阮眼前，"找到了，杀那三个女子的应该就是此蛊。"

谢阮接过卷轴，见上面绘有一只黑黄相间的细头甲虫，旁边以朱砂墨圈起一个浓重的"蛊"字。

"黄黑斑纹，乌腹尖喙。七八月南方大豆叶上会生此虫。斑是说它的颜色，而其毒凶猛如矛，所以这虫子的名字，就叫作斑蝥。"

"斑蝥？"谢阮疑惑，"为什么你觉得是这种虫子，不是别的？"

"斑蝥可以做蛊。你可听说过'蛊冢'？这里的冢不是说坟墓，而是一种调制蛊虫的手段，就是用死去的毒虫尸体喂养活着的蛊。如果把死去的斑蝥磨碎，用来饲喂同类，毒性就可以从无数斑蝥中积聚在几只斑蝥身上。蛊冢调制成功的话，毒性非常狠厉，可以导致人心跳骤停，造成七窍流血的惨状。"

"我当然知道斑蝥可以做蛊，你之前就说了是虫蛊，我是想问，为什么你觉得不是别的蛊虫？"

"因为你的鼻子。"李凌云指着自己的鼻子说。

谢阮一脸莫名其妙。"鼻子？"

"其他毒虫，比如说毒蛇的毒，虽然也可以做蛊，但是闻之腥臭，想让人服用的话，必须跟酒配在一起。凶手难道会拿着狐狸尾巴去找与自己一样的小娘子喝酒吗？"

李凌云又道："你们女子喜欢花草香味，在梳妆时也爱有香气的东西，对腥臭之类的气味更是格外敏感。据我阿耶的记录，斑蝥蛊毒经过精心调制，能做到淡入水中而不让人察觉有异。找来找去，也只有这个可以不着痕迹地下到饮水之中。主家和客人说话，总是要喝水的。如果换成酒，死者可能不愿喝，下毒便告失败，而水则不会。"

"斑蝥身体呈长圆形状，口头下垂，背有黑色鞘翅一对，上生三条棕黄横纹，胸腹漆黑，足三对，嗅之有特别的臭气。此虫有剧毒，只在南方出现，也只有南方某些族裔的人，才会采集此虫制作蛊毒。"

李凌云跟明珪并肩而行，悠然越过一座拱桥。洛阳城中因有洛水经过，水道纵横，类似的小桥众多。杜衡年纪大了，连日奔波，身体有些不适，听说只是找人搜寻毒虫，就没有跟来，而是留在李宅休息。

已经下桥的谢阮闻言，无奈地回头看李凌云。"知道你过目不忘，又何必反复背诵？我又不会骗你，不必老是这样提来提去。只要到了这里，自然有人搞来虫子给你。"

李凌云手指周遭，冷冷地问："这仁和坊实在是太荒僻了，你让我怎么相信，到这里能找到你说的人？"

如他所说，众人此时置身的仁和坊虽然还在东都之内，却是一片极其荒芜的区域，周遭几乎看不到房舍，反倒处处长满了绿树灌木，只有努力在缝隙中仔细观瞧，才能寻觅到寥寥几座房屋的影子。

"大郎没说错，这里距离朝廷、官市都很遥远，而且……在仁和坊里，还有很多妖怪出没的传闻。"明珪突然一拍李凌云的肩，神秘地微笑，"可是，你要找的东西本就跟蛊毒有关，正所谓不可思议之物，就会在不可思议之处，来这里，应该能找到对你有用的人，或者……妖。"

"……你不会真相信世上有妖怪吧？"李凌云大皱其眉，"我还以为你是大理寺少卿，见多识广，跟愚夫愚妇不一样……"

"别着急下结论，先看一看再说。"明珪的目光转向旁侧，唇角微翘，"你瞧，这不就有'妖怪'来了吗？"

李凌云顺着明珪的目光看去，一位身穿红衫，外披白色道袍的童子，不知何时已经悄无声息地出现在前方桥头处，他双手在身前举起，对众人叉手一礼。

等到看清童子面容，李凌云不由得瞳孔一缩——童子满脸毛茸茸的，口吻尖凸，嘴边雪白獠牙长长伸了出来，他脸上根本没有人的五官，那是一张恐怖的狼脸……

"客，请随奴来。"张合着狼口说完这句，童子转身在前头带起了路。他的步伐又小又快，一点脚步声也听不见，看着很是诡异。

众人紧跟童子，在林中左右绕行了一段，眼前豁然开朗，不知什么时候露出一条石板铺就的长长小道来。

李凌云微微思索片刻，一脚踏上小道。"世上果然没有妖怪。"

"怎么说？"明珪脚步微顿，又迅速跟上他并肩而行。

"他'脸'上的毛是真狼毛，不过那是将狼的面皮剥下贴在木模上制成的狼脸，经细心调整后与他的脸部边缘吻合，所以突然一看，还以为是狼脸长在了人身上。"李凌云瞥着前方的童子，"木模内部装了机栝，他说话的时候脸部肌肉会随之抖动，触动精细的机栝，导致狼嘴张合，动作越大，狼嘴张合的幅度越大。"

"你是怎么发现机栝的？"

"声音。"李凌云指指耳朵，"说话时有机栝怪音，声音虽小，却不至于完全听不见。狼眼眶的细小表情也可以用机栝催动，但不管表面做得多么真实，活狼眼中的反光，和用宝石打磨出来的假眼还是不一样的。"

"可他走路没有声息，人走路怎么能一点声音都没有呢？"

李凌云的目光移向童子的鞋底。"如果你也穿着软木为底的鞋，鞋底再粘上一片毛皮，再加上身姿很是轻盈的话，只要不在木地板上走路，你也能像猫一样不发出任何声音。"

明珪仔细看那童子的鞋，果然在边缘看到一点毛发。

他转过头问李凌云："大郎要揭穿他吗？"

"我为什么要揭穿他？是你说他是妖，又不是他自己说的，这事我告诉你不就行了？"李凌云奇怪地反问。

"也是，"明珪失笑，"好吧，他的确是个人。"

"人为什么要这样打扮？"李凌云又问。

"因为外头的人不太乐意把这仁和坊的住户当人看，所以他们才故意搞出这些妖鬼扮相。"

"什么意思？"李凌云不解，"我怎么听不懂。"

"西京长安有句老话：'长安大，居甚难。'其实也不尽然都难，因为京城就在天子脚下，所以对百姓而言，只要住在城里，不管生活怎么贫苦，总的说来都有各种好处，所以即使是这东都北部公认的贫困之地，坊中住宅也修得密密麻麻，哪怕只是草屋，也多见层层相叠。可不管是长安还是洛阳，京中都有几个坊空得很，好像平时根本不住人，就像这个仁和坊，森木繁茂，甚至时常会有虎狼出没，大郎你就不觉得其中有古怪吗？"

"确实古怪，为何如此？"

明珪抬眼看看童子，怜悯地道："每一座都城里终究都会有一些无处可去的人，不过虽说无处可去，但还得让他们有一个安身之所，就像游魂终究要归于地府，这座大城才能得到安宁。东都只有仁和坊这种仁慈宽和之处才可以收容他们，不过……因为他们身份特别，所以必须把他们跟寻常人区隔开来，对外而言他们是'不存在'的，不是妖鬼，又能是什么呢？"

"他们莫非是罪人吗？"李凌云也看向那童子，在他小小身体的前方，一座建筑已遥遥在望。

那座建筑是高达三层的飞檐重楼，每层的飞檐上都装饰着琉璃烧制的金色鸱吻①，覆着黑色的瓦，楼上每块木头都被刷成赤红色，第一层的楼基上还使

———————————

① 中式房屋屋脊两端的陶制装饰物，最初的形状略像鸱的尾巴，后来演变为向上张口的样子，所以叫鸱吻。

用了极大的青石，山墙被涂得雪白。

这样豪奢的建筑，绝不该出现在洛阳城中最贫瘠的仁和坊，可它偏偏就出现在眼前了。

"就算是罪人，首犯哪怕十恶不赦，家人也不过是被流放而已，未成年的罪人会罚没到宫中，作为官奴差遣。大唐自有一套制度，为什么要让这些罪人住在这里？"走到楼前，李凌云抬头眯眼朝上看看，"这瓦当①上的莲花纹，怎么看起来，跟皇家离宫里用的一样……"

"因为有的罪人可以杀，而有的罪人却不能。不但不能杀，还要养着，并且要养得白白胖胖，还得让他们保持心情舒畅。"谢阮语气不爽地说完，提起袍摆，随着狼面童子上了台阶，她有几分不耐烦地催促，"赶紧跟上来。"

楼外有非凡气象，楼内也是金碧辉煌。

只见宽阔的厅中以巨木为柱，粗大得一人不能合抱，柱基的汉白玉上，以玳瑁镶嵌着如意纹，就连窗棂都装饰了闪闪发光的云母片，拼贴成吉祥云雾的纹路。

随处可见的幔帐细看都是宫中贡品布匹所制，系幔帐的带子每条都有金丝刺绣。当中巨大的六插画屏上是一幅完整无缺的伎乐图，音声诸部齐全，走近看时才发现那根本不是画，而是绣像。不知这样的巨型刺绣屏风，要耗费多少绣匠的漫长工时。

地面上一概铺着昂贵的素色龙须草席，一旁的坐床扶手是用象牙制作的，雕着仙鹤献瑞的浮雕。床下的榻子是黑檀的，泛着乌色润光，一看就是有年头的珍贵檀木。

楼梯上方不时传来阵阵乐音。狼面童子带着众人上楼。在楼口处放着一个三插花鸟屏风，挡住众人视线，里面人影绰绰。

童子在屏风外道："客请入内。"谢阮先走了进去，李凌云等人跟在后头。

---

① 我国古代建筑屋檐筒瓦的瓦头，用来滴水。呈圆形或半圆形，上有图案或文字。

众人绕过屏风，只见屋内铺满了联珠骆驼纹①波斯毯，毯边银线绣满异族纹饰。毯上，两个男装丽人正手持旌节②起舞，毯边一群乐人坐在月牙凳上，或吹或弹，正在给那两人伴奏。

因为所有在场的人脸上都覆着机关兽面，细分更有豺狼虎豹，每个人都不露真容，这场热闹落在李凌云眼中，就难免有些妖气森森。

屋内当中有一张八尺大坐床，床边两个婢女身高不足四尺，李凌云推算她们年岁都很小。她们身穿水红衫子，下着绿色袍裤，脚踩轻便线鞋，脸上是猞猁面具，一人手里拎着一面孔雀翎的大扇，正在给床上的男子打扇。

那男子身穿紫金色翻领胡服，半躺半坐，正闭着眼斜斜地靠在凭几上。

男子右脸覆着一张金制薄面具，面具上刻有凤舞云翔的花纹。虽说只露出了左半张脸，但在这房里，他已经算是唯一真正露脸的人了。

而且就算只看那半张脸，也瞧得出这是个十足的美男子。在他额上，单戴的网巾③斜斜飞上，直插进鬓发里，衬得眉头黑而不乱，给人一种高贵之感。

他眼形细长，嘴唇是完美的菱形，眼角有一些明显的细纹，显然年岁已过不惑，但年龄的问题并不怎么影响他的俊美。

男子光着双脚，足衣扔在一边，单手托腮，手指不断在耳边敲着，节奏与两个舞者的脚步刚好合拍。

"苏苏，你跳得不对，比乐音快了三分之一个拍子。"男子睁开眼。他的声音十分温柔，但舞者中右边那个却娇躯一颤，立即跪下趴伏在地。

男子见状，叹口气道："算了算了，都下去吧！宫里过年过节只跳《长寿》《万岁》，这支舞陛下又不喜欢，谁还会跳，就算你们都跳对了也无用武之地，下去练别的去吧！"

---

① 联珠纹是工艺品装饰纹样之一。以大小基本相同的圆形几何点连接排列成圆圈形几何骨架，并在其中填以动物、花卉等所构成的图案形式。中心圆边缘的小圆点形如联珠，故名。在中国盛行于魏晋至唐代。

② 古代使者所持之节，用为信物。唐代节度使给双旌双节，旌以专赏，节以专杀。

③ 以丝结成的网状头巾，用以束发。据传明太祖微行至神乐观，见道士以茧丝结网约发，其式略似渔网，因而颁行全国。一说，网巾之制，唐时已有。

舞者和诸乐人一同起身，对男子恭敬行礼，随后迅速退出了房间。

谢阮大步走到床边，正要说话，谁知那男子面露厌倦，呵斥道："谢三娘，这消停了才几天，又来烦我？如果要办事，叫人过来传话不行吗？我一见你，难免要想起她，一想起她来，我心里就很不舒服。"

"某也不乐意见你，"谢阮不客气地坐下，语气同样厌憎，"带一个人来而已，往后你要全力帮助他。"

"又是她的意思？可真是无休无止。杜衡呢，已经杀了吗？"男子别有深意地瞥一眼明珪，后者对他笑笑，他又朝明珪身边的李凌云看了过去，却见李凌云正瞥着屏风方向，不晓得想着什么。

"有趣的小家伙，到了别人的地方，也不知道害怕……"男子口中嘀咕。

"杜衡还没死，但或许也活不长了。"谢阮抬手从婢女手中拿走孔雀扇，给自己扇起了凉，"你没见过的这个，他叫李凌云。"

"姓李？李绍的长子？"男子的目光在明珪和李凌云身上来回扫视，突然呼喊，"李大郎——"

李凌云霍然回头，面色有些迷茫，好像此时才意识到那男子在叫自己。

"他是此间主人，你叫他凤九郎便是。"谢阮用扇一指。

李凌云品了品。"凤？这姓极为少见。"

凤九斜了谢阮一眼。"叫凤九就行，李大郎，你方才在看什么？"

"那两个舞者，"李凌云道，"我在想，她们跳的应该是《七德》。"

"哦？何以见得？"凤九身子微微前倾，眼中的兴致浓了几分。

"她们头戴进贤冠，下穿虎纹袴，腰上的是螣蛇带，手持旌节起舞。太宗皇帝当初做秦王的时候，大破刘武周之后，在军中作了《秦王破阵乐》。太宗即位后，只要有宴会，就会演奏此曲，并配舞蹈，领头舞者为两人，就是做这样打扮，此舞又名为《七德》。"

"李绍果然生了个好儿子。"男子靠回凭几上，目有追思之意，"这舞自今上即位后，就算万邦来贺，也不再有人跳了……"

"你认识我家阿耶？"李凌云问道。

"认得，不过最初认识他，却也是某人让我去见的，那人跟你阿耶很是亲密，所以就算是我，也不得不敬你阿耶三分，他要我帮忙，我是不可以拒绝的。"凤九微微一笑，"现在看，按照某人的意思，往后对你也得一样。"

"某人？"李凌云皱眉，"此处如此偏僻，你的待遇却堪比王侯，屋内金玉珍品、皇家贡物无数，刚才那些演奏《七德》的，恐怕也是为宫中舞蹈奏乐的太常音声人①，寻常富裕人家，甚至达官贵人，都未必差遣得动他们。你究竟是什么人？你说的那个某人，可是与天后有关？"

"往后你就知道了。"凤九并不回答，饶有兴致地踏着光脚问，"怎么，你今天只是纯粹来见我的不成？不是案子上遇到了疑难，找我帮忙的吗？当年你阿耶找我，可都是因为死了人。"

李凌云点头道："确实遇到了疑难，有一种蛊毒出现在京畿之中，被用来杀人，而且已经死了三个小娘子。我在阿耶的手记中查到，这种蛊毒是用一种南方毒虫制成的，此种毒虫在京中药铺内绝不会有人售卖。"

"我明白了，谢三娘叫你来，一方面是那人要我认熟你，另一方面，就是要我帮你找出蛊毒。说来这不过小事一桩，我帮你找就是。"凤九抬眼道，"不过到当下为止，我看的可都是你阿耶和那人的面子。这件事就算了，往后的事情嘛……"

凤九慢悠悠地竖起一根手指。"你和杜衡之间，只能留下一人，所以，你得先努力活下来，咱们再说后续……"

深夜，东都各坊坊门关闭，大道上格外清静。

一艘小木船在洛水湍急的水流中缓缓划动。河边路面上每隔一段距离就点

---

① "音声人"是唐五代时期对音乐艺人的统称。与一般乐人相比，社会地位较低，而经济地位略同。轮番当执，执役时，由官府提供衣粮，有时也占有少许土地，以供平时生活。"太常音声人"指唐代隶属于太常寺从事音乐工作的贱民。

着照明的火灯，沿河高高的坊墙内灯火通明，不时传出男男女女的嬉笑声。

谢阮躺在船头，双手枕在头下假寐，一名豹面艄公在船后沉默而奋力地划着船桨。

"既然你说要帮我找，为什么我还要跟着你一起来？"李凌云问跟自己同坐一席的凤九。

凤九冷哼一声，抬起眼帘。"替你办事，总要让你知道是怎么办成的，否则若是你觉得我办得容易，岂不是什么都扔给我来做？我的人累死累活，反倒让你落得清闲，这生意换了是你，你会做？"

"我不太懂人情世故，"李凌云想想，欠身道，"看来这回是有劳你了。"

"这个有劳我受了，说来，明子璋倒是比我更热衷于助你一臂之力，只是他也有他的缘故，可不会白白帮你的。"凤九看向在品茶的明珪，后者对他温润一笑："九郎的茶总是更好喝些。"明珪说完看向李凌云："大郎不必挂心，我的事等这桩案子结束后再慢慢告诉你。"

"什么更好喝，不过就是盐与香料少放一些，苦味多了一点，自然容易回甘。"凤九对明珪的夸奖并不领情，往炉子里加了块银丝炭，伸手时刚好露出手腕上几条交错的伤痕。李凌云好奇地扫了一眼，凤九将手腕极快地缩回袖中，但李凌云还是看出来，那应该是用匕首切割手腕留下的瘢痕，从瘢痕隆起的程度看，当时伤口还很深。

在人手腕皮肤深处隐藏着蓝色血脉，如果切断这根血脉，人就会缓缓地流血而死，除非及时缝合血脉与伤口，否则这人一定命不久矣。

纵横交错的伤痕，说明割开凤九手腕的人割了好几次……而且看起来，下手的方向是……

李凌云打住思路，他冷不丁地想起父亲李绍的叮咛，如果不是活人牵涉进了案子里的话，尽量不要窥探别人身上的伤痕，否则很有可能一不小心揭开了敏感的隐秘，给自己惹来杀身之祸。

小船分开水面，从城中一座大桥下划过。一队金吾卫街使骑着马经过这座桥，听见水声，他们朝下看了看，首领抬手示意无事发生，这队金吾卫街使便继续向前走去。

"宵禁之后不得出坊，街使却不查这艘船？这是为何？"李凌云转头看看那队人马。

"船头点的九盏灯是一种暗号。"谢阮的声音从船头飘来，"九是极数，轻易用不得，百姓用这个的话……"谢阮的手在夜色里快速一挥，"咔嚓，要杀头的。"

"给那位办事，便利总该有一些，不然划不来。"凤九看看前方，"前头就是玉鸡坊，我们快到了。"

只见小船在水道中穿梭，不久之后来到一处水道岔口，这里河岸极高，由宽阔石条堆砌，夜色中看起来就像是一道高耸的城墙。

"就是这里。"凤九站起身。豺面艄公自后方走到船头，手中提了一个用黑色缎子套住的圆柱状小东西。

艄公揭开套子，里面射出一线蓝光，李凌云认出那是来自波斯的蓝色透明琉璃灯笼。那灯笼与一般纸灯笼造型一样，只是小了很多。

那艄公频繁开合套子，灯光就按照某种特殊节奏时隐时现。像在跟灯光呼应一样，前面河岸上突然也亮起了一盏灯。艄公见状，把手里的琉璃灯笼放回去，走到船后抛下船锚。

凤九对谢阮道："起来，抓紧船舷，不要仗着有几分三脚猫的功夫就不当回事，小心一会儿掉下水去。"

话音未落，小船便一阵剧烈动荡。谢阮翻身跃起，单膝跪地，晃了晃才稳住身形，转身看看，突然大笑起来。原来李凌云以为自己坐着没事，对此毫无防备，现在狼狈地跌在明珏腿上，后者正好笑地看着趴在自己身上的他。

李凌云刚刚重新坐好，就见前方河岸渐渐分开，现出一线黑色，那黑色又逐渐变大，竟然成了一个不大的方形洞口。

听着远处传来的轧轧声，李凌云惊讶道："机关？这么大声，一定是非常大的机关……这里不是漕渠和瀍水①在城中汇入洛水的交点吗？船舶震动，可

---

① 古水名。源出今河南洛阳市西北，东南流经洛阳旧县城东入洛水。

见水流情况非常混乱，在这水下制造安放什么机关并不容易，到底是什么人能在东都要冲公然修筑这种大型机关？”

“能在京城动土的，除了工部还能有谁？”凤九有些嘲讽地说着，一步迈出船舷，却没传来落水的声音。

李凌云起身去看，发现凤九站在一艘融入夜色的漆黑独木舟上。

凤九见他看过来，介绍道：“这叫细舟，其他船太大，进不去这地方。你挑一艘上便是，对了，记得上来后千万不要说‘翻’字，否则会被艄公扔进河里。”

这时候李凌云才察觉，一旁已有许多黑色细舟不声不响地围了过来。这些细舟太小，每艘只载得动一个人。待他们各自上船，艄公便划舟陆续朝那个黑洞驶去。

因船上没点灯，一直到洞前，李凌云才模模糊糊看出有一大片这样的细舟，密密麻麻，有数百艘之多。舟群排队自洞口缓缓而入，远远看去，洞中有些灯火摇曳，显然里面别有一番洞天。

借洞口微光，李凌云仔细观瞧细舟上的艄公，发现每位艄公都神情僵硬，只有一双眼睛格外灵活，细看竟是脸上覆了一层皮肤状的薄膜。

“别看了，这是鬼河市入口，他们都是鬼河人，绝不会在外人面前露脸的。”凤九的声音传来，他的细舟不知何时已经挤到了李凌云身侧。

细舟按顺序挤入洞口，李凌云看不清凤九的脸，但仍能听见他说话。

“洛阳城依洛水而建，城中水道纵横交错，十分繁杂，如果细细追究，恐怕比道路还多。洛水每年夏季都会泛滥，为避免淹没城坊，历朝历代官府都会征发百姓挖掘下水通道，避免城中遭遇大规模水淹。前朝炀帝大业①年间，大发民夫修筑洛阳宫室，城中有不少百姓不堪折磨，为了求得苟活，陆续逃进地下通道中逃避征召。”

“那不就是逃户？”进入洞中后，四周逐渐亮了起来，李凌云边说边向前看去。前方洞中深处竟修了好几个石制码头，在点燃的火灯照耀下宛若白昼，

①隋炀帝杨广的年号，605—618年。

细舟纷纷在码头边靠岸，或是下人或是放货，一番忙碌景象。

"当然是逃户，这些人藏身地下，意外躲过了前朝末年的战乱。太宗皇帝收复洛阳时，也让人联络过这些地底残民，想要里应外合直接拿下东都，不料这些人贪生怕死，不敢出头。太宗一怒之下，就不许这些人再回到地面上谋生，大唐立国之后，特赦天下也就没有他们的份儿，他们从此只能永远生存在地底河道里头，不见天日。后来这些人就给自己起了名，自称'鬼河人'。

"话虽如此，他们也总有一些办法混迹街市，也正因如此，他们更不会在外人面前露脸，毕竟如果给外面的人瞧见记住脸面，知道他们是鬼河人，以后外出就麻烦多了。"

说着，众人所乘的细舟终于排到了码头。众人随凤九下了船，凤九抓起李凌云的手，放在明珪胳膊上。

"抓好他。你要记住，鬼河开市，百无禁忌，手里没刀，小命不保。"凤九抬手在李凌云的脸上捏了一把，笑道，"千万不要离开明子璋和谢三娘这种带刀人，否则以你绝好的相貌，明天天不亮就会出现在不知哪位胡商的后院，成了人家的玩物。胡人身上毛多，体味浓重，你只怕受不了这个。"

"胡商？大唐是不允许略卖良人的，不论男女……"李凌云想追凤九，手上却不敢放开明珪。谢阮看得好笑，从怀里摸了把牙雕匕首塞到李凌云手里，拍拍胸脯，在前头大步带起了路。

李凌云抓紧了匕首，这才松开明珪，快步追上凤九和谢阮，不死心地问："唐律有云：'诸略人、略卖人为奴婢者，绞；为部曲者，流三千里；为妻妾、子孙者，徒三年。'干这个会被绞死的，在这里怎么还能把唐人卖给胡人？"

"卖？谁的眼睛看见买卖了？谁手中拿着卖身契呢？"凤九朝李凌云露出一种奇异的笑容，他眼中映着地道两旁的灯，仿佛瞳仁里跃动着两团炽火，"大唐是禁止略卖唐人，更别说是给胡人为奴了，可要是你家人的性命掌握在别人手里呢？要是你被下了药，或是已经断了手脚经络，还被割了舌头，根本就说不出话呢？如此一来，还不是别人说什么就是什么，说你自愿跟随人家做奴婢，你又能拿他们怎么样？"

凤九再度甩开大步。李凌云低头看手头的匕首，将它捏得更紧了一些。明珏来到他身边挑眉看看，却似乎没打算开口宽慰。

李凌云和明珏刚跟着凤九拐进一条通道，就瞧见前方有个一人高的木台，几位面色苍白的少女颤巍巍地站在上面。旁边靠椅上坐着个须发杂乱的黑肤壮汉，他的脸上同样蒙着一张人皮状的面具，看着非常诡异。他正粗声招揽客人。

"鬼河市里这样略卖人口，居然没有人管？"

李凌云说着，只听那壮汉热情地朝路人喊："新罗婢①，上等的新罗婢。不是打仗劫掠来的，是家中实在过不下去发卖的，都是处子——新罗婢柔婉勤劳，买了不亏啊——"

李凌云正要细看，明珏就把他拽向前方。

"小心走丢。"明珏道，"别管那些略卖人口的家伙，这里最大的生意，除了从外面送来的照明灯油，就是这些见不得人的事。那卖家其实也不是真正的货主，不过是某些见不得人的行当在鬼河市里的代理人。"

二人走着走着，突然眼前不见了凤九的身影，然而明珏却说没关系，自己认识路。

二人这时经过一处食铺，李凌云见铺面打着羊肉馎饦②的招牌，腹中有些咕噜作响，刚摸摸钱包，明珏就按着他的手摇了摇头。

心知这铺面必有异状，李凌云忍下饥渴。二人转弯绕进另一条道，谁知迎面扑来一股浓香，原来是一家贩卖狗肉汤的摊子在路边做生意。一口巨锅放在土灶上，随着熊熊烈火，白色的肉汤散发出迷人香气。

"客要不要来两碗？"老板看李凌云停步，努力从那张僵硬的面具后挤出笑意，侧身朝棚内暗示。

"这面具……好像是绢糊的？"李凌云刚要伸手去摸，明珏一把拉开他，顺便扔给老板几枚通宝。

---

① 来自新罗的婢女，这些婢女非常乖巧能干，所以十分受人们喜欢。
② 古代的一种饼类食品。

"不喝，这是赏你的，拿着吧！"

"谢客！客万福吉祥。"老板微微弯腰，喜悦地数着钱。李凌云吞吞唾沫，瞥向锅里，冷不丁发现随着滚汤的波动，锅里浮起一颗獠牙森森的兽头。

"里面煮的……是猫？"李凌云皱眉，从头骨上看出了端倪。

"不是人就很不错了，"明珪叹道，"到了鬼河市，胆儿还这么肥，敢在路边吃东西的人，往往只会落得两个下场：要么被人迷了卖掉，要么就……"

二人正说着话，前方路边的馄饨摊前坐着的客人突然身子一歪，倒在了路中。旁边立刻蹿出几个短袍青年，七手八脚扛起那客人便走。

"让让，让让——人倒了，快让开。"青年们嬉笑着从二人身边路过，一阵低语声传了过来，"这客人肥大，也不知够点多少灯。"

"腿粗，卖给曹二娘。她不是喊着没有上好材料？"

"你们说，这能得多少银钱？"

李凌云听得双眼圆瞪，不知不觉被明珪拉着走远了一些，才吐出一口浊气，听见明珪道："都听见了？这就是第二个下场。"

"河南府不管？金吾卫不管？杀人也就罢了，还……这也太……"

"凤九说这里百无禁忌，那就是百无禁忌。"明珪摇头，"这里的人都不曾被记录在册，在大唐，他们没有人的身份，更没有人的待遇，认真说连奴婢也不如。天皇登基后，洛阳连续数年闹水灾，陛下觉得百姓负担太大，不愿征发民夫，所以让这些残民疏通水道，作为交换，也就允许他们在地下做这些见不得人的营生。说透了，他们根本就是一帮地府里的噬人恶鬼！"

李凌云看看路上那些与自己擦肩而过的行人，突然有种感觉：苍白的面具其实就是那些人的真面目，那些人从面具后看他的目光，就像在看一件死物，而不是在看一个活生生的人。

他忽地感受到一种令人窒息的熟悉，似乎在别的什么地方也见过这样的目光，也有这样的人团团围绕在身边，可一时间，他又想不起来究竟是在何处有过类似体会。

"是他们自己放弃做活人的，也怪不得谁。你别管刚才那个客人的死活了，在大唐知道有鬼河市，而且还能来这个地方的人，其实背景都不简单，其中更有许多作恶多端本就该死之人。"明珪柔和的声音在耳边响起，把他从迷思中拽回现实。他摇摇头，发现明珪一直拉着他的衣袖。

"你不必如此，我又不是孩子。"李凌云有些别扭。

明珪体贴地笑笑。"我知道，但就算不是孩子，不小心一点，也是会在这里走丢的。"

明珪领着他在地下纵横穿行，不久之后，二人就来到一处热闹的集市。李凌云又一次震惊了：那些鬼河人也不晓得花费了多少功夫，竟挖掘出一个硕大的地底厅堂，甚至还在里面修起了高达二层的店铺。

除了见不得光，这里乍一看跟外面的东市、西市没什么两样。

在路边摆出来的东西中，李凌云轻而易举地发现了一把弩。

"按大唐律，平民不能持有弩，这是军中兵器。"李凌云惊讶地拿起弩，发现上面应该刻有的军器监记号已被人用硬物刮去了，"是从军中流出来的？"

明珪眼明手快地把弩拿过来放回摊上，抬眼瞅去，发现那店家正在小睡，并未注意这边的情形，这才松了口气，连忙带着李凌云走远了些。

"除了灯油、人口，鬼河市排第三的生意就是禁物买卖，在这里摆摊开店，不卖犯禁之物只会惹来嘲笑。"明珪拉着李凌云快速在市场上穿行，"在外头，只要有人敢沾染上巫蛊之术，那就是十恶不赦的大罪，可在这儿，什么恶事都有人敢干，而且没人会当回事。也正是这个缘故，你要找的毒虫，恐怕也就这里会有。"

"明子璋，你好像对这里很熟？"听话听音，哪怕迟钝如李凌云也有所察觉。

明珪解释道："我阿耶是术士，因为给人治病灵验，才被侍御医张文仲张公举荐给天皇、天后，术士炼丹制药用的东西，有不少都犯禁，外面买不到，我常会代替阿耶来这里取货。"

二人来到市场尽头处的一所小院，明珪用三长两短的节奏连续不断敲了三遍门，这才有人来开门。打眼一瞧，李凌云发现竟是之前那个狼面白衣童子。

童子把二人带进前厅。老远就见凤九、谢阮两人正坐在高椅上吃馄饨，旁边还有热腾腾的两碗，显然是给他们准备的。李凌云突然想起那个被抬走的客人，眼皮一跳，明珪却无所谓地走过去端起碗来。

"没有下药？"李凌云端起馄饨嗅嗅，"汤底是人肉还是猫肉熬的？"

"李大郎，你还让不让人吃了？"谢阮搅了一下汤头，把碗扔在一边桌上，"汤底是老母鸡熬的，馄饨是牛肉韭菜馅搁了胡椒，里面没有蒙汗药，说完了，爱吃不吃吧！"

"牛肉？"李凌云的诧异不比听到"人肉"时小多少，"我大唐……"

谢阮白了他一眼，打断道："在这里，牛肉算是最正经的吃食了，再挑三拣四可就没的吃了。"

李凌云不再纠结，嘬了口汤，顿觉鲜香无比，忍不住又来一口，才问："狼童子为什么也在这里？"

"因为这里是他的地盘。你不是问鬼河市谁来管吗？就是凤九郎在管。"谢阮双手抱在胸前，嘿嘿一笑，"不过，他向来只管最关键的事，而且他管的主要是生意，来来往往的到底是什么人却管不了。你那蛊虫的事太小，各家货品名录上压根翻不到，我们只好亲自下手查。对了，那个童子，你叫他小狼就成。"

"既然记录上翻不到，你们又要怎么查？"李凌云吃了一个馄饨，觉得滋味很好，浑身温暖了许多，好像地底世界的阴寒也被驱逐出去了一些。

凤九在一旁靠着椅子，眯起妖狐一般的眼道："等。"

李凌云并没等太久，碗里还剩下最后一个馄饨时，就有人敲响了小院的门。

奇怪的是，门打开后，敲门的人并不进来，只从门缝伸进来一只纤细的女人手，手心里捧着的，是一个用线条阴刻了奇怪人面的粗劣陶罐。

凤九风姿翩翩地走到门口，打开陶罐朝里看了看，对那只手的主人道："卖出去的蛊毒都给我收回来，一年之内，京畿各县中如再有人死于此毒，我就让你们在大唐从此断绝生路。"

那只手颤了颤，正要缩回去，凤九一把拽住，冷冷说道："所有会制蛊毒的人，三日之内必须离开东都，返回故乡，多留一刻，我就让她们变成洛水里的浮尸。"

那只手又颤一下，用力从凤九掌心抽了出去，唰地不见了。

凤九翩然归来。"你们也别问刚才那是什么人，应该不是她们直接给死者下的毒，大家各退一步，不必追根究底，反正往后这种蛊毒应该不会在东都附近出现了。"他把陶罐递给李凌云，"你来瞧瞧，是不是这个？"

"看花色，正是南方大斑蝥，与阿耶手记上写的一样。"李凌云小心地戴上油绢手套，捏出一只身上有黑黄斑纹的死虫，放在掌心嗅了嗅，皱眉道，"有些辛辣，不会有错。"

"你可以走了，至于怎么出去就问谢三娘吧！听她说这桩案子死了三个女子，百姓恐惧狐妖，我看你还是早日结案的好。"凤九让童子开门送客。李凌云刚跨出门槛，凤九又叫住了他："李大郎，过去我跟你阿耶往来，他都很乐意回答我的问题。现下我也有个问题要问你，你可愿意回答？"

李凌云回身道："尽管问就是。"

"你阿耶曾经跟我说过，他是封诊道天干十支家族的首领，既有天干，你们封诊道里，有没有地支呢？"

李凌云琢磨道："听说过去是有的，封诊道被世人厌恶，所以天干行医，而地支则修道，分别以医、道为遮掩行走天下。但在很早的时候，天干、地支就因为不合而分道扬镳了……"

"原来如此……"凤九低头笑笑，又看李凌云，"其实我帮你和你阿耶是事出有因，算是不得已而为之，所以你阿耶虽与我相识，但说起来，他从没有特意回答过我的问题，我刚才的话是蒙你的。"

凤九摆摆手，让童子把门扉关闭，他的声音从缝隙中传来，悠悠长长。

"李大郎，你真是太好骗了，像你这样的人，现在已经不多见了。你可得想想办法，让自己活得长久一点啊……"

太常寺药园，李府中阴凉的地下房间里，无数铜枝从靠近天顶的墙上伸出，每根都在靠近房屋正中处又分七枝，枝杈尽头连接着莲花状的灯盏，仔细数数，在这个房间里竟有数百个这样的灯盏。

此时，盏中灯芯全被点燃，每盏灯上方撑着一片打磨得光亮的铜镜，将摇曳的灯光射向下方铜台。铜台距离边缘三指处被整整齐齐地挖下，形成朝一个方向微斜的凹陷光面。灯光照射到的平面上，间距整齐地摆放着六只老鼠，其中三只老鼠脖颈上系着各色线绳，另外三只却没任何标记。奇妙的是，在这明亮的灯光下，三只老鼠身下几乎没有影子。

谢阮好奇地靠近台子，迎着光伸出手指，发现自己的指下也几乎没有黑影。

"这是用来放尸首的封诊台，剖尸前要先用水冲洗尸体，台面倾斜，尸体上的血水和异物就会流到那边地上的大桶里，方便寻找证据……你不要挡我的光，这屋里的镜子少了些，应该在四面墙上都装上铜镜，那样会更亮。"李凌云说道。

"哦！"谢阮答应着略略后退了一些，又去看明珪正在观赏的那些黄铜器械。这些东西在墙边的一个长条桌上一字排开，有柳叶状的长柄薄怪刀、小号锤子、短手锯、尺寸不同的剪与钳，还有一些勺和凿子，形状看起来不陌生，但细节又颇为不同，给人一种奇形怪状的感觉。

李凌云拿起一只无记号的老鼠，用那把黄铜手柄的凸面水晶镜仔细观瞧，放下后点头道："按我阿耶的手记记录，将从鬼河市带回来的斑蝥蛊磨碎后，加入几味促进血气循环的药制成蛊粉，再调进蜜水中让老鼠服下，其发作死状与饮用死者衣物浸出的血水的老鼠完全一样，只是蜜水中毒量略大，老鼠发作得更快，症状也更明显。现在我能确定，那三名女子就是死于这种蛊毒。凶手虽然知道有这种蛊毒，可是以其所处的村落之偏僻，再加上她低贱的身份，是不可能跑到东都鬼河市购买的，所以……她手里应该本就有这种毒，换言之，凶手的家乡一定在盛产斑蝥蛊的南方。"

得到结果后，李凌云又将凶手的形貌细致描述了一番。"凶手既然与死者表面交好，可见几人年岁相当，在十四岁至十六岁之间；作案前拔掉墙头木刺窥视，所以其身高在五尺三寸至五尺五寸之间；其丈夫会弓术，要么住在罗氏所居住的黄村，要么住在附近不远的村落；其最终目的是使丈夫可长期狩猎，那么有了诸多条件，盘问山上的猎户，定能问到些什么。"李凌云一口气说罢，脱下手上的油绢手套，走到谢阮面前："谢将军，我想你可以着手抓人了。"

第九回

狐妖伏法　御前求情

大唐封诊录

"我们两个贼曹尉刚进他们家门,这对夫妻一看是官府的人,还没等我们开口问就认了罪。丁氏说人是她杀的,那三条狐狸尾巴则是她丈夫宋石头去山上猎的。"

县衙公堂上,李凌云听着县令的话,看向跪在面前的白衣女子。他的目光扫过她的身边,那里放着一把裹了破布的官制弓,还有一个摆在地上的黑陶小罐。旋即他的注意力又回到女子脸上,发现她眼角已有皱纹。

李凌云心中有些费解,便问那个上任才两天的县令:"这是十五岁的人?为何她的面相看着如此显老?"

那县令是个相貌儒雅的年轻人,显然也没办过什么案,听了问题也只能眼巴巴地瞅着两个县尉,两个县尉又连忙去看仵作杨木,杨木总算接到眼神,赶紧出班行礼,道:"犯妇丁氏在案发时确实只有十五岁,但事情过去两年,她如今已年满十七,加上家中贫苦,常年忙于耕作,所以自然显老一些。"

"不只是劳作才会显得老。"丁氏抬起头来。她虽是十几岁女子的相貌,但肌肤却是黝黑的,脸上还有晒伤蜕皮的痕迹。可能是因为已认重罪,她的双眼里有一种死一样的平静,这种目光又让她显老了不少。

"丁氏,你说说看,为什么不打自招?"明珪开了口,"是因为你笃定官府已经知晓了你的作案经过？"

"不是的，"杀了三人的丁氏摇摇头，"做了这种事，夜里总能梦见那三个女人，她们每天都来找我，这两年我就没睡过一天好觉。我本是流民，在此租种土地度日，一年的收成被主家拿走租粮后刚够糊口……即便夜不能寐，白日仍要下地操劳，今年我因劳作，还摔倒小产了一次，我心里头觉得，这可能就是报应，所以你们找来，我就全都招了。"

见凶手侃侃而谈，问话的人还不是自己，那县令面子有些挂不住，正色道："咄，那丁氏，你究竟为何要杀那罗氏等三人？"

"想杀就杀了，还要什么理由？"丁氏冷漠地看向县令，"反正不过是些口角矛盾，我跟我郎君杀了人，那就杀了我们偿命便是。"

见杜衡在旁边虎着脸坐得笔直，李凌云一拽明珪衣袖，小声耳语道："丁氏嘴硬，可我一定要知道她为何作案，否则的话，怎么知道我与杜公的赌注谁输谁赢？"

明珪见丁氏梗着脖子的模样，知道李凌云在担心什么，于是微微一笑。"交给我就是。"

县令被噎得面色发白。明珪建议道："明府初来乍到，不如就由我来问问这丁氏如何？"

"似……似乎不大好吧……"县令结结巴巴地想要拒绝，一直在旁边饮用冰露的谢阮那边突然发出"锵"的一声，众人回头看去，发现她的拇指已把腰间直刀顶出了刀鞘。

谢阮冷冷地看着县令。"这桩案子，天后想尽快要个结果。"

被她威胁，县令额头顿时冒出油汗。"那……明少卿请自便，自便。"说着干笑了两声。

明珪点点头，先是绕着丁氏走了两圈，然后在她身前站定，斜视罪犯，冷酷地道："我自京中大理寺来，你应该知道，大理寺是朝廷三法司中心。你们夫妻假称狐妖作祟，谣言早传到了东都，这桩案子，天后亲自下旨要求严办。要是像你现在这样不说实情，你们夫妻二人一定会被捉拿入京。我可以保证，在大理寺狱里你们将遭受的刑求，你绝对无法想象有多少花样，可以让你求生不得，求死不能。"

丁氏闻言，身体微微一震。"反正都要死，难道还怕这个？"

"你不怕，那你的郎君呢？"明珪看向丁氏身边的男人，那男人害怕地跪在地上埋着头，根本不敢看人。

明珪见丁氏有些动摇，继续道："你用蛊毒杀害他人，按大唐律属十恶不赦之罪，而你郎君在此案中不是提供蛊毒的人，也没亲自下蛊，只是你的从犯，兴许还能逃脱死罪。不过……这一切都要看你现在招不招。如果你们等进了大理寺之后再说，就是毫无悔改之意，罪上加罪，因此连坐父母亲友也是很有可能的。"

明珪淡淡地说："丁氏，你可要想清楚，现在招还是不招。是死你一人，还是要把亲朋都牵扯进来？你不会认为自己做个假过所，我们就查不出你的来路了吧？现在你和你郎君人在这里，有了身体形貌，大不了发文给各州县乡村，查出你们的真实身份是轻而易举的事情。"

丁氏咬紧嘴唇，望望身边的丈夫，然后直勾勾地看向明珪。"我要是现在招了，就可以不牵连家人？"

"可以酌情处置，毕竟你二人在外逃亡，家人未必知情。再说了，你不制造麻烦，我们能迅速结案的话，我们自然也不会闲极无聊，给自己找更多事。"

丁氏闻言总算点了头，恨声道："那我招，我招就是。"

明珪看向李凌云，给后者一个"可以了"的眼神，又吩咐丁氏："开始说吧！一切细节最好没有任何遗漏。"

那丁氏果然领受，从头开始缓缓讲起。

"我与我家宋郎是逃亡到这个村子的，我们不是本地人，家里那点钱财之前都拿去做了假的过所，为买通他人容留我们定居，更是让家中一贫如洗。可租种富户的土地也赚不下几个钱，只够混个肚饱，甚至一年到头连一件新衣也添不上。"丁氏说着，表情有些恍惚，似已陷入回忆。

"后来，我在一次赶集售卖野菜时偶然认识了罗氏。当时有人出言调戏我，她性格豪爽，替我赶走无赖，我很感激。她见我年岁和她相近，又住在同一个村里，就开始跟我往来。罗氏的郎君是个猎户，我想着我家宋郎也会一点箭术，如果能像他一样捕猎，给家里帮补点银钱，收入会多一些。

"可是捕猎的事一贯只有本地人可以做，我们这样的外来人，哪怕愿意交租，乡长也不会把山头分给我们。于是我就想，能不能从她家邵七郎手中租取一些捕猎的份子，譬如说一两个山头，反正猎物一并交给他售卖，给我们一些劳力钱就行。谁知我刚提出，那罗氏就跟我翻了脸，说我不知好歹，狩猎是她家在这里的立身之本，怎么可能分给我家？还说我是痴心妄想。"

李凌云听完这段，问道："罗氏不愿分给你山头，这就是你杀了她的原因？"

"怎么会？她不过是拒绝了我的提议，又不是断了我的生路。"丁氏猛地反驳，又丧气地缓缓低下头，"我见她激烈反对，说话也难听，便想这事就算了。可我怎么也没想到，那个邵七郎在县城售卖皮货时，背着罗氏恋上了一个青楼女子。因为这个，他把打猎后赚来的一些钱用在了喝花酒上，然后和那罗氏说，收入变少是因山上的猎物不知为何少了很多。"

说到这里，丁氏冷笑起来。"她自己的郎君在外面搞了女人，又说了谎话，她傻乎乎的，没发现。到手的钱少了，她反倒以为是我家宋郎偷偷上山打猎，抢了她家郎君的猎物。她性格火暴，某天冲到我家中，说要讨个公道。"

那县令在一旁听得不解。"说清楚不就行了吗？为什么会演变到杀人这一步啊？"

"我当时跟她说清楚了，可她死活不信。不但不信，她见了我家墙上挂着的这把弓，还觉得我是在骗她，非要拿下来看个彻底——"丁氏伸手拿起身边那把弓，咬牙切齿地道，"这把弓，我用布包得十分仔细，就是因为它是个见不得人的东西。"

丁氏将那弓递给站在眼前的明珪。明珪拿起看看，叹道："此弓是官制的，上面还有官府印记，这种打仗用的弓，民间是不允许私藏的，否则免不了牢狱之灾，若是曾用这弓做过什么非法勾当，只怕是要杀头的。"

明珪看向丁氏的丈夫。"这弓，你到底是从什么地方弄到手的？是不是来路有问题？"

"是……"那宋石头是个木讷之人，只说了一个字，便再也说不下去，猛地磕头呜呜大哭起来。

丁氏见丈夫这样，连忙伸手捧着他的额头，不许他再自伤。她有些悲凉地道："他年少时不懂事，本想去县城做木工学徒，谁知被乡里人一路裹挟，加入了自称有仙术的仙人座下，当了什么神仙随从，跟着他们在乡里四处游荡。后来，他才发现那些人根本就是盗贼而已，只是打着仙人的旗号去抢掠百姓。而且这些人胆大包天，连官兵也抢，这把弓就是他们抢来以后分给我家郎君的。他怕被杀头，就带着这把弓匆忙出逃，谁知在逃亡路上，却遇到了遭歹人挟持，正要被卖去私妓家里的我，便用这把弓威慑歹人，救下了我。我当时被歹徒劫持数日，他们为了把我卖个好价钱，并没有让我失身。话虽如此，但名节已坏，我见他是个老实人，又感激他的救命之恩，就跟他做了夫妻。"

说到这里，丁氏眼中泛起水光，顿了一顿才继续道："罗氏平时也是村里的一号人物，见多识广，认出这弓是官府的禁品，觉得抓住了我的痛处。被她撞破这弓的事，我顿时慌了神，只好跪地求她不要说出去。她倒是也答应了我，却要我家郎君为她家狩猎，而卖掉野货后一分钱都不打算给我们。就算这样我也认了，可她还逼问了我跟郎君过去的事。她走以后，我越想越怕，她家那个邵七郎就是个大嘴巴，喝醉了什么都敢往外说。而我家宋郎曾加入的那个盗贼团伙，后来据说举旗谋反，占山为王，犯了谋逆大罪，一窝人都被官府给抓去处死了。要是有一天她说漏了嘴，给她家郎君听了去，说不定哪天宋郎的过去就闹得天下皆知，到时我们也必死无疑。"

丁氏心灰意冷地惨笑。

"事已至此，我想一不做，二不休，干脆把她给灭口算了。我是南方人，故乡有很多人在东都附近讨生活。我家乡那边的女子很擅长制一种斑蝥蛊，这蛊如果分量掌握得好，并不会致人死亡，可以治好瘰症；但超出用量便成剧毒。

"像我们这样的外乡女子，要在本地立足，必须互相帮扶。因斑蝥蛊可以给男人治疗阳痿之症，本是一种药剂，所以只要给制蛊人些银钱，制蛊人甚至可以将斑蝥蛊贱卖给同乡。于是我拿定主意，边让宋郎给罗氏家狩猎，边找机会从同乡手里弄来一盅斑蝥蛊。

"罗氏性格贪婪，仗着抓到了我们的痛处，不但让宋郎无偿为她家狩猎，还让我们自己把皮子鞣好再交给她。因我们之间有了独特的秘密，她反而对我更不避嫌，表面上看我们亲同姐妹，可她没有察觉我已起了杀心。

"搞到斑蝥蛊后，我就用宋郎从前狩猎得来的狐狸尾巴做诱饵，说是给罗氏瞧瞧狐狸尾巴鞣得好不好，能不能卖出高价。

"趁邵七郎出门打猎，我便敲开了她家的门。罗氏自家捕到狐狸后，狐狸尾巴都是拿去单卖，她当然知道一条好的狐狸尾巴有多值钱。而我家宋郎弓技不好，自帮她狩猎以来，还没有猎到过狐狸。罗氏看到这样漂亮的狐狸尾巴，想着荷包要变鼓，当然心满意足，心情也是好得不得了。这时我抓住机会，说请她喝我家乡的蜜茶，她一点戒心都没有地喝了个干干净净，自然，没过多久她就毒发了。"

"狐狸尾巴你是故意丢下的，还是落下的？"李凌云问。

"是慌乱中忘了，那狐狸尾巴可是能卖许多钱的……"

丁氏眼神飘忽不定地回忆着当时的情状。

"那罗氏中毒之后，很快便七窍流血。我虽然知道斑蝥蛊能杀人，但从未亲眼看过，所以我瞧着心里也很害怕，就把狐狸尾巴忘在了她的家中。

"后来我发现自己竟忘记确定她有没有死透，惊慌失措了好一阵，想着跑出她家门也没多远，正盘算要不要回去看看，这时邵七郎就回来了。他发现罗氏出了事，四处喊人来救命，村里人也都被惊动，我觉得时机正好，于是就顺着人群跟过去瞧瞧她的死活。

"当时我站在人堆中，听见身边有人小声议论，是不是那邵七郎捕猎了许多狐狸，狐妖来讨命了。我那时已经察觉将狐狸尾巴遗落在了房中，正头疼怎么掩饰，闻言灵机一动，就在人群中喊了起来。那邵七郎也不知是胆小还是别的什么缘故，真以为有狐妖在作祟，当场叩拜起来。更让我没想到的是，县令不知那是蛊毒，无法找到罗氏的死因，竟也相信了有狐妖作怪。"

"这么说来，你杀罗氏也算她过分贪婪，咎由自取。可为什么你还要杀田氏和谭氏？你跟她们也有刻骨深仇吗？"一直没说话的杜衡此时抓住了时机，急忙问那丁氏。

"仇谈不上，不过是很讨厌她们而已。我当时觉得，反正我都杀人了，还赔上一条狐狸尾巴，干脆一不做，二不休，多杀几个，把案子做大。既然大家认定邪祟是那邵七郎招惹来的，到时他多半会被赶走，我们说不定就有机会找个本地人，让他去拿下山头，转而租给我家狩猎，这样我们还能过上好日子。"

杜衡听完，自知推测有误，面色顿时白了几分。

而那丁氏却不由自主地笑了起来，眼中恨意闪烁。

"所以我就列了个单子，把那些平日里话里话外看不起我们外乡人，又总是单独在家方便我下手的小娘子——记下。

"按惹人讨厌的程度，我一共写了五个人。本想全部杀掉，可那谭氏死了以后，县上说京中传来天后的口谕，勒令当地查出邪祟真相，我有些怕，担心从京城里来的官员会看出纰漏，抓我们下狱，所以就再也不敢继续下去。可没承想京城的官员也没有什么了不起，不过是来走走瞧瞧，随便问两个村民罢了，见问不出什么就匆匆离开了。就这样，我们又掩盖了两年，直到各位重新查起这桩案子……"

说到这里，丁氏深情地看向宋石头。"发生的一切，就是我说的这些了。你们还想问什么尽管问我。宋郎他什么都不知道，杀人的事一直都是我做的，他只知道我喜欢狐狸尾巴，偷偷去山上猎给我而已。再说他当年也是被人裹挟，并不是自愿成为贼人的。总之人是我杀的，你们治我一个人的罪便是。"

"你想救他，可宋石头每天与你同床共枕，你们是夫妻，就算你没有告诉他，他却未必就真的一无所知。"明珪见那丁氏面露震惊，轻叹着看向李凌云："第三条狐狸尾巴的事，就由大郎你来说吧！"

看着丁氏期盼的眼神，李凌云语气漠然："你因为太心急，在你郎君刚把第三条狐狸尾巴砍下交给你以后，就马上带它去杀了人，可他并未质问过这些狐狸尾巴的去向。可见你丈夫心中明知有'狐妖作祟'，还是为你上山狩猎狐狸，他是当真不怕妖物，还是已经知晓真相了呢？就算他之前真的不知道，可陆续死了三个人，那三人与你之间有何矛盾，你不可能不对枕边人提及吧！他难道一丁点也推测不出来？他只是不善言辞，却不是痴呆。丁氏，铁证如山，你无论如何也撇不清你郎君跟你共同犯下的罪过，你夫妻二人，终究是逃不脱律法惩治的。"

丁氏听完这番话，自知无法把丈夫的罪责撇清，颓然地一屁股坐在了地上。李凌云看向县令："案情与我推测的没有太大出入，后面结案审判的事就交给你了。"

说完，李凌云起身走出了县衙。从他身后传来了宋石头发出的沉闷哭泣声。

明珪看着李凌云的背影，又转眼望向谢阮，后者拍着那战战兢兢的县令道："他俩犯了十恶不赦的大罪，又有天后口谕督办，此案整理好了，按律例判完就送刑部复审吧！你啊……多亏有这个神神道道的李大郎，否则……你这个官怕是也做不了几天。"

"是，多谢李先生，多谢明少卿，多谢谢将军……"县令连忙弯腰长揖，心情复杂地目送着众人离开县衙之后，才腰板一挺，吩咐起来："给本县将人犯拿下！押入大牢——"

阳光在上阳宫内洒下，重重叠叠的宫室看起来云蒸霞蔚，美不胜收。李凌云站在一间宫室门口向外远眺。

在远处山峦的葱茏绿树间飞舞着一群白鹭，它们成群结队，依山势顺风列为一线绕行，就像在大唐女子柔润肩背上披挂的白色帔帛。

在他身后，半透罗帷悬在高高的殿宇里随风飘舞，三插巨大屏风前焚着一炉宫廷秘制香料，缭绕盘旋的白色烟雾让屏风后模模糊糊的女子身影显得越发神秘。

"这么说，此次是李家大郎破了狐妖案？"武媚娘身穿白色紧袖衫子，拖着赤红泥金长裙，柔润的胳膊上披着一条轻若无物的粉色帔子①。倚在黑漆凭几上的她，肌肤温润，面如满月。而在凭几侧面，用金丝玉片拼嵌出的飞天造像，正抱着琵琶翩然舞蹈。雌雄莫辨的飞天面目，和这位大唐天后竟有些奇妙的相似之处。

因为正在染指甲，她一动不动。身边的宫女捧着金碗，小心地在她的手指上敷着蔻丹，再用细细的布条缠住她的手指，这样花朵的艳丽色泽便能缓慢染进指甲里去。

"回天后，这次是李凌云赢了。"

谢阮抬眼看一看屏风外面，这屏风是用一种罕见的织物制成的，对外的一面闪闪发光，这样从外向内看时很难瞧清屏风里的情形，但里面的人向外瞧去，却能把外面人的表情辨得清清楚楚。

李凌云仍侧着头观瞧宫外的风景，在他身边，杜衡已经跪了下来，额头紧紧贴着地面。

显然，因狐妖案破获，武媚娘肯定了李凌云的能力，这才没有摆出那种玄之又玄的阵仗，而是选择面见众人。

"既然李大郎是赢家，那你为什么还要带杜衡回来？"武媚娘抬起敷好蔻丹的手看看，又换了另一只手伸给宫女。

"本来想找个地方杀了的，可是李大郎不让，他说杜公可以杀，但一定要在他求见天后之后，否则天后要他办的案子，他宁可不办，大不了回牢里去。"

谢阮将腰间的配刀摘下，恭敬地双手捧到武媚娘眼前。"谢阮自知失责，拗不过李大郎，还请天后责罚。"

"你可真是长大了，都学会先斩后奏了，人都领进了宫，才找人来告诉我——"武媚娘垂着眼帘，慢悠悠地说道。

哗啦一声，冷汗津津的谢阮已跪在了地上。

---

① 古代妇女披在肩背上的服饰。

这异乎寻常的动静总算惊动了李凌云，他转头看向那扇屏风，虽看不清，但也能隐约看见谢阮红色的身影正跪在地上，这情景让他顿时皱起眉头。

想了想，李凌云朝旁边一言不发的明珪走去。

武媚娘拿起宫女手中的纯金小碗放在几上，用细长银勺缓缓搅动着，里面似血的蔻丹随她的动作旋转起来。

"跪什么？说吧，他是怎么说服你的？"

"此案死者有三人。杜公说凶手跟她们有深仇大恨，所以才会连续杀人；李大郎不同意，认为凶手可能只是跟那三人发生过口角，凶手是为了坐实狐妖作祟的传闻才继续作案的。"

武媚娘蛾眉微挑。"那真相如何？"

"第一名死者罗氏掌握了凶手丁氏与其丈夫的一些秘事，并以此要挟丁氏，与丁氏之间的确算有很深的仇恨，所以被丁氏给灭了口；而余下两名死者，却是因官府误信了狐妖作祟的传闻，丁氏故意杀死她们制造恐慌，让人对狐妖害人之说信以为真，借此逼迫罗氏的丈夫离开本地，好让自己的丈夫取而代之。"谢阮停了停，有些心虚。"李大郎他说……受害的三人中，杜公说中了一人，算不得全败，而他也不是全胜，因此闹着要面见天后，让天后来判定胜负。"

武媚娘的最后一根手指也被裹好，她抬起右手，谢阮连忙站起来，将直刀别回腰间，扶着武媚娘走下地。

"李大郎，谢阮说的是真的吗？你要我亲自来判定胜负？"武媚娘在屏风后问。

李凌云看向明珪，后者对他点了点头。

"回天后，是真的。"李凌云叉手为礼。一双穿着镶嵌明珠、金线绣飞凤的线鞋的脚缓步走进他的视线。

"抬头，让我看看你。"

李凌云依言抬头，终于和大唐最尊贵的皇后见了面。

正如传说中的那样，武媚娘的相貌大气尊贵，方额广颐，面颊丰隆，眉眼里有一种成熟妩媚的风情，但她的目光却异常深邃宁和，令人无法从里面读出她的思绪。

"三人中杜公的确说中了一人，但你说中的是两人，虽是险胜，可按数量看是你赢了。胜者与败者有时候并无多大差别，胜负往往就在一线之间而已。"

武媚娘朱红的唇角翘起，笑了起来，脸上用朱砂点的面靥凹下去，形成一个酒窝，使大唐天后圆润的面容染上了几分稚气。

"杜公一直是我阿耶的助手，他办案经验丰富，为人老到可靠，培养了无数弟子，对我封诊道而言是不可或缺的栋梁，还望天后可以留杜公一条性命。"李凌云双眼直视武媚娘，诚恳地请求。

"别着急，你先听我说个故事……我入宫不久就被封了才人①，在太宗皇帝跟前侍奉笔墨。有一次，异邦献上一匹骏马，这马神骏非凡，但是性子极烈，每次只要有人骑到它背上，就会被它摔下来，就连御前的金吾卫官员也一样。"武媚娘从李凌云身边悠然踱过，慢慢说着，"因它脾气暴躁，太宗就给它起名叫'狮子骢'，意思是这匹马好像狮子一样，过于桀骜不驯。"

武媚娘一面说，一面缓缓经过杜衡面前，又朝李凌云转过身。

"太宗喜欢这匹马，可无法驯服又让人头疼。它还经常踢伤养马的官员。于是太宗就向宫中询问，有没有人可以想个办法驯服这匹狮子骢。当时我跟太宗说，我可以办到。太宗很是惊讶，奇怪一个小女子如何能驯服烈马。于是我对太宗皇帝说：'妾能制之，然须三物，一铁鞭，二铁楇，三匕首。铁鞭击之不服，则以楇楇其首……'"武媚娘伸出手，被包起的指尖轻轻落在李凌云的脖颈上，缓慢地划过，"'又不服，则以匕首断其喉——'"

李凌云只觉脖颈一凉，伸手去摸时，武媚娘的手指已收了回去。

她对李凌云微微笑着，眼神像锋利无比的刀光。"李大郎，你竟敢对我提要求，难道你也想做那狮子骢吗？"她的声音很轻，但仿佛一块巨大的石头砸在李凌云的胸口，让他顿感喘不过气。

"天后说过，我赢了便答应我一件事。"李凌云没有回避她的视线，看向

---

① 妃嫔的称号。唐置九人，正五品。玄宗时改正四品，置七人。

武媚娘冰冷的双眼，有些艰难地道，"既然是我赢，那我恳请天后信守承诺，不要杀杜公。"

"那我就饶他不死，"她的声音冷冽，显得有些怒意，"但是，你可以顶撞我，让我安排的生死赌斗成为儿戏，那你就必须明白，你能保他不死，我也能让你们封诊道就此消失。你是什么身份，敢威胁我？狮子骢就算有日行千里的潜质，如果不能为我所用，杀了也没什么好可惜的。"

说罢，不等李凌云回话，武媚娘已回到屏风后。她话锋一转，嘲讽地问："说起来，你难道不觉得，或许是杜衡为了夺取首领之位，才害死了你阿耶吗？"

"不是杜公。"李凌云认真答道，"我敢肯定，绝不是他。"

屏风后安静片刻，才缓缓传来武媚娘的声音："为何这么说？"

"我早就推测过阿耶的死与杜公是否有关。若是杜公杀了我阿耶，那他也有一万种法子杀我，以他的封诊本领，在杀我之后必能轻而易举地洗脱嫌疑。就连狐妖案那个大字不识的草民丁氏都知道，斩草务要除根，所以她才会陆续制造案件，要把罗氏的丈夫也赶走，以绝后患。到了杜公这里，杀父留子，难道不怕我揭穿后报复他？这根本不合情理。"

听了李凌云的话，杜衡抬起头，惊讶地看向他。

"我封诊道天干十支家族各自收徒，其中除我阿耶与我之外，并没人能在封诊技艺上超越杜公，他只要杀了我父子二人，那么天后和陛下要的'千里驹'就只剩下他，哪怕事情败露，因为天后要用他，他也不会有性命之忧。如果是他杀了我阿耶的话，他根本没必要让我活下去，谁会蠢到坏事做一半，还给自己留个强敌呢？况且，我的封诊技艺超过了杜公是明摆着的事，若留着我，在天后面前，他'不二之选'的位置定会不保，他杀我阿耶，却不将我灭口，岂不是挖了个坑，把自己给埋了？"

李凌云对屏风深深一礼，道："以上，还请天后明鉴。"

"说得有道理，看来你阿耶的确不是杜公动手杀的。可是，你这样忤逆圣意也是大罪。"屏风后，武媚娘突然轻笑起来，她懒懒问道："明子璋，你来说说，我今天要不要留这忤逆小子一条命？"

"从赌斗的情形看来，杜衡确实不堪用，是劣马。"明珪来到屏风前，站在李凌云身边，恭敬地回答，"可要是千里驹没有劣马同行就不肯往前走了，那您的马车岂不是要原地踏步了吗？依臣看，倒不如留下劣马，两马并辔而行，马车或许会跑得慢一点，但是终究还是能跑起来的。"

"你倒是好心——"武媚娘冷哼一声，地上跪着的杜衡身体随之微微一抖。

"臣其实也不是好心，而是有私心，"明珪别有深意地看一眼李凌云，又向着屏风深深一揖，"天后明鉴，臣一直指望李大郎，希望他能找到臣父亲的死因。再说，李大郎的阿耶就是在查臣父亲的案子时为人所害的……臣相信，哪怕为了这个缘故，李大郎也一定会竭尽全力缉拿凶手。"

李凌云闻言双瞳一缩，难以置信地看向明珪。

身为大理寺少卿的明珪，会跟天后的亲信谢阮混在一起，并对自己格外迁就，处处帮扶，他其实早猜测过明珪这样做一定事出有因，只是他没有想到，明珪父亲的死，竟然跟自己父亲被害之事联系得如此紧密。

李凌云有心问个仔细，但此时明珪却不理他，眼观鼻鼻观心地静静等待着武媚娘的决定。

武媚娘摆摆手，言语里没了刚才的威胁之意："罢了，李大郎，明子璋说的你都听见了吗？你父亲留下的这桩案子，我是打算让你负责的，你现在怎么想？"

"既然是我阿耶的最后一桩案子，那么我李凌云必破此案。"李凌云收回目光，看向屏风，"但我阿耶绝不能死得不明不白，还请天后允许，让我一同查清阿耶之死的真相。"

"你父亲李绍的案子我让杜公查过了，他已有了结论。可既然你有所要求，那么你先安心破了此案，我便允你亲查，以此作为给你的奖励！"说罢，武媚娘拂袖而起，飘然离去。

风把她的声音送进了李凌云的耳中。"需要什么，谢阮和凤九会帮你们。记住，以一个月为期，案子要是破不了，你们这封诊道就没必要留在这个世上了。劣马也好，千里驹也罢，要是不堪用的话……恐怕还是杀了的好。"

上阳宫外，一道玄色的身影快速从站在路边的骏马身旁闪过。他的动作惊扰了打着响鼻的马，让它惊慌地错动脚步，发出唋唋的嘶鸣。这道身影却没因此停下，径直朝右掖门走去。在他的身后，一名青袍男子紧追不舍，快步来到他面前，伸手拦住他。

"我不是故意瞒你，只是之前还不到说的时候。"

李凌云转身换个方向，绕过明珪，语气冷硬地道："看来凤九没说错，我是太好骗了，所以才让你一直瞒到刚才。"

"这事跟你的赌斗又没关系，再说就算我告诉你，你也未必肯信我。"明珪连忙朝李凌云追过去。

"什么不信你，你不说我要怎么信你？你只是旁观我们的赌斗，因为不知道我和杜公到底谁能赢，所以你觉得没必要提前告知不是吗？谁在赌斗里赢了，谁就负责查你阿耶的案子，提前示好没有必要。这我明白……你让开。"

李凌云瞪着明珪，面无表情地再一次绕过他。明珪长叹一声，在李凌云经过时拽住了他的衣袖。"仪凤四年五月，也就是眼下这个时节，东都发生了一桩大案，当时朝野震动，而大案里死的那个人，就是我阿耶。"

"去年？五月？"李凌云皱眉想了想，有了记忆。

"去年五月初三，正谏大夫明崇俨在京郊御赐的六合观中被盗贼杀死。据说凶手手段残忍，将他剖腹挖心，头颅也砍了下来，且案发后，明崇俨的头颅不翼而飞。天皇、天后震怒，在京中大索贼人……只是后来并没听说此案告破，难道你说的就是这桩案子？那你阿耶，岂不就是明崇俨？"

明珪点头苦笑。"当时左右金吾的人卫全部给派了出去，就是为了彻查本案，不光刑部和大理寺，整个三法司的人都调动了，可那杀人凶手至今没被抓住。"

李凌云眉头攒成一座小山。"这可是精锐尽出，再说按天后所讲，我阿耶当时也在查这桩案子，怎么可能还没有破案？"

"如果有人从中作梗，又有什么不可能？"说起这话，明珏平时温和的眼中露出冷漠，"陛下曾下令，让我阿耶给各位皇子看相。当时我阿耶说英王李显的相貌最像太宗皇帝，五官很有英武之气；而相王李旦相貌高贵，有常人不能比的后福；至于太子李贤……我阿耶是这样评价他的：'不堪承继大位。'看相的事虽然大家都知道，但我阿耶其实只在天皇、天后面前说过这句评价。"

明珏恨恨地咬牙道："我阿耶给太子李贤相过面后，天皇、天后也明白这种话不该被太子知道，所以二圣下令，不许把这句评价对外泄露半个字。可是宫廷之中耳目众多，没过多久，我阿耶的话就传开了，当然太子也必定能够听见。传言四散后没多久，我阿耶在六合观炼丹时就被人杀害了。"

"听你的意思，你阿耶的死是太子动的手？"李凌云问，"可有什么实质证据？"

"没有，如果有的话，这案子也不至于成了悬案。至于我为什么怀疑是太子，你应该也能想明白，朝廷出动了这么多人马，天皇、天后也下了皇命，时间过去这么久却还抓不到人，难道其中没有蹊跷？"

李凌云想了想，没有言语。

明珏诚恳地继续说下去："天皇、天后向来宠爱我阿耶，这案子久久不破，天皇就追封他为侍中①，并提拔我为秘书郎，权当补偿。天后把我安排进了大理寺，官拜大理寺少卿，无视在查案时亲属应当避讳的原则，让我跟你阿耶一起继续密查此案。"

"你说我阿耶的死与此有关。"李凌云问道，"那他到底是怎么死的？"

"李公介入此案后不久，就在家中被人袭击了。"见李凌云瞪大了眼，明珏内疚地道，"我也没想到会牵连李公，还害死了他。正如天后所言，杜公当时就介入调查了他被杀的事。他……是在家中祠堂里身中两支弩箭，失血过多而死的。具体调查的细节，天后已下令给封存起来了。"

---

① 官名。秦置，具有加官性质，因入殿侍候天子，故称侍中。

　　说到这里，明珪突然对李凌云重重行了一礼，道："还请大郎助我，找到杀我阿耶的真凶。明珪可以为之肝脑涂地，在所不惜。"

　　李凌云许久后才道："我明白了。"

　　说罢，李凌云就绕过他，向前缓缓走去。

　　明珪急忙在他身后喊道："大郎……你到底愿不愿……"

　　"你不要跟过来——"李凌云抬手阻止，"我现在心很乱，打算自己走回家去，顺便整理一下思绪，而且我姨母和弟弟还在家里等我。明日……明日午后，你到我家中找我，我再跟你一起去查你阿耶的案子。"

　　在滚滚洛水的水声里，李凌云向前大步走去。在他的身后，明珪久久地望着他的背影，又缓缓地弯下腰，满怀谢意地一揖至地。

第十回

地底洞天　大理冰室

　　"明崇俨是平原士族①出身，明家世代在南朝②晋身为官，据说是南朝梁国子祭酒③明山宾的第五世孙，也是豫州刺史之子。此人虽然出身士族，却在不知名的术士那里学到了不少奇技。"

　　上阳宫御花园里，武媚娘伸出玉手，在那朵有碗口大的浅紫牡丹上轻轻地摸了摸。"这个明子璋倒也有几分有趣，不管是人还是事，只要对他有用，他都能软下身段去求。"

　　白衫粉裙的上官婉儿额上贴了一朵金箔梅形花钿，看起来秀丽多姿，她跟男装打扮的谢阮一起随侍在旁。她轻声地回应道："杀父之仇一年未报，负责查案的李绍还因此而死。如今总算又有了希望，哪个做儿子的肯放过这么好的机会？说起来，他也不过是跟李大郎行个大礼，按大唐孝子的规矩也是理所应当的。"

----

　　① 东汉以后在地主阶级内部形成的各地大姓豪族，在政治、经济各方面享有特权。
　　② 4世纪末至6世纪末，宋、齐（南齐）、梁、陈四朝先后在我国南方建立政权，叫南朝（420—589）。
　　③ 学官名。东汉以博士聪明有威重者一人为祭酒，为博士之长。西晋咸宁（275—280）年间立国子学，置为长官，掌教授生徒儒学，主管国子学，参议礼制，隶太常。北齐为国子寺长官，与九卿地位相当，主管全国教育行政。隋代沿置。先后为国子学、国子监长官。唐代沿之，从三品，主管全国教育行政，总领七学和地方学校。

"严格说来，明子璋这个年纪，都能算李大郎的长辈了，他愿行此大礼，说到底还是因为父子之间有着血骨相融的情分。可叹的是，大唐数万里广阔疆土，我跟陛下富有四海，弘儿因病薨逝之后，膝下就再没有这样孝顺的孩子了。"武媚娘抬手将那牡丹花一刀剪下，递到谢阮面前："阿阮，此花赐给你可好？"

"天后不如把匕首赏给我，我的那把在鬼河市给李大郎防身，结果他就不还了。"谢阮把手背在身后，嘿嘿一笑。

"鬼精灵，许你晚点自己去军器监，选一把御用的就是了。"武媚娘抬手将牡丹递给上官婉儿："阿阮根本就是男孩子的脾气，只是生错了皮囊。这个还是婉儿你拿去玩吧。"

上官婉儿恭敬地接过牡丹。一众宫人随着武媚娘在御花园中缓缓前行。

上官婉儿抱着牡丹，轻声问："李绍李公还在世时，与天后往来密切，奴在您面前伺候，却从未听他提及长子。这个李凌云……按您看，可会忠心为您办事？"

"我的心思，他父亲李绍明白，他却不可能懂。"武媚娘瞥了一眼上官婉儿，"李绍与我因缘际会，有多年主臣之情，你看这个不离身的药粉盒子，就是他当初赠给我的。"

她从怀中摸出一个螺钿镶嵌的红色小木盒，给上官婉儿瞧了一眼，转手就收了回去。

好像因此想起了过往，武媚娘芳唇边露出意味深长的笑意。

"王废人①当年觉得奇怪，为什么陛下只不过去了几次感业寺，我就有了身孕。在感业寺那种苦寒之地，吃的都是菜叶粗粮，很容易影响女子生育。要不是靠着李绍这盒药粉调理，我怎么可能在那种地方还轻而易举地怀了龙种？

"有孕之后，摆在我面前的只有两条路：一是不玷污陛下圣明，以死了

---

① 唐高宗王皇后，因武则天被立为皇后而被废为庶人。最后，武则天把她和萧淑妃各打了一百大板，把二人打得皮开肉绽，之后又砍掉二人的手脚，并把二人放到酒缸中。不久后，二人去世。

断；二是陛下给个名分，接我进宫。当时陛下迫于长孙无忌的威压，无法抉择。王废人得知此事，以'避免皇嗣遗留在外'为由，主动将我接回宫，想讨好陛下，换回夫妻之情。陛下因此对王废人顿生感激。然而，她入宫之后膝下无子，还得把别人生的孩子抱养过来，说来也是因此给了我更多机会。最终她死了，我却做了皇后……"

武媚娘说话时，身边只有一片寂静，就连最得宠的上官婉儿和谢阮此时也都一言不发。这种宫廷秘辛只有当事者自己可以提及，其他人是不敢做出任何评价的。

等武媚娘说完，上官婉儿才小心地道："用不用让阿阮对那李凌云暗示一二，引他去查太子？"

"不必了，他的父亲李绍就是因为此案被人刺杀的，我们不用做什么，那李大郎也会尽心竭力地追查。再说我也十分好奇，我和陛下所生的这个不肖子，到底敢不敢在我们眼皮子底下做出这种大逆不道之事，杀我和陛下要用的人。"

"太子要不是信了那些谣言，也不会与天后这么生分。"上官婉儿小心劝道，"或许……还有机会引导匡正？"

"如果他本就与我亲密无间，又怎会信那种离谱的谣言？"武媚娘抬手阻止上官婉儿，她语气柔和，但语意如刀，"自我那位好姐姐离世后，她养的一双儿女就得了失心风，他们说什么糊涂话，贤儿都愿意听，这证明在他心里，我这个母亲还不如外人，你就别为他解释了。"

说着，她又挑了一朵明黄牡丹剪下来端详，轻叹道："魏国① 好像最喜欢这个颜色，可惜她已经死了很久，现在居然想不出要拿来送谁才好……"

武媚娘伸手招来宫人，将那朵牡丹放在镏金盘子里，抬眼对谢阮笑笑。"既然阿阮已得了赏赐，就再跑一趟吧！这朵牡丹，你替我送去仁和坊。"

"诺！"谢阮叉手一礼，神色有些不自在，伸手接了盘子，转身而去。

---

① 武则天的姐姐之女，封魏国夫人。

在她身后，武媚娘摸出那个小盒，放在掌心左看右看。

"婉儿，你说到底是多情之人好，还是无情之人好？"

上官婉儿盈盈笑道："天后选的，婉儿看来，就是好的。"

"真是个小滑头……"武媚娘明媚一笑，看着那光秃秃的牡丹枝头道，"说起来，那明崇俨的头，好像还没找着呢，你说那凶手……到底会把它给藏在哪儿呢？"

李凌云皱着眉头端详手中的头骨。这头骨已有些年份，现出泛着油光的赤黄色。头骨上两个黑黢黢的眼眶好像正以深邃的目光注视着他。

李凌云抬手把头骨插回竖在角落的骨架的脖颈上，还调整了一下角度，这才转身离开了地下室。

他并没有走上通往地面的台阶，而是在上台阶前转了个方向，朝着另一个地方去了。

东都洛阳和大唐的其他地方一样，修筑地窖并非稀罕事，但像李氏这样大兴土木，在地下打造了许多屋舍的，却不怎么常见。

在李凌云面前有一条长长的地下甬道，甬道尽头有一扇黑色的大门。来到那扇门前，李凌云抬手推开了它。

门内是个内外两进的房间，外间是书房，里间是卧房，书房内置有文房四宝，装饰清雅，看起来就是个普通的男子居所。房间内没有点灯，摆着几颗萤石①磨制成的夜明珠，静静地散发着荧荧绿光。

李凌云瞥了一眼桌面，见桌上堆积着古竹简，镇纸压着一沓金银花宣纸。他没有停下脚步，而是直接走进卧房，对床上的人说道："凌雨，杜公可曾跟你提过阿耶的事情？"

———————————

① 矿物名。亦称"氟石"。主要成分是氟化钙。黄、绿、紫等色，无色的少见。有显著荧光现象。

床上，那个叫作凌雨的青年男子抬手打起了床帘，露出来的脸跟李凌云一模一样。

"杜公没提过，但姨母说过，在阿耶死于祠堂之后，是杜公来封诊的，家里祠堂也被贴了封条，有什么线索都要问他才清楚。"

"天后既然要我破明崇俨案，案件告破之前，她就不会把封存的案卷交给我。就算我现在去问杜公，他也不敢擅自告诉我案中细节。"

"那么，阿兄你怎么打算？"散着发的李凌雨面露担忧。

"破案。"李凌云道，"破了此案，自然能顺理成章地查阿耶的事，目前看来也别无他法。"

"可你不是说，那明子璋有故意骗你的嫌疑吗？"李凌雨流露出好奇的神色。

"他虽然是刻意隐瞒，但后来解释时倒没有说谎，毕竟他父亲的案子与当朝太子相关，他不得不态度慎重些……对了，你饱读诗书，可听说过太子李贤吗？他是怎样的人？"

"阿兄真是的，这些书上不会说，倒是阿耶同我提过一些，毕竟他亲近天后，日常行走宫中，对太子也多少听过点。"

"阿耶把这些告诉你，却没有跟我说？"李凌云皱眉，"这是什么意思？"

"阿兄忘了，你自小对人情感知迟钝，阿耶说你只要练好封诊的本事就行。你一心一意继承阿耶在封诊道上的造诣就好，至于我，白天出门都不行，见血还头晕目眩，没办法学习封诊技艺，阿耶认为我们兄弟正好互相弥补，关于这些世情，他便跟我多提了两句，说是往后让我替你参详。"

"原来如此，是我让阿耶和你操心了。"李凌云歉意地点点头。

"自家兄弟，何必说这些？"李凌雨拍了拍兄长温暖的手背。

"天皇和天后一共养育了四个儿子，其中先太子李弘性格温厚善良，且颇为精干，是大唐名副其实的太子，可惜的是，他跟我一样，自小身体不好，前几年更是肺疾加重，突然薨逝。现在的东宫太子是李贤，他十分聪明博学，天后却不喜欢这个儿子。"

"天后不喜欢太子？"李凌云疑惑道，"这个李贤，难道不是天后所生？"

李凌雨微微一笑。"我大唐的这位天后，不但代表陛下前往泰山封禅，还提出了十二条谏言，其中一条就是，父亲在世而母亲去世的话，子女得为母亲服丧三年，与父亲死时一样。"

李凌云想了想，摇头道："我不明白……这件事和太子有什么关联？"

"天后是想让大唐的女子和男子平起平坐，"李凌雨在床上动了动，选个舒服的姿势靠上床头，"自天皇风疾发作以来，天后代他处理朝政，并逐渐开始掌握权柄。说实话，现在天后的权威和陛下也没什么区别了。先太子李弘体弱多病，天后对这个儿子心怀怜悯，比较能包容疼爱；可太子李贤是个身体强壮且野心勃勃的青年，自然而然，他就有跟天后争权的可能，所以不得天后喜爱。"

李凌云微微颔首。"经你这样解释，我好像懂了一些……"

"明子璋的父亲明崇俨是在天皇、天后面前得宠的术士，他说太子'不堪承继大位'，太子得知后必定心生记恨。但到底是不是太子命人杀害的他，却也没有实证，至今外面的人都说明崇俨死于盗贼之手。"

"可是明子璋说，为查清凶手是谁，金吾卫、刑部、大理寺全部出动，都没有抓到那个盗贼。"

"所以，那个杀人的盗贼，当真存在吗？"李凌雨的手指在床边很有节奏地轻敲起来，"又或者，是他们根本不敢查下去，所以用盗贼杀人之说敷衍了事呢？"

"要是这样，那有两个可能：第一，他们查到了线索，但是线索与太子有关，所以他们不敢继续查；第二，他们认为此案就是太子做的，所以根本没有仔细查，想要得过且过，不得罪太子。"李凌云顺着李凌雨的思路，迅速推测出两个可能。

李凌云又道："但是，天后不会允许他们这样敷衍过去，所以才找了阿耶这个自己人出手。这时情况出现了变化。阿耶的本事我最清楚，一旦有了他这个封诊道首领办案，除非真凶没留任何痕迹，否则一定会被抓获。"

李凌雨听了李凌云的话，无声地眯起眼睛。

"然后，阿耶就在我们自家的祠堂里被人用弩箭杀死，"李凌云垂下眼帘，掩去眼中冰寒，"显然这是有人不希望阿耶继续追查此案，才会除掉他。"

"阿兄，要是真如你所推测，你查这起案子，恐怕也会有危险。"李凌雨有些担忧，"或许，这就是明子璋不愿意告诉你的缘故。你涉入此案越深，那杀害阿耶而阻止他查案的人，就越可能将弩箭也指向你。看来，这个明子璋心中倒是对你存着善念，不像唯利是图之徒。"

"这也解决了我的一个疑惑，之前我没弄明白为什么是谢三娘亲自来牢中提我。当时我觉得，就算宫里要用我，也不至于让天后的亲信来找我。现在想想，她武功极高，天后应该是为防有人暗害，才会把她安插在我身边。这样一来可以威慑暗中想对我不利的人，二来可以切实阻止有人动手。"李凌云站起身，"这桩案子一定要查，就算真有人对我下手，他也会因此暴露身份。至于我的安全则无须担忧，螳螂捕蝉，黄雀在后，阿耶死后，天后不想重蹈覆辙，绝不会再给他们机会。"

"阿兄你要保重，如果你有个万一，杀阿耶的那人就会逍遥法外。"李凌雨面露尴尬，有些犹豫地道，"按姨母所说，办案老到的杜公其实也没追查到杀阿耶的到底是什么人，只怕……那人没有那么容易对付。"

"我明白，对手越强大，我越不会掉以轻心。这些事交给我，你照顾好自己便是。"李凌云叮嘱两句，走出卧房，却在书房中跟赶来的胡氏打了个照面。

"大郎来看二郎？"胡氏姿态矜持，目光却微微闪烁。

"有些不解之事，来请二郎为我解释。"李凌云对胡氏行了个礼。

"哎，看你们兄弟和睦，你阿耶在九泉之下也放心了。但你要记得，你阿耶就是为那位办事才会突遭意外，不管她让你做什么，你一切千万小心。"胡氏抬手在桌上的金银花宣纸上抚过，她看一眼指尖的薄灰，叹道，"二郎身子不好，你这个做大哥的还是多回家跟他聊聊，否则他平时连字也不愿写。"

"我明白。"李凌云望着胡氏柔和的侧颜问，"杜公说封诊道首领之位是阿耶传给他的，姨母您也让我不要为难杜公，您可是知道其中缘故？"

"封诊道起源于春秋战国百家争鸣时，从秦朝开始，封诊道首领便入宫为官，受大秦皇室差遣。后来以晋代汉，再到如今的大唐，天下乱象迭出，诸子百家销声匿迹，可我封诊道却没消亡，这是因为历代天干首领投身宫廷纷争，舍身护道。"胡氏轻叹一声，苦涩地看向李凌云。

"为皇家办事，日常接触宫中秘辛，作为封诊道首领，活得长久是个奢望，如果因意外死去，也没什么好奇怪的。如今天皇病重，天后武媚娘自入宫成为太宗才人以来，野心日益膨胀，你阿耶听她的命令，为她所用，其实暗中早已做好了诸多准备。

"杜公继承封诊道首领之位，确实是你阿耶的意思。你不擅长为人处世，而杜公虽然技不如你，但毕竟是你的长辈，比你稳重，让他继承首领之位，总比你被卷进皇家是非要好。"

"看来是我误会杜公了。"李凌云沉默片刻，又道："但为什么阿耶除了封诊祖令，没有传给杜公其他首领信物？比如手记……"

"杜公也是临危受命。天后性情莫测，你阿耶与杜公商量过了，杜公真正坐稳首领的位置之前，紧要的东西仍由你来掌握。这样一来，就算封诊道天干一脉运气不佳触怒天后，至少也能提前准备，由你安排这些祖上传下来的东西，并和道中弟子一起撤出京城，藏身民间，这样一来，封诊道也不会断了传承。"

李凌云神色严肃地评价道："……阿耶老谋深算。"

"你阿耶当初算到这次查案只怕要有危险，所以他也预料到了你得知他出事的消息后定会回京调查，可这样一来，无异于把你这个继承者直接暴露在凶手眼前，所以他才让杜公想办法把你挡在京城之外，等到尘埃落定才让你回东都。"

"难怪……难怪我被关在县狱大牢足足半年，却没有被正式审问……不出所料，果然是杜公所为。"

"只是变化太快，谁能料到杜公也破不了这案子，天后认为杜公无能，逼迫他推荐其他人取代自己继续把案子查下去。你也知道，除了得到你阿耶真传的你，只怕也找不到其他比杜公更厉害的人了。"胡氏叹道，"天后心性坚定，而且性情执拗，她要达到的目的就必须达到。如果杜公找不出让她满意的人，她甚至都不用做别的，只要把皇家暗中给予的支持撤回，就足以让我封诊道无法存续。为了大家的生计，杜公只好把你交了出去。不过，这也是你阿耶的意思，他虽然想让你远离纷争，但真到了事不可为之时也无可奈何。他让我告诉你，要记得他的嘱托，放手一搏。”

“阿耶的嘱托？什么嘱托……”李凌云不解道。

“封诊之道，明案之微末，现冤之纤毫，掌黄泉之下水落石出之技，断人间之中生老病死真相。”胡氏起身，凝视李凌云明亮的双目，“这是所有封诊道弟子入门拜见祖师时必背的第一句话，也是我封诊道传承千年以来唯一不变的准则。你阿耶说，如果你终究逃脱不了皇家是非，就要时时刻刻记得这句话，照做就是。”

“……明案之微末，现冤之纤毫，掌黄泉之下水落石出之技，断人间之中生老病死真相。”李凌云喃喃重复，眼前的胡氏似乎一瞬间变成了李绍，正目光温暖地注视着他，轻声说出这开宗明义的一句。

李凌云痴痴看着，直到眼前幻象散去。

他对姨母轻声道：“阿耶的话凌云记住了。还请姨母照顾好凌雨，其他事情交给我来办。”

胡氏点点头。“去吧！杜公之前来过，他非常感激你在天后面前保他性命。他是叔伯长辈，虽然年轻时与你阿耶争过首领之位，但他们其实一直都是至交好友，只是这些事情不太放在明面上，这都是为了提防宫中……总之，往后你可以多多倚靠杜公。”

“是。”李凌云恭敬地后退两步，这才转身离开了。

胡氏在他身后张望着，神情却没放松多少。片刻后，她走进内间，看看拉下床帐的雕花木榻，抬手把屋里照明的几颗夜明珠摘下，又走到外间这样做了一次，最后，把那些夜明珠都放进了书桌下的小柜里。

做完这些，胡氏走到屋外，回头看一眼漆黑的屋内，神色复杂地转身而去。

东都洛阳，宫城以北的东城里，夏日午后的阳光肆意倾泻在铺砌着青白碎石的城道上，激起阵阵燥热的风，让道路都扭曲起来。

两匹马在城道上缓缓地走着，其中一匹毛色杂乱斑驳，个头低矮，双眼发黄，走路拖拖拉拉；另一匹却是漆黑的高头大马，毛发油亮，姿态骄傲，走路时把蹄子抬得高高的，步伐矫健。如此不相称的两匹马，在黑马主人的驾驭之下，却一直保持着同样的速度并肩而行。

"东城里午后人最少，虽说司农寺、光禄寺、太常寺和尚书省等等朝廷机构都在此处，可天不亮就要当值，大家不论官职大小，在这个时候都疲惫不堪，多半去小睡了。"

骑在黑马上的明珪耐心地向李凌云介绍着东城的情况，他抬起马鞭，指一指道路尽头。"那左边的一溜就是少府监，右边相对的是军器监，这两处主要提供诸般用品和军中兵器，所占地方要比其他各机构更大一些……当中那大门敞开的，就是我供职的大理寺了。"

"你阿耶的尸首为何会在大理寺，而不在刑部放置？"李凌云看看前方，奇怪地问，"按大唐律，在京中案发，案卷才归大理寺管，你阿耶的案子发生在京郊山上的道观，这种案子应由刑部主理。其实，我们该先去封诊案发之所，回头再来查验尸首。"

"别说刑部了，我阿耶的尸首存在大理寺也不过是图个方便，你一会儿看了存尸的地方，自然就明白了。至于为何先看尸首，这是天后的意思，她觉得尸首就在京内，不妨让你先瞧瞧。"明珪苦笑道，"此案的情况是不能告诉外人的，但告诉大郎你却也无妨。当时我阿耶一出事，天后就想让李公来封诊，可是天皇认为案发地在东都之外，应该让刑部来调查，不方便让宫中出手。"

"因为天皇、天后意见不一，所以最后这桩案子才会落在大理寺头上？"李凌云问。

"也没那么简单。这案子一开始是让刑部查，结果刑部找不到线索，天后就命刑部将案子交给大理寺，可案子还是破不了。最后天皇同意了天后的建议，将案子转交给你阿耶，同时把我调入大理寺，让我专门负责此案。表面上看，此案还是大理寺在办，免得有人多嘴多舌。"

"你阿耶的案子让你这个儿子主查，这就不招惹口舌？"李凌云看看明珪，"真不用避嫌吗？"

"我这个大理寺少卿的职位是怎么来的，东都城内尽人皆知。查案的人其实是你阿耶，刑部和大理寺很不乐意，但也不愿得罪天后，加上自己毫无建树，倒也没在这方面太为难我。"

说话间，二人来到大理寺门前。下马之后，李凌云朝军器监看了一会儿。明珪伸手接过他的缰绳，也朝那边森然的房舍看了看。"怎么？好奇？"

"我阿耶是在自家祠堂内被用弩箭射杀的。在鬼河市里，你我见过军中用的弓弩，你可知道，这些东西是怎么从军器监流出去的？"

"不太好说，其实从军器监直接流出不太可能，那天你在鬼河市里看见的弩是有些年头的旧兵器，这种弩被配发给大唐诸道①节度使，作为军中使用的兵器。你也知道，近年大战多，流出一些也不奇怪。除非你能确定你阿耶就是被人用军器监特制的武器杀害的，否则就算是天后，也未必有权限直接查这军器监。"

明珪领着李凌云进了大理寺。有杂吏迎过来行礼，牵走二人的马去喂食。一抹红影从两匹马身边经过，正是谢阮，她转头看看，对二人皱眉道："李大郎骑的什么马，毛色杂乱也就算了，还长了个朝天鼻，就没见过这么丑的马，干脆某送你一匹。"

"代步而已，能走就行，我要骏马也没有用。"李凌云瞥一眼谢阮，"你怎么来了？"

"来给你们壮胆啊！"谢阮露齿一笑，"你别看明子璋这人貌似很讨人喜欢，

---

① 政区、监察区及军事区域名。唐贞观（627—649）初因民少官多，于是省并州县，因山河形势分全国为十道，作为监察区，经常派遣特使巡行地方。

偏偏这个大理寺里没什么人愿给他脸面。"

"为什么？他不是大理寺少卿吗？"李凌云奇怪地道，"大理寺中，大理寺卿之下，便以少卿为尊，整个大理寺也就两个少卿，谁敢看不起他？"

"他就是一个斜封官而已，只有你这死脑筋才会当真！"谢阮皱着鼻子嘲讽完，意识到李凌云不通人情世故的毛病，就又多解释了几句："正经的官职任命要经过中书省研讨，任命状是用黄纸朱笔书写的，从正门交付中书省办理；如果由陛下或天后直接任命，没有经过中书省这道关，那任命状就是斜封的，不但要从侧门交付中书省办理，而且上面的'敕'字也只能用墨笔书写。斜封官来路不正，自然遭人排挤，叫他少卿，只是面子上好听，在大理寺却没人愿意理会他。"

"这少卿的职位又不是我自己要的，按理说也不会怪罪到我头上。但既然我做了少卿，自然就有人因此而做不了。我挡了人家的路，人家要不是看我阿耶死得凄惨，只怕早就给我下绊子了。现在不过是给我点脸色看，又算得了什么？"明珪有几分感慨，对谢阮道，"你来了也好，寺内那位司徒仵作从来不理我，或许你来了，他脸色会好一些。"

李凌云正想着仵作这种低等杂吏应该没资格跟大理寺少卿作对，却见谢阮骤然竖起眼睛，咬牙切齿地做出要吃人的模样。"你不说就算了，既然说了，我今天倒要看看，是这老头儿的骨头硬，还是天后刚赏我的百炼钢①匕首硬。"

"大理寺地下竟然有这么深的地方……"李凌云手提着一盏白棉纸灯笼，背着沉重的封诊箱走在盘曲而下的石道上。抬眼看去，前方是一老一少两道身影，两人相谈正欢。

一道身影微微伛偻，是姓司徒的大理寺仵作，他身边高挑而风姿绰约的红

---

① 中国古代用反复叠打钢料的方法制成的一种钢。

影，当然就是谢阮了。谢阮走路时不时抬手扶一扶那司徒仵作的胳膊，英气十足的脸上笑眯眯的，压根看不出有半点不快。

"她不是说要拿人跟匕首比谁硬吗？"李凌云不解地问。

随着不断深入地下，迎面而来的风里带上了寒意。明珏笑道："要是换个人，谢三娘当真就动刀子了。只是这位，论身份论地位，在大理寺里是个人都比他高，可他偏偏是寺中第三处殓房唯一的掌匙人，你敢让他不快活，他就能不给你看尸首。对这种身份低得不能再低的人，用什么逼迫都没用，他是不会听的，只有讨了他的欢心，他才会让你如愿。所以，你别看谢三娘嘴上说得畅快，其实她只会捧着他，绝不会轻易得罪他。"

"什么是掌匙人？为什么又只有他一个人？他也已经一把年纪了，如果出了事，这殓房别人不就进不去了？"李凌云连珠炮一般地发问。明珏好笑地抬手打断他的话头，看看前方的司徒仵作。

"自然是因为他可靠了。如果他出事了，大理寺当然会另行安排一套应急方案。你也知道，很多案件中最关键的证据，其实就是受害人的尸首。第一处和第二处的殓房都是用来存放案发时的新鲜尸首的，唯独这第三处殓房里放的都是久查不破的疑难要案中的陈尸，类似这样的尸首保存困难，如果出了问题，只怕这些案子就永远破不了了。"明珏伸手指司徒仵作，"这位其实原来也不是干仵作这行的，据说他本是贞观年间大唐州县里有名的独行大盗，做人颇有侠义之心，从不劫掠平民，只取不义之财，后来或许是厌烦了刀头舔血的生活，居然主动到东都找河南尹①投案自首了。"

司徒仵作步态蹒跚地向前走着。明珏的话音在李凌云耳边响起："当时他投案自首的事在民间广为流传，宫里自然也知道了。太宗皇帝听说这人只盗不杀，颇为欣赏，就让他将功赎罪，在大理寺内隐姓埋名，专门看守殓房。"

明珏又道："别看他老迈，当年做飞天大盗时他可是横行天下，最擅长的

---

① 官名，东汉置，为京都洛阳所在郡的长官，秩二千石，掌京都，典兵禁，特奉朝请。春行察属县，劝农桑，振救贫乏；秋冬审囚徒，平定罪法；年终派人向朝廷汇报，有丞一人，为之副。

就是观察室内布置有什么不对劲，能很快找到藏宝的地方。如今他这一身本事全部用来管理殓房内的尸首了，什么人几时验过尸，动过什么地方，一概别想瞒过他那双老眼。”

正说着话，众人来到一扇巨大的石门之前。只见谢阮高高提起灯笼，老头儿白发苍苍的脑袋撑在门口，脸几乎都凑在了石门上，仿佛被树皮覆盖着的老手在阴刻着独角麒麟头怪兽的石门上小心翼翼地抚触着，不时用力按下。

“这门上雕刻的图案像狮子，是什么野兽？”灯笼的光不足以照亮整个大门，李凌云好奇地问。

“这是獬豸①，刑部、御史台和大理寺并称为三法司，獬豸象征法断公平，所以大理寺常用獬豸的形象。”明珪右手指了指自己腰间，给李凌云看他银制蹀躞带上的獬豸头雕，果然与石门上的兽头类似。

咔嚓一声，石门一旁的墙上露出个圆形的洞。司徒仵作上前将手插入洞中，一把拽出一根铁链，却不见他用力，只轻轻地一拉，隆隆巨响中像有什么物件在地面上滚过，震动不止。等声音终止，司徒仵作伸手轻轻一推，那厚重的石门就在众人面前洞开，一阵极寒的风也随之涌出门缝，前方通道里更是同时亮起无数泛绿的油灯。

李凌云瞥一眼门下的弯曲石槽，挑眉问：“东都工部里面，到底都藏着什么人？”

“大郎为何这样说？”明珪顺着他的视线看去。

“此门巨大无比，所用石头是黑色花岗岩，重量远超一般青石。所以门后设计了一组机关，方才那根铁链就是机关的操控中枢，用很小的力气提拉，就可以使门后放置石球的石槽移动，让上面的石球滚向一旁，这时只要轻推此门，就能让门沿着底部抹油的石槽打开。先前在鬼河市时我就很想问了，这种大型机关绝不是寻常工匠能设计、制作的。”

明珪不作声地走进去朝门后看了看。果然，他看见了一个卡在石槽内的大

---

① 传说中的异兽名，能辨曲直，见人斗，即以角触不直者，闻人争，即以口咬不正者。

石球，却看不出那个石槽背后到底是用什么机关连接到厚厚的石壁里的。

"有球吗？"李凌云问，"也有一些是用薄石板顶门，这种机关大多是帝陵中防盗用的，只是帝王陵墓中这种机关只用一次，关闭后就不能再打开，所以只用做半套而已，这里的却是全套，只要掌握操控技巧，这门就可以开合自如。"

"有，跟你说的一样是一个球。"明珏走回李凌云身边，见司徒仵作冷不丁走过来，用脚踹了一下门板，那门竟轰然滑过去合上了。与此同时，那石球缓缓滚进换了方向的石槽，落入门底部卡住。很明显，此时再从外向里推的话，绝对无法打开门扉。

"这小郎君倒很有些眼力。"司徒仵作露出所剩不多的黄黑牙齿笑了笑，"此门是宇文恺①的弟子所造。"

"宇文恺？前朝修建东都和西京的宇文恺？"听得此言，连谢阮都面露惊讶之色，"洛水之水对应天汉银河，京城是天帝居所紫微宫，御道直通定鼎门，又叫作天子之街，而洛水上的天津桥，便是取天界之港的意思，这些都是宇文恺修筑东都时设计的，地上京城便如天上天宫。可这位不是在大业年间就已经去世了吗？听说他的弟子也都在战乱中四散奔逃。怎么，他还有弟子留在工部听用？"

"人是死了，技艺却可以流传千古。"司徒仵作颤巍巍地走过去，用手拍拍门扉，目露怀念，"大业三年，前朝炀帝北巡时，宇文恺造了个观风行殿，殿堂硕大，能够容纳侍卫数百人，用轮轴进行推移，可以沿着道路自由来去，戎狄见之莫不惊骇莫名！这宇文恺最擅长的除了修筑都城，便是制作各种大型机关，对他的弟子而言，这大理寺下区区一个殓房，又算得了什么？"

---

① 宇文恺（555—612），隋朔方（治今陕西靖边北白城子）人，字安乐。多技艺，有巧思。隋文帝时任营新都副监，兴建大兴城（今陕西西安），又开凿广通渠，决渭水达黄河，以通漕运。隋炀帝建东都时，任营东都副监，后迁将作大匠、工部尚书。隋炀帝北巡，他造作大帐，其下可坐数千人；又造观风行殿，能容侍卫数百人，下装轮轴可推移。

说罢，司徒仵作领着三人走到通道深处，在即将进入最后一道铜皮大门前，他打开通道边不起眼的漆黑木柜，拿出几件沉重的皮裘分给众人，道："里面冷得很，不穿上可得冻坏喽！"

说是皮裘，其实就是鞣制好的羊羔皮，用粗线缝成皮袍，绒面朝里，皮面朝外，看着很是粗陋。李凌云穿上后才发现这皮裘的袖子短小，只到肘部。

那司徒仵作见他多看了袖子两眼，翻着耷拉了好几层的眼皮子道："来这里的人难免都要翻检尸首，这皮裘是为了行事方便才设计成窄袖的，袖子短一截，不容易蹭到尸身上头。这里存放的尸首可都非同寻常，牵连的都是陈年不破的悬案，不可以弄污了。"

"有道理，这个皮裘做得极好。"李凌云称赞。

见众人穿好皮裘，司徒仵作这才掏出钥匙开门。这门比外面的石门薄得多，但门后却跟数九寒天一样，冷得人脸刺疼。

司徒仵作进了门，从空中拽下一根链子，整个室内霍然亮堂起来，沿着人头高的墙壁，渐次亮起一盏盏灯。

刚才大家进入石门之前，通道里的灯也是不点自燃，所以大家此时并未因此感到讶异。倒是室内被照亮的一切更令人吃惊——

这是一个巨大的地下山洞，洞中沿着墙壁摆放着一个个巨大的透明冰块。这些冰块好像巨砖一样，堆叠起来直达洞顶。每一个冰块都有八尺长，四尺宽，四尺高，当中凿空挖出长孔，孔口是一片薄冰，用某种铜色金属合页固定，构成了一个小小的冰制柜门，门上有木牌嵌入冰层，牌上用朱砂写着数字。

隔着半透明的冰，隐隐约约能看到有的里面躺着黑黝黝的人影，有的则是空置的。这样的冰块堆叠在洞穴的三面，有一百余个。

洞中其余区域被分为东西两个部分，东面中间用冰块堆了一张冰制大桌，西面中间却是一个池子，池里冻结的冰面上扔着铁钎、铁锤之类的工具，中间凹下的空洞刚好是一个冰块大小，显然那些冰块都是在这里制得，再挖出来安置在旁边的。池侧有一个铜制獬豸头，獬豸嘴巴下方结着冰碴，看起来像是进水口。

"这么多冰？是冬季从洛水取的？"谢阮环视周遭，伸手摸了摸冰块。

李凌云在冰池旁蹲下，手在地上摸了一把，捻一捻，用舌尖舔了一下。"地上有白色粉末，尝之味苦，你们不是直接取冰，而是引水进来用硝石制冰，地底深处不受季节影响，这些冰块自然可以保持不化。"

"小郎君懂得挺多，不过这一招京中豪门都会，早就不是秘密了。"司徒仵作道。

"但是，用得起这样多的硝石制冰的，东都之内应该只有大理寺的司徒公这里。我可不记得宫里头有这样的地方。"

被谢阮猛拍一记马屁，司徒仵作笑弯了眼。"谢将军所言极是，极是！"

李凌云耳尖地听见谢阮背过身，偷偷用极小的声音对他道："宫里的冰窖存的可不是尸首，那些冰都是人家用来吃的，当然用不了这么多硝石……"

司徒仵作好像没听见一样，李凌云正想他人老耳背，就见他手指门后，道："小郎君，你去把木车推过来！老朽扛不动这些硬邦邦的尸首。你们拿到尸首，在那冰桌上检验便是，我老人家要休息，别来闹我。"

李凌云与明珪连忙去推。那是一辆做得如木桌一样的车，车子古朴奇巧，狭窄桌面下的四个桌脚上装了木轮，可以推着在地上滚动。

二人把木车推到写着"廿八"字样的冰块边，司徒仵作抬手拉开冰制小门，露出一具被黑绢层层包裹的尸体。

司徒仵作懒得自己动手，走到一旁抓了张胡床坐下，开始闭目养神。李凌云伸手一摸，发现包裹尸体的黑绢微微发硬，心知这种黑绢跟自己的手套一样，也刷过了桐油，可以隔绝水汽侵袭，于是叫上明珪，放心地把尸体从冰块里拽了出来。

跟李凌云一起抬尸时，明珪的动作小心翼翼的。等尸体上了木车，李凌云才瞥见明珪脸上复杂的表情，恍然想起这尸体是明珪的父亲明崇俨的，也瞬间懂了明珪之前的小心从何而来。

李凌云停下动作，对明珪道："你阿耶去世其实已经很久，如今残留在此的不过是一具躯壳，你不必太过悲伤。"

明珪抬眼看看李凌云，知道对不通晓情感也不擅长表达的李凌云而言，这已是在竭尽全力安慰自己了。他没说话，默默地点了点头。

李凌云和明珪推着木车来到冰桌旁，二人一起发力把明崇俨的尸体放在冰桌上。谢阮走过来，看看裹着黑绢、绑缚着朱绳的尸体，感慨道："往昔在宫中见过明公多次，却未想到会在这里相见。"

说完后谢阮双手合十念念有词。李凌云知道她在祷告，所以并未打断，等她念完才问："三娘念的可是佛门《心经》？节奏有些相似。"

"是超度用的《地藏经》。"谢阮摇摇头，"你不通梵语，自然听不懂，这些经文听来节奏都很像的。"

"我大唐宫中向来供奉的不是道教至尊吗？怎么你在天后身边，却精通佛家经文？"李凌云不解。

"佛法慈悲，天后一向颇感兴趣，某跟着学了些。"谢阮目光炯炯地看着李凌云。

李凌云准备解开朱绳时，明珪抬手按住他冰凉的手背。"先前你阿耶跟杜公验尸时，我都没看过。这次要查出杀我阿耶的凶手，就看大郎你的了。"

李凌云想了想，在明珪的手背上拍拍。"你放心，这事交给我便是。"

说罢，李凌云却有些迟疑地问明珪："这样安抚人对不对？我弟弟有时就这样对我。"

谢阮闻言笑道："李大郎，你对明子璋倒是很好。"

李凌云从封诊箱中拿出油绢手套戴上。"谢三娘一叫我李大郎，就一定是要调侃我了。只是我并不知道，安抚一下明子璋有什么好笑的，毕竟现在这里躺着的是他阿耶。"

谢阮自觉有些过分，面色微变，沉默地退到一旁。

李凌云从怀里掏出两卷绢帛制成的册子，和那支奇怪的笔一同交给明珪。"这是杜公之前跟家父一起做的封诊录，大理寺殓房不能进来太多外人，六娘不在，一会儿我验你阿耶的尸首时，还要麻烦你另起一本帮我重新记录。"

明珪接过，见两本册子形制一模一样，封面上有某种晦涩难明的古朴纹样，越仔细看越像是某种文字。封面右边靠上的地方贴有用来书写案名的白绢，其中一本上面空着还没写字，另一本上则写着"明崇俨案"的字样。翻开之后，里面是用墨线绘出的一张张表格，每张表格上又分别标了名字。

李凌云伸过手来，指着其中一张绘有人体正面和背面的表格解释道："封诊道的封诊录跟仵作行人所用的有些不同，分验尸、诊痕等用途，这一页叫验尸格。我在检验尸首时，你要一面记录，一面对比之前的那本封诊录，如发现有差异之处，就做个特别的标记。"

说完，李凌云伸手拉开明崇俨尸首上的朱绳。朱绳被打成活结，很轻松就能解开。包裹尸首的油绢一共数层，他将其一一打开。最里面一层黑绢几乎是贴着尸首包裹的，而在尸首的中线上，贴着一条极宽的油绢，用蜂蜡密封。

"大理寺的存尸技也很有底蕴，"李凌云戴上覆口面罩，小心揭开那条油绢，"既有低温山洞，又用油绢密封，这样一来就能将尸首和外界彻底隔绝，最大限度保留尸首原貌。"

一直坐在胡床上假寐的司徒仵作闻言微微睁眼，轻笑道："老夫也与你们封诊道打过不少交道，溪州①这个地方你们知道吗？那里是土人聚集之地，也有你们封诊道的人。"

"我们的人？"李凌云迷惑地问。

"在那个地方有人特别擅长赶尸，也就是能用异法让尸首自己行走到目的地。许多中原人死在那里，家人为了让他们回归故土，就要托付一种人把尸首赶回家中，这些人被当地人称为赶尸人。我正好认识一个赶尸人，他自称师承你们封诊道，说所谓赶尸不过是他们为了研究尸首，弄个说辞来打马虎眼而已。老夫跟他学了不少，这用油绢裹尸、蜂蜡密封来延缓尸首腐坏的法子，便是他教的。"

"应该不是正道，我们封诊道可不会做这种事。兴许是哪个被逐出师门的

---

① 唐代设置的行政区，属江南西道。

弟子传下的邪道吧……"李凌云听过就算，并不在意，明珪却转头看着司徒仵作，似对他说的话若有所思。

此时作为封条用的油绢已被彻底揭下，李凌云屏息凝神，将最后一层小心地打开。

明崇俨的无头尸体终于暴露在屋内还算明亮的灯光下，呈现出一种阴森的惨白。因存放时间超过一年，尸体情况虽说不错，但肌肉已经变成近似腐肉的青灰色，剖开的腹中空空如也，油绢内有一层微黄冰凌，显然是浸出的尸水凝结后形成的。

"尸状先验，而后清洗，先外后内，方可剖之……"李凌云口中念念有词，低头观察着完全暴露出来的明崇俨的尸首，有些无奈地摇摇头，"从刑部、大理寺接手，我阿耶和杜公又验过一次尸，据我观察，这尸首至少被清洗过一次，就算上面有凶手留下的痕迹，应该也不太可能留到现在才被发现。"

头一次直面不成人形的尸首，谢阮捂着嘴，面色惨白，眼睛骨碌碌地转了又转。司徒仵作叹口气，手指门后角落。"去那边吐吧！"谢阮连忙狂奔而去，不久就有呕吐声传来。

李凌云看看明珪，发现他也脸色发白，想了想，问道："你这样子，是也要吐一下吗？"

"我不想吐。因为平日我总是跟在阿耶身边，案发时也正好在六合观内，在道观中已见过了阿耶的尸首……阿耶被歹人砍了头，我被叫去认尸。"明珪摇摇头，"案件不破，看到阿耶现在这副样子，作为儿子，难免心里有些难受。"

"我明白，"李凌云点头，"不过尸首都成这样了，你当时是如何认出这是你阿耶的？"

"我阿耶右面大腿内侧有一颗小指指甲大小的黑痣，再则自己的阿耶身形总是记得的。就算头颅不存，也能认出来。"

李凌云拨一下尸首的大腿，果然在明珪说的地方看到了一颗小指指甲大小的黑痣。"你记一下，按死者家人所言，核对尸身右大腿，内侧有一黑痣，确定此尸为明崇俨。"

明珪用怪笔迅速书写，虽还有些不习惯，但也写得不紧不慢。谢阮呕吐一番，擦着嘴来到明珪身边，站了一会儿，又忍不住回头跑到门后去了。

"吐一吐，习惯了就好，"李凌云说着，小心地侧翻尸首，看着尸首的背面道，"你阿耶……跟你的身高、胖瘦十分相似啊！"

明珪停下笔。"尸首无头，这又何以见得呢？"

"虽说无头，但人体的骨骼自有长短规律，只要掌握这种规律，哪怕只有臂骨或是腿骨留存，也可以按其尺寸反推死者身高。你阿耶留下的是整个身体，不用太仔细推算，也差不多能看出他身高跟你接近，而且胖瘦也跟你相当。"李凌云看看尸首的手足，又抬眼看明珪，"时间已过去了一年多，虽然尸首保存得当，但许多尸状早已发生变化，只能隐约看出一点线索来，必须翻阅杜公之前的记录。你帮我找一下，杜公的记录中是否写着尸首身上的死后瘀斑出现在双手和双足下端？"

明珪翻开另一本册子，点头道："根据杜公的记录，他们检验时，距离案发也已过了一段时间，所以他引用的是大理寺跟刑部仵作的共同记录，我阿耶死后的瘀斑都沉积在双手和双足下端。"

"要出现这种瘀斑，你阿耶必须在死后立即被人摆成坐姿，否则不会有这样的尸观。我记得案卷中说，尸首是被剖腹砍头后，在道观的丹炉炉顶上被发现的？一般来说，丹炉炉顶像个葫芦，要如何才能坐人？"李凌云皱眉道。

"难怪你说要先去六合观封诊现场，再回来验尸，"明珪轻叹道，"难道你不曾仔细看过此案案卷？"

"此案先是经刑部、大理寺，又从我阿耶手里被转给杜公，至少过手了四次，案卷描述十分繁杂，偏偏现在找不到凶手，可见之前的推断一定有什么遗漏。"李凌云的目光一寸一寸地在尸体背面扫过，"我本来也想看，但如果预先看过，反而很容易受其影响，先入为主，倒不如直接拿到实证，从证据反推，这样不易出错。所以……我只看了前面几页的简单描述，就决定直接验尸，或许这样反而比较容易发现破案的关键。"

"是个法子。"明珏点点头，"那段日子我阿耶在六合观炼丹，我日夜都在侍奉阿耶，出事时我也在，不如我来说一下阿耶被发现时的情形？如果只说我本人的所见所知，会不会扰乱你的思绪？"

"不会。"李凌云放下尸体，目光清澈，"你阿耶臀部有多处伤口，肛门、谷道外翻破烂，是有东西从谷道插了进去，而且伤口很深。凶手能把他摆成坐姿，说明那香炉顶上一定存在什么尖锐之物，正好可以穿过你阿耶的身体，你是否清楚那是什么？"

"不错，我阿耶确实是死后被人穿在炉顶上的。"明珏边回忆边轻声讲述起来，"道家修行向来特别重视'雷法'，认为可以用天雷涤净一切不洁之物。我阿耶在术士中尤其擅长引雷之法，自天皇、天后赐下六合观，阿耶就在最高处修建了一座天师宫，顶部设计有机关，也是工部制作的，可以通过机栝操控打开。宫中有一座特制的丹炉，炉上有一根黄铜杆，我阿耶给它取名为引雷针，顾名思义，就是用来引天雷，涤净炉中丹药的。阿耶曾用这种雷法炼出珍品宝丹赠给天皇、天后，其中有一颗是极大的红宝石，还有一些莹白如玉，不知是什么东西。这么多年来，他总共也不过成功了三次，但的确见过天雷的效果。"

明珏回忆着，神色悲痛。"去年五月正是雷雨时节，阿耶数日来一直在观察天象，他说根据他的观测，当夜定有最高品的天雷降世，所以他沐浴更衣后就独自一人进天师宫去作法引雷了。当晚天雷被顺利引入，不过只有一次。没人敢去打扰阿耶，他用天雷炼丹时向来不能有任何人在场，否则他会生气。不管是我还是其他人，都不会在那时进去。一直等到快进早膳时，天色已亮，雷雨也停了，我想阿耶按说已经炼出了宝丹，便带人去给他送吃的，谁知敲门却没人应……我让人撞开殿门，一进去就看到阿耶的尸首被穿在丹炉的引雷针上，头颅不翼而飞，赤身裸体，胸腹都被剖开……"

明珏难过地看着冰台上父亲赤裸的尸首。

"就是你现在看到的样子，阿耶的肠肚等脏器全部落在外面，应该是被分别装起来，也放在这殓房里了。

"因为阿耶死状太怪异，道观里的人猜测，是因为他私引天雷，或是差遣鬼怪，所以才遭到了天谴。在刑部、大理寺接手后，传言愈演愈烈，他们说我阿耶引天雷所得之物都送给了天后，所以才遭此劫难，死于非命。用天雷所炼之宝不应为天后所得，因为天后是个女人，不配得到天命眷顾，所以上天降罪到我阿耶的头上，才会让他死得这么蹊跷。"

谢阮不知何时已吐完，她来到近前，面色难看地补充道："后面的事情李大郎你也知道了，刑部和大理寺太不堪用，流言越传越难听，天后勃然大怒，下令要彻查明崇俨案，就起用了你阿耶李绍来主查。谁知你阿耶刚接手不久就为人所害，这让天皇、天后更加震怒。可惜的是杜公也破不了这桩案子，否则我也不至于要去那臭烘烘的牢里把你给找来。"

"……原来是这样。"李凌云沉吟片刻，看向明珪，"你阿耶是被杀之后立刻被穿在了引雷针上。"他抬手指着尸体断裂的颈部上的焦痕。"你们看，这里就是被天雷轰击后烧伤的痕迹，在你阿耶的脊骨上，存有细小珍珠状的骨碎屑，只有极强的天雷才可以留下这种痕迹。你说得没错，那天晚上你阿耶的确引到了天雷，原本尸体上应该还会有红褐色树枝状的雷击纹，可如今过去太久，这种纹路保留时间不长，已经看不到了。"

"对，杜公的记录说，刑部仵作曾看到过类似痕迹，就在阿耶的背上。"

"天雷威力极大，倘若随时可以被引下，凶手必然不敢在丹炉炉顶上摆放尸体。所以，杀人穿尸，一定不是在打雷下雨时进行的，否则天雷降临，人触必死，凶手没必要冒这个风险。"李凌云看向明珪，"那天从几时开始下的雨？"

"我记得是刚到丑时①，阿耶之前也预计天雷会在丑时开始降下。"

李凌云抬手抚了抚尸首颈项断口，眯眼道："断口整齐，头部是被一刀砍下的，凶手使用的刀极为锋利。"

说完他又补充："要锋利到这种地步，凶器绝不是一般的刀……民间铸刀，

---

① 凌晨 1 时至 3 时。

限于炼铁炉的规模，很少会有锋利到这种地步的，甚至军中也未必有这样锋利的刀。这是御用的刀……"

"御用？"说到兵器，谢阮总算恢复了一点生气，她竖起四根手指。

"唐刀分为四式，分别为横刀、仪刀、鄣刀与陌刀。

"仪刀，顾名思义是仪卫使用的刀，多用在典礼之上，刀装华丽，环首上铸有龙凤形状。拿来砍头肯定不行。

"横刀，为军士所佩。刀鞘上有双附耳，使之能横悬于腰间，故称横刀。又因刀刃较直，所以也称直刀，富商灭门案的杀人凶手用的就是直刀，我们都很熟悉。

"陌刀则为长刀，为步兵所持，因可斩断马腿，又被称为'断马剑'。

"至于鄣刀，是很宽的刀子，'盖用鄣身以御敌'，鄣刀的长度足够挡住身体，方便军士进行搏杀，战场上使用得较多。

"后面三种御制刀中，依李大郎你看，会是哪一种？"

"御用唐刀格外锋利，是因为在淬火时用的不是一般的水，而是马血与水的混合物。民间也有人效仿，但极为不易，因马匹昂贵，只有马血与水参半混入，才能在淬火时达到最佳效果。混入马血能加快刀刃冷却的速度，使得刀身的硬度和韧度大大增强，用这种淬火技艺制出的刀，可在战场上提高破甲之力，在长时间的连续战斗时使用，可大大延长刀的寿命。"李凌云说到这里，看向谢阮："谢三娘可知道，马血与马血也有不同？"

"啊？我听说过用马血淬火的技艺，不过这马血还有区别？这听着倒是稀奇！"

"当然有区别。用来淬火的马血必须新鲜，否则时间一长，马血便会像人血一样凝固。而一把上好的唐刀，需要的也不是普通马的血，马被宰杀前要进行长时间的奔跑，只有这样，马血中的杂质才会被排至体外。取这种马血淬火，方能制出百里挑一的御刀来。据我所知，匠人为精益求精，会选择战马或千里马，这种马身价高不说，关键是战马根本不允许买卖，一般百姓更是接触不到。"

"我自然知道寻常人做不出这样的刀，但我大唐上等御刀何止千万把……说了半天，你还没有回答我，凶手砍头到底用的是哪一种刀？"谢阮看着李凌云，一定要问个究竟。

"有办法判断。"李凌云示意谢阮把腰间的直刀拔出来，走过去端详刀刃道，"一把刀到底锋利不锋利，要看五点。其一，刃角。刃角越小，刃部越尖，砍杀时阻挡力也就越小。其二，刃口厚度。刃口厚度越薄，越容易砍杀。其三，刃纹，也就是刀身上的纹路。如果刃纹相互平行且与刃口垂直①，便比普通刀锋利不少。其四，毛边。毛边会大大增加砍杀时的难度，这与工匠的制刀手艺有关，通常来说，一把上好的刀，其刃是不可能有毛边的。其五，锯齿纹。一把上好的刀，用封诊镜放大，能看出刀刃边缘有锯齿状的纹路，选择锯齿纹必须考虑用刀者的习惯，只有当锯齿纹的方向与砍杀方向一致时，此刀才会发挥最大的威力。"

李凌云思索片刻，又道："刀的制作工艺不同，砍杀后留下的痕迹也不一样。观瞧砍杀痕迹，我认为凶手用的是一把用新鲜战马血淬火加工的陌刀。这种刀在战场上可以斩下马头，锋利无比。正所谓好马配好鞍，要打造出极品陌刀，锻造工艺是一方面，另一方面用刀者的使用习惯也需考虑在内。从砍杀的切口不难看出，这还是一把专门定制的陌刀！"

"如此昂贵的材料、如此复杂的工艺，没想到还是一把定制刀，凶手到底会是什么身份？"谢阮挑眉，咕哝着，"聘得起手艺如此高超的工匠，难道……真的和宫里有关……唑……"

谢阮的推测尚无实证，李凌云对她所说并未在意，对明珪道："观察尸首，我发现你阿耶身上、手上都没有抵抗造成的伤痕，这说明凶手进入室内行凶时，你阿耶应该不曾发觉。"

明珪闻言露出奇怪的神色。"天师宫中除了丹炉之外并没有太多杂物，宫中空旷，只有一条路可以出入，虽有通风窗，但窗后就是万丈悬崖，别说是

---

① 即纵刀纹。

人，连猴子都爬不上来。通常我阿耶炼丹时会锁闭大门，在蒲团上打坐，蒲团的位置正好对着窗口，要是有人从窗户进来，阿耶不可能发现不了。"

"道家一向有打坐静思的习惯，会不会是凶手进来时，你阿耶正在打坐，一时反应不及？"

"我阿耶这人向来警惕性很高。"明珪否定了李凌云的揣测，"说来有些好笑，术士们不管求的是富贵还是权势，靠的都是独门秘法，除我之外，阿耶对身边侍奉的小道士都特别防备，突然有人闯入天师宫，他不可能不做反应。"

"那就是别的缘故……"李凌云思索片刻，道，"会不会是有更大的声响盖住了有人进来时的动静？比如说打雷。"

李凌云推测起来。"天降雷雨前会先刮狂风，此时电光在云中闪烁，时常伴有雷鸣巨响——如果你阿耶正好在专心做什么，而那凶手又足够小心，不发出声音，他就有一定的可能在你阿耶不知不觉中进入天师宫。"

李凌云走到明珪身边，看向他手中的册子。"翻看一下，杜公是怎么说的？"

"不错，杜公也推测凶手选在暴雨来临前，天空炸雷、狂风呼啸之时作案。"明珪看着手中的册子念道。

"如此一来，凶手的作案时间既须在丑时之前，而又得在雨水未落之时，否则随着降雨，天雷就会落地。那么他必须在极短的时间内作案……"李凌云喃喃道。

谢阮突然插话："我有个想法，如果凶手是好几个人，他们闯入天师宫后，迅速按住了明子璋的阿耶，那么他们也可以做到一刀毙命！"

"那不可能，首先，制服一个清醒的人，尸首上必定会留下反抗的痕迹。其次……"李凌云手指尸首的臀部。谢阮看去，目光触到尸首双腿之间，赶紧转了个方向。

只听李凌云继续道："方才我说尸首的臀部有伤，那引雷针现在我还没看见，但要从空中接引天雷，想来这根针不会很短。想要做到把尸首穿在上面，定然不易。如果两人以上合力，就不会在尸首上留下这么多试探伤。显然这是凶手一开始没戳对地方，无法将引雷针穿进尸首的腹腔，才留下了这样的痕迹。"

"原来如此，那像李大郎你说的，凶手只有一个人，他得有多大的力气？"

"凶手一定是个强壮且身形高大的男子。"李凌云又手指尸首的脖颈，"你们看，脖颈的断口不光平整，还呈左高右低的斜面，凶手是向斜下方进行的砍切。在尸首右边肩膀，还发现了小面积的刀刮伤痕。凶手若和死者处于同一高度，相互平视，那么死者的脖颈断口也会是平整的，不会出现这种斜面。也就是说，凶手作案时与死者间必有一定的高度差，凶手的站位，相对死者来说是高处。"

李凌云伸手在前方比出一个大略高度。"凶手手持极为锋利的御用陌刀，与死者相视而立，挥刀斩去其头颅，倒是可造成左高右低的斜面断口……"李凌云双手做出虚握刀的样子，试着劈砍，"可死者身上没有因抵抗或搏斗留下的伤痕，按明子璋所说，死者平时警惕性很高，不可能凶手都站在他面前了还没有任何反应。他会不会是因为某些缘故失去了知觉？若是这样，需提前将其击昏或迷晕。不过无论如何，六合观内必须有人提前接应……可尸首上有这么多引雷针穿刺的伤口，尸体还存在一些摔落伤，要是两人或两人以上作案，又怎会出现这么多的失误，留下这么多痕迹？我还是更倾向于此案是一人所为，至于死者为何失去知觉……"

"会不会是这种情况？"谢阮打断道，"凶手从死者身后下手，死者自然毫无防备。"

"如果凶手是站于死者身后下的手，断口又是左高右低的斜面，那么凶手惯用的一定是左手。"李凌云换个方向做劈砍的动作，"惯用右手的人，用这个姿势砍头会很别扭，就算刀再锋利，想干净利落地一刀断头也几乎很难做到。"

"左撇子，"明珪翻阅杜衡的记录，"大郎，你的推论跟杜公在封诊录上记下的推论几乎一样。"

"看来我们没从尸首上发现什么新东西。"李凌云看向发出鼾声的司徒仵作："老人家，内脏可有保存下来？"

鼾声突然停止，原来司徒仵作压根就没睡着，他没睁眼，朝冰柜努嘴道："在下面那个柜子里，用你们封诊道的罐子装着。"

李凌云取来罐子，打开一看，没承想内脏都在罐底冻得死死的，压根拿不出来。司徒仵作只好起身到池边拧了拧那颗狮豸头，咯咯几声后，从那狮豸口中竟喷出了一股冒热气的水。

"小郎君年少，做起事来，倒也不输老人家嘛！"司徒仵作把罐子接过去，放在盛满热水的石槽里，等待内脏缓缓解冻，"大理寺那次验尸便是老夫做的，方才那些老夫其实也都记录了。你验看得很仔细，看来封诊道教导弟子的手段相当了得。"

"进来之前，谢三娘跟明子璋说老丈您脾气大，不好打交道，但我并没有这种感觉。"李凌云不时地把罐子拿起来，检查内脏解冻情况，"我原本以为老丈会对我们不理不睬的。"

"哦？或许是因为事不及死人吧！"司徒仵作眯起老眼，微微笑道，"大理寺跟刑部的确讨厌宫里插手自己的案子，可这人都已经死了，案子却一直没破。就算再讨厌，三法司的职责也是破案断案。不论办案时参与的各方之间到底是什么关系，又有着怎样的龌龊之事，在老夫看来其实都不重要。查案的人只要是真心为死者讨公道，就算心怀鬼胎，老夫也只当看不见。"

说完，司徒仵作捞起一个罐子晃了晃，听见重物敲打罐子的声音，便将罐子都拿起来递给李凌云。"可以了，拿去看吧。尸首拿下来以后放到一边的木车上，你们走了我再慢慢收拾。"

司徒仵作能独自在此看管大理寺最隐秘的殓房，一定有他独特的手段，所以李凌云毫不关心他一个人要怎么抬起那么沉重的尸首。他拿着罐子快步回到冰台处，与明珏把尸首移至木车上，又从罐中取出内脏放在冰台上检验。

谢阮看得难受，可胃里已没有能呕出来的东西，只打了几个干哕。李凌云不得已，让她自己去打开封诊箱的上层，取出绿色罐子装的薄荷膏，抹在鼻子下面驱散味道。谢阮找到薄荷膏，按李凌云所说涂了厚厚一层，这才叹道：

"鼻子倒是舒服了，眼睛却还难受着。从这些内脏里头，你又能看出什么来？"

李凌云把明珪叫来，看看他手中册子上的记录，又一一和各个脏器对比。"形状正常，未见有中毒或患病的情形……"

"胃已被剖开过，食糜取出保存……"李凌云打开一个盖子上标注着"食糜"的罐子，仔细看看，又凑过去嗅了嗅。

"咦？里面的食糜已经没有了？不过闻起来药味很浓。"

"我阿耶炼丹时不吃俗世之物，只吃道家的青精饭，青精饭就是用精白米和江南乌叶的汁水煮出来的饭，饭粒乌黑，闻起来有清香。除此之外，他会随饭服用自己炼制的丹丸。丹丸有七种，外面是不同的颜色，分别是红、黄、绿、蓝、紫、黑、白。阿耶一天服用三种，轮换搭配，用天降'无根水'，也就是雨水送服。至于如何搭配，除了阿耶，就只有我和一个送水的小道士知道。"

"还有紫的？"谢阮好奇道，"你们术士炼制的丹丸居然有这么多颜色？"

"也不奇怪，除了一些草药，红色的丹丸中加了丹砂，黄色的用了雄黄，绿色的加了绿松石粉末，蓝色的加了蓝矾，紫色的加了蓝宝石粉末，黑色的加了木炭，白色的加了白膏泥。主料不同，最后炼出来的丹丸自然就有不同颜色。"明珪细细解释。

李凌云把罐子放下。"食糜之类的东西，一般的仵作不会在意。既然食糜被人特意从胃中取出保存，现在又已被用光，那么一定是有封诊道的人做了检查。你看看封诊录中有没有相关记录？"

"有，"明珪翻阅封诊录，点头道，"杜公曾问过我和那个送水的小道士，又对比过阿耶胃内食糜中半化丹药的色泽，确定当天阿耶服用的是红、黑、白三色丹丸，这与我和小道士的记忆相符。然后，小道士又说，他是夜间戌时[①]给天师宫送的无根水，之后阿耶就把大门从里面锁上了。杜公根据青精饭的消化情况判断我阿耶是在进食后一个半时辰左右被人杀害的，这跟你先前的判断

---

① 19 时至 21 时。

大致相同。"

"都相合吗？可我总觉得有些古怪。"李凌云从封诊箱里拿出一把弯如柳叶的长柄刀，用这把刀切开一段肠子的末尾部分，犹豫了片刻，又切开了肠子的另外一头。

"奇怪。"李凌云挑眉，"我先看了大肠，又看了小肠，肠子里面都是干净的。"

"难不成干净还有问题了？"谢阮不解。

"人进食时，食物自咽喉进入胃内，直到从谷道、肛门排出，都有一定的规律可循。通常人每天有固定的饮食时间，那么每日大便的时间也都会相对固定。如果说死者是在饭后一个半时辰内被害的，那么他胃里的食物应该有一部分进入了肠道，并在肠中形成细粪才对。肠道这般干净，倒显得不太正常，除非他刚排过粪便，或所吃食物还未来得及消化，并未进入肠道。"

"杜公的封诊录上倒是没有写出这一点。"明珪翻阅着册子。

李凌云沉吟道："根据食糜的状态，足以推断你阿耶的死亡时间。杜公未做进一步推论，可能是觉得没必要。只是在我看来，食糜在肠中所表现出的状态不太符合人体自然规律。等我回去后问过杜公再说。"

太常寺药园内，李宅大门之前，杜衡站在黑漆漆的封诊车旁，皱着眉头快速地翻看着手中的封诊录。

"明崇俨是个术士，这些术士最讲究服气，平日里吃东西极少，那些食糜，我为了分辨他当日到底吃了什么，已经用光了。"

从明崇俨的尸首上无法得到更多线索，李凌云便决定去六合观查看现场。他回家取封诊车时，谢阮命人去叫杜衡过来，谁知杜衡竟然早一步到了李家，说是来奉还天干甲字祖令的。

李凌云一边听着杜衡的话，一边掂量手中那块特别厚重的祖令，然后把它小心地揣进怀中。"杜公，你可以保证根据食糜状态推算的死亡时间没错吗？

死者的大小肠均被我剪开，里面没有发现细粪，若按你的推测……"

杜衡打断李凌云："我和你阿耶接手此案后，第一时间就去了天师宫。可遗憾的是，刑部和大理寺的人早已把现场勘查过，他们手段粗劣，怎会像我们封诊道一般做得细致入微？我们赶到时，所有痕迹均被破坏，再加之时过境迁，很难发现新的线索。所以我们也只能根据大理寺和刑部当日的记录进行复查，这些都写在了封诊录上，你随时可以查阅。"

杜衡思索道："案发当日，天降大雨，明崇俨的尸首又是从肛门被引雷针刺入腹腔的。人死后，周身肌肉松弛，不受控制，很容易造成大小便失禁。凶手把尸首摆成坐姿，肠道又被戳破，再加上雨水冲洗，这些外界因素也可导致肠道干净。"

"确实存在这个可能。"李凌云点头道，"既然如此，我先去那六合观的天师宫里看一看。"

"大郎多保重。"杜衡面色晦暗，勉强挤出一抹笑意，"为天后办事，一切要多加小心。"

"杜公……"李凌云压低嗓音，"我阿耶的尸首也存放在大理寺第三处殓房里吗？"

杜衡闻言，神色紧张地看看左右，点头道："你阿耶的尸首确实在大理寺的殓房里，只是现在时日已久，恐怕也像明崇俨的尸首一样，损失了许多痕迹。我忝为长辈，你阿耶的案子本应由我来破，可由于某些缘故，我有了结论，却还未能结案。等明崇俨案了结，天后允许你亲自调查时，我会把你阿耶一案的封诊录交给你。"

"……我知道了。"李凌云若有所思，"尸首既然还在，等查清案子，我还可以为阿耶送葬，这已经很好了。杜公不要内疚，这事与你无关。"

"你阿耶是封诊道的首领，他的案子是我亲自调查的，虽有了结论，可此案的封诊录被天后命人拿走了，现在我也不便告知你更多细节。但我已经将案件情况巨细无遗地记录下来，你拿到手以后一看便知。"杜衡抚着短须说道。短短几日过去，他又显得老迈了许多。

"阿耶在世时，时常与我提起杜公。"李凌云边说边观察杜衡，见后者目露精光，有兴致往下听，他才继续说道，"阿耶说，杜家的家教很严，所以杜公养成了小心谨慎的性情，做事刻板有余，变通不足，又太容易在意他人对自己的看法，所以你如果做官，难免经常局促不安，容易多思劳心，伤神伤身……"

"你阿耶这人说话向来一针见血，除了断案，他看人也是一样厉害啊！"杜衡听见这算不上很好的评价，倒没什么怒色，反而苦笑起来，显然对李绍的这番评价颇有同感。

"不过，阿耶说过，杜公封诊时，有一项连他都比不上的优势，那便是杜公做事到了无法再细致的地步。哪怕阿耶教过那么多学生，见过那么多长辈，他也没有见过一个能跟杜公在细致上媲美的人。"

杜衡惊讶地道："你阿耶真这么跟你说的？"

"就是这么说的。"李凌云点点头，"阿耶说，如果我在办案时有什么拿不准的事，可以询问杜公。"

"李绍这人啊……我们做了一辈子的朋友，也争了一辈子，到头来还是他最懂我。"杜衡轻声说着，突然又目光如电地看向李凌云，"大郎，你跟我说这个做什么？莫非你是在安慰我？"

"只是想起了阿耶说过的话，就赶紧告诉杜公而已。"李凌云恭敬地行一礼。

"哈，既然你这么说，那我就当是如此吧！"杜衡觉得心头的郁闷消散了许多。他深深地看了看李凌云，这才转身而去。

…………

"你跟杜公说了什么？"明珪来到李凌云身边，看向杜衡孤独的背影。

李凌云走向马车。"没什么，说了一些阿耶以前说的话，他好像听得挺高兴。我们还是赶紧去六合观吧！"

六合天宫　谁人引雷

第十一回

大唐封诊录

洛南，万安山山麓。

站在南阙天门峰，面对眼前半掩在云雾间的重檐叠瓦、红墙包裹的皇家道观，一贯淡定的李凌云也忍不住感慨起来。

"这六合观，可比我想的大得多。"

"阿耶修炼道术，是天皇、天后身边的红人。虽说天后只是下了旨，并未特意要求建成什么模样，但这六合观毕竟是皇家道观，工部修建时自然强调要有大气派。"明珪手指最高处的一座飞檐楼阁："大郎你看，那里就是天师宫。"

"工部的人敢不修得尽心尽力？这里天皇、天后也是亲自来过的，就连选址也是天后定在天门峰顶的。此处可是伊阙最有灵性的修道胜地，京中道观那群'牛鼻子'羡慕得眼珠子都凸了。"谢阮仍是一身胡服，只是今天改穿了更高调的紫色。

"看谢将军这一身，莫非天后又给你升了品级？"李凌云好奇地问。

被李凌云叫"将军"叫得心里舒坦，谢阮耐着性子解释道："民间良人婚配时也做红男绿女的打扮，这叫'借绯'。也就是说，遇到重大日子，平民也可以穿着高贵之人才能穿的颜色。"

"……这与你穿什么有关吗？我没听懂。"李凌云颇觉迷惑。

"她的意思是，百姓有许可就能僭越服色，而她只要有天后许可，自己爱穿什么都行。"明珏感到好笑，"你看她整天穿男装，有谁说过一句半句？"

众人缓缓爬上山道。阿奴扛着大号封诊箱与六娘在后面跟着。李凌云边走边问："谢将军，你不喜欢做女子吗？为什么每次见到你，你都做男子打扮？"

"怎么可能不喜欢？做女子好得很。某不过是觉得，男子能做的事，女子也都能做，那么你们男子穿的衣服，女子当然也可以穿。"

谢阮脸不红气不喘，连上数十级台阶，远远地站在前面等李凌云和明珏。"都说男子才识大局，可是天后不也一样能管理大唐政务吗？可见这种说法不对。我穿男装，一方面是觉得没什么不能穿的，另一方面嘛……我喜欢舞刀弄剑，穿着女装不太方便。不过某就算身着女装，用刀也还是很厉害的。"

谢阮昂首道："在我心里，男女并没有差别。某不因是女子就不能用刀杀人，而男子也不因生来是男子就不能拈花一笑。总之，一个人若是喜欢做什么，就应当可以去做什么。"

说罢，谢阮一马当先，快步走进六合观中。李凌云在后头望着那纤长的背影道："谢将军是个自在人。"

"有天后宠爱，她当然自在。"明珏轻声说道，若有所思，"可世道如此，男女始终有别。就像各色人等，待遇不可能相同。"

"都是人，死后也没什么不同，生前为什么一定要有区别？"李凌云奇怪地道，"力气大的就多干活，脑子好用的就去写书。强行以色等、男女去区分人，我看不妥。毕竟出身高贵的人里也有傻子，而低贱的人中，未必就没有贤能之人。"

"非也，不仅是活着的时候，其实人死后也有不同！"明珏看向李凌云，"我阿耶出身世家大族，虽说后来有些落魄，做了术士，但其涵养、学识仍不是寻常人能比的。也正因此，他才有机会被推举给天皇、天后，得到他们的重用。在我阿耶死后，刑部、大理寺和你们封诊道都全力调查，普通百姓如何跟我阿耶相比？这不就是活着时不同，死后也不同吗？"

"其他人我不确定，不过在我眼里，死者与死者间没有什么身份、地位的差别。狐妖案的死者是三名贫苦良人，查案过程是你亲眼所见。而你阿耶的案子现在也是我在查。于我而言，不过是哪一桩案子先来，我就先查哪一桩而已。至于其他，不会影响我查案的顺序，更不会让我对谁另眼相待。"

李凌云继续向道观内走去。明珪站在山道上，久久看着李凌云的背影。阿奴、六娘以及一众骑士从他身边经过后，他的唇角才微微抬起了一些。

"李大郎，你当真是个有趣的人。"他轻声说着，"就是不知道，被那女人折腾一番后，你会不会有所改变。"

作为皇家道观，六合观只接待京中贵人，寻常百姓除非给观里送菜送水，否则压根无法进入。

自打观主明崇俨凶死以来，鬼怪之说甚嚣尘上，更是没人乐意到这里来寻晦气。不过，虽然没有人来，但案发后长达一年多的时间里，六合观山上山下仍被天后塞满了皇家守卫。因案件始终没有破获，这些守卫时至今日也还在尽忠职守。

"守备怎么还这样森严？观中也就这么几个人，没必要吧……"走进天师宫后，李凌云抬头看看屋顶，想起走进六合观时在门口看见的一群守卫，有些不解地发问。

"虽说已查验过多次，有用的痕迹已经很少，不过为了不让闲杂人等再次破坏痕迹，天后还是派人一直看守，不允许他们有任何懈怠。"明珪把门上的锁头挂好。一旁的谢阮却伸手把锁拿了过去。"咦？是对字锁。"

李凌云回头一看，谢阮手中是一把个头较大的黄铜锁，上面有几个银色转轮，轮上刻着篆字。谢阮咔咔拨弄。"呦呦鹿鸣……食野之苹？不对，打不开。"

"'呦呦鹿鸣'之后还有好几句，这要看用锁之人如何接了。此锁只要正确打开一次，之后就能重新设置开锁的文字顺序。"明珪把锁头拿起，拨弄起来，"锁头上方不显眼处有两点微凸，肉眼观瞧不可见，只能手触感知，此为工匠标记手段，所以，开启文字应是来自《鹿鸣》篇第二段——'呦呦鹿鸣，食野之蒿。我有嘉宾，德音孔昭。视民不恌，君子是则是效。我有旨酒，嘉宾式燕以敖。'后面四个字的转轮中，仅在本段出现的只有'君子式燕'四字，如上锁之人不曾更改，就能以此打开。"

"完全不按规矩来啊！"谢阮不快，"这样别人怎么猜得到？"

"为防轻易被打开才着重做了设计，否则要锁来有什么用？"

李凌云耳朵听着明珪跟谢阮的争辩，双眼却落在了天师宫内。

殿中，一座泛着光芒的黄铜丹炉幽幽立在圆形高台正中，丹炉下方的青石高台被人雕成环环相叠的台阶形状。

丹炉主体就像一个巨大的黄铜坛子，上面雕刻着日月星辰、九重云天等吉图。图上，一些雷光从云雾中探进树丛，似乎表示丹药的本源正是天雷。

丹炉主体上开有一孔，通过这个孔可以看到下方炉膛中有一些燃过的木炭留下的灰。丹炉四面有四个巨大把手，各挂着一根粗大铜链，铜链一直拉到高台下方卧着的四条铜龙口中，这些龙的爪子紧紧地搠入地下，用来稳住丹炉。

丹炉上半部分是一座圆形的二层阁楼，制作精细，屋檐细小的瓦片看起来都十分真实。下方也开一孔，方便让人看清丹炉上层熬制的丹液。

阁楼顶上有一根三指粗的引雷针，这根针笔直晶亮，越往上越尖。

丹炉底端凿有引水槽，可将水直接引至门口，这显然是由于丹炉需要时常清洗才做出的排水设计。李凌云在丹炉前蹲下，检查了一下引水槽，在其中发现了一些陈旧水迹。

明珪来到李凌云身边，俯下身一起看。"发现什么了？"

"你阿耶死去太久了。当晚又下了暴雨，雨水从用来引雷的天窗落下，冲刷丹炉，血迹和其他痕迹只怕早就被破坏了。以现在的情况，发现不了多少线索。"李凌云侧头看明珪，努力表现出歉意。

"这不奇怪，大理寺和刑部最早接手案件，他们一样没找到什么证据。"

明珪起身走到一侧，抓住墙上的一根铁链，"我把穹顶与窗户打开，这样光会亮一些。"

明珪往下拽铁链，一阵轧轧声从房顶传来，对准引雷针的那部分穹顶缓缓地朝四周折叠起来，人站在殿中，一仰头便可看见苍天白云。

二人一起望向那片圆形天空。明珪补充道："这里的机关虽不比大理寺殓房的精致，但也算是够用了，我阿耶常会在这里夜观星象。"

说完，明珪把位于悬崖上方面向大门的独窗打开。李凌云跟过去伸头往下看看。"只有大门和观内道路相连，其余侧门都上了锁，窗户下方又是悬崖。想从这里上来倒也不是不行，但那样的话，对凶手的臂力和耐力都是极大的考验。"

李凌云低下头，在窗棂上发现了一些黑色细粉。"有人在这里取过指印？不过看粉末附着情况，他应该什么都没找到。"他从怀中拿出杜衡的封诊录翻看。"当夜又是暴雨又是大风，风吹雨落，窗户上就算有痕迹也会被冲刷掉。前后来了几拨人，都未在窗户上找到痕迹。"

他回头踱到丹炉正位。在对着大门的方向，摆放了中间大、两边小的三个蒲团。和明珪确认三个蒲团未曾被移动之后，李凌云站在蒲团附近抬头看看，又蹲下来眯着眼睛朝丹炉方向瞧去，终于在蒲团左边和正前方的地上发现了一些陈旧血迹，在丹炉底下也有少量滴落状血迹。

"你发现你阿耶的尸首时，他是不是正面对着大门？"

"是。"明珪道，"我来叫阿耶吃饭，谁知敲门没有回应，我便想办法打开大门……就看见阿耶……阿耶已经死了。"

"丹炉腹大足小，雨水量大时，水会直接从丹炉腹部最宽处落到地上，而不是向下流到脚部进入水槽，所以雨水虽然冲刷了大部分血迹，但丹炉脚部还残留着一些血迹。"李凌云指着血迹道，"很少，但看得出来，这是你阿耶被穿在引雷针上之后流下来的血。"

"……这能说明什么？"谢阮过来蹲下，不明所以地看着那些不很明显的血迹。

"这些血迹和那边蒲团上的血迹以及地上的血迹都不同。"李凌云手指左侧面。

"嗯？"谢阮挪过去一些，看见大蒲团和左侧的小蒲团上以及地上有片片赭色的陈旧血迹，好像想起了什么，露出恍然大悟的表情。

她拍着脑门道："在调查王万里被灭门案时，你曾说过，王家的婢女被杀，从滴落的血迹形状能判断出刃口长短。此处血迹的形状不同，所以你便能据此推测出当时发生过不寻常的事，对不对？"

"是。"李凌云戴上油绢手套，双手小心地扶着中间那个黄色大蒲团，把它翻了过来，大蒲团背面是触目惊心的大片赭色血迹，"此血迹是血液自然垂流下来后浸染到蒲团下方形成的，所以明子璋的阿耶就是坐在此处被害的，他头颅被砍后，血液最初喷溅出去，而后流速渐缓，就流淌下来浸到了这里。"

李凌云又到那个小蒲团旁蹲下，手指上面的血迹。"血液往左边喷溅射出，那么凶手下刀的位置必是死者的左侧脖颈。从血液喷溅的方向可判断，他定是站在死者身后下的刀。蒲团后面是青石地板，地板上的血迹只是喷溅出的一部分血液留下的，而一些被喷到丹炉上的血液留下的血迹应该是后来被雨水冲掉了。这枚大蒲团的正前方是露天的丹炉台，稍微移目便能看见通往后山悬崖的木窗。如果凶手爬上悬崖，由窗户进入天师宫，明子璋的阿耶从这个角度不可能发现不了。"

推测到这里，李凌云对明珪道："明子璋，你阿耶被杀前，一定处于毫无反抗能力，任由凶手杀害的状态。"

谢阮接过话头："除非明子璋的阿耶神志不清……否则，他总不可能在引雷炼丹的关键时刻睡觉吧！"

"有人提前迷晕了死者，否则以天师宫的布局，死者不可能发现不了凶手，更不可能完全不反抗。我推测，此案中必然存在一个内应，只是杀人时内应并不在场！"

"李大郎，你在殓房时明明说过他阿耶臀部的伤是一人所为。怎么又冒出个内应来？"谢阮反问。

"你等我一下。"李凌云起身走到门口。阿奴正在看管已经被打开的封诊箱。见李凌云过来，六娘忙问："要什么？"

"封诊尺。"李凌云简短说完，六娘便从封诊箱里找出一个木盒递到他手上。

他走回丹炉旁，手脚并用地往上爬。谢阮吃了一惊，发现李凌云姿势笨拙，便起身一跃而上，猿猴一样灵巧地攀到了丹炉的最上方，低头问道："要做什么？"

看着轻松爬上去的谢阮，李凌云轻叹一声，跳到地上，把那个木盒递给她。"打开，拉出里面的铜片，替我量量这根引雷针的尺寸。小心些，铜片锋利，别切伤了手。"

谢阮依言看木盒，发现一个小小的圆形木柄。她拉住木柄，往外拽出，眼前唰地亮起一道光，果然是一条扁扁的黄铜片。

"这是什么？"谢阮看着上面的朱红刻度，用手指丈量一下，发现两个大刻度正好是一寸的距离，中间又分十个小刻度，制作得十分精巧。

"封诊尺。铜片较硬，可保持直立，有时也可以用来测量墙壁之类人手够不到顶的东西的高度。"

"你们封诊道都打哪儿弄来的这些怪东西？"虽这样说着，谢阮的声音却带着欣赏意味。她按李凌云所说的方法，用这把古怪的封诊尺量出了引雷针的长度。

"大概到这里。"谢阮比画好，掐着那怪尺的底部一跃而下，拿给李凌云看。

"这根引雷针为套筒结构，可以收缩自如，不过即便缩到最短，也至少有八尺高。"李凌云对谢阮道，"把封诊尺塞回去。"

"这还能塞进去？"谢阮挑眉，又按李凌云说的一点点地把封诊尺塞回那个小木盒里。

"当真能塞，李大郎，你们封诊道的东西真好玩。"

"这不是用来玩的，"李凌云闭上眼，一边掐着手指，一边念念有词，"引雷针是直接熔铸在此丹炉上的，不可能拆下横着戳进尸首……所以，想要把死者的尸首举起并穿在引雷针上，凶手必须要有足够的力气，其身高……嗯，算下来至少应该有六尺一寸七分。"

谢阮终于把封诊尺完全塞了回去，凑到李凌云面前，一脸莫名其妙地问："念什么呢？你是怎么算出凶手的身高的？"

李凌云睁眼看看谢阮。"你抬手，抬到头顶。"

谢阮依言抬手，问："这又是干什么？"

"成人高举双手能触及的高度，实际上就等于这个人的身高加上小臂和手掌的长度。"李凌云看一眼谢阮的手指尖，"你若不信，回宫中后可以找人帮你测量。"

李凌云又抬头看引雷针。"身高六尺一寸七分的成年男子，小臂加上手掌的长度约为一尺三寸，脚长大约八寸三厘，踮起脚后伸长双臂，脚长、身高、小臂的长度和手掌的长度相加正好是引雷针的尺寸——八尺二寸七分三厘。有了封诊道计算身高的办法，剩下的不过就是简单的逆推罢了。"

"所以说，本案凶手最矮也要有六尺一寸七分才能完成犯案，难怪你会说凶手是男人，能长这么高，还要有力气把尸首举到这个高度，又是独自一人作案，女人的确很难办到。"谢阮看看指尖，恍然大悟。

李凌云伸手拍得丹炉哪哪响。"还有一点能证明作案的只有一人。你刚才上去的时候，我发现丹炉最顶上的铜檐十分狭窄，这种身量的男人站上去之后，要在上面再站下另一个人，几乎是不可能的。"

"可你又说有内应？我都听糊涂了！"谢阮不满道。

"这些证据只能证明杀人和将尸首穿在引雷针上是一个人干的，却并不能证明迷倒明崇俨的也是同一个人。完全有可能是有人先迷倒了明崇俨，之后凶手进入大殿，杀死了他。"

李凌云问明珪："有什么人可以毫无防备地靠近你阿耶，给他下迷药？"

"可我发现阿耶的尸首时，天师宫的门是从里面反锁的。"明珪并未直接回答，而是提了个问题。

"门……"李凌云回头走到大门处，用手丈量了门的厚度，又在挂锁位置的侧面仔细观察了一下。

"虽然我们进门时从外面锁着的门用的是明锁，但看门的厚度，这扇门从里面反锁时，用的是机栝，对吧？"李凌云问明珪。

"对，这机栝和穹顶的天窗一样，都由工部的人制作。其实用机栝还是天后的意思，因为接引天雷很危险，历来用天雷炼丹的术士，有许多因此命丧黄泉。天后让人安装机栝，是为了里面的人出事后，还能有办法从外面打开这扇门——不过用机栝打开门的秘法，却掌握在阿耶自己手里，除了他以外没有人知道。"

"你阿耶死后第二天，是你打开的门。门上没有损毁，看来你用了秘法？"

"我用了。"明珪道，"写有秘法的纸册被我阿耶藏在大殿中的三清道像下。他将糯米、石灰等物混合后糊在装有秘法的箱子上，密封缝隙。我是当着其他人的面把箱子挖出来打开，才按秘法打开的殿门。"

明珪说完，眼神深邃地看向李凌云。"大郎刚才是不是怀疑，给阿耶下迷药的人是我？"

"不错，"李凌云点头，"最有可能让他毫无疑心的就是你本人。迷倒他后离开天师宫给凶手创造机会，还得从外面操控机栝锁门，这事你来做最合适。"

"那现在呢？你还这么认为吗？"明珪追问。

"你没有动机。"李凌云摇头，"对你来说，你阿耶活着显然更有利，天皇、天后宠幸的是你阿耶，对你只是爱屋及乌。再说天后命你调查你阿耶的凶案，肯定是认为你们父子感情深厚，所以你没有充足的理由杀死你阿耶。"

"大郎言之有理。可是这个人到底是谁？你心中有数吗？"

"完全没有。"李凌云耸耸肩，"我只知道一定有这样一个人。当然，还有第二种可能，那就是凶手和给你阿耶下药的是同一人，他与你阿耶早就约好在炼丹这天于此处相见，你阿耶很相信他，所以被他偷袭了。"

"嗯……可我确定阿耶身边没有这样的人，当然，还是除了我之外。"

"那就是第一种可能，反正只有这两种可能。"李凌云脱下油绢手套，抚着下颌思索，"我还有另一个不解之处，或许也可以说明凶手和下迷药的是同一个人。"

谢阮与明珪一起问道："是什么？"

"这凶手很怪异，他选择的作案时间简直完美。假设你阿耶跟他完全不认识，彼此毫无关系，那么我不太明白，他是如何预测出杀人当晚会有暴雨，又是怎么知道你阿耶一定会在天师宫等着引雷的呢？如果说大略推测一下，比如根据当天的风力方向、云层形状来进行预测，那倒不难，但时间上却不可能算得这么精确。"

李凌云抬头看着头顶的蓝天。"案发当晚下的是雷雨，这种雨比较大，还比较急，有时短短一刻就突然停止，有时又能下整整半天，就算钦天监①那些经验丰富的官员也很难精准预测，这个凶手又是如何知道的？当然，如果他跟你阿耶相熟，那就不奇怪了，他可以提前从你阿耶那里得到消息。"

"确实很难，但也不是完全没办法，"明珪思索道，"普通雨与雷雨情况不一样。后者来势凶猛，大唐平民百姓的居所多为夯土墙，房顶用蓑草覆盖，遇到雷雨天气，需要提前用沉重的树皮和石头压住蓑草，否则一旦下起雷雨，屋子就保不住了。"

"所以呢？"谢阮没听懂。

明珪耐心解释道："百姓自有一套预先判断雨势大小的办法。譬如，下雨时蜘蛛会将自己的网吃掉，青蛙会大叫，蚂蚁会搬家到高处，而泥塘里的泥鳅，还有小河里的鱼都会猛跳。再则，如果是精通风雨术的术士，也不难预测……我阿耶不就预测到了天雷落下的时辰吗？世间之大，很多人都能预测暴雨、雷电。"

"好像有些道理，李大郎，你怎么看？"谢阮朝李凌云看去。

"说得也是，如果凶手和你阿耶一样是个术士，或者从别的术士那里知道了雷雨降临的时间，的确也是可能的。"李凌云抬头，注视着明珪明亮的眼睛，

---

① 官署名，职能为观察天象、推算节气历法。

"明子璋，你介意告诉我，你阿耶这样的术士，具体是怎么预测雷雨降临的时间的吗？"

"这……"明珪微微语塞，"这是我阿耶的秘密……"

"哎呀！你阿耶都死了，还保守秘密干什么？难道不是给他讨公道最要紧？你就快说吧！"谢阮没好气地道。

"也罢！"明珪咬牙道，"我阿耶把这东西藏起来了，我也不知道放在哪里，只能形容一下。此物是一种术士特制的器具，当年我阿耶偶然遇到他师父，才开始修习术法。此物是他师父所传，我也没亲眼见过，只知道用此物可以秘制出一种丹药，这种丹药会根据天气变化而改变重量，要下雨时就变得沉重，而在雷雨天会变沉得格外迅速。只要仔细记录器具中丹药下沉的时间和下沉的刻度，经计算便可以预测出一天之内的天气状况。"

李凌云皱眉道："如此神奇的东西，现在却找不到了吗？"

"之前我四处寻遍了，并没找到此物。"明珪摇头，手指那根引雷针："此物其实也是按阿耶师父传授的法子，由工部派遣大匠制作的，大匠制作时由好几个人分工，每个人完成一个部分，并且严格保守秘密。自我阿耶引雷炼丹献给天皇、天后而得到官职和无数恩赐，不少术士也效仿我阿耶引雷，但他们无论如何都无法引下雷来，唯独我阿耶引下过三次天雷，可见他师父传授的法门颇有玄异之处。"

"倒也说得过去。"李凌云拿着杜衡的封诊录边走边看，并没注意到身后的明珪看着他露出了兴味盎然的表情。

"你这是什么表情？"谢阮撞撞明珪的胳膊。后者有些不好意思地笑道："大郎他又在怀疑我。"

"怀疑你？"谢阮惊道，"为何怀疑？"

"他觉得我故意提到其他术士有预测雷雨的能力，是为了干扰他，不让他继续怀疑我。"明珪看着李凌云，见后者正忙着观察地面，他唇边的笑意越来越浓，"不过他们封诊道的奇物不少，听了我的形容，他应该大概明白了，有些预测天气的方式是切实可行的，所以打消了疑惑。"

谢阮看看李凌云，挑眉道："你这么高兴，是因为他不放过任何细微之处，对你阿耶的案子尽心竭力？那你阿耶的引雷针当真和别人不同？"

"当真不同，你可以去问，除了我阿耶，京畿附近应该没有人引下过天雷。"

明珪正说着，李凌云已围着丹炉绕了一圈，他回到二人面前，失望地道："室内是青石地面，很难留下脚印。跟杜公一样，我也没有什么发现。看来我们必须找出凶手或内应是用什么方式迷倒你阿耶的，否则这桩案子很难继续往下推了。"

说罢，李凌云回头看去，那个已被放回去的黄色大蒲团在地上搁着，就像在石板上蹲着个奇怪的生物。他冷不丁地看着它愣起神来……

…………

不知不觉中，李凌云发现自己身边的明珪和谢阮突然不见了人影。

他耳边狂风大作，风声呜咽不止。他抬头看向头顶那片圆形的苍穹，在那里完全没有刚才的蓝天白云，而是聚集着乌黑的雷云，云里闪烁着明亮的雷光，翻卷的云层中像有庞然大物正在嬉戏翻滚。

李凌云的目光回到了大蒲团上。此时蒲团上没有血迹，在它上面，盘膝坐着一个身着道袍鹤氅的中年男子，从身后看去，他的身形跟明珪非常相似。

男子没发现李凌云，他不时抬起头看着天空。男子的五官模模糊糊，但李凌云心里清楚，他就是惨死在这里的明崇俨。

时间一分一秒地流逝，在狂暴起来的雷声、风声中，明崇俨渐渐陷入了昏睡，头微微低了下去。

此时，一个身形高大的人从香炉对面的窗户翻了进来。

那人一见明崇俨，便动作迅速地冲到其身后，手起刀落斩下其头颅。随后他不顾血迹，扒光了这位大唐知名术士的衣物，抱着尸首又推又拉地缓缓攀上丹炉。然后他用力抬起尸首，将引雷针从尸首的肛门穿入。这件事很难完成，他尝试了好几次才把引雷针捅进去，一直刺到了无头尸首的颈部。

随后他把尸首摆成静坐的样子，然后爬下丹炉，挥刀将尸首开胸剖腹。死者的脏器垂坠下来，撕破了兜住肠道的那层筋膜，热血和内脏落在丹炉上。

做完这一切，来人用明崇俨的衣物包住砍下的头颅，从原路翻窗而下。在他离开之后不久，一道巨雷被引雷针从半空引入丹炉，炉上的尸首剧烈震动了一下，脖颈上冒出股股青烟。随后大雨骤降，窗棂和香炉上留下的痕迹被雨水冲刷一空……

…………

"李大郎，大郎？"

"他这是傻了吗？"

李凌云身体震了一下，那个风雨雷电交加的夜晚发生的一切倏然从他的视野中消失，眼前取而代之的是凑得很近的明珪与谢阮的脸。

"发了会儿呆。"李凌云解释了一句，然后大步走到窗边，往下看去，"悬崖很高很陡，爬上来需要体力，但并不是完全不能攀登。你阿耶给天后炼丹，六合观的正面有朝廷重兵把守，苍蝇都飞不进来，因此凶手是从后山进入天师宫的。之前杜公可有查过后山的情况？"

"查过，杜公亲自查看过悬崖，他说除非先爬到半山腰，再爬上悬崖，否则不可能不引起任何人的注意。但寻常人怎么可能有这样的力气？这可是伊阙绝壁……再说了，半山腰上没有任何脚印。"明珪连连摇头。

"绝壁也并非完全不能攀爬，凶手就是从这条路进来的。至于脚印，大雨既然能冲走窗棂上的痕迹，就也能冲掉泥土上的脚印。只是，凶手的杀人动机到底是什么呢？"

李凌云再度凝视丹炉，喃喃道："封诊录中多方的记录都可确定，你阿耶的头颅和衣服被凶手带走了，凶手还把你阿耶的尸首摆成这种修道静坐的姿势。再加上你先前说，术士有办法预测天雷降落的时辰，除了你阿耶，至少还有你阿耶的师父懂得如何预测，那么或许作案的人也是一个术士？"

"说不定还真是这样。"谢阮似是想起了什么，嘲弄地道，"光是宫中的术士就有许多人，我大唐李氏皇族祖宗便是道家老子李耳。明子璋的阿耶在宫中术士里很得天皇、天后宠爱，可树大招风，他同样也招人嫉恨。"

李凌云凝视着明珪，道："凶手把你阿耶砍头并穿在引雷针上，一定有他的原因。按现在的情况看，如果只是为了消除自己留下的痕迹，他完全没必要这么做。他一刀砍头，除了你阿耶脖子上的断口，可以不留任何痕迹。可见他想要的就是借当晚的狂风暴雨引下天雷击中尸首。也就是说，凶手对你阿耶非常憎恨，才会借天雷毁尸。只是这种憎恨的源头又在哪里呢？"

"还能有谁？"明珪苦笑，"大郎忘记了，当初我不告诉你这桩案子，就是因为我阿耶得罪的人在东宫，我不想在天后决定把案子交给你之前把你卷进来。"

"对啊！杜公的封诊录上也有类似记载，不过说得比较含蓄。但据我所知，他曾口头告诉天后，杀人者应该是东宫太子李贤的人。"谢阮拿过册子，翻到她说的那一页，"你看，杜公所得线索与你基本相同。按他推断，'其一，凶手是男性，身高在六尺一寸七分以上，为身体强壮的青壮年人，因能攀上绝壁，所以应该习过武，且极有可能是独自行凶的。'"

"这段与我的看法相同。"李凌云往下读，"'其二，此人懂得观察天象，选择最适合作案的时机……或为术士，又或有术士帮衬，为其选择时机。'想要在太子身边找到这样的术士，的确不难……"

"'其三，凶手侮辱尸首后带走了头颅，要么是拿回去复命，要么是有其他用途，拿回去复命的可能性较大。'"明珪接着念，然后轻声道，"如果不是被人指使，为何又要拿我阿耶的头颅复命？攀爬绝壁不容易，带着头颅离开更难，若不是受太子差遣，我想不出凶手为何要如此费力地带走头颅。"

"'其四，'"李凌云缓缓念道，"'凶手要进入道观，有且只有一条路，他能如此干净利落地作案，说明他应该不止一次来过这里……'"

李凌云继续往下看，皱眉道："杜公认为，这样懂武功的强壮之人，又能掌握天象，还把头颅带走复命，综合这三者，此案最有可能的就是东宫太子身边人所为。可为何有如此明确的推论，仍然查不到结果？尤其是此人惯用左手，太子身边符合条件的应该没有几个才是！"

"此事说来话长。"谢阮双手抱胸，神色严肃了许多，"对天后来说，宫中其实并无秘密可言。虽不至于太子说什么做什么她都知道，但要查清太子身边有此特征的人倒也不难。"

"那为什么一年多过去了，还没有抓到人？"李凌云不解极了。

"因为在杜公所推测的作案时间里，这些人全都各自有事……且有充足的人证物证，他们没有办法在那个时间去天师宫杀人。"

"什么？"李凌云一脸不可思议地喊道。

"不错，阿耶死去的当天晚上，太子李贤在东宫大摆筵席，与这些人吃酒，一直到深夜，并且他还坚持要送东宫臣属出宫，此时正好遇到大雨，太子也被淋湿，那几个臣属也因此不得不留宿宫中。这些宫中都有记录，所见者众多，而且由此可见，太子身边并没有人能预测到会有雷雨。"明珪肯定地道，"这件事是凤九查的，凤九这人虽性格莫测，但在这种事上他不敢跟天后撒谎，这消息一定是真的。"

"至于杜公说的此人熟悉环境不止一次来过天师宫这一条，就更不合情理了。你们知道，太子与天后不和，明崇俨摆明了站在天后这边，两边不可能和睦相处。"谢阮抬手摸了摸刀柄，表情郁闷，"再加上某方才说过，宫中术士都很嫉妒他，巴不得太子离他远一些，免得像天皇、天后那样被他蛊惑。这么一来，为了表示和天后没有勾结，太子的下属就更不会来六合观，更别提进入天师宫了。"

谢阮说着长叹一声，伸手抓抓脑袋。"就算是这样，天后也还是决定对太子那边的人一查到底，她让我带人暗中搜过东宫以及太子亲信的住处，可在这些地方也都没有找到明崇俨的头颅和衣物，我还被太子那边察觉了一些行迹，太子因此多次顶撞天后，天皇见他们母子矛盾激烈，似乎也不太愿意继续查下去，这才追封明崇俨为侍中，就是想用身后哀荣嘉奖一下明崇俨，说服天后平息此事……"

"太子莫非不知，若明崇俨死了，他会是第一个被怀疑的人？他是个傻瓜吗？天后为什么如此坚定地认为是太子杀了明崇俨呢？如果一个人在动手杀人后会第一个被怀疑，那么这个人动手前反而会顾虑重重，这样才属正常。太子在这种情况下下手，岂不是自讨苦吃？"李凌云不解。

"你不明白，太子与天后之间早就势如水火了。朝中看不顺眼天后代理政事的人多了去了，这些人巴不得他们母子间矛盾重重才好。"谢阮丢给李凌云一个无奈的表情，"太子年少气盛，又不是你这种每天跟尸首打交道，冷静到近乎冷漠的人。而且处在太子之位，难免会被人利用来攻击天后。不管是不是太子本人指使的，天后都想查清此事。你想想，出了这么大的事，总得弄明白是谁在捣乱吧？况且查到如此地步，本来也是因为杜公的推论，他不是觉得就是太子干的吗……"

"明崇俨说太子不堪承继大位，这种话若被太子知道，自然是血海深仇，太子的确有作案动机……可为什么宫里的人要用术士的方式去杀人？想要堵上明崇俨的嘴，砍了头还不够？搞得这么古怪是图什么？"李凌云抬手抓抓鼻头，"我们不如先回去，我找杜公问问他到底为什么紧咬太子不放。此事我想不通，其中一定有什么蹊跷。"

"你问我的想法？那我告诉你，我的想法其实跟你阿耶的死有关。"

李宅第一进的天井中，杜衡负手而立，表情和声音一样冷硬："明崇俨确实说了些针对太子的话。我给你阿耶做副手，自然也知道宫里的事。跟先太子李弘不同，当今这位东宫太子李贤性子非常暴躁，虽然聪慧，但刚愎自用，而且为人处世上一贯睚眦必报，只要得罪了他，就一定会遭受报复。"

杜衡说着看向李凌云。后者刚回到家中，风尘仆仆，面带倦色。

"你阿耶跟我说过，这位太子不知什么时候，又是从什么地方听闻，自己是天后的姐姐韩国夫人①所生，从那以后，他时刻怀疑自己不是天后亲生的儿子，与天后渐渐离心。这样一位太子，在朝中被人怂恿，利用许多重臣反对天后手持权柄，不择手段地寻求臣子支持，和自己的母亲针锋相对，就算杀人又

① 武则天的姐姐，曾嫁贺兰越石。

有什么做不出来的？他的确有充分的理由杀明崇俨。"

"可杀死明崇俨，他就是第一个被怀疑的人，他身份尊贵，何必如此？"

"他是太子！太子杀个术士算得了什么？有权有势之人杀了平民百姓，都可以以纳捐来赎罪，太子为什么要忍一个巧言令色之徒？"杜衡振臂喝道，"而且，如不是太子李贤所为，那又是谁杀了追查此案的你阿耶？你想过吗？你阿耶与太子再无其他矛盾，最有可能的，就是因为你阿耶为天后所用，我们封诊道的能力被太子得知，太子为掩盖自己的所作所为，所以才杀掉你阿耶以绝后患——"

杜衡步步逼近李凌云，满脸愤怒。"你阿耶为天后做过许多事，虽然我不清楚这些事具体是什么，但你阿耶很明显不希望你跟宫里扯上关系，为此甚至不惜将首领之位传给了我。定是你阿耶觉得自己被卷进了一些危险的事情，才会跟我交代后事。"

李凌云一言不发。他虽然对人情感知淡漠，但杜衡脸上愤怒与惊恐交加的神情，还是比较容易让他理解到这些情绪的。

"很难说……"杜衡的声音带着恐惧，"很难说，是不是有人撺掇太子杀死了明崇俨，激怒了天后，并用这种办法暴露了我们封诊道天干一脉的存在……这人杀你阿耶，就是在剪除天后身边有用、可靠的人。而且杀明崇俨是一举多得，既扫了天后颜面，又使得太子从此之后不可能与母亲重归于好……"

"按杜公所说，那更可能不是太子主谋，而是太子的身边人用这种方式逼迫太子和天后对立，或许是太子的谋士所为？"李凌云盯住杜衡满是血丝的双眼。

"是太子还是他身边的人，真的有什么区别吗？"杜衡说着，呵呵笑起来，"人都已经杀了，明崇俨死了，你阿耶也死了，我除了坚持给他们讨回公道，还可以做什么呢？"

"然而如果不是你推测的那样……"李凌云的眉头皱成个打不开的死结，"杀人的方式太奇特，更像是术士所为。"

"那，大郎你觉得还能是谁干的呢？"杜衡并不理他，一步步朝院外走去，一边走一边失望地道，"现在封诊道是你的，案子也是你的，大郎你想要怎么样，便怎么样吧……"

"杜公好像认定是太子的人杀死了你阿耶，连我阿耶的死，他也认为必然和太子有关……"

洛南安众坊，一座外观不太引人注意的安静院落里，巨大的银杏树下，明珪与李凌云席地而坐。

用来泡茶的泉水在炉上茶釜中沸过两遍，正是涌泉如连珠的时候。穿着白衫，身披鹤氅，头戴瘤木所制偃月冠的明珪抬手舀出一勺，放在一旁待用，又拿起竹筴在水中搅一搅，随后把炒好的茶末投入水中，轻轻搅动起来。

水面很快浮现白色的汤花，明珪缓缓把先前那勺水注入其中，汤花变得浓酽起来，他用湿布巾捉着茶釜把柄，把茶釜从炉火上移开，将茶水注入碗中，一气分成五碗。

李凌云接过一碗，望着绿色茶汤上正徐徐旋转的宛若云雾一样的白色汤花，皱眉道："杜公越是笃定，越让我觉得有什么不妥之处。记得当时，我怀疑六合观内的道童给你阿耶下毒，可你确定他们都没内应嫌疑，是吗？"

"我阿耶在六合观引天雷炼丹，是为皇家做事，所用的人都来自明氏族内，知根知底，族人靠我阿耶在陛下和天后面前扬名，好好侍奉我阿耶还来不及，怎会有二心？案发后，这些人也被交给了大理寺和刑部，由酷吏审问拷打过了，那些刑罚哪怕是你我也未必承受得来。"明珪抿了一口茶，轻叹，"每个人的口供都前后一致，并没什么变化，我相信他们绝不是你说的内应。"

"但凶手作案干净利落，又清楚进入天师宫的唯一路径，他肯定对六合观无比熟悉……"李凌云观察了一下，学着明珪的模样，用手转了转茶碗喝了一口，这才放下认真地问道，"你可想得起有什么人平时会经常来六合观吗？"

"倒也有一些，都是自称仰慕我阿耶的术士。"明珪若有所思，抬头道，"当然，他们不过是希望我阿耶在天皇与天后面前引荐他们一下。"

"咦！那这么一来，岂不是说明知道六合观内情形的术士人数不少？"李凌云目光微亮，"有人进过天师宫吗？"

"我阿耶对炼丹引雷的事一向秘而不宣，天师宫不是随便能进的，但也不能说就一定没术士进去。"明珪也放下茶碗，认真回忆起来，"天皇陛下一贯热衷于道家养生术，今年二月，天皇和天后、太子还一起去过嵩山逍遥谷的崇唐观，见过术士潘师正①。我阿耶提及过，在显庆②年间，天皇曾让术士叶法善③到长安讲道。叶法善擅长用符箓驱除邪祟，原本天皇要赐他爵位，让他跟我阿耶一样做官，只是这位坚持不受，后来留在宫中做了御用供奉。"

"你的意思是……"李凌云挑眉。

"我的意思是，我大多数时候侍奉在阿耶身边，但总还是要为他出入宫中传递消息，或是下山购买用品，回来时偶尔会听说有一些知名的术士来见过我阿耶。"明珪击掌三声，几个相貌清秀的道童便过来收走了茶具，换上一盘宛若绿玉的鲜梨。

"这些术士多有一技之长，有些原本就在天皇、天后面前露过脸，不能轻易拒绝，毕竟不知什么时候这些人会变成御前红人，就算是我阿耶，也不会轻易得罪他们。所以天师宫多半还是有人曾进去过的。"

"那凶手或许就在这些人里！"李凌云抬手一拍黄杨木几。明珪被他震得眨眨眼，却连连摇头道："我阿耶虽招人恨，但术士之中只怕还没人敢轻易杀我阿耶。"

"凶手清楚天师宫内情状，又有内应，最可能犯案的岂不就是这些术士？"

---

① 隋唐道士。字子真，贝州宗城（今河北威县东。《旧唐书·隐逸传》作"赵州赞皇"）人。隋大业（605—618）中，有道士刘爱道者，见而奇之，谓："三清之骥，非尔谁乘之？"时王远知为隋炀帝所遵礼，爱道劝其师事远知，远知尽以道门秘诀及符箓授之。未几，随远知至茅山。后隐居嵩山之逍遥谷，积二十余年，据说但服松叶饮水而已。唐上元三年（676年），唐高宗召见，问山中所须，答曰："茂松清泉，臣之所须，此中不乏。"唐高宗甚为叹异。调露元年（679年）又敕于逍遥谷建崇（隆）唐观，岭上别起精思院以处之。卒赠太中大夫，谥"体玄先生"。

② 唐高宗李治曾用年号，656—661年。

③ 唐道士。字道元，括苍（今浙江丽水）人。从其曾祖起三代皆为道士，有摄养、占卜之术。尤擅符箓，厌劾鬼神，治疗疾病。历唐高宗、武则天、唐中宗五十年，时时往来山中，屡被召入宫，尽礼问道。

李凌云执着地道。

"并非如此，嫌疑最大的还是太子的人，其次才是他们。"明珪仍是摇头，"大郎你不懂术士的门道，这些术士还需要我阿耶推荐他们，即使是在天皇、天后面前露过脸的，也仍需要和我阿耶在宫中联手。大郎你可明白，朝中有一群大臣把术士当作用歪门邪道蛊惑天皇、天后的宵小之辈看待。这些术士来天师宫就是为了拉拢我阿耶，他们依靠我阿耶的名望还来不及，绝不会对我阿耶下手。"

李凌云耐心听完，不得不点头道："言之有理。"

李凌云朝明珪那边靠过去一些，眼睛炯炯有神地望着明珪。"但你也知道，按杜公的推论，天后已私下查过太子身边的亲信，却一直无法坐实嫌疑。你我要想抓出杀人凶手，必须另辟蹊径。"

"大郎这么执着？"明珪转过头，和李凌云四目相对，面带迷惑地问。

李凌云后退一些，坐直身体，沉声说："在我阿耶死后，杜公负责封诊案发现场，我家祠堂门上至今仍贴着封条，家人都不许入内，我阿耶这桩案子的封诊录也被天后收走。可见不破你家的案子，我阿耶的死因便无法追查。再说天后所给时间不多，若时日到了案子还不能破，只怕我封诊道这次就在劫难逃了。"

说着，李凌云从怀中拿出天干甲字祖令，珍惜地看看，又放回怀中。"杜公把祖令给了我，封诊天干十支家族的未来便都捆在了这桩案子上，我怎么可能一点也不着急？"

"其实，若真不能破案的话，我自然会代大郎你在天后面前说情的。"明珪抬手拍拍李凌云的肩头，轻声安抚道，"天后手中终究要有能用的人，针对你的人越多，越是会令她惜才。而且你要记得，你们封诊道本来就是为了办宫中的案子才一直留下来的。就算破不了此案，难道宫里以后就不会出现疑案了吗？天后未必就能狠下心把整个封诊道都弃而不用。"

"你这话是有些道理。"李凌云说话仍像擀面杖一样，根本不转弯，也没有什么修饰。明珪也习惯了，不以为意地道："不过我仔细想了想，你的揣测也是有可能的。或许我阿耶跟某位术士之间发生过我不清楚的事，有着不为人知的仇怨，从这方面下手去查，也算是个路子。"

"你也这么觉得，那就太好了！"李凌云霍然站起，到席边穿起靴来。明珪被他突然的举动弄得丈二和尚摸不着头脑，忙问："大郎做什么去？"

"刑部审案向来是交给大理寺复审，疑难案件更会呈交大理寺，对吧？"李凌云穿好一只乌皮靴，又费力地提上另外一只，"这个凶手杀害你阿耶时用时极短，杀人手法也干净利落，而且他很执着于把尸首摆成奇怪的姿势，意图难明，怎么看凶手都不像是第一次杀人，更像是个老手。"

李凌云已将两只靴子都穿好，对还跪在席上的明珪道："既然他是老手，就表示过去他可能也犯过案，也杀过人，只是没被抓到过。作案风格诡异，又没抓到凶手，不就是悬案疑案吗？所以我想，在其他线索不明的情况下，反正也没什么可以调查的方向，或许在大理寺能找到类似的案子，你要不要跟我一起去看看？"

明珪总算明白了李凌云的意思，起身道："看……自然要看！"说着脚下一个趔趄，差点摔个狗啃泥，倒被李凌云抓着扶了一把。两人对视，不由得笑了起来。

李凌云来找明珪时骑的是那匹丑陋花马，此时当然还是骑着这丑马，和明珪一起前往大理寺。

二人在东城入口处下马表明了身份。李凌云因现在为宫中办事，所以早就从谢阮那里得了个象征官职身份的鱼袋，只是品级较低，里面的龟符也是铜质的。

天后一向有许多奇思妙想，而且还很喜欢颁布出去让大唐百姓遵守，大家都对此津津乐道。

比如，天后热衷于造字，时常弄出一些奇形怪状的文字，还要写在敕令上，等同逼人认字；又比如，她还会给一些官员起别名，朝中那群她召集的北门学士，就被她私下里起过别名，听起来颇为古怪，仿似某种代号，叫什么凤阁、鸾台。

有很多人觉得，这是天后在彰显自己的权力，可是天皇向来不以为意，听之任之。虽说正规的鱼袋里装的自然是鱼符，可当有人拿出天后版的龟符来表明身份时，却没人敢不当回事，守门吏看过后就连忙将二人放进去了。

李凌云和明珏一起策马朝大理寺奔去。远远地看见宫墙楼阙层层叠叠，明珏顺嘴跟李凌云说了些"宫中不可策马"之类的规矩，二人嘴上互相应答着进了大理寺，一切都很顺利，谁知拴好马后，在管理案卷的书吏[①]那儿，他俩却冷不丁地碰了个硬钉子。

"虽然宫中说让明少卿协助办案，大理寺也应该配合，可是说到底也要有些限制吧！"身材略胖，同样做少卿打扮的壮汉对二人随意叉了一下手，算是勉强行了个礼，"与正谏大夫明崇俨被杀一案无关的案卷，按寺里的规矩，是不能给二位查看的。"

"这位是……"李凌云上前一步正想说话，忽然想起还不知此人姓名。明珏见状连忙在一旁提点："徐天，徐少卿。"

李凌云道："这位徐少卿，正谏大夫明崇俨死得蹊跷，令百姓悚然，而你们大理寺接案后久久不能破案。现在我们推测杀人凶手可能在京畿附近犯过其他案子，此人不但作案手段古怪，而且或许已屡屡得手，所以我们想翻阅大理寺的疑案案卷，试图找寻一些线索。"

"原来如此。二位还真是尽忠职守啊！"徐天闻言对李凌云不阴不阳地笑笑，"可惜，规矩就是规矩，宫里托付下来的是正谏大夫的案子，既然与其他案子无关，要想看其他案子的案卷，还请拿出相关协查文书来，到时候再看也不迟。"

李凌云听完有些郁闷，看看明珏，后者也满脸无奈。徐天又笑道："反正

① 承办文书的吏员。

正谏大夫这案子也耽搁了不是一天两天了，我们大理寺久查不破，不得不交到你们手里，我看你们应该也不在乎花点工夫去请个旨吧！"

徐天话音未落，李凌云转身就走。明珏本想再恳求一下，此时见李凌云走了，也连忙跟了出去。

"哼，自以为是的东西。"徐天远远看着，对一旁整理案卷的书吏轻蔑地道，"没有宫里的口谕，不用给这些人脸面。明珏不过是妇人手里的一把刀而已，看在他阿耶死得凄惨的分儿上，我当时没有反对天后安插他过来，一来二去，他还真把自己当个东西了。"

那书吏探头朝外看看，回头对徐天干笑道："可是徐少卿，属下有句话不得不说。"

"你说就是。"徐天不以为意地撇着嘴。

"徐少卿，不管怎么说，那明子璋的官职也和您相当，要是较真起来，明少卿说到底也是大理寺少卿，他现在让您几分，可不表示真的怕了您。目前来看，天后是必定要破了这桩案子的，您又何必要给他制造这些麻烦呢？"

徐天冷冷地看向书吏。"哦？这么说来，你是为我着想？"

书吏大概是发现自己的话有些过了头，连忙赔了个笑脸。"我还真是为徐少卿您担忧，朝中谁不知天后向来睚眦必报，当年天皇的舅父长孙无忌位高权重，那时天后还不是皇后，他那一派的官员在言语中对天后多有不敬，之后……您看其中哪一位没被她报复呢？"

"你的意思是，反正她要把这桩案子查到底，而且一定会赖到东宫头上，我就该任由这种事发生？"

"可是徐少卿，"书吏小心观察着徐天的脸色，"我们大理寺终究得破了这桩案子，不是吗？"

"你少操心。"徐天用力一按书吏的肩膀，把他压进椅子里，"天塌下来有高个儿的顶着，有我呢！你只要给我守好了这里，别让什么鬼鬼祟祟的人进来翻看案卷就行。"

说完，徐天似乎失去了耐心，转身走进案卷房一旁的小门。

跨过门槛，从长长的通道穿过大理寺狱，徐天来到那座雕刻着獬豸的巨门前，左右看看，这才转进旁边的小道。沿着羊肠小道走到尽头后，他取出钥匙，打开一扇隐藏在墙上的小门，猫腰钻了出去。

徐天身材粗壮，做这些动作时却轻盈无声，每步都没发出动静，仿佛一只在抓耗子的灵活肥猫。

越过小门，是一片芳草萋萋的小院，院中，一位头发花白的绿袍官员站在一株盛开的杜鹃树下，背对着他。

徐天来到官员身后，对瘦削的背影恭敬地拱手行礼。"已按照您说的去做了，只是……"

"只是什么？你难道真的认为，可以像那些人告诉你的一样，完全阻止武媚娘插手此案吗？"

徐天局促不安地摇摇头。"不是，那些人的确交代我要最大限度地制造障碍，不能让天后把目标锁定在东宫，可就像您说的，她的目标本就一直都是东宫，就连我们大理寺区区一个书吏都能看出来，拦，是拦不住的。"

"只是呢？你说这么多，不就是为了说这个'只是'吗？"

"只是……我的确仍心存疑问。"徐天道，"我想问您，难道就背着那些人暗中放纵天后吗？大唐是李家的天下还是武氏的天下，就连市井百姓也都开始津津乐道。这桩案子，真的要……放任自流？"

"什么叫放任自流？老夫在大理寺任职时，将大理寺内的陈年积案全部破获，不是因为老夫想要政绩，而是因为每一桩案子都应该被破掉，而不是成为悬案。"那人抬头看着怒放的猩红如血的杜鹃，"明崇俨是正谏大夫，是天皇亲自封的官，他可以在宫中自由行走，在天皇、天后面前来去自如。这样的人被人极其残忍地杀害，不管是谁家的天下，这种案子若破不了，就等于让天下人耻笑，让世人认为官府出了问题，连刑部和大理寺也出了问题，说到底，这就是我大唐出了问题。"

那人声音很是平静，但话语里的含意却咄咄逼人。

"我为何要插手这个案子，你不明白吗？"他说道，"徐少卿，一切用杀人来公开挑战大唐法度的事，都不应该存在。"

"可是，大家都在传……小公主是武媚娘自己掐死的。为了陷害废后，她不是一样在挑战大唐法度吗……"

"说她杀了自己的女儿，你可有实证？"那人冰冷地问道。

"……没……没有。"徐天低下了头。

"没有实证，怎可信口开河？"那人叹息道，"你是司法者，不能感情用事。不要以为那些人反对武媚娘，就一定是向着李家。"

"这怎么说？"

"天子和臣子间永远互相制衡，天后也是制衡的条件之一。事情发展到今日，你应该看得出来，天后绝不会放弃追查这桩案子，除非案子告破，抓住杀人凶手，否则这个女人不会善罢甘休的。"

"所以，某更不明白了。"徐天悻悻道，"您让我去给明珪和李凌云设置障碍，又想放任他们调查，这是为什么？倒不如就放心大胆地让他们查，把案卷交给他们看不就完了吗？"

"那也不行，可以让武媚娘的人查这个案子，但绝不能由她篡改真相，让她攫取更多权力……"那人说道，"我让你设置障碍，有两个原因：第一，那些所谓维护李氏皇族的人要求你这么做，如果你太明显地放任明珪和李凌云调查，他们会找你和大理寺的麻烦，那么在接下来的腥风血雨中，大理寺和你就很难保全；第二，我要看看那个李凌云有没有真本事，若是有真本事，他又是否能够做到公正，专心于破案之事。我想考校的是李凌云这人的品性。"

"听命于武媚娘的人，还用考校品性？"徐天不解。

"武媚娘不是寻常女人，徐天，你记住……如果有一天，天下因为这个女人而风云变幻，你不要觉得奇怪。我现在的一切打算，都是为了在那天到来后，她身边还能有一些品行端正的人，能够纠正她偏离正轨的行为……"

"……什么？您的意思是，武媚娘她可能会……"意识到那人话语里暗示的可能性，徐天的脑海中一片混乱，"那……那不是大逆不道吗？"

"或许是我多虑了，武媚娘不过是讨厌现在的太子李贤，觉得他碍眼而已。只是我习惯了未雨绸缪，想得多了些，为免带来灾祸，你赶紧把这些忘了吧！不过，不管你是否讨厌武媚娘，你都得承认，倘若在你所厌恶之人身边，还有一些品行还不错的人对其施加影响，毕竟不是一件坏事。"

"那倒是。"徐天总算冷静了点，对那人的看法也很赞成，"要是这个李凌云能有一份公心，倒也不妨让他破破这个案子。"

"是的，老夫一生破案无数，最大的感受就是，案子的真相未必是大家所想的那样，所以武媚娘找人破案，也不一定就能得到她最想要的那个答案。"

"您说得对，那么我们就先看看，这个李凌云有没有办法突破我们设下的障碍。"

"对了，"徐天又道，"他们应该会去找武媚娘要旨意，如果要到了……"

"要不到的。"那人笃定地道，"她对太子不满，可是天皇在这方面跟她并没有完全站在一边。"

"这……意思是？"

"手心手背都是肉，"那人看着盛放如火的杜鹃花，"对陛下来说，花和树，终究都是属于他的，不管摘花还是摘叶，对他来说都是失去，在他心里，无疑难做抉择，或许，他才是最不想要此案破获的那个人啊……"

奇人马奴　道术幻境

第十二回

大唐封诊录

　　来到大理寺院中，李凌云站在自己的花马旁伸手解马绳。明珪跟来，苦笑道："我这大理寺少卿就是个没用的假货，这些人一贯不待见我，却没承想他们连案卷都不愿意给我们翻翻。"

　　"他也没说错，去宫中请来旨意不就可以了吗？"李凌云翻上马背，不以为意地道，"案子既是天后让我们破的，遇到麻烦，不找她找谁？"

　　"啊？"李凌云这话听得明珪一愣，旋即点头笑道："大郎说得对，这种事情何必跟大理寺争执？是我有些笨了。"

　　说完明珪忍不住笑起来。二人翻身上马，一路向宫中去。眼看即将离开东城，却远远瞧见有几位衣着华美的男子站在东城门外，手中牵着骏马，探头探脑地望着城中。

　　"像是东宫的人。"明珪勒马走在李凌云身侧，及时提点道，"未着官服，穿的都是翻领胡服，窄袖长靴，看来不是在东宫任职的官员，而是太子亲近的下人。"

　　李凌云抬鞭指了指，问他："东城官署众多，各家下人都会在门口等主人，何以见得这些就一定是东宫的人？"

　　"太子李贤从小聪慧机敏，但性情放荡得厉害。他对自己的母亲掌握朝廷大权向来有所不满，当了太子后，干脆召集人修书，针对天后，做事颇为不计后果。"明珪也用马鞭指指那些家伙，"太子身份尊贵，东宫的人自然跟着水涨船高。虽说除了皇家之人，非经赏赐不能穿明黄色衣服，但有些大富大贵之家的婢子会把红绿绸缎做成衫子穿在里面，暗中彰显自己的地位，当然也不乏有人把明黄色衣服穿在里面，只要不露出来，权当没有僭越之事。"

李凌云朝那边看去，果然隐约看到这些人里衣的明黄色边缘，他奇怪地问："这不已经露出来了吗？"

"僭越嘛，本就是故意做给人看的，不然怎么彰显自己的地位呢？"明珪哈哈一笑，"否则就是衣锦夜行，白白花银子做毫无意义的事情。况且有人看见，也不能真的把他们给怎么样，毕竟是太子的眼前人，就算只是下仆，也没人能拿他们是问，否则难免被扣一个不敬东宫之罪。"

说话间，那几个东宫下仆中却有一人上了马，朝二人直直骑过来。来人是个青年男子，相貌堂堂，皮肤洁白，身材高大，五官英气十足，年轻气盛，看起来有一种野性的俊美。他手中未握缰绳，竟是只靠双腿驾驭着这匹大青马。

只听一声口哨，大青马便在距二人不到一丈的地方停下来。来人也不行礼，露出玩味的眼神，上下打量了李凌云一番，这才对明珪道："明少卿，可是又找了人来查你阿耶那桩案子？不知你这次能否查到我们东宫里面去呢？"

此时，青年男子身后的几个下仆都上马赶来，围在这人身旁哄笑连连。明珪面色一沉，并不回答，拉起缰绳策马绕过他们，继续向前去。

李凌云对那人多看两眼，然后打着花马屁股追上了明珪。"你认识？"

"他是太子的马奴，名叫赵道生。"明珪见李凌云看向那人，冷笑道，"大郎是不是觉得此人相貌不凡？"

"确实长得英俊，就是说话太跋扈。"李凌云回过头，"能仅用双腿驾驭马，他力气一定极大，也算有些本事。一个马奴怎敢这样跟高官说话？就算大理寺不待见你，可你毕竟是四品少卿，满朝文武中比你位高的也没有多少人。"

"怎么不敢？这赵道生虽说只是养马的贱仆，却是太子身边独一无二的红人，一天也缺不得他。我阿耶的案子虽还没破，但外面都说是东宫的人干的，天后又让谢三娘暗中搜检东宫臣属居所。虽说是暗中搜检，可谁不清楚是怎么回事？所以我跟东宫的仇怨已深，他也不是第一次向我示威了。"明珪摇摇头，颇为无奈。

"天朝太子为何缺不得一个马奴？"李凌云不解，"太子又不用每天骑马。"

明珪思忖片刻，这才小声道："京中传闻，赵道生跟太子的关系很不一般，二人……就像夫妻一样。"

"可他明明是个男的，莫非太子不是男人，是女人？"

李凌云的话听得明珪在马上打了个趔趄，忍笑道："大郎平日很聪明，但有时候却叫人无话可说。太子自然是男的……"

两人的马朝着宫中的方向跑去。一路上，明珪少不得跟李凌云多解释几句，在到达之前，总算让他搞明白了，那个赵道生与太子两个男子之间，存在着某种不可言说的暧昧关系。

二人在宫门前下了马。虽说是前来请旨，明珪倒也未必要见天后，只是让宫中人给谢阮带了个话，并没直接入宫。

不多时，谢阮身穿黑色胡服，臂上系一条红绢，满头大汗地朝敞开的侧门跑了过来。

等问清二人来意，谢阮连连摇头。"今日有属国使臣来京中觐见，偏巧天皇风疾发作，天后正在主持觐见典仪，我看你们今天肯定是请不到旨了。不如这样，我这几日请好旨，再出宫去寻你们，如何？"

明珪点头道："也好，到时你命人到我宅中知会一下，再由我去找李大郎，我们再到东城门口相见，一同去大理寺。"

李凌云微微皱眉，却还是点头说了声："甚好。"

谢阮奇怪地看他一眼，笑道："李大郎的表情跟说出来的话很不符啊。你是不是心有不满？"

李凌云坦然道："我是着急断案，破案时限是天后定下的，却要让我们等几日，实在没有道理。"

"看来还是让大郎不高兴了。"谢阮冲李凌云笑了一会儿，又好奇道："那你为何又说'甚好'？"

"因为可以看出你已竭尽全力做了最好的安排。"李凌云对谢阮微微弯腰，感谢道，"谢三娘为人爽朗，不会骗我，还对我仔细解释，所以我虽然着急，还是觉得甚好。"

"……说的什么话，一点小事罢了……"谢阮面上飞起一抹红晕，却又马上散去。她像个男子一样爽利地大笑道："李大郎虽说棒槌了一点，但我们既然相识一场，朋友的事情又和天后有关，某敢不尽心尽力吗？"

"'棒槌'是什么意思？"李凌云袖着手眨眨眼，隐约觉得不是个好词，但下一秒他的注意力就转移到了"朋友"二字上，喃喃道："我们这样，就算是朋友了吗？"

"不是朋友又是什么？"谢阮好笑地伸出手指，一桩桩数起来，"我们早就互通姓名，就连你这个人都是我从大牢里提出来的，我们一起破了两桩案子，现在更是一起为天后做事，怎么不算朋友？"

"原来如此，"李凌云恍然大悟，"这就是朋友。"

见李凌云这副模样，谢阮奇道："李大郎……你不会没交过朋友吧！"

"好像没有，除了六娘、阿奴，来往的大多是长辈和家中仆役，再就是师兄弟……"李凌云一面回忆，一面看向明珪和谢阮，摇起头来，"之前学习封诊道时，因为我不会看人脸色，阿耶说我容易惹人不快，就不让我跟其他人一起学习。学成之后出门查案，都是阿耶先以文书派遣，到了地方，我只管封诊查案，并不怎么跟人往来。"

"看来，只有我和明子璋称得上你的朋友了？"谢阮刚说到这里，就听见有女官隔着老远唤她，连忙应声，与二人告辞而去。

"谢三娘在打马球，她一向是做领队的那个，所以走不开。"明珪说着，与李凌云牵了马缓缓离开宫门。

“何以见得？”李凌云问。

明珪顺口解释道：“她平时喜欢穿红色，今天却是一身黑，是因为宫中打马球时要分两队，黑白对抗。只要看穿着便可猜出一二。”

“子璋好像对宫中事颇为熟悉？”

明珪一怔，很快恢复正常。“与你说过，我常常替阿耶去宫中送丹，知道些宫中情状也不足为奇。”

“也对！”李凌云只当他随口一提，并未在意，望着一水之隔的东都城郭，有些沮丧，“看来只能按谢三娘所说，要过一些时日才能继续往下查了。”

“反正已经如此，倒不妨趁机休憩一下？”明珪上马坐好，低头问李凌云，“既然你说没有朋友，想来东都城你也不会经常乱逛吧！”

“会去南市买一些胡药之类的……”李凌云也上了马，打马慢慢向前走，“为什么要乱逛？要用什么，直接到市场买就是了。北市我也会去，那边有极好的铜铁匠，可以打钳子。”

“钳子？”明珪奇怪地问，“为什么要打钳子？”

“封诊道的工具都是特制的，和市面上卖的不一样，比如说给尸首开胸时，需要用一种利钳夹断肋骨，才能看到心肺……”李凌云详细地解释着，缓缓跟明珪走向直通洛水的天津桥。

洛水因官府开渠，共分三股，同一片地方修建有三座桥，只是后来另两座桥被水冲毁，唯独天津桥经多次修缮而保存下来。如今桥头上建有四座重楼，为日月表胜之象。楼上人影影绰绰，桥上车马行人川流不息，还有人在桥上驻足，不断眺望远方。

二人策马路过一群端着酒杯的人，他们明显是在给朋友送行。在洛阳，过了天津桥就是前往边关的路，人们通常在这里送别友人。李凌云朝他们看看，又望向桥边摆着方布的摊位，这些摊上大多放着龟甲铜钱，不时有人停下来掏点通宝，听一下占语。

发现李凌云好像对这些人感兴趣，明珪笑道："我所居的安众坊有个异人，占卜非常灵验，你喜欢的话可以尝试一下。"

"异人？"李凌云策马跟上，从口袋里掏出一个歪梨，塞进丑马嘴里。

明珪似乎没料到李凌云会用昂贵的梨喂马，愣了一下，看了那丑马片刻，才回答道："嗯，此人名叫葫芦生，虽双目失明，但精于占筮之术，在洛阳名声极大，他的房舍就在我家对面。"

"早上我就想问，安众坊中一直杂住着许多庶民，你阿耶是正谏大夫，虽是个散官，但也不必与百姓为伍，为何不在东都另找一个更好的居所？"

明珪解释道："阿耶自入京后，大多待在宫中，偶尔才回这里住。他本就是因为不太喜欢世家那一套规矩，才会跟人修炼道术，族中之人觉得他不走正道，丢了世家脸面，不与他来往，所以他干脆另购房舍，不与明氏族人住在一起，乐得自在。再加上一时间找不到好的院落，他就把住处选在了安众坊，虽然周边住的都是平民，但并不吵闹，胜在清静。"

李凌云自打认识了明珪，又接了明崇俨的案子，自然而然地对明家的事情多少了解了一些。

李氏一门是封诊道中人，平时深居简出，就算李绍在世时也是忙于封诊，由妇人持家，所以他那姨母胡氏难免要外出走动，也听到不少市面的风声。

李凌云从姨母那里打听到了关于术士的种种，得知明崇俨这样的术士多依靠异术出名，只因得到皇家赏识便突然被提拔封官，对治国齐家毫无用处。在大部分人眼中，他们就是邪魔外道，所以明珪说他阿耶明崇俨虽是世家出身，却不被族人接纳，倒也不难理解。

谈话间，两人已深入城坊。

洛阳城内的道路被泥土夯实，表面铺一层碎石，一来防止尘土飞扬，二来也是为了防止大雨落后变成稀泥一片。路上策马牵牛的人极多，牲畜不通人性，粪来就拉尿来就撒，为了避免污秽之物横流，很多人会在牲畜臀后挂个箩筐，用来接住粪便。在城中行走时，虽说偶尔有粪味传来，但至少路面看起来并不污浊。

大路两侧遍植阔叶树木，挖有排水沟渠，流水淙淙从洛水而来，流过街道，增加不少清凉之感。李凌云放眼望去，觉得眼前的一切看起来整齐干净，周围行人或广袖飘飘，或胡服矫健，虽说都是市井情状、人声喧扰，倒也很有一些温暖的人间烟火气息。

明珏问李凌云："要不要去南市外瞧瞧？虽说不比长安，但洛阳南市也有一百二十行，足足三千肆，靠近南市的坊中有胡商聚居，风情与我大唐截然不同，尤其是胡庙，挺有意思，很值得一看。"

李凌云正要答，却瞥见有个人突然拦在马前，他连忙拉住缰绳。只见朝天鼻花马刹不住脚，从那人身边擦过才站住，差一点就踏中此人。

那是个一手持竹竿，面容清癯的青衣道人。此人似乎完全没察觉危机，仍然毫无畏惧地昂起头，望着李凌云。

李凌云仔细一看，发现这道人眼球居然是烟灰色的，明显是个瞎子。他正想问这人为何冒险拦住自己，却见明珏下马恭敬地迎上去，喊了声"先生！"，又问："您为何会在这里？"

李凌云见状，也下马来到那人跟前。明珏连忙介绍道："这位就是方才我提起的异人，葫芦生。"

李凌云上前行一礼。"听明子璋说先生擅长占筮之术，今日是出来为人占卜的吗？"

明珏闻言一愣，心知李凌云这是觉得葫芦生是他的熟人，试图像一般人那样套套近乎，虽然明白是好心，但还是忍笑道："大郎慎言，求先生占筮的人能排到洛阳城外，先生根本不用离家摆摊，再说先生患有眼疾，外出营生也不方便。"

"哦，既是如此，先生为何来这里，又为何拦我的马？"李凌云不解地问。

明珏同样感到古怪。那葫芦生摸着白须道："我吗？当然是为你而来的。"说着，他快如闪电一般抓住了李凌云的手肘。

被一个瞎子抓着，李凌云并不觉得害怕，况且他感觉葫芦生并未使力，他也就没有反抗。

葫芦生缓缓说道："你这人身上缠着重重因果，却又与我大唐国运纠缠在一起，你的命途真是怪异得很。"

"命途怪异？"李凌云试着抽手，谁知那葫芦生的手指看似苍老如树皮，实则力大无穷，他根本无法抽出来。

"小郎君不要急，我说完就会放了你。你父亲不久之前死于血光之灾，你母亲也在许多年前死于非命，啧啧啧啧，你可真不是个寻常人。"葫芦生瞪着灰白眼眸，死死盯住李凌云，就好像那双瞎了的眼睛可以清楚地看到他一样，"你要小心，不要为邪恶所惑，切记切记……"

李凌云正不解，葫芦生却已松手，转身用竹竿戳着地面，缓缓摸索而去。"我是三世人，你却是两生人，有趣有趣，你也非常人，我也非常人，我们都不是人……"

李凌云与明珏对视一眼，后者道："你别看我，我也不知为何会遇到这位，他的话你听听就算了，不必当真……"

"我阿耶的确死于血光之灾，可我阿娘是病死的，这是阿耶亲口所说。"李凌云喃喃回忆道，"……嗯，是病死的才对。"

明珏见他有些恍惚，拍拍他的后背。"别想太多，我阿耶就是术士，他们这些人大多神神秘秘，有时说话也是云山雾罩的，若仔细分辨，其实每句都留了余地，只要能说准一二便是神异，至于不准的，也可以解释为被他们化解了。市井之人多是报喜不报忧，时间一长，被人宣扬出去，便是神通显灵，这术士自然免不了门庭若市，钱财滚滚而来。"

此时街上人多，明珏和李凌云没再骑马，而是牵着马顺着人流缓缓向前走着。

李凌云听明珏继续道：

"一些术士爱玩弄语言陷阱，这其实也是一种'道技'，因是说话的方法，术士私下里便称之为'话术'。

"天津桥上的术士大多精通话术，他们给人占卜时，首先观察来人的穿衣打扮。若是庶民，要问的无外乎与婚姻、钱财有关。若是富人，情况又要细分：比如来人表情急切，便要试说该人恐遇祸事，出些银钱，便可给出化解之道；若来者面有喜色，自然要道出祥瑞，旁敲侧击地告知对方天降红运，好事临头，只要把来者说得舒服，自然少不了赏钱。

"就算偶尔说不准也无伤大雅，退掉银钱，全当磨了嘴皮子，倒也没人会与他们较真。日子久了，也可以积累出几分名气，在东都城里混口吃食还是很轻松的。"

李凌云听完突然问："什么是三世人，什么又是两生人？"

明珪想起那葫芦生所说，跟李凌云解释道："所谓三世人，简单来说，就是能活三世的人。这个葫芦生一直对外说，此生是他的第二世，他前世就是生在这洛阳城中，等他在此修行到第三世，便能化仙飞升而去。"

"就是说，他是转世投胎来的？"李凌云摇摇头，"这怎么可能？人死了，尸首很快会腐败，多年以后只剩下骸骨，用什么来转世？"

"也非绝对，我大唐太宗皇帝时，三藏法师玄奘前往天竺，取得了大藏佛经。我阿耶虽是修道人，但也听过僧人讲经，据经文记载，人有前世、今生与来世，修行的人可以把福祉带到来世。怎么，李大郎不信吗？"

"宜人坊太常寺药园中有一块土，种植了各种灌木，特意围起来不给人看，你可知道那里是派什么用场的？"李凌云刚提出问题，不等明珪回应，旋即又自顾自解释起来："那块地方其实是我们封诊道研究尸首腐败过程之所。洛阳无名尸首很多，一些新鲜尸首会被运到那里，由我们封诊道弟子将其放置在土地上，观察不同天气下的腐败状态，并做记录。不管是酷热的夏日，还是寒冷的冬季，都有尸首被陆续不断地放到那里。我自小没事便前去观瞧，人死后不是被虫蝇吃掉，便是化为泥土，怎会有转世一说？"

"可活人能思考，死后便僵直如物，足以见得，人死后，魂魄就离开了躯体，如果不能转世，那魂魄又去了哪里呢？"明珪好笑地问。

"我也不知去哪里了，只是不相信人可以重生。"李凌云抬手抓抓脸颊，"否则，这世上所有人都知道自己以前生在什么地方，叫什么名字，娶谁为妻，生得几子。那世上不就一片混乱了吗？"

"大郎说得颇有道理，只是传说人死之后归于地府，黄泉下有碗孟婆汤，喝了以后就不再记得前世因果。大唐有中元节，说是地府阴魂会在这个日子回到阳间，探望他们的亲友。你连这个也不信？"

"反正我不信，我只知道人死了便万事皆空，所以，我们封诊道一旦接了案子，就要竭尽全力查出死因，抓住凶手。如果我们相信有来生，倒不如修仙练道，追至地府向死者询问到底是谁害了他，这岂不更容易，那又何必费尽周折去破案呢？"

明珪在旁边听得摇头直笑。两人安步当车，慢慢走进了一座房屋低矮的坊中。这里看起来并不华贵，坊内几乎见不到二层小楼，道路两边站满经商的小贩，只留下中间一条非常狭窄的通道，行人来来往往，摩肩接踵，每个人脸上都带着一种愉快、兴奋的表情。

"此处唤作道术坊，从坊名便能听出，东都城的术士和百戏艺人都聚集在这里，因此得名。只是这里的术士并不像我阿耶那样出名，大多只是靠一些雕虫小技为生。可也不能小瞧他们，这些人中不少都有绝活。"

这样热闹的场面李凌云没怎么见过，平日他只会在南市和西市购买些日常用品，虽然环境也很嘈杂，但那些地方都是正经商户和买客。而道术坊却以百戏杂耍之人居多，十步之内必有围观叫好声，热闹程度可见一斑。

李凌云有些目不暇接，面前许多都是他不曾见过的光景。在他左面有个昂藏大汉，赤裸着毛茸茸的胸脯，手持两根纤细铁杆，杆头燃着熊熊火焰。

那大汉用铁杆上的火烧着胸口的毛发，响起嗞嗞声，大汉的胸口还冒出了青烟，吓得路边围观者不断后退。

大汉见围观者害怕，哈哈一笑，张开大嘴把铁杆吞入喉中，再拿出时，火焰已完全熄灭。他张开嘴给大家观瞧，嘴里竟没有一点伤痕。

李凌云手指大汉，正想问这是怎么做到的，明珪却朝那大汉扔去一个通宝，拽着他往前走去。

明珪在他耳边小声解释道："这些人平日都以滚烫的东西为食，还常喝沸水，渐渐便不再惧怕高温。而且你看他们吞火时通常会把头仰得极高，口对天空。那是因为火焰一般向上燃烧，不会向下蹿入喉咙。此时只要尽快含住火焰，隔绝空气，便能让火熄灭。"

"我们封诊道也研究过，如果把火焰用工具密闭起来，就算最初燃得再旺，也会在顷刻间自动熄灭，不过也非绝对，有些燃物会在熄灭后复燃。"

"看来那人口中的并非此类燃物，否则定会性命不保。"明珪闻言笑笑。此时李凌云又被右边一群挨挨挤挤的人吸引了注意力。

一位年轻术士身穿法袍，撩起大袖，露出瘦削的胳膊展示给路人。他从看客里邀请一人来到近前，并让此人仔细摸过他的手，以证明他手上并无任何东西，随后，他突然将胳膊伸进了面前正沸腾的油锅里。

年轻术士下手极快，看客毫无心理准备，几个小娘子被他吓得尖叫出声。那术士却面色不改，手在那油锅中划来划去，许久之后，他从里面摸出了几个油滋滋的通宝。

众人惊诧之余纷纷大方地掏钱，都觉得这是一场非常精彩的把戏。

李凌云在旁边看了一会儿，耸耸鼻子对明珪道："我好像知道他是怎么做的。"

明珪很好奇。"你知道？"

李凌云伸手扇风嗅了嗅。"空气中有股醋味，油锅中应该放了不少的醋。醋放在屋里不易生虫，在我们封诊道看来，它有清洁之效，所以我们会用醋清洗尸首及工具。另外，醋还可以祛除瘟疫，方法很简单，将房屋门窗关紧，在屋内将醋煮沸，使之散发气味即可，我们称之为熏蒸法，对可能存有毒虫和疾病的现场，我们也会用到此法。"

"这跟他在油锅徒手取物又有何关系？"明珪笑得有些别有深意。李凌云警觉地道："看来此术法的原理，明子璋你一定知道。"

明珪哈哈笑道："确实知道，只是想看大郎能不能看穿。"

李凌云哼了一声："熏蒸醋汁时我就知道，醋即便沸腾冒烟，摸起来也与温水无异。那人的油锅中有醋味，油下一定放了不少醋。油比醋轻，会漂在表面，等火烧得醋沸腾起来时，油锅粗看貌似滚开，实则并不怎么烫手，想从下面摸出通宝更是轻而易举。"

明珪赞叹道："真是妙解，路人都被蒙蔽，没想到大郎却能一眼识破，可见你们封诊道果真不同寻常。这人只是会些百戏小伎俩，不算有真本事，可小伎俩也是他人的求生之道，大郎你心知就行，不要四处去说。"

"我明白。"李凌云点点头，"那个人是因为要生存，所以才将骗术拿来做把戏，是吗？"

明珪温和地肯定道："正是如此，求生不易，几个小钱罢了，既给人带来欢笑，倒也不必当作骗局看待。"

说话间，两人又经过几个百戏摊子。有的人从空帽中突然变出活物，有的人则从怀中随手掏出火盆，用的无外乎是一些障眼法，见得多了，李凌云便也没了最初的兴致。

正在此时，前方却有大笑声传来。李凌云朝那边看去，发现是有人在耍猴子。

耍猴人在一块空地上吹着笛。几只猴子浑身是毛，却都穿上了一套合身的小衣小裙，随着主人吹奏的曲调演起猴戏。

李凌云仔细一瞧，几只猴子演的竟是书生路遇妖女的剧情。这种故事百姓向来喜闻乐见，不多时就聚起一大群看客。也不知主人是怎么训练的，明明是一张张猴子脸，姿态却十分迷人，甚至有几分楚楚可怜。演戏时，它们也学着人的表情，深情款款，格外滑稽，看得观者大笑不止。

这群人正乐不可支，忽然从空中掉下一个东西来。那东西在地上骨碌碌滚了滚，停在李凌云脚边。他低头看去，猛地发现那东西竟是一颗小孩的头。

只见小孩的双目紧闭，表情悲苦，脖颈上还流着血水。

一个看戏的小娘子吓得大叫，抓住李凌云的胳膊死死不放。李凌云见惯了尸首，没被小孩的头吓着，反而被这小娘子给吓了一跳。

就在这时，一个中年汉子拨开人群走了过来。那汉子长了一张苦情脸，他连连揉眼，对众人哭诉道："我家小儿命不好，刚才至上界仙宫偷取鲜果，不

想被仙人发现，天兵天将把他斩首分尸。我只有这么一个儿子，还请大家助我
一些钱财，好让我可以回乡安葬我儿。"

李凌云侧头看去，发现那中年汉子身后跟来一群百姓，这些人表情激动地
交谈着，他们自称看到了整个过程，来为汉子证明事情是真的。一时间，大家
无不同情起这汉子来。

有个男子手捧一颗硕大的仙桃，对大家道："刚才他家小儿说要去天庭摘
取鲜果，天上突然无端垂下一根绳索，那小儿就顺着绳索爬上云端，之后久久
不见他的踪影。他过一会儿就抛下来几颗仙桃，他阿耶正说够了，叫他赶紧下
来，谁知那绳索忽然断开，掉落在地面上，再后来，我们就看见他家小儿的脑
袋被从空中抛下来了。"

众人听得惊慌不已。那汉子抱着孩童的头颅在一旁痛哭流涕，一副痛不欲
生的样子。人们见状纷纷慷慨解囊，就连那耍猴的艺人也忍不住掏出几个通宝
塞给他。

李凌云狐疑地看着那汉子，又望望他手里孩童的脑袋。不一会儿，天上竟
又落下一些碎块来，搞得在场的人惊呼不断。仔细看去，大都是小孩的手脚，
甚至还有少许肠脏，肢体的断口血糊糊的，令人不忍直视。

那中年汉子大哭不已，把收到的钱财放进怀中，又从身后背囊里取出一个
巨大的口袋，将孩子的尸首碎块一一捡起放了进去。

那汉子擦干眼泪，对四周团团作揖。"多谢多谢，这些钱财不但足够安葬
我儿，还可以和仙君做一笔交易，将我儿唤回人间。"

众人闻言大为惊讶，纷纷议论起来，认为孩子已被分尸，不可能复活。

那中年汉子不管别人怎么说，对着上天双手合十，嘴里念念有词地不断祈
祷。念完一大段祷词，那汉子转身提着口袋，喊道："痴儿！还不醒来？"

话音一落，装尸块的口袋突然震动不已。众人惊得眼睛都直了。只见那汉
子缓缓解开口袋，一个肢体完好无缺的男孩活蹦乱跳地从口袋里钻了出来。那
汉子搂着孩童跪地祷告，口称神迹出现。

有看客好奇，想去验证，伸手去拽那孩童的胳膊，孩子疼得哇哇大哭起来。

"果真是活的！"

亲眼瞧见死而复生的神迹，看客自然欢声雷动。李凌云却大皱眉头，问道："这是什么？"

明珪浅笑道："你觉得是什么？这当然就是所谓幻术了。"明珪还来不及深讲，那中年汉子已察觉了李凌云的质疑，突然大步走到他面前，向他献出一颗桃。

"我与贵客极有缘分，这枚仙果就赠予您了。"

说罢，汉子把桃硬塞到李凌云手中，牵着孩子便转身而去。

李凌云搞不懂那个汉子的意图，费解地望着已走远的父子二人。

忽然，他听见身边陆续有人倒抽凉气，再低头，他发现手中捧着的桃不知何时竟变成了一条乌黑的蛇。那蛇浑身长满斑纹，口吐红芯，盘成一团，看起来相当恐怖。

除了明珪，李凌云附近的人已全部退开，他却毫不畏惧地掂起那条蛇，缠在手上看了看，冲着明珪道："幻术果然神奇，只是所见非所得，他先给我的是桃子不假，但当我抬头看他时，手中顿感一凉，此时桃子已经被他换成了这条蛇，可见他与先前的艺人一样眼明手快，才能让幻术成真。"

说完，他又朝那对父子看去。只见那男童正坐在父亲肩头回头看，发现李凌云对蛇并不畏惧，就对他咧嘴笑笑，嘴里好像正咀嚼着什么。他仔细一看，孩童手里抱着的正是那颗桃子。现在那桃被那孩童啃了个缺口。

"此蛇无毒。"李凌云把蛇扔进水沟，拍了拍手，"幻术这东西，还真有些意思。"

李凌云动作随意，可明珪发现身边百姓脸上都露出了畏惧之色，便过去压低嗓音说："大郎，我们走吧！不然他们要把你当作异人看待了。"

"就因为我不怕蛇？"李凌云皱皱眉，"桃子和蛇的问题很好解释。可天上垂下绳索，孩童爬进仙界，这些也是他们的障眼法？"

"这是人家幻术师的秘法，最好还是不要揭开。我说过，有的人以此为生，暴露人家吃饭的手段容易得罪人。"

明珪拉着李凌云走出人堆，仔细解释道："东都洛阳奇人异士颇多，其中许多人，你我根本弄不清来头。幻术里低级的那种或许是障眼法，高级幻术手段却极为玄奥。你不信他们那套倒也无妨，只是不要在人多的地方探讨，就像大郎你们封诊道，不也有些独门手段是秘而不宣的吗？"

"子璋说得对。"李凌云点头，"只是还有一件事。刚才那些天上掉下来的尸块，是真的。"

"真的？"明珪一愣，"死孩子？"

"死是肯定死了，但不是孩子。"李凌云边走边道，"蜀中白帝城一贯以猿猴鸣叫举世闻名，据封诊道记载，这是因为蜀中有一种猿猴鸣声响亮。此猿猴中的雄猴毛发浓密且发青，成年后身形巨大，与几岁孩童无异，那些尸块就是这种猿猴的。"

"大郎是怎么看出来的？"明珪忍不住问。

"封诊道擅长剖验尸首，所以孩童尸首我也经手过许多。"李凌云的声音渐渐低沉，"虽说京畿之内如今还算安定祥和，但前些年朝廷征高丽，讨突厥，不巧又遇天灾，成人尚无力支撑生活，何况孩童。所以在东西二京附近，有不少病死或饿死的幼童……如果有人愿意提供尸首给封诊道，我们会给予一些钱财，那些幼童的父母会为了钱……"

似乎是觉得话题有点沉重，李凌云没有继续下去，而是说回到了猿猴身上。"那些断肢上覆盖着衣物，让人一时间很难分辨是人还是猿猴的断肢。猿猴的骨骼与人的骨骼外观相近，却也有所不同，他们能用这一手骗人，不过是仗着一般人不敢细看尸首罢了。至于头颅，也很简单，用一些化装手段把猿猴的脑袋稍微装扮一下即可。"

"在看猴戏的地方，遇到用猿猴的尸块充当孩童尸首的幻术表演……我说那个耍猴人怎么会愿意掏钱，他们可能根本就是一家的。这些幻术师倒也舍得下本钱，只是那从蜀中捉来的猿猴，只是为了一场幻术便被杀掉，总觉得有些不值。对了，"明珪又道，"虽然方才被大郎吓了一跳，但我也笃定那些尸块不是孩童的。"

"哦？"李凌云问，"子璋也会认猿猴骨头？"

"我可没大郎那一眼看破的本事，"明珪抚着宽厚的下巴，笑道，"可我知道，东都城中，光天化日之下，要是真死了人，凤九便会马上得知消息，怎会让这些人在街上表演？他们胆敢这样做，只怕金吾卫街使早就过来拿人了。"

明珪的解释却让李凌云更加大惑不解，他惊讶地道："东都人口何止百万，你为何这么笃定凤九能在第一时间知道？他的消息灵通到这个地步了吗？"

"凤九执掌鬼河市，而那些鬼河人可不只是待在地下，他们平日会混迹在东都的三教九流之中，时刻为凤九盯着各处的异状，这也是鬼河市的存在能被朝廷默许的原因。就算是金吾卫与河南尹，也未必有凤九消息灵通。"明珪神色严肃，跷起右手大拇指赞扬道，"凤九可谓东都城中一霸了。"

"凤九竟有这么强的实力？他到底是什么人？我记得他说过一直在帮我阿耶查案，难道他与你和谢三娘一样，也是天后的人？"

"没必要多问。大郎只要记得，凤九的消息极为可靠就行了，反正其他方面你也接触不到，只是……"明珪从李凌云的眼睛里读到了他对凤九的兴趣，小声提醒道，"你可以相信凤九的消息，却绝不能过分倚靠他，更不要对凤九本人太信任。"

"什么意思？我越来越听不懂了。"李凌云眯起眼睛，"明子璋，你到底想说什么？"

"总之你记住我的话便是。"明珪正色道，"与凤九打交道，一切公事公办最好，千万记得防备他。"

"你不敢明说，是因为说出来会有麻烦？"李凌云追问。

明显不想再继续解释，明珪对李凌云笑笑，大步往前走去。

这里叫作道术坊，术士也的确随处可见。二人路经一段街道，路边如天津桥一样有许多摆摊占卜的术士。其中一人很是特别，他以黄雀为人抽签，看起来相当有趣。那小小黄雀仿佛通人性，术士随手一指，它便展翅去衔起竹筒内的木签，术士又一勾手，它转身便回，将木签准确无误地放进术士手中。

众人瞧了，无不惊奇。因黄雀取签着实好玩，摊子的生意也格外红火。李凌云观瞧了一会儿，忽然听见拍手顿足的声音，转头发现有人在街上舞蹈。

为首的舞者是一位长得极其好看的女子，她缓缓走在街上，有节奏地用双脚踩踏地面，嘴里唱着歌谣，每唱一段，身边的人就齐声应和。

"怎么有人在这里跳《踏谣娘》？"明珪奇怪地端详那女子，"此坊以百戏为主，大家一般在这里看些奇人异事，并没人会在此歌舞卖艺。"

舞蹈的人越走越近。李凌云盯着女子，发现她身材高挑，甚至高于一般男子。仔细看其脖颈，被故意拉高的领子恰好遮挡着喉结，再瞧脚上，穿的虽是女式线鞋，但又宽又长，显得很是怪异。

"舞者是男人。"李凌云说。

"大郎怎么连这都不知道？历来跳《踏谣娘》的，只能是男人。"明珪笑道，"此舞来自北齐，那时有个人姓苏，虽无官职，却自称郎中，平时喜欢喝酒，每次喝醉了便殴打他的妻子，他的妻子经常在挨打后向邻居哭诉。后来有人据此编了歌舞。扮演妻子的通常是男扮女装的人，你等会儿还能看到有人扮演丈夫的角色，一边跳舞一边做殴打状来逗笑大家。"

李凌云看着舞者，不解道："女子不幸，被丈夫如此虐待，得知情况的人不心生怜悯也就罢了，为何还要编歌舞嘲笑她？"

"……呃，你这么一问，我也不知该如何解释。或许是所有夫妻间的矛盾，在外人看来都无关紧要吧！"明珪猜测。

"殴打妻子或丈夫这种事，只要有过一次，就绝不可能会终止。"李凌云继续道，"我们封诊道接触过很多案子，妻子或丈夫不堪受辱，或是争吵，或是打骂，或是拔刀相向，再或者下毒杀人，都不少见，一旦发生，就是恶案，在坊间影响甚大……《踏谣娘》的故事不是喜剧，而是悲剧。外人要是得知夫妻在家中互相打骂，一定要想办法尽快解决，否则可能会死人的。"

舞者突然停了下来，走向李凌云，那张扑满厚厚脂粉的脸上挂着灿烂的笑容。他对李凌云和明珪弓腰行礼，道："我家主人有请，二位客，请随我来。"果然，和明珪说的一样，舞者说话的声音是男音。

"你的主人是谁？"李凌云奇怪地问，"找我们又有什么事？"

"二位去了自然便知，仆没有资格替我家主人回话。"舞者说完撩开了自己的衣袖，让他们看他的手腕。腕内皮肤上有一个狼头刺青，图案精美，纤毫毕见，李凌云一眼认出那刺青的图案跟之前那个叫小狼的童子戴着的狼头面具非常相似。

"你的主人是凤九吗？"明珪问。

舞者没回答，只是转身在前方领起了路。

明珪看看李凌云。"要不要跟上？"

"去看看也好，凤九找我们说不定有事。"

两人随舞者离开了道术坊。坊外停了一辆油壁牛车，舞者掀起车帘，等二人上车后，舞者便甩起了鞭子。

车行了很远才停下。二人下车后，明珪四处看了一眼，笑道："竟然到这里来了，果然是凤九的地盘。"

李凌云闻言看向坊内，只见绿树掩映着红墙亭台，风景很是雅致，不由得疑惑地问："这又是哪里？凤九的地盘不是在地下吗？"

明珪手指远方，那里有一片波光粼粼的水泊。"你看那水泊像不像是一轮明月？它叫作月陂，是东都名胜。这里就是东都大名鼎鼎的明义坊，宫中的左右教坊便设在此地，此间是整个东都最香艳的去处。"

正说着，舞者来到前面，引二人前往坊内深处。

两人且走且看。他们脚下的道路是用青石剖成片铺砌而成的，路边绿树浓密，其中夹杂许多开花灌木。坊内楼阁林立，修建得秀美可爱，红白相间的楼阁里不时传来丝竹声与女子的嬉笑声。就连空气中都弥漫着胭脂水粉的气味，放眼望去，整个教坊给人一种妖娆的感觉。

李凌云这辈子从没来过这样的地方。教坊司虽在宫外，但也是宫中管辖的，就算有案子也轮不到李凌云来办。他平时除了查验死人尸首，就没有跟活着的伎子有过往来，更别提进教坊了。此时他面露好奇之色，左右张望个不停。在他们前方靠近那片月陂的地方，有一座两层朱楼，远远看去，二楼上有些女子正在舞蹈，人数还不少，身形袅娜如仙。

舞者领着他们走到楼下。冷不丁地从李凌云头上落下个东西，明珏眼明手快，在那东西砸到李凌云之前抬手接住，张开手掌一看，竟是一颗紫色的冰冻葡萄。

二人抬头一看，只见一个戴着半边面具的风姿秀逸的紫袍男子手里端着个银制葡萄盘，正靠在二楼栏杆上往下瞧，果然正是凤九。

凤九见二人朝自己看来，魅人地一笑。"来哉来哉，客人总算是到了，快把他们叫上来，不要让这里的妖怪给吃掉了。"

李凌云当然听不明白，凤九说的"妖怪"就是教坊女子。

这些教坊女子一般都是被没入宫中的罪人后代，她们常年在教坊习舞作歌。地方上的教坊女子还要给官府官员表演，但东西两京的教坊大多只为宫中服务。

教坊女子身份低微，可平时接触的男子非富即贵，所以比起普通女子，她们要更加知书识礼一些。大唐律法并不限制官员狎妓，反而认为这是一种风流雅趣。这些女子因读书识字，眼界颇为开阔，彼此往往以兄弟相称。在教坊里，如有女子成婚，其他人便称此女的丈夫为"娘子"，其中规矩跟普通人家很是不同，所以来教坊寻欢的男子被女子调戏、挑选，很是常见。

明珏当然知道凤九指的是什么，却没有提醒李凌云，应该说，面对一无所知、纯情笨拙的李凌云，他不知道要怎么提醒。

等二人进了楼，李凌云才发现，楼里到处都是浑身香气的女子，她们或娇艳，或魅惑，当然也偶尔夹杂着一两个容貌清丽、打扮秀气的，不过不管哪一种女子，都用好奇的目光看着他们。

有几个胆大的女子绕着二人看了又看，笑道："真是美貌的郎君，而且还一次来了两个，尤其那个看着柔弱一些的，相貌甚是好看，甚至不输咱们女子，就算卫玠①再世，恐怕也不过如此。就是不知道这么好看的小郎君，会不会像卫玠一样身虚体弱，被我们姐妹的眼光给看死了！"

---

① 西晋名士。字叔宝。河东安邑（今山西夏县）人。中国古代四大美男之一。

那舞者见此情形，连忙把这些女子轰开，在她们娇媚的笑声里带着二人上了楼。二楼有一群女子正翩翩起舞，其中一位相貌美丽的宫装女郎在旁边弹奏着箜篌。

箜篌巨大，用木头制成月牙状，月牙中满是琴弦，拨弄琴弦的人必须坐着，用双臂把箜篌裹在怀里才能弹奏。这是一种很费力气的乐器。

凤九却无心欣赏这些。他没在雕饰华丽的坐床上，而是靠在二楼栏杆边望向远处，好像有些走神，连李凌云和明珪来了都没注意。

"主人，客已请到了。"舞者到凤九面前说了一句，便主动退下。李凌云看看周围，果然在角落里发现了那个叫小狼的狼面童子。看来，凤九不管到什么地方，都会带着这个童子。李凌云心中难免有些在意，狼面童子到底是凤九的什么人呢？

此时凤九才缓缓转过脸，若有所思地看看二人，目光在明珪和李凌云脸上游移片刻后，他突然笑起来，对两人轻声呵斥。

"你们两个，为什么要在道术坊里谈论术法？还让不让人做生意了？"

"什么生意？"李凌云莫名其妙。

"还问什么？当然是嘴里吞火、锅里捞钱、猴子演戏、天宫偷桃的那种生意。"凤九起身进屋，随意摆了摆手，那群正在跳舞的女子便停下来，恭敬地退出了房间。弹奏箜篌的女郎起身，从坐床旁拉出一扇绘着祥云的屏风挡住二楼入口，避免别人误闯进来。

凤九走到李凌云面前，他光着双脚，走动时身体不停摇晃，看起来歪歪斜斜的，好像有点醉意。他今日身披着一件紫色鹤氅，头上随意用木簪绾了个小髻，这样身体摇晃的时候给人一种大袖飘摇、赏心悦目的感觉。

凤九在李凌云身前停步，凝视对方，俊美的脸上带着笑容，却语气不善地道："就算你们明白术法里有什么古怪，也不要在道术坊当着那么多人的面说出来啊。你们把机关道尽，人家还怎么营生呢？他们又没有做伤天害理之事，只是逗人一乐，不必如此追根究底吧！"

"你怎么知道？"李凌云奇怪地道，"是谁告诉你的？"

"在东都,没有事瞒得住我,只要我想知道,我就能知道。"凤九坏坏地笑起来,他手里提着紫水晶一样的葡萄,摘下一颗随手塞进嘴里,"听说你们今天前往大理寺,想查其他案卷,怎么样,查到了吗?"

"要是查到了,就不会出来游玩了。"明珪苦笑,"我们的事,你比我们自己还要清楚,又何必为了嘲讽我们刻意拿来逗趣呢?"

"你们被大理寺刁难的事,天后现在还不知情。我的意思是,谢三娘在应付那些使臣,所以还没来得及告诉天后,至少我收到的消息是这样。陛下的身子不好,这次来朝贡的又是一些不安分的家伙。不过别在意,谢三娘会用马球教他们,对大唐应该怎么做才叫作谦恭,就是不免要见见血罢了。"凤九不以为意地招招手,"坐下说话!"

等李凌云与明珪在席上坐下来,凤九拍拍巴掌,有人从楼下送来蔬果、烤肉,还有各色或红或绿、形状可爱、制作精美的糕点。

凤九提起鸮鸟形状的镏金酒壶,将两人面前的酒杯斟满。"既然到了我这里,自然要用好酒好肉招待。你们不必拘束,这教坊和那鬼河市一样,我们在这里所做的一切,都不会有人传出去。"

李凌云跑了一整天,此时正好感觉有些饥渴。他见凤九自斟自饮,也就不客气地端起面前的银杯一饮而尽。见他豪爽,凤九显得很高兴,又给他倒了满杯,笑眯眯地道:"李大郎果然是爽快人。"

凤九又道:"既然这样,我便要讲清楚,否则就是对你不够仁义。你要知道,在这世上做事要讲很多规矩的,你到了一个新地方,就一定有新规矩要遵守。只要你还是个人,就注定无法随心所欲。那道术坊里有个不成文的规矩:绝不能谈论术法之秘,只可看个热闹。你们记住了,以后万万不要在那里多言。"

"那些术法跟骗术也没什么区别,你为什么放纵他们骗人?"李凌云吃了一口脆爽的酱瓜,仍是不解。

"就你李大郎聪明,你当那些看客真不知道那术法是骗人的吗?"凤九拿出一柄白玉如意,在桌上有节奏地敲击着。李凌云耳中充满叮叮咚咚的声音,莫名有点介意。

凤九吩咐那个宫装女郎道:"你继续奏你的箜篌。"他又吩咐那狼面童子道:"有客到,怎能忘记焚香?"

二楼音乐声渐渐响起。狼面童子打开博山炉,塞入一枚黑乎乎的香丸。众人周围很快弥漫起熏香的气味。唐人爱熏香是出了名的,不管是屋里还是衣柜中,只要花得起钱,都要熏香。市面上有一种镂空熏香球,用金银制成,里面有奇妙机关,香丸在里面燃烧时,无论怎么移动都不会落下,它是用来在被子里熏香的。凤九这里的香味道很独特,李凌云分辨了一下,应该是用了许多名贵香料,嗅起来令人心情舒畅。

凤九吃东西时并不用竹筷,而是直接上手。他拿起一块肉塞进嘴里,那也不知是什么肉,被厨子以极好的刀工切成树叶一样的薄片,看起来像水晶一般晶莹剔透。

凤九边咀嚼,边说道:"人生已经非常辛苦了。虽说只是碌碌终生,但总是日出而作,日落而息,也未免太过无趣。道术坊里的这些百戏艺人,粗看好像是在骗人,但路人观瞧时都在叫好,给钱也是心甘情愿的,李大郎你就当他们做了一场美梦不就行了?又何必什么事都要戳穿呢?"

"若只是一场梦,自然不用在意,但也无法避免这些人利用所谓神技招摇撞骗。真相既然不是表面上的那样,自当广而告之,以警示众人。"李凌云也吃了一筷子,发现那种肉嚼起来爽脆无比,唇齿留香,却一时间分辨不出到底是用什么兽肉制成的,正要继续询问,却听凤九哈哈大笑起来。

"真相,这世间的真相有什么意义?其实根本没有人想要知道真相,因为真相往往不堪,甚至令人恶心。大家苟活一世,不过都是看看表面的热闹而已。"

不知为何,凤九说这话时,整个人都散发着一种愤世嫉俗的气息,与柔婉的箜篌琴音形成了强烈对比。

李凌云还想说点什么,明珪一把拉住他的衣袖,对他轻轻摇了摇头。凤九见二人这副模样,微笑道:"明子璋,你也太看重李大郎了,生怕他惹恼了我。不过你放心！我并没有觉得生气。我怎么会跟一个什么都不懂的人斤斤计较呢？"

李凌云虽然迟钝，但多少也听出了凤九的讥诮。就在这时，他莫名感到有些燥热不安，于是突然伸出手去抓凤九脸上的面具。凤九对他毫无防备，居然被他把面具给抓了下来。

对李凌云的这一举动，楼上的人无不感到惊讶，包括突遭"袭击"的凤九。

李凌云看着手中的面具，又抬头望向凤九的脸，奇怪地道："我还以为凤九你是戴罪之人，脸上有罪人刺青，或是你的脸上有疤痕、胎记，所以才戴上面具。现在看来，居然并非如此？"

这是凤九第一次在李凌云面前露出整张脸，他年纪虽大，但面容英俊无比，尤其是眉眼间，颇有雍容华贵的气质。

听李凌云说话如此直率，凤九脸上隐隐有了点笑意。然而此时明珪脸色却难看起来，对李凌云严厉呵斥："李大郎，不可这般无礼，赶紧跟凤九道歉。"

"我只是奇怪他为什么要戴面具。凤九，你可是有什么见不得人的地方？"见李凌云追问，一旁的明珪顿时尴尬起来。

"我的确见不得人。"凤九伸手从李凌云手中拿走面具，缓缓戴了回去，"明子璋不用紧张，我不会记李大郎的仇，二位在这里慢慢吃便是。今天让人带你们来，只是为了警告你们一下，顺便让道术坊的人知道你们是我的座上客。至于面具的事，往后或许会有机会跟李大郎解释，不过现在还不行。你们要记得，那道术坊跟鬼河市一样，有些人手段诡谲多变，如果他们有意对二位行凶，就算有我的人阻止，也难保你们不受伤害。"

李凌云仍在纳闷凤九为何遮脸，但揭下面具，一睹凤九真容，也算给之前的猜测寻了个答案。此时听凤九道出潜在危险，他又莫名觉得心中燥热。为浇灭心头火，他又多喝了几杯酒。

明珪小心观瞧，发现凤九没有怒意，这才渐渐放下心来。

凤九随即向明珪询问了些案件情况。因日后还要仰仗凤九，明珪并未隐瞒，把眼前的困境和查案时的思考一并说了出来。

"既然线索全部中断，翻查案卷倒也是个途径。"凤九沉吟一会儿，又道，"跟李大郎的看法相近，我也觉得凶手犯下的不止一个案子。你们可知，在鬼河市中，有一些专害他人性命的人。这些人，在我看来已经不可以称为人了，他们只要害过一次命，就不会停手。我尝试过把这些人给关起来，不让他们杀人，结果用不了多久，这些人就会疯掉。"

凤九势力庞大，能在东都把人暗中关押起来倒不奇怪，可听他的口气，分明是想关就关，这难免让明珏有些吃惊。他看着凤九，不知该如何应答，倒是一旁的李凌云把话头接了过去。

"我们封诊道也有类似的说法。"李凌云拉开领口，用手掌朝里面扇起风来。可无论用多大的力气，他还是觉得燥热无比。不过正值酷暑，又饮了酒，燥热也属正常，他扇了一会儿，觉得无济于事，便松手端坐，道："虽不是很常见，但在我们封诊道记录的案件里，也有不少连环作案的凶手。所犯案子间有些细节有相似之处，可判断是同一人或同一伙人所为。案犯在受审时往往供述说，自己有克制不住的作案冲动，每隔一段时间就要杀人，只有这样，他们心中的躁动才能平复。只要不被抓获，他们便会一直作案。"

凤九听得连连点头。"这么说来，那凶手既然没有被抓获过，那他犯下的疑案，就有可能在大理寺内存有案卷。但你们有没有想过，若有命案久查不破，那么在民间就不可避免地会有些传闻。加之你们推测，凶手作案手法诡异，习惯把尸体摆成奇怪的姿势，我想百姓中说不定有人拿来当作奇闻怪谈传播。"

"凤九说得对。"李凌云觉得口舌干燥，又饮了一杯，擦拭着嘴角残酒说，"可现在我们不能进大理寺查案卷，摸不清线索，也只能等天后下旨，强迫大理寺服从了。"

"没有天后的旨意，想让大理寺乖乖配合查案的确很难。可只是调查河南道里有什么民间传闻的话，那就是我擅长的事了。"凤九不由得大笑，又给李凌云添上一杯："大郎你可知这是什么酒吗？"

李凌云素来不常饮酒，只在年节时和家人一起小酌几杯怡情。依他的逻辑，今日在场之人都饮了酒，他当然不能拒绝。可听到凤九的询问，他才意识到自己居然不知喝的是何种佳酿，认真地摇了摇头。

"此乃长安西市腔①，在东都轻易是饮不到这种酒的，就算去长安城里购买，也要起早排队。酒铺每天仅售一百坛，不到天明即可卖完。诗人口中的'斗酒值千金'，说的就是这西市腔。"凤九站起身。

李凌云抬头看凤九，不知是不是因为饮酒过度，凤九的脸在他的眼中竟旋转起来。

李凌云顿觉迷惑，眯着眼睛盯着凤九的面具看，结果凤九的脸倒是不转了，可他身边的一切好像河中的漩涡一样，把李凌云的目光全给卷了进去。

李凌云对此情形感到诧异，他听见明珪唤他"李大郎"，喊叫声在身边回响，可这声音又离他越来越远了，到末了，他只能依稀辨出是从远方传来的缥缈人声，他甚至无法确定是不是真的有人在叫他。

李凌云连忙爬起来抬头看向周遭，谁知他的身边突然变成一片浓郁的血色。他迷茫地跑到栏杆边，朝楼外看去，只见天空中骄阳似火，然而就连那轮明日，也异样地在空中放射着灼灼的血色光芒。

再回头去看时，他发现楼内既没有凤九，也没有明珪的身影，更没有那狼面童子和弹奏箜篌的女郎，只看见一个身穿道袍的男子正背对自己坐在一枚蒲团上。

而蒲团的正对面，是一座庞大的四龙黄铜丹炉。李凌云呆呆地看着。那人抬头望向丹炉炉顶上直冲天际的引雷针，口中念念有词。

李凌云忍不住问那术士："你可是明崇俨？你为什么会在这里？"

那人没有回头，却说起话来。然而那人并不是在回答问题，反倒是在提问。

---

① 酒名。唐朝的名酒历史上都有记录，如当时荥阳有土窟春，富平有石冻春，剑南有烧春，郢州有富水酒，乌程有若下酒，岭南有灵溪酒，宜城有九酝酒，长安有西市腔酒，此外还有从波斯进口的三勒浆、从大食进口的马朗酒等。

只听那人徐徐说道："这里是六合观天师宫，李大郎，你为何会在此？"

"为什么在这里？我也不知道……"李凌云茫然无措。

"啊……莫非，你也是来看老道炼丹的吗？说来，这引落天雷之神技，是老道独此一份，世间再无第二人。"那人的语气颇为癫狂，他手指丹炉道，"你看，老道就是用那根针把天雷从空中引到炉内的，我在这炉里放了许多灵药，引下天雷之后，就能将这些灵药炼成宝物。不怕告诉你，天皇、天后都对我引雷炼丹充满期待……"

说话间，天师宫内便震动起来，隆隆雷声响起，又有电光开始闪烁，然而那电光也是血色的。

那人不再理睬李凌云，开始对上苍祷告。他的语速极快，李凌云根本听不清他到底在说什么。

一道巨雷落下，照得室内如同血色白昼。李凌云脸上一片温热，似乎有什么东西持续不断地喷溅在他身上。

李凌云身边弥漫起血腥的气味。又一个闪电打来，他惊讶地发现，面前那个术士的头颅已不见了，鲜血从术士的脖颈喷溅出来，斜斜地冲上半空，又洒在地上。

李凌云伸出手，下意识地摸了一把自己的脸，低头一看，双手沾满了热乎乎的人血。

一道黑影来到李凌云面前。李凌云抬头，看见一个身穿夜行衣的高大男子正背对自己脱下术士的衣裳，随后抱着赤裸裸的尸首缓缓朝着丹炉炉顶爬去。

在这个过程中，高大男子一直背对着李凌云，李凌云看不清他的相貌。

高大男子用力举高无头尸首，把尸首穿在引雷针上，随后用刀剖开尸首的腹部。一腔内脏因为重量撕破筋膜，冒着热气，和鲜血一起落在丹炉上。随后又是一个巨大的闪电，这一次，冰蓝色的闪电在血红的殿堂里跃动，顺着引雷针钻进了尸首的脖颈，发出可怕的声音。

李凌云目瞪口呆地看着，过了好久，他终于想起什么，朝着凶手扑去，谁知就在他即将扑到凶手面前时，一切又归于黑暗，沉寂无声。

在他意识恍惚时，一点血色亮光逐渐在他眼前出现，越来越大，照亮他的周身。李凌云发现自己竟跪在一摊血里，身边站满了人。那些人围着他，嘴里不停地说着什么，他听不清楚，只觉得非常吵闹，令人厌烦。

李凌云不想看那些人。他朝身下的血泊望去，看见一个女子的手正无力地摊在血泊边缘，女子的身体被那些人挡住了。他下意识地感到这只手的主人一定是和他很亲近的人，只是他想不起来这到底是谁。

于是他去抓女子的手，这时他发现自己的手上满是血水。一种心痛的感觉突然袭来。

李凌云嘶吼起来，这嘶吼声在他自己听来根本不是人可以发出来的声响，就像是猛兽的咆哮声。

猛然间，李凌云感到自己的身体在剧烈摇晃，一切怪异的情境都不见了。围绕在他身边的那些人突然消失，他手中抓着的女子冰冷洁白的手也忽然不见了。他奇怪地瞪着自己的掌心，那里没有血迹，他只能看到自己的掌纹。他环顾四周，发现天地间仍是无尽血色。

这时他终于听见了明珪的喊声。明珪叫着他的名字，声音由远及近，越来越大，直到他感觉叫声就在耳边。

李凌云扭过头，朝声音传来的方向看去，试图确定明珪的位置。几乎在一刹那间，房中的一切突然恢复了，没有血光，恢复了平常的样子。明珪就在他面前，满脸焦虑地用双手抓着他的肩头，奋力地摇晃着。

"明子璋……"李凌云喃喃道。

见他终于有了回应，明珪惊喜地道："你说话了，看来没什么事，刚才我见你在我身边狂吼，目眦欲裂，那样子太吓人了。"

李凌云环视四周，发现整个二楼只剩下他跟明珪两人，凤九、弹箜篌的女郎和狼面童子都已不见踪影。

"他们人呢？"李凌云问道。

"我也不知。你我二人本来在跟凤九饮酒吃食，不知怎的，我突然间回到了阿耶死去的那个暴雨之夜。"明珪心有余悸，摸着胸口回忆道，"我看见阿耶一个人坐在天师宫中，有人从窗口进来，我声嘶力竭地喊着，却发不出任何声音，扑到阿耶身前也根本碰不到他。我拦不住凶手，只能眼看着凶手杀死我阿耶，然后把尸首穿在引雷针上。正当我痛彻心扉，对着阿耶的尸首大哭之时，却又不知怎的突然就回到了这个房间，这时我才发现凤九他们已经不在了。"

明珪说到这里，担心地看着李凌云。"我醒来时，见你双眼木然地看着前方，眼睛发红，手中好像抓着什么东西，嘴里大声狂叫。我便连忙过来叫醒你，还以为你癔症发作了，所幸没有叫你几声，你就醒了。"

李凌云皱眉道："太奇怪了，我也突然看到了你阿耶被杀时的情形，只是在我看到的地方，天地间是一片血色，唯独闪电是冰蓝色的。随后我就到了一个不知名的地方，被许多不认识的人团团围住。我看不见他们的脸，也看不见他们到底在做什么，只知道他们在对我说话，可每句话我都听不清。在我身边还躺着一个女人，她应该已经死了，只是我看不见她的脸，因为她的身体被其他人挡住了。我觉得她好像与我非常亲近，却想不起她是谁。正在这个时候，你叫醒了我。"

李凌云说到这里，下意识地打了一个寒噤。明珪也面有菜色，忍不住朝左右看看，可无论他瞧得多么仔细，也没在这座楼中发现什么特别之处。

"还是尽快离开这里为好。"明珪对李凌云建议道。

李凌云也觉得两人同时看到几乎相同的幻境，一定事出有因，只是他想不明白，凤九到底对他们做了什么，于是猜测道："或许我们吃了什么不该吃的东西，譬如迷药。"

明珪闻言摇头。"如果只是吃了迷药，无法解释你我为何会看到几乎相同的情景。就算被迷晕过去，也应该只是各自做梦。我俩经历不同，怎会做情节几乎一样的梦？"

"这里有些古怪，我们还是先离开再说。"说完，二人互相搀扶着走下楼去。

来到一楼时，他们发现楼下居然空无一人，方才那些女子，此时竟也一个不剩。

走出小楼，李凌云回头看看，希望能在二楼的栏杆处发现凤九靠在那里，可事与愿违，栏杆旁什么都没有。

两人满怀心事地朝坊外走去，出门便看见那辆来时乘坐的牛车。驾车的舞者对二人笑道："让两位客受惊了，主人觉得你们查案辛苦，本来只是希望你们吃了东西放松一些，所以在酒中添了舒缓心神的药物，谁知二位就那么在楼里睡了过去。主人不愿打扰，便把所有人都打发走了。二位请上车，我送二位回道术坊。"

明珏看着牛车，想起刚才的遭遇，顿时面色铁青。"多谢凤九款待了，我们自己走，不劳相送。"

说罢，明珏拽着李凌云在旁边的铺头租了两头驴，用最快速度离开了这里。

舞者看着两人，有些好笑地下了车。他大手一挥，旁边蹿出几个兽面随从，驾走了牛车。随后，舞者走进坊中，来到月陂旁的小楼外。狼面童子从楼中出来，问他："人送走了？"

舞者恭敬地回道："他们不肯乘车，租了两头驴，已经离开了。"

小狼点头，转身上了二楼。弹箜篌的女郎正一扇扇地打开窗户通风。凤九侧身躺在坐床上，一颗一颗地揪着葡萄吃。他的面前还放了一个大号水盆，盆里养着一朵半蔫的明黄牡丹。

小狼走到床边。"都走了。"

见凤九不答，小狼继而问道："您设下这局，有什么意图吗？"

"我不高兴。"凤九伸手摸摸水盆里的牡丹，牡丹边缘的花瓣已经蔫了，只有中间部分还算硬挺，"她让谢阮给我送这个来，所以我很不高兴。本来我不想答应'那边'的提议，不过现在我觉得，一切都按照她说的做，也不太好。"

"这要怎么说？"小狼走到凤九身边坐下，抬手拿凤九揪下来的葡萄吃。他的动作非常自然，吃东西时面具上的狼嘴会大大张开，让人可以看到面具后面的半张脸。

小狼的鼻子与嘴形都很好看，与凤九非常相似。

"怎么说呢？"凤九坐起来，把小狼搂在自己怀里，"你姑姑是怎么死的，你还记得吗？"

"被她杀死的。"小狼低下头嘀咕，"您说过。"

"当然，你姑姑也做错了一件事，而且是很大的错误……"凤九对小狼道，"她不应该去碰那个男人，天子的龙床不是那么好睡的。"

凤九闭上眼睛。"可是代价还是太大了，她可以对你姑姑加以处罚，但没有必要在家宴上就要了她的性命，还让你的两个舅爷背上罪名。"

"这些我知道。"小狼伸手摸了摸凤九的头，"您不要难过了，这些都过去了。"

"是啊，都过去了。"凤九笑了笑，"我没有难过，你放心，我已不是那个时候的我了。可是她总是不肯让我忘记，你看，她送来牡丹花，就是为了提醒我，别忘了你姑姑的死是因为什么。"

"她想要什么呢？"小狼不解地问道，"您明明已经很听话了。"

"所以我觉得，她可能认为我早晚会对她起异心。既然这样，那么我不如就顺着她的心思来。虽然这样会让她对我感到头疼，但她也会认为我的一切举动都在她的预料之中。当她感觉自己掌握了一切，她自然就会安心一点，少给我找些麻烦，不会再搞什么送花提点我的破事。"凤九笑眯眯地道，"拿纸笔来，我要告诉那个人，已按他的要求对这两人做了试探。明珪想要为父报仇，而李凌云……他的心里隐藏着一些非常黑暗、非常可怕的事情。不过，到底是什么事，我看连他自己都弄不明白。"

第十三回

死湖惊尸　离京潜行

李凌云和明珪骑驴去了道术坊，又在坊门外面的牛马铺找回了寄放在那里的两匹马。东都租赁牛马的铺头大多属于同一家，虽说各坊都有分铺，但其实老板只有一位，来时骑的驴，他们就地归还即可。

二人上马时天色已晚。刚刚经历了这般诡异之事，不管李凌云怎么推辞，明珪都坚持一定要把他送回宜人坊。

在太常寺药园门外，李凌云与明珪又梳理了一遍这一天的怪事。后者判断道："一路走来，清风吹拂，倒也没什么头脑不清的症状，可见凤九给我们吃的也不是什么毒药。"

李凌云揣测道："他和我阿耶共事，又是天后让他配合我们查案的，没有必要伤害我们。他或许是因为道术坊的事，想给我们一点教训吧！"

二人越说越觉得是这个理，一定是他们在道术坊做的事让凤九不高兴了，所以凤九才对他们略施薄惩。但凤九到底是如何施为，让他二人看到几乎相同的幻境的，二人却始终搞不明白。

眼看天色不早，明珪只得叮嘱李凌云："看来下次再见凤九，酒也不能喝，肉也不能吃，他给什么都不能要。"

李凌云点头说正该如此，二人这才互相道别。

李凌云回到宅中，并没打算把这番奇异经历告诉任何人。不过他心血来潮，突然很想去地底探望弟弟李凌雨。

李凌雨此时正在房中习字，见李凌云进来，便将笔放在一旁，问道："阿兄怎么了，我看你好像有些忧心忡忡？"

李凌云不能说是因为凤九给自己下药，只好把明崇俨案的进展跟弟弟说了一通。

李凌雨听完，摇头道："事已至此，也只能等待天后的旨意。早些时候我就听阿耶说过，这大理寺过去是大理寺卿张文瓘领头，而张文瓘是朝中老臣，一直对李氏皇族忠心耿耿，并不喜欢天后干政。此人在大理寺非常有人望，虽说去年已经去世，但大理寺上上下下依旧以他为标杆。大理寺的人看你们不顺眼，就是因为寺中人偏向张文瓘，排斥天后。"

"不能硬来，只能耐心等了。"李凌云颇感无奈。

李凌雨却说："阿兄莫要心急，毕竟是天后钦点的案子，放眼整个大唐，能将此案查个水落石出的，非阿兄莫属。如果天后因你未能在时限内破案而问责于你，那么她将永远无法得知真相，所以……现在应该着急的是她。"

李凌云听了，也不由得赞同弟弟的看法，于是又说起明珪今天带自己游览东都，看了一些有趣的百戏。提起这个话题，难免又要说到油锅捞钱之类的骗局，说着说着，李凌云想起了凤九对他的警告。

他向李凌雨问道："我们封诊道向来崇尚求真，人因何而死，案为何而作，凶手是何人，这些都要查对清晰，不能敷衍。可是在道术坊中，那些人却用骗人的方式来谋生，而凤九也不愿让我揭穿，他这样做有道理吗？"

李凌雨想想，笑道："别人做事自然有别人的一套规矩，那位凤九并没说错，不过他这样说，也是站在自己立场上做出的判断。至于到底是我们的规矩对，还是别人的规矩对，都不重要。阿兄既然认为求真才是对的，那就坚持求真便是。不过可以适当给别人留些面子，不要当众揭穿，如此一来就不至于结下仇怨了。"

李凌云还是觉得这违背自己一贯的作风，李绍向来要求他不能被表象迷惑，查案要以求真为重。不过弟弟的说法也能勉强说服他，他便不再想这件事了。他看着弟弟有些孱弱的身体，关心地问道："之前我很久不在家，对二郎的病情也不怎么了解。这半年来，你还是一晒太阳就会生病吗？"

李凌雨摇头苦笑。"都这么多年了，如能有一丁点办法，阿耶也不会早生华发，天天为我担忧。我这辈子恐怕是见不得天日了，阿兄不必耿耿于怀，这或许就是我的命数吧！"

"命数？"李凌云有些不甘心地道，"我会多注意的，如果以后验尸时发现有人与你是同一病症，或许能查出病因。"

李凌雨笑道："我们封诊道说到底还是对死人的事更了解，要当什么岐黄圣手，让人药到病除，却是很难。患此病，不过是白天不能出门，也谈不上有别的妨碍，阿兄就不要刻意寻觅治疗之法了。再说阿兄今天在东都游玩一番，难道不觉得劳累吗？还是赶紧回屋休息吧，要是饿了，就让姨母吩咐下仆准备几道可口的菜肴。"

李凌云向来不喜欢关注生活琐事，闻言点点头就起身离开，临走时难免又叮嘱两句，让李凌雨多注意身体。

李凌云回到地面上自己的房间后，果然觉得有些饥渴，就吩咐下仆准备了一些吃食。可饭吃到嘴里，他却又想起在凤九的楼中喝酒吃肉后所见的血光幻境，不适感骤然袭来，再好的食物也吃不香了。

这一晚，李凌云睡得很不安稳。不知为何，白天看到的幻境在他脑海里反复出现。等到第二天醒来，他发现自己浑身冷汗津津，把被褥都打湿了。

因为宫中没传来任何消息，李凌云在家里百无聊赖，便翻阅起李绍给他留下的东西，其中历代首领所记下的《封诊秘要》让他看得津津有味。

而此时的他并不知道，在距离东都不远的孟县，有人撞见了一桩奇案——

河阳河位于河南道境内，孟县和巩县之间。

因河水打此流过，所以孟县境内水网密布，大大小小的湖泊星罗棋布。河阳桥以北便有一片大湖，由于此湖不通河道，所以当地人称之为死水湖。

湖泊地势低洼，只要降雨，周边雨水都会排入此湖，这也是此湖湖水的主要来源。虽是野湖，但向来也是波光粼粼，水鸟成群，一派秀丽风光。

在湖边不远处分布着一些村落。按理说，偌大的湖泊附近有人居住，怎会少得了捞虾捕鱼的人？然而令人奇怪的是，这死水湖却人迹罕至，似乎附近的人都对这里有所避讳。

这一日，两个垂髫小童正在湖边林中不断跋涉，手中提着装得满满当当的麻布口袋，累得气喘吁吁。

湖边水汽密布，树木生长一向旺盛，在林中栖息的兽与昆虫种类繁多。虽没人去湖中捕鱼，但在林中狩猎、捉虫的百姓却也一直不少。

今日踏足树林的两个小童中，年纪大一点的有七八岁，小名狗蛋儿；另一个小童只有四五岁，是狗蛋儿的堂弟，小名唤作木头。

木头年纪太小，扛着包裹多走一步路便喘不上气，连连叫唤道："狗蛋儿哥哥，还要走多久才到地方啊？"

狗蛋儿伸手抓着木棍，让木头跟上自己的脚步，伸头往前张望，道："马上就到了，瞧，那个蜂窝就在那里。"

说着，狗蛋儿手指前方一棵大树，只见高处的枝杈上挂着一个纺锤形的蜂窝，这个蜂窝非常大，估计已有好几年没被人采过了。

村里的孩子向来胆大妄为，狗蛋儿虽然年纪不大，但也知道采来的野蜂蜜在县上赶集时能卖个好价钱。他早就盯上了这里的蜂窝，却没有告诉其他人。

堂弟木头是他的心腹。二人早就提前商议好如何摘下这蜂窝。趁着今日阳光明媚，二人当即决定，今日一定要把蜂窝摘下，免得夜长梦多。想着那甘甜的蜂蜜，还有那洁白的蜂蛹，二人不免一阵激动。

在树林中摸索半天，兄弟俩终于来到了那棵大树下。木头虽然疲惫，但亲眼见到了那个巨大的蜂窝，也大为心动，小小的身体里不由得充满力气。

没多久，二人在那棵大树附近寻了个隐蔽的位置。狗蛋儿拿出口袋里的东西扔在地上，堆成小山。那是一堆湿漉漉的木头，这种提前浸过水的木头，一旦点燃便会浓烟四起，用来熏出那些躲在蜂窝里的野生蜜蜂，再合适不过。

狗蛋儿拿出火石，费力地打了小半刻，这才点燃了火绒。兄弟俩在那棵大树下先用干柴点了堆火，然后再缓缓加入湿木。

火堆上很快升起一股浓烟，那浓烟像一条线一样，冲着那个蜂窝便扑了过去。蜜蜂察觉灭顶之灾即将到来，纷纷逃出蜂窝，往外飞去，但它们却低估了浓烟的威力，出了蜂窝后没扑腾两下，便被熏得直直掉在了地上，再也无力振翅飞翔。

熏了一段时间之后，地上已铺了厚厚一层蜜蜂尸体。狗蛋儿眯眼看着蜂巢，见不再有蜜蜂掉下，心知时机已到，可以上去摘蜂窝了。他把看火的事情交给木头，自己则三下五除二爬上了那棵大树。

狗蛋儿在树上摘蜂窝，树下的木头却不怎么好过。此时不知道从哪里吹来一阵风，把那浓烟给吹斜了过来，熏得木头两眼鼓胀，流泪不止，正当他用手揉眼时，却听见树上的堂兄发出一阵惊叫。

"死水湖……死水湖里头有东西。"狗蛋儿连声叫喊着，魂不附体地从树上滑落下来。木头还没搞明白发生了什么，狗蛋儿抓着他撒腿就跑，连树上那个快到手的蜂窝也不要了。

木头一边跑，一边上气不接下气地问："狗蛋儿哥哥，怎么了？"

狗蛋儿回头，惊恐地对木头道："湖里有一个白白的东西，也不知道是什么，看着像人，我们赶快回去告诉大人。"

狗蛋儿的父亲刚干完农活归家，就看见两个孩子满头大汗地跑回来，连忙问二人发生了什么。

木头光顾着喘气，话也说不清楚。就听狗蛋儿道："我们去林中摘蜂窝，我爬到树上，看到那死水湖里有东西，白白的，很大一团，有手有脚，像是个人。"

家中大人闻言顿时大惊失色。狗蛋儿的爷爷拍着大腿道："那死水湖近年被叫作'溺水湖'，就是因为这些年不断有人莫名溺水而死，哪怕水性极好的人也不例外。那湖里有水鬼啊！县太爷都请术士作了法，还在死水湖周围拉了铁刺，立了木桩，不许任何人接近，湖里怎么还会有东西？"

狗蛋儿的父亲闻言也不知所措。倒是狗蛋儿的爷爷是村中有名的耆老①，一贯有些主意，他想想又道："既然狗蛋儿说可能是人，那么咱们不如召集村中青壮前往死水湖一探究竟，瞧瞧那到底是什么东西，再做打算。"

狗蛋儿的父亲连连点头。"也对，不看怎会知晓？说不定是山上跑下来的野猪溺死在水中泡发了而已，不一定就是什么死人。"

狗蛋儿的爷爷说："就这样定了，你赶紧去找人，一起前往死水湖看看，免得传出什么鬼话来。你不晓得，前不久京畿有桩狐妖案，传得玄玄乎乎，结果查出来是个女子杀人，听说朝廷震怒，把当地县太爷都换了。咱们快查清楚，也好叫人安心一点。"

狗蛋儿的父亲应声出门，没多久便召集了一群青壮赶往死水湖。谁知到了湖边，却因忌讳湖中闹鬼的传闻，谁也不敢再继续靠近。

其中一人害怕地问："这湖里可是死了很多人的，说不定有鬼魅出没。我们要是靠近，会不会也遭了晦气？"

狗蛋儿的父亲咬牙道："当初县里围湖时就说，如果有人擅闯死水湖，造成命案，就是大事，周围乡村发现不准隐瞒。今日发生了此等事，要是我们瞒下来，万一被县上知道了，也绝对不会放过我们的。"

听他这么一说，众人也明白，今天伸头是一刀，缩头也是一刀，众人互相鼓了鼓劲儿，一起穿过树林，拨开杂草，来到了湖边。

死水湖的面积有七八个村落那么大。众人眯眼从湖边看去，发现的确有一个白白的东西漂在湖面上。因湖泊太大，众人怎么瞧，都无法瞧清那到底是个什么东西。还是一个名叫苟三的人自告奋勇地爬到了湖边的一棵树上向湖里张望。

---

① 六十曰耆，七十曰老，"耆老"原指六七十岁的老人，也指德高望重的老年人。

这个苟三是附近村中的一个猎户，虽身形瘦削，但目力极佳。他爬上树枝，摘了一片树叶卷成筒状，透过卷起的树叶朝湖里看去。

狗蛋儿的父亲在树下仰头问道："苟三，你瞧见了什么？是野猪还是别的东西？会不会是山里跑出来的鹿啊？"

谁知树上的苟三哆哆嗦嗦，身子像筛糠一样颤抖，他一脚踩空，从树上摔落下来，腿骨当场折断。

那苟三强忍着骨折之痛，嘴里嗷嗷大叫："湖里有一根原木，木头上捆着一个死……死人……"

李凌云在家等了三日，宫中也没传来任何消息。直到第三天的傍晚，谢阮才登门而来。

从宫中到宜人坊有些距离，谢阮一坐下，就向李凌云要了一碗紫苏叶冰饮来喝。

闷头喝到碗见底，谢阮才擦擦嘴，道："我可真是有负所托了。某把你二人遭遇的麻烦告诉了天后，当天晚上便说了。天后说知道了，要再想想，可她想了两天，也没见有下旨的意思。我怕你等得心焦，想着干脆先来一趟把话说清楚。"

"你说什么就是什么……"李凌云最不擅长揣摩人心，此时得知天后不太愿意继续追查，一时间丈二和尚摸不着头脑，便建议道，"既然她没说要停止查案，那么我们也不应当白费时间，不如一起去找明子璋，或许他能想出些法子。"

谢阮闻言一愣，又笑道："李大郎怎么回事？近来总跟明子璋待在一块儿，好像越来越喜欢跟他一起行动了？"

毕竟两人要一起查案，李凌云也不当她是说笑，认真回道："尺有所短，寸有所长。如果今天是要跟东宫的下仆打架，那我肯定要找你谢三娘。可说起揣摩人心，要弄清天后为何不愿下旨，就得去问明子璋，你我两人挠破头皮也没用。我只会封诊术，你给我一具尸首，我能弄清楚他是怎么死的；可你问我杀人者心中究竟在想什么，这种事我就无可奈何了。"

谢阮感慨道："李大郎知道自己的缺点在哪儿，还能坦然面对，我就喜欢你这个样子。"

"喜欢？"李凌云不解地重复。

"我对朋友很挑剔。在天后身边当差，故意接近我的人很多。我喜欢的人很少，而你就是其中之一。"谢阮拍拍他的肩膀，"那就走吧，咱们找明子璋拿主意去。"

说着，二人就准备去找明珪。谢阮在院里等着，见李凌云牵出那匹花马，忍不住又嫌弃地说："这匹马长得真是太丑了，骑着这种丑马走在东都城里，你也不觉得丢脸，我跟你并骑都有些不好意思。"

李凌云却不以为意地跨上马背，与骑着雪白骏马的谢阮并肩朝向明珪家中去。

他边骑着马边说："这马在我们家养了很久，是匹老马。从我很小的时候它就待在这个家里。它是长得丑，而且到了夏日，每天还要吃梨，不给吃就不肯走，虽说给它吃的都是些不新鲜的梨，但钱财消耗也不小。可我习惯了骑它，要是换了别的马，心里会觉得不安稳。"

"没想到大郎这么念旧。"谢阮好笑地道，"某还是送你一匹骏马吧！一旦骑过骏马，你自然就看不上这样的劣马了。"

李凌云却摇头。"若骑了骏马就看不上这匹老马了，那我以后是不是结交了比你官职更高的人，就看不上你了呢？骑马是如此，交友也是如此，不管将来认识多不得了的人，你与明子璋都是我最初的朋友，后来之人是不能超到你俩前头去的。"

谢阮闻言，美眸紧紧盯住李凌云，许久后道："李大郎说话有时很不中听，不过却是能做毕生之友的！某……要是有一天我死于非命，必须让李大郎来查我的死因。我相信你必定会查个水落石出。"

李凌云知道谢阮喜欢男装，也爱像男人一样自称"某"，但有时也会跟"我"混在一起讲。他也不以为意，品了品谢阮这话，脸上突然露出了一丝笑意。

李凌云本就生得一副好皮囊，笑起来更是亮眼，谢阮看得呆住了。

李凌云笑道："谢三娘这话，是知我颇深的人才能说出来的。你愿意让我调查你的死因，我也倍感荣幸。"

谢阮为掩饰失态，拿着马鞭敲了敲马头，略尴尬地笑道："李大郎还真不是寻常人。可惜了，我跟你阿耶只是见过，彼此并不熟悉，不过我想你阿耶也跟你一样非比寻常，不然天后也不会时常把他挂在嘴边了。"

两人聊得颇为愉快，到了明珪家中，脸上仍带着笑意，弄得明珪误以为是天后的旨意到了，一问之下，才知道仍没有消息。

三人在明珪的独院中围着木几坐了下来，饮了些茶，又吃了些果子冻之类的点心。谢阮郁闷地道："这案子简直像个刺猬，让人不知如何下手。你阿耶的尸首已经存放太久，又经过几次剖检，在大理寺殓房中查不出更多的线索，接下来到底怎么办才好？"

明珪也点头道："东宫和东宫臣属家中已被谢三娘你搜了个遍，要是有什么异常，你早该察觉了。就算真是他们做的，该藏的只怕也都已经藏匿起来，现在再搜索也毫无意义。"

李凌云摩挲着茶杯。"大理寺倒是有案卷，可也不让人瞧。你我没有天后的旨意，又不能强迫他们。唯一能够指望的只有凤九。或许咱们唯一可以期待的，是凤九能够从民间流言中，挖出与你阿耶之死相似的悬案。"

谢阮连连摇头。"东都虽不能与长安相比，但也有百万人在城中居住，更不要说畿县之内还有多少人了。这案子再玄乎，从民间又能打探到什么？况且民间传闻向来没个谱，哪怕是一桩正常的案子，抓不住凶手，也会被传出怪事来，想从中找出有用的线索，我看根本就是海底捞针。"

听谢阮这么一说，李凌云和明珪也觉得希望渺茫，众人又陷入新一轮的沉默，各自发起愁来。

正在三人头痛不已时，外间突然来了一个小吏，说有要事求见明珏。

那小吏进来见礼道："还请明少卿赶紧前往大理寺，从孟县报上来一桩疑难案件，据说案情非比寻常，县令也不知如何处理，又怕会在当地造成不良影响，所以加急报进寺中，从县里来的人正在大理寺等着呢！"

明珏闻言，叫那小吏先回寺稳住县里来的人，随即叫来婢女更衣，准备马上赶往大理寺。

谢阮奇怪地问："你在大理寺向来不受重视，为什么这案子报上来，却有人急匆匆地来找你？"

明珏苦笑道："你倒是算一算时日，今天是什么日子？这不是正当朝廷休沐之日吗？"

谢阮低头掐指一算，了然地道："我大唐朝廷十日一休，休沐之日并不办公，所以又叫旬休，今天正该休沐。不过我看你平时也没什么事，差不多相当于在家休沐了，最多就是去大理寺打个转，反正他们不乐意你管大理寺的案子，你以前不都是去点卯，之后就直接回家了吗？这会儿他们倒是想起你来了？"

明珏无奈地道："正是因为平时不乐意用我，所以到了大家都休息时，才叫我去接案。这可能就是无用之人的用处吧！"

谢阮听得大笑连连，差点喘不上气。"有好事的时候没你的份儿，大家都在家中休假时，偏偏又把你叫去。哎，我说，你这算不算养兵千日，用兵一时？"

二人说个不停，此时李凌云冷不丁地在一旁问："这桩案子，为什么地方会如此急切地呈上大理寺？"

谢阮怪道："李大郎记性真不好，刚才那人不是说案情非同寻常，怕造成不良影响，所以才上报的吗？"

李凌云则愣愣地问："可到底有什么非同寻常之处？又会造成什么不好的影响？"

明珏与谢阮互看一眼，似乎从李凌云的话语里品出了点味。只听李凌云又道："你们不觉得这些话听起来耳熟吗？"

"是有些耳熟，"谢阮说，"我尤其觉得，这话好像自己还说过……你让我想想……我什么时候说过这话来着……"

不等谢阮想起，一旁的明珪突然明白过来，忙道："狐妖案，是狐妖案。"

说着，明珪从墙上摘下大理寺特制的绿鲨鱼皮直刀挂在腰间的银制蹀躞带上，道："此案多半也是地方上的疑难案件，县令一时间找不出什么头绪，若放着不管，民间又肯定会出现各种奇怪谣言，所以才会上报给大理寺处理。希望此案与我阿耶的案子能有些许相似之处。"

"若此案与你阿耶的案子相似，说不定你阿耶就是被此案的凶手杀害的。"谢阮向来有话直说，跟着大胆猜测起来。

李凌云此时也穿上了靴。三人一起来到院中时，下人已提前将马牵来。李凌云爬上马背，道："杀害明子璋阿耶的未必就是此案的凶手，但既是奇案，便有一探究竟的价值。"

谢阮觉得奇怪。"如果此案的凶手不是杀害明子璋阿耶的凶手，那么追查此案的价值何在？"

李凌云想了想，道："这桩案子既然被呈交给大理寺，多半要费一番功夫才能破案。反正现在没事可做，如果我们赶在大理寺之前找到重要证据，或直接抓到凶手破了这案子，那么将来大理寺再想拦着我们查案卷，岂不是就说不过去了？至少他们不能老是拦着明子璋了吧？毕竟到那时候，他这个明少卿已经解决过奇案，是名副其实的大理寺的人了。"

谢阮低头一笑。"还真就是这个道理。都说明少卿是斜封官，摆明了是小看明子璋。要是我们当真提前破案，就可以叫大理寺无话可说，我们要翻阅案卷，徐天那家伙也不好拦着，否则递个奏折上去，告他一状……大家都是少卿，要较真起来，他可管不着明子璋。"

李凌云和谢阮齐齐扭头看向明珪。毕竟想归想，是否真要接手这个案子，还得看明珪的意思。只有他愿意接案，并以少卿的名义把案子捏在手里，利用休沐的时间打大理寺一个措手不及，才能把大理寺的案子做成自己的。可这样一来，就相当于插手大理寺接案，多半要违反规矩，明珪也要承担责任。

明珪思索了一会儿，接着用马鞭用力打了一下马臀，骏马快速向前蹿了出去。

李凌云和谢阮连忙跟上。只听明珪在前方大声道："身为男儿，我一定要破了阿耶的案子，抓到那个凶手，为了这个，让我做什么都行。不过是调查一桩案子，我身为大理寺少卿是正常履职，责无旁贷。今天机会既然落在了我手里，我就绝不会放过。"

"好，在世为人就该有这样的态度。"谢阮拍马跟上。李凌云知道自己的提议被采纳了，接下来必定还有一场硬仗要打，也拍了一下花马肥大的屁股，嗒嗒地追了上去。

三人一路来到大理寺。为不引起留守吏员的注意，谢阮和李凌云并没进寺，而是在门口隐蔽处等待。休沐之日，大理寺里空落落的，明珪策马而入，也没有遇到什么意外情形。

李凌云站在门口向内张望。"这大理寺内似乎无人，要不干脆趁这机会翻阅一下案卷？"

谢阮摇头。"六部九寺之中文书记录一向绝密，没有正规手续不可翻阅，一旦被人抓到，罪责不轻。就连这个案子，也是因为其他人躲懒，不想在休沐之日接案，这才落到我们手里。借着明子璋斜封官的名义，再加上咱们是帮天后做事，就算被人发现咱们擅自参与调查，大不了就是大理寺的人给咱们一些脸色看，不会出什么大事；可如果偷偷摸摸去查卷宗，难免背上妨碍司法的罪名，如果有人小题大做，恐怕连天后也不能保全你我，下狱都是最轻的处罚。"

谢阮说完，李凌云顿时想起那半年牢狱之灾的滋味，只得打消了这个念头。

二人在门口等了许久，才见明珪领着个小吏出来。那小吏一身尘土，打扮颇土气，应是从县上来的，面色焦急。明珪却淡定地在旁边劝道："你也无须惊慌，虽说今日休沐，但我已做好记录，明日就会有人前往你县调查此案了。"

"这个我知道，只是这桩案子十分怪异。"那小吏急切地道，"不知能否今日就派人前往我县调查？最好可以跟我一同回去。"

李凌云与谢阮躲在远处，听不清那边的对话，但见这小吏心急如焚，二人不由得好奇心大增，又溜着墙根往前凑了凑。只听明珪对那小吏道："我明白，你们县上出了如此古怪之事，大理寺不尽早勘查，百姓疯传，势必又会传出些鬼怪狐仙之类的胡话来。倘若某些不怀好意之人利用流言，又把矛头指向天后，恐怕你们县令的乌纱帽在头上也戴不了几天了。"

小吏人微言轻，虽心里想的与明珪说的如出一辙，但他可没有胆直说，尤其还涉及大唐最有权势的那位天后。听明珪一语道破，小吏直如小鸡啄米般点头道："明少卿所言极是，所言极是……"

明珪瞅了对方一眼，故作为难道："我也理解你们的苦衷……不如这样，今日我便带着随从和寺中的仵作与你一起先行去县上查案，之后寺中其他人再赶过去，这样能省下许多工夫。"

那小吏闻言笑逐颜开，弯下腰连连长揖道："明少卿真是好人啊！"

明珪把他扶起。"你一路上京辛劳，不如先在城中吃些东西，找个地方休息片刻，之后到北城门等着我。我先召集人手，今天毕竟是休沐之日，人都不在近前。待我找齐了人，便同你一起去县上。"

那小吏仍有些不放心，担心明珪借故拖延，干笑道："多谢明少卿，我有亲戚在这东都城中，可以到他家里弄些吃食，只是不知你我约在什么时候相见呢？"

明珪估算了一下。"两个时辰后，咱们城门口见。"

那小吏得了确切时间，自然又是一番道谢。他或许的确饥渴，之后便迅速离开了。

明珪已瞥见李凌云和谢阮的藏身之处，大步走了过去。"都听到了？各自回去准备，咱们城门口见即可。"

李凌云不明白为何这么麻烦，便道："去我家中让阿奴和六娘准备好封诊车，然后就可以走了……"

谢阮听了，拽着李凌云就走，见他不满，便解释起来："明子璋还要准备各种文书。我们这回查案必定会惊动大理寺，大理寺最晚明日就会知道我们干了什么，所以他现在必须完善每个步骤的文书，如大理寺发难，我们也好有个说头，否则进牢的只怕不是凶手，而是我们几人了。"

李凌云一听，觉得确实在理，更是着急回家去取封诊车。谢阮一身武艺，也无须准备任何用具，她在同李凌云回去的路上找了一处酒楼，对那老板不知说了些什么，便和李凌云一同回了李家府邸。

李凌云回家找来阿奴和六娘，告诉他们要外出办案，阿奴和六娘得令退下准备去了。等安排妥当，他奇怪地问谢阮："你当真没有什么要准备的？"

谢阮百无聊赖地靠在高椅上吃着酥梨，道："只要在大唐境内，某去何处都无须带任何东西，只要告诉宫中我要去哪儿，自然有人打点用品。天后一心要查明崇俨案，虽说不知为何不愿下旨，但为了查案，就算某有些出格，天后也不会介意。至于我不回宫中嘛，也是常有的事，反正有事要做时交代一声就行。"

听谢阮这么说，李凌云也不再管她。待阿奴与六娘驾着封诊车前来通报，二人和胡氏打个照面，知会一声，便又离开了李家。

二人在城门口见到了明珪，还有那位刚吃了饭就着急忙慌地过来，已经等了很久的小吏。明珪远远朝二人使了个眼色，谢阮挑眉回应。向小吏介绍李凌云和谢阮时，明珪含糊其词，只说他们一人是大理寺的李姓仵作，另一人则是大理寺的谢姓吏员。

那小吏常年与百姓打交道，心眼自然多了几分，他对李凌云倒未怀疑，只是觉得谢阮的衣着打扮怎么看都显得过于富贵。不过他摸不清大理寺的水有多深，也不好多问，所以嘴上除了不断感谢，也就没说出别的话来。

一行人到达县上时已是后半夜，因天色已暗，无法查探死水湖。三人来到孟县县衙，白县令知道众人是来给自己解决疑难的，接待得格外热情，不但安排了特色饭食，还细心问候起居，并约定明日朝食之后，先验尸首，再勘现场。

自被凤九摆布过一遭，李凌云便发现自己变得容易入梦许多。他在县衙客房里头一合眼，就又回到了那片血泊之中，身边围着一群人。他眼中都是血色，唯独一处格外苍白：

那只他既熟悉又陌生的女人手……

夺命诡水 死人有道

大唐封诊录

第十四回

当李凌云再次从惊恐中大汗淋漓地醒来，屋外天色已经大亮。小吏前来叫人吃朝食，三人一起走进偏厅，见白县令已在桌边就位。这位县令三十出头，看面相感觉颇为精悍，显然是很有能力的人。然而此时明眼人都能看出他面露苦涩，愁眉不展，估计这桩案子已让他寝食难安好几天了。

白县令见明珏到来，连忙起身非常恭敬地对他行一礼，面色惭愧地道："昨日各位连夜赶路，下官原本不该过多催促，但本县所辖境内的这片死水湖里已死了很多人，百姓都怀疑湖中有夺命水鬼。为安稳民心，本官也不得不做了很多场法事，更是立下各种警示木牌，甚至还用木柱绕湖一圈，拉起绳索，禁止百姓靠近，却不承想近日还是有人死于湖中。如今我已是黔驴技穷，只能麻烦大理寺的上官来调查此案了。"

明珏闻言浅笑道："白明府不必着急，来的路上我们就已看过了案卷，既然要吃朝食，不如趁此空闲，你再跟我们说一说，此湖早前到底发生过什么怪事，为何百姓会传言有水鬼？"

"说来惭愧，这湖就是因为是个死水湖而得名，古来没有河道通往其中，按理说这种湖应该不会有大风大浪，更不容易溺死人，可偏偏这死水湖就是不得安宁。"白县令边回忆边道，"有一回两条渔船上一共坐了六人，在湖面撒网打鱼。忽然，渔船被定于湖面上无法动弹，仿佛冥冥中有股力量在控制着两条渔船一样。就在众人惊恐万分之时，两条船突然相撞，船上所有人都被卷进水中，再无踪影。那时有人在湖边劳作，看见过程，吓得魂不附体。数日后，六人的尸体才纷纷浮出水面。这次事件被当地人传得越来越离谱，说是水鬼吃人，搞得湖边村落昼夜不宁，人心惶惶。我迫于无奈，只好请来巫师作法。其实我是不太信有水鬼的，可如果什么都不做，不知百姓还会传出什么花样来。"

"不信才好，否则在这京畿之地宣扬水鬼之说，难免有妖言惑众之嫌。白县令的为难我已知晓，稍后我自会上报，你不必担忧。"明珪点点头，让白县令坐下。各人也都开始吃起朝食。

李凌云对案子比较在意，刚喝了两口粟米粥便问："此案中，在湖里发现的那具尸首存放在哪儿？夏日天气炎热，若保存不当，只怕会腐坏得厉害。"

昨日见面时明珪已做过介绍，白县令认出说话之人是大理寺的仵作，心知这位只是提出分内的问话，可在吃食时提起尸首，多少还是让他感觉有些不舒服。但破案还要倚靠此人，他也只能苍白着脸色，认真回答道："那尸首是被绑在一根原木上漂在湖面的，情形太过诡异，着实不宜再留在湖里。所以我昨日命人把尸首捞起，眼下就放在县衙内的殓房。"

"那用完朝食我就先验尸，不知白明府可否应允？"李凌云昨日熬夜赶路，着实觉得疲惫，吃起饭食来如饥狼饿豹。明珪和谢阮早已习惯他这种行事风格，可并非所有人都能像他一样，谈论着尸首还能面不改色地吃几大碗饭。

只见那白县令再无任何食欲，一面点头，一面放下碗，在一旁饮茶等候起来。

…………

县上的殓房，与大理寺那机关重重的神秘殓房当然无法相比。因存放的是尸首，所以这种殓房通常都是独门小院，为避免晦气，此地和县衙其他地方互不相接。

对比发生狐妖案的县，此县殓房的环境要更开阔一些。除此之外，小院上还搭了一层草棚，虽看起来简陋，可至少遮蔽风雨不成问题。

众人来到院内，只见院子正中摆着张木桌，因是仵作用来验尸的，它比家用的桌子更长更宽。此时桌上堆满大大小小的冰块，一阵微风吹过，带着阵阵凉意。谢阮不由得打了个冷战，看向冰块中包裹的尸首。

白县令走到一位干巴巴的老头儿身边，对众人介绍道："这是本县的辛仵作，以冰镇尸就是他的建议。他说天气太热，尸首放在殓房中，不加手段保护，很快便会腐败，无法验看。于是下官命县中富户把他们窖藏的冰块都捐献出来，给这尸首做防腐之用。"

那愁容满面的辛仵作连忙上前。"这死水湖颇为怪异，我们已竭尽全力，还是无法阻止命案发生。尤其这次死人的事十分蹊跷，以我的能力寻不到蛛丝马迹，这才层层上报。这尸首，我们也不敢轻易处置。"

谢阮靠在李凌云身边耳语："一看就是被吓破了胆子，信了水鬼作祟的谣传。哪里有人作案不留蛛丝马迹的？"

李凌云对此话很赞成，小声回道："但凡作案，必留痕迹。可若是信了鬼神之说，自然就先畏惧起来，查案时会缩手缩脚，遗漏线索，查不出头绪也是意料之中的事了。"

白县令见李凌云和谢阮表情不屑，干笑道："是本县查案无能，不过……若是能帮助列位上官，本县绝对会竭尽全力。比如这些冰块全都来自县中大户库存，虽然这些人颇有微词，但哪怕能为上官断案多提供一丝便利，本县也是在所不辞的。"

这话看似说得漂亮，实则把断案之事撇得一干二净。明珏心知肚明地笑道："诸位不必担忧，我们既然来了，那定然是有信心破案的，现在又有冰镇尸首这样的手段，待我们细细检查尸首，说不定就能找出线索。"

见明珏信誓旦旦，白县令心中顿感舒畅不少，对几人的态度也越发恭谨。

李凌云不懂人情往来这一套，从白县令那里获得了验尸的许可，就立即招来阿奴，取出封诊屏把尸首给围了起来，县衙之内，除了那个辛仵作，其他外人一概不许进入。

此时大唐还没有完全依靠科举制起用人才，但即便是被举荐来的县令，也是颇有家学渊源，懂得识文断字之人。白县令瞧见那硕大的屏风上满是图画，十分惊讶地感叹道："这图画笔法非同寻常，乃是大师所作啊！"说着，居然一圈一圈地绕着屏风欣赏起来。

李凌云只要接手案件，便会不由自主地进入忘我状态，自然不会去管县令如何痴迷画作，而是命阿奴、六娘做好剖尸前的准备。

身形高大的阿奴作为封诊道的隶奴，干的就是体力活，也就是眨眼的工夫，他已将木桌上的冰块清理干净，露出尸首。

虽是大白天，但为看清细小伤痕，仍需要光亮辅助。不用吩咐，六娘便点燃了屏风上的所有油灯，一瞬间，桌面就光明起来。

二人配合默契，压根不用言语交流，便把李凌云所期之事安排妥当。

此时桌上尸首已经显露身形。因长时间浸在水中，尸首看起来肥胖苍白，肚皮膨胀。好在事前用了冰块，所以腐败并未加剧，虽说也有腐臭气味，但在众人的忍受范围之内。谢阮出于好奇，在阿奴、六娘退下后朝那边瞄了一眼，顿感不适，忍不住问："这死者莫非是个胖子？怎么肢体肥大成这样，瞧着肚子都要撑破了！"

李凌云戴上油绢手套，对谢阮道："并非如此，此人生前身材和普通人差不多，只不过他死后尸首长时间泡在湖中，才会膨胀成这副样子。这是水经肌肤进入身体所导致的现象，观之犹如巨人一般。但凡死于水中，若未被及时发现，尸首均会出现此种情状。"

说着，李凌云分给众人每人一枚麻布口鼻罩，县衙的辛仵作也没落下。那仵作双眼放光，对着口鼻罩上下打量，连声道："世间还有此等妙物？"

谢阮奇怪地问："怎么，你们平日验尸，都不用这东西隔离恶臭吗？"

"倒是会在脸上系布巾。"

"只用布巾？"

"还会蘸点醋汁，这样可以勉强隔开一点气味。像这样的精细之物我还是头一次见。"说着，那辛仵作在谢阮的帮助下将口鼻罩扣在面上，深吸一口气，浓浓的薄荷气味顿时让他头脑为之一清。

见辛仵作面露惊讶，谢阮也把口鼻罩放在鼻尖嗅了嗅。"怎么跟我上次用的有区别？这次的居然有薄荷味。"

"上次剖验尸首时你觉得恶心，我便给你用了薄荷膏涂抹口鼻。后来我想了想，与其如此麻烦，还不如把麻布浸在薄荷水中，再将其切成小片，用时直接塞入口鼻罩，既能提神，又可以节约工夫。"

李凌云随口解释完，将那尸首的头部掰了过来。尸首的面部肿胀如猪头一般，两个空空洞洞的眼眶里似有什么黄色棉絮状的东西露出来挂在外面，五官如充气般挤在一起，嘴唇紧紧地套住那根伸出的青灰色舌头，观之相当丑陋恶心。

"眼睛被人挖掉了，那黄色的是油脂。与猪、牛、羊不同，人脂不是白色的，而是黄色的。"李凌云边说边用手轻轻拨动尸首的眼眶，"你们发现死者时，他就没穿衣物？"

"没错，而且湖里、湖边都查过了，没有发现衣物。"辛仵作连连摇头，"您也看到了，尸首被发现时是什么样，现在便是什么样，不管如何观瞧，也根本看不出死的是谁。实不相瞒，就连用冰冷藏也是无奈之举，若请不来你们大理寺，我们也只能稍加延缓尸首腐败时间，期望有人前来认领而已。"

"你们做得已经很不错了，只是这尸首被冰冻过，一旦化开，腐败必会加剧，看来我必须加快速度。"李凌云也不多话，命令六娘按顺序把封诊用具递给他。

一堆工具中，最先被拿出的便是那把奇怪的封诊尺。不论辛仵作如何看得两眼放光，凑在旁边观瞧，进入状态的李凌云都丝毫没有被他干扰，手持封诊尺不停地在尸首上丈量。

"此尸胯下可见阳物，身高约五尺六寸六分，足长七寸三分，长发，发色花白，可见死者年事已高。"李凌云边量边说。一旁的六娘手持炭笔，在绢帛制的封诊录上迅速记录。"

"可他现在的足长看起来比你说的要长多了啊！"谢阮疑惑地问。

"泡过水的木头比干的木头看起来通常要粗很多，二者道理相似。"李凌云用手在尸首上轻轻按压，他的动作很轻，可被他触碰过的地方无一例外均出现了皮肤凹陷，某些地方还会渗出一些水渍，触遍要害部位后，他解释道："有时眼见并不为实，我所说的尺寸，是根据骨头关节的生长程度倒推算出的死者脚的正常大小，而你看到的是吸水后的脚掌，二者存在差异，觉得不同也不足为奇。"

谢阮闻言不再多话。即便是大大咧咧的她，也心知肚明这种逆推之法是封诊道的独门秘术，就算李凌云耐着性子解释，她也一样会听得云里雾里的。她只需要知道结果如此便可，无须明白具体道理。

谢阮不插话，其他人便更不会轻易打搅，李凌云手上的动作也就越来越快。他用力拨开尸首的嘴唇仔细查验，这期间还用手在牙齿上摁了摁。

明珪在一旁仔细观看，发现尸首的牙齿松动且有缺损，心中推测李凌云这一举动必定是在判断年龄。虽说从面相上完全看不出老态，但牙齿却显示了真相，这死者的年纪应该的确比较大了。

李凌云让六娘取出黄铜柄水晶镜，仔细查看尸首的每根手指的指尖。

"人上了年岁，牙齿会脱落松动，皮肤会干燥松弛，骨骼会逐渐细弱，脊骨也会渐渐弯曲。所以年纪越大的人，越会让人觉得他的身高在不断缩短。虽说他双手皮肤泡发，观之如油绢手套，触之可轻易摘取，给人感觉已腐败不堪，但仔细看，还是能在皮肤上发现指印。

"据记载，孩童在产妇肚中便已形成指印，当孩童呱呱坠地后，无论生老病死，其指印图案都不会发生改变。不过，随着年龄增长，指印在某个特定的年岁范围，仍可表现出一些固有的特征。若指印较小，且纹线清晰，可断为年幼者；若指印较大，且纹线已被磨去一些，可断为青壮年人；若指印干瘪，且纹线不清，出现褶皱，可断为老年人。"

说完，李凌云把死者的手指翻过来。"再看他的指甲，上面有许多竖纹，此纹路越清晰，说明指甲内血气越匮乏，这是年岁大者普遍会出现的特征。因此，结合头发、指印、指甲三者所表现出的外部状态，我推算死者年纪约在六十岁。"

直到六娘停笔，李凌云才再次开口："人的肌肤之下必有油脂，只因身形胖瘦差异而厚度不同。油脂不像皮肤那样会轻易浸水肿胀。我方才触摸了尸首的胳膊与小腿，按油脂的厚度看，此人生前绝不是一个胖子，与之相反，他的身形相比常人要消瘦很多。"

"都这个年岁了，连提刀都是个问题，凶手究竟怀有什么样的仇恨，要这样残忍地杀害一名老者？"谢阮百思不得其解。

李凌云道："刚开始验尸，我无法给你答案。不过封诊道自有一套手段，刚才只是'查基本'，接下来就要'诊细节'。等之后破了案，自然能搞清缘由。"

"刚才你看得如此仔细，竟只是查基本？"

明珪的惊讶不比谢阮小多少，只是他不会像谢阮那样又是惊呼又是尖叫。他身为大理寺少卿，自然要有见过大世面的样子，否则很容易让人看出破绽。

刚才李凌云无意中提及"封诊道"时，明珪瞧见那辛仵作眼皮一跳，显然察觉到了什么。不过从辛仵作之后的表现来看，他也不像是对封诊道知根知底之人，可能只是无意中听过此名号，并未亲眼见过，那么……既然是这样，这个辛仵作就更不会清楚封诊道内部的等级，倘若他已经发现这位假仵作是封诊道现任首领，也不可能表现得如此淡定。

再者，以大理寺的背景，聘请封诊道的人来查案，其实也在情理之中。

明珪小心思索着这些细节，想着是否已经暴露行藏。此时沉迷剖尸的李凌云却一无所知，他抬起尸首的右手掌，指尖在手掌上摩挲片刻，接着又拿起尸首的左手，在虎口处同样摩挲了一会儿。做完这些，他才抬头若有所思地道："方才我摸的那两处都有老茧，但茧纹不厚，不是劳作形成的。长期拿握什么物件，却又无须特别用力，才会磨出此类茧纹的老茧，有些近似读书人的笔茧，或做轻巧手工艺者的掌茧。可什么人会同时在这两个部位长出老茧呢？"

李凌云抬起双手，试着摆出一个姿势，双手犹如握着一根棍子。谢阮在一旁急得抓耳挠腮，她把自己熟知的刀枪剑戟都说了个遍，但均被李凌云否定。

这时，在一旁观瞧的明珪忽然出声："李大郎，你这个动作，很像我阿耶手持拂尘的样子。"

谢阮平日在宫中，术士也没少见，于是她学着那些人毕恭毕敬的模样摆出造型，接着往李凌云身边一站，上下瞅了瞅。"果然很像，宫中术士在面见天皇、天后时，就是这样拿拂尘的。这么说，死者手上的老茧定是常年手持拂尘留下的！"

李凌云认可了这个结论，对六娘吩咐道："将这个猜测记下来。"

等六娘停笔，他又绕到尸首的脚边，弯下腰，仔细观察尸首的双脚。"骨节突出，脚趾弯曲非常严重，看来他日常行走之时常用脚趾发力。"

"用脚趾发力？"谢阮低头看了看自己的靴子，并在原地踏了几步，并未有脚趾蹬地的感觉，心知这定是特异之处，于是连忙问，"以什么身法行走，才会用脚趾发力？"

"与身法无关，一般来说，在路面存在坡度时，脚掌倾斜无法用力，所以只得用脚趾发力。你回忆一下，登山时脚趾是不是会不由自主地蜷在一起？"

"是会这样，只不过你若不说，我还真注意不到。"

"因为这是本能，一般人很少会留意。"李凌云继续解答，"行走山路时脚底会下滑，所以经常需要蜷缩脚趾撑起鞋底，遇到陡坡还要身体前倾，为的就是在保持身体平衡的同时，增加脚底的抓地力。不过……偶尔攀爬并不会让脚形改变，只有长年累月地登山，才会使骨头严重变形。"

"这里水网密布，最多只有一些丘陵，根本瞧不见山峰，可见此人绝非这死水湖附近的居民。"明珪想了想，道，"正如大郎所说，从脚趾变形来看，死者或许隐居于山中。常有术士跋山涉水前来六合观拜访，有些布履磨破者会向我们讨要一双新鞋，我印象中，他们的脚趾便与死者类似。再加上死者手上有持拂尘留下的老茧，那么死者很有可能是一名术士。"

李凌云对此既未肯定，也未否定，只是命六娘将此推测记录于封诊录中。明珪见状嘴角一勾，心知李凌云不善言辞，但多半是赞同了自己的看法。

明珪暗自欣喜之际，李凌云又从封诊箱中取出了一堆黄灿灿的器具。

阿奴见状，手中提着一块漆黑的木板走过来。因他手速太快，没人看清他的动作，他好像只是把那木板拉起来抖了抖，那木板就变成了一张半人高的几案。

李凌云将封诊器具一一排列在几案上，抬头对谢阮道："接下来，按我封诊道的封诊顺序，马上就要进入剖尸环节。你之前在大理寺殓房可是吐了好几次，这回可承受得了？若是不行，出去也没关系。"

谢阮刚瞧见这被水泡发的尸首时便觉喉咙发痒，一听即将剖心挖肺，脸色瞬间有些苍白。但她性子要强，如果李凌云不说得这么直白，她可能还会找个借口出去躲一躲，可被他这么一说，她就是想走也不能走了，否则日后被人提及此事，难免会遭人耻笑。

于是，她态度坚决地道："这案子是我们三人一起接的，当然要共进退，我必须每一步都参与，不能回避。否则那位询问起来，我还怎么为你们两个做证？"

那辛仵作在一旁听得云里雾里的，李凌云却很清楚谢阮这话是什么意思。

三人此次假冒大理寺的名义来查案，迟早会暴露行藏。虽说明珪做好了文书，但也并未按大理寺的规矩来。明珪让他与谢阮这两个外人参与查案是违规之举，一旦被追究起来，就算有十张嘴也说不清。三人里只有谢阮是天后直属，若是有人将此事小题大做，那谢阮的所见所闻便直接关系到他与明珪能否逃过一劫了。

所以谢阮不回避，的确是为了保护他俩而做出的选择。

李凌云对谢阮微微点头，眼神中流露出些许感激之情。此时，他又瞥了一眼明珪，发现明珪一直在留意身边的辛仵作，心知明珪定是觉得此人有异样。想起刚才与谢阮的对话，李凌云也察觉到当着外人的面说出这些似乎不妥，他生性愚钝，为了防止再说错话，便对辛仵作说道："我们封诊道断案有一些手法不可外传，不太方便让你继续看下去，还请见谅。"

那辛仵作闻言，竟然长叹一声，一副如释重负的模样。既然干的也是查验尸首的行当，封诊道的传闻他还是听过一些的，知道此道向来颇为神秘。与明珪猜测的差不多，当李凌云拿出封诊箱时，辛仵作便心中有数，今日是遇到了高人，于是他大气都不敢喘，在一旁仔细观瞧，当听到"剖尸"二字时，他的眼皮突然一跳。

狄公任职时，大理寺屡破奇案，在民间已成了佳话，对此辛仵作当然也有所听闻。他自己也办过案，知道大理寺能破案无数，定是因为掌握了某种非比寻常之技，一听此技竟是剖尸这种违背人伦之举，还牵扯到传说中的封诊道，再加上方才谢阮的话没头没尾，心里便清楚这群人只怕有些蹊跷，哪儿还看得下去。他正发愁日后有人来闹的话，自己要落个坐视不管的罪名，想干脆找个借口回避，没想到对方先一步开了口。辛仵作自然满口答应着，拱手跟众人行了个礼，快速走出了封诊屏。

谢阮并未注意到辛仵作的细微表情，所以对李凌云此举有些疑问，问道："查狐妖案时，你推举那叫杨木的仵作拜入封诊道门下学习，今日为何要赶这个辛仵作走？难道是他资质不佳？"

李凌云平淡地回答："他能想到用冰块保存尸首，此举足以说明在查验尸体上此人还有些建树，只不过我们先前都是光明正大地查案，唯独这次有些不同，我们之间的一些交谈，还是不要让外人听见比较好。"

谢阮常年陪伴在天后身边，比起一人之下万人之上的宰相也差不到哪儿去，就算口无遮拦，也没人敢把她给怎么样。不过想到此次是偷偷查案，她也觉得还是不要节外生枝的好，于是挠头道："大郎所言极是。只可惜那辛仵作错过了偷师之机。"

六娘在一旁轻笑。"我们封诊道的东西，哪里有那么容易偷？"

"是了，学有渊源，偷师终究只是学个皮毛。"早已看透一切的明珪接过话茬，结束了此番讨论。

李凌云再次进入状态，轻声吩咐六娘："你把封诊录翻到剖腹图一页，做出记录。"

六娘应声，阿奴也站在一堆工具旁，做好了打下手的准备。

一切就绪，只听李凌云口中念念有词："尸状先验，而后清洗，先外后内，方可剖之。"

谢阮面露疑惑。李凌云不等她提问便解释道："这是我们剖验尸首所用口诀，意思是说，验尸之前要先观察尸首状况，然后仔细清洗，先检查尸首外部，再检查尸首内部，顺序一定要严守，否则便会损毁尸首，破坏证据，使尸首成为对断案无用的鸡肋。"

说罢，李凌云命阿奴开始倒水。阿奴显然经过长时间的训练，倒出的水流粗细均匀，具备一定冲刷力，但又不会太强劲。李凌云借着水流，将尸首从头到脚渐次洗过。

"尸首泡于水中，身上即使有细微痕迹，也已被水流冲毁，损失殆尽。之所以还要进行这个步骤，是担心在剖尸时尸首上的杂物进入腹腔，干扰封诊。"

李凌云说完一抬右手，阿奴放下水桶，从几案上拿起几样器具递了过去。

第一样器具就是那长柄异形弯刀，在李家的地下室内，谢阮与明珪便已见过，他们也不问话，聚精会神地看李凌云手上的动作。

只见李凌云伸出大拇指与食指上下扣住刀柄，使其不会随意晃动，然后把刀放在尸首上，食指向下按压刀背，从锁骨处朝胸前斜斜切下左右两刀，在胸部中间聚拢。接着，他从两个刀口的交点朝下方再切一刀，一路缓缓划至腹下。

这尸首在水中时已泡得庞大，肚腹内开始腐败，生成气体，所以李凌云在开腹时非常小心，如果此时下刀太快，尸首或许会爆开。

李凌云每切开一点，就会小心轻按尸首腹部，缓缓将腹内气体排出。这时就算戴着有薄荷味的口鼻罩，也终究无法阻挡这股腐尸气味。谢阮也不再顾及什么形象，捂着嘴在一旁干哕了半晌才缓过劲来。

剖尸过程看似烦琐，但李凌云动刀游刃有余，无一点多余的小动作，显然是做过无数次才这般熟练。只见他划开腹部后，快速揭开覆在尸体上的皮肉，露出肋骨。

从阿奴手中接过一把黄铜大钳，他咔嚓咔嚓地钳断那胸骨。随后阿奴又上前来，拿起一个形状怪异的铜制器具卡在断开的胸骨上。这器具粗粗看来就像两个铜块，中间以一根带有螺纹的杆子相连，上面还有一个把手。拧动把手，两个铜块就开始推着肋骨朝两边移动起来。

谢阮目不转睛地盯了半天，仍看不懂这两个铜块是怎么运作的，只能猜测里面安有机栝，铜块的移动与那个能拧动的把手有关。经此番操作，尸首的胸腔被完全撑开，露出肺叶、心脏之类的脏器。

李凌云手起刀落，将脏器一一摘出，放进阿奴捧来的黑色罐子中。这种罐子众人之前在大理寺殓房里已经见过，并不陌生。这是封诊道特有的脏器罐，根据所装脏器大小被设计成不同的形状，这样就算不打开罐子，也能一眼辨别出哪个罐子中装的是哪样脏器。

阿奴把盛装好脏器的脏器罐置于桌面，接着又取出一个怪异的秤。这种秤两边都是秤盘，秤砣是不同大小的金块，把脏器放到一边的秤盘上后，向另一边的秤盘上添加金块，直到两边水平。此时，六娘会根据金块的数量和大小算出重量，并记录在案。

"肺非常沉重，里面有东西。"六娘记下重量，手指着秤上的肺叶道。

李凌云看了一眼金块，发现此肺确实重于常人的肺，于是把肺叶从秤盘上拿下，放到一个边缘较高的黄铜托盘上。只见他拿起那把弯刀，切开两片已被泡得发白的肺叶。肺叶一被切开，便开始往外冒水，除此之外，还有一些细碎的东西顺着脏水被冲出来。

李凌云用勺舀出一些，置于白瓷碗中仔细观瞧。"尸首的肺部不但有水，还有泥沙，可见他是死于溺水。"

"如此说来，在凶手把他绑在原木上的时候，他还是活着的？"谢阮面露不忍，"那他的眼睛不就是活生生地被挖掉的吗？这凶手实在是太残忍了。"

李凌云拨开尸首的眼眶，露出眼底那些已泡得失色的血脉，"人的眼底有许多血脉接入，挖眼之痛令人难以忍受，此时死者神志如果还清醒，不可能不反抗，这样凶手要想把他双手双脚捆在原木上，必定极为困难。可见死者在被杀时，很可能已陷入了昏迷。"

"意识不清……这岂不是跟我阿耶受害时一样？"明珪沉吟道，"挖眼之后，将裸尸捆绑在原木上，又置于水中，手段也很令人费解。加之死的也是一名术士，难道说真跟我们猜测的一样，有凶手一直在对我阿耶这样的术士下手？"

李凌云微微颔首。"截至目前，我还是觉得天师宫悬崖侧的那扇窗户是唯一进出途径，而根据现场方位，你阿耶被害时正面对着那扇窗户打坐，如果他神志清醒，不可能没有发现凶手。凶手能泰然自若地进入天师宫，并绕到你阿耶身后砍掉他的头，只有一种解释：你阿耶和此人一样都处于昏迷状态。所以之前的假设应当是正确的！"

谢阮听言，心中不停思量。若真如李凌云与明珪所推断，那么明崇俨案或许就与东宫扯不上任何关系了，而这绝非天后想要的结果。为了不让他们刻意把两桩案子搅和在一起，她故作不满道："现在我们手上只有这么一桩怪案，凶手是否在有意针对术士行凶，还不能这么早下结论。之前的推论只是猜测，并无实证，双手有茧也不一定是因为经常持拂尘，我觉得长年拿着赶牛羊用的木棒，也有可能形成这样的老茧。放牛放羊的人常常在山间走动，脚趾变形也不是不能解释得过去。在找到确凿证据前，一切皆有可能，咱们不能硬将两桩案子放在一起比较。万一此案与六合观一案完全无关，到那时候又该如何解释呢？"

明珪并未想到谢阮会当头给众人泼了盆冷水。倒是一旁的李凌云频频点头，道："谢三娘所言极是，办案确实不能先入为主。"

谢阮也察觉自己方才那番话的目的或许过分昭彰，为了缓和一下气氛，又道："咱们也别着急，凤九不是还在城中查探怪案传闻吗？说不定要不了多久就有消息，还可以和死水湖案互为佐证呢。"

"凤九就算查到消息，我们身处孟县，又怎能马上得知？更别提如何互相印证了。"李凌云不解地道。

谢阮闻言语塞，觉得真有些拿不通世事的李大郎没办法，只好耐心解释道："我给宫中传了消息，自然也同时给凤九传了一份。你说的我已有考虑，要是凤九当真查出什么，他会马上差人将消息带至孟县。要是有了佐证，可以证明凶手在杀死明子璋的阿耶之前就已经作了案，而这些案子大理寺与刑部都没能破获，那我们再接手，于情于理，徐天都放不出半个屁来。"

"谢三娘有远见！"明珪看破不点破，赞叹道，"这样一来，要给我们加罪也就没那么容易了。不过现在还请大郎抓紧时间，赶紧检验尸首吧！"

李凌云点点头，伸手提起尸首的胃囊一刀剖开，发现胃中除少量液体外并无他物。他将液体小心装入瓶中，交给六娘。"死者是在昏迷时被人挖的眼，或许能从胃中查出线索。你取一些液体喂给验鼠，这些东西量太少，只需一只验鼠即可，切记不要把液体都用光了。"

六娘领命而去。他又剖开尸首的小肠，在其中看到一些细粪，接着剖开大肠时，被包裹的粪便露了出来。

"他死亡时距离末次进食，约莫过了两个时辰。"李凌云用一件古怪器具仔仔细细地翻看粪便。

这器具看起来像是将一根两头尖的细铜片用力对折在一起形成的一个奇形怪状的夹子。李凌云用那铜片的两个尖头在粪便中不断拨弄，只要他用手指按压夹子，就能让尖头合拢夹起些东西来。

片刻后，他用清水从死者的粪便中冲出一些细小的物体。

"这是芝麻，这是肉糜。"李凌云面不改色地介绍道，"芝麻可以榨油，而肉糜中富含油脂，若是馎饦之类的面食，经过肠道消化后根本无法看出状况。好在死者年迈，消化食物的能力减弱，所以能从粪便中分离出食物残渣，用以判断死者的进食情况……看来，此人最后一餐吃的是撒了芝麻的肉馅胡饼。"

"你连这都能查出来！封诊道果然神奇……"谢阮虽觉得在粪便中翻找证据令人反胃，可眼瞧着得到结果，她又忍不住啧啧称奇。

李凌云不以为意，抬头问明珪："在我记忆里，制作这种肉馅胡饼，需要用巨大的火坑烘烤，所以很少有人会在家中制作，通常都在胡饼店直接购买。我很少吃胡饼，你们是否清楚，这种饼平时人们一般会在一天中的哪一顿食用？"

"我大唐百姓一日两餐，一早一晚。因朝食过后便要下地劳作，且一日之计在于晨，所以朝食多以馎饦汤饼这种好克化的食物为主。而吃胡饼要仔细咀嚼，很麻烦，所以多在晚间食用。"明珪道，"大多数百姓会在酉时[①]过半进食，如死者也依此惯例，那凶手应该是在亥时[②]过半时将他杀害的。"

正说着，六娘朝众人走来，手中捏着一只老鼠的尾巴，打断众人道："主人猜得不错，这老鼠饮下尸首胃中的液体后便昏迷不醒了。"

---

① 17 时至 19 时。
② 21 时至 23 时。

李凌云接过老鼠，将其放在耳边听了一阵，抬头道："果然是昏过去了，呼吸微弱，心跳缓慢，却没有死。"

他拿起小瓶，揭开口鼻罩轻轻嗅了嗅，皱眉道："有酒味，还有药香，此人死前，除了食入胡饼，还喝了一些药酒，看来迷药就混在这酒中。参考验鼠情状，死者当时必是处于深度昏迷状态。"

说着，李凌云用力掐了一下老鼠的尾巴。老鼠虽轻微颤抖，却并没醒来。他瞧了一眼谢阮。"如果还按我们之前的推断，死者是个术士，而术士为了养生，确实会时常饮用药酒。但此人胃中没有其他食物，只有一些酒水，不像是用餐时自斟自酌，否则胃内怎么可能没有下酒菜的残留物？所以我觉得，他应该是在与人对饮闲聊，只有这样才会一杯接着一杯地喝酒，却不怎么吃东西。"

明珪若有所思。"我觉得李大郎的看法的确与验尸时观察到的种种迹象是相符的，死者多半还是术士！"

李凌云却问道："可你说说，什么人会去找术士饮酒呢？"

明珪想了想，道："术士通常服饵，'饵'是术士修行所食之物的代称，一般均为特别制作，便于修术凝气。如果死者真是术士，他肯定不会乱吃东西，更不会胡乱饮酒，因为术士有自己的一套练术之法，所以在服饵上也颇为讲究。据我所知，术士喝的酒多为自己酿造。即使是要用药酒调理身体，他们也只会去买一些术士都认可的药酒，卖这种药酒的店铺在洛阳道术坊便有几家。大郎是否可以辨出，死者胃内药酒是用什么药泡的？"

李凌云摇摇头。"若能找到残留药酒，或许尚有办法，可此酒已经与胃液混合，原状发生了改变。而且并非所有药物都可区分，同色同味的药物不计其数。要想分辨尸首胃内是哪一种药酒，难若登天。"

得到回答后，明珪又琢磨起来。"就算是购入药酒，若二者并不熟悉，也不可能会对饮，所以死者可能对凶手有一定程度的信任。都说物以类聚，那么凶手会不会也是个术士？因彼此是同行，死者的防备心便不会那么重，这才给了凶手下毒的机会。"

在一旁倾听的六娘忍不住插嘴道："道理是说得通，可如若真是二人对饮，凶手是如何做到让对方中招，自己却安然无恙的呢？"

谢阮闻言呵呵笑起来。"这就不是你们擅长的了。你们可知，历朝历代宫中都常用鸩酒来毒杀人？我大唐太宗皇帝当年还是秦王时，因屡屡立下战功，招致自家兄弟的嫉妒，太子设宴时就给他的酒中下了毒，太宗皇帝饮下酒后，当场口吐鲜血，回去医治了很长一段时间方才得以康复。你们就不奇怪，像太宗皇帝这样的人杰，有人直接给他倒下毒酒，他为何没有察觉吗？"

几人看向谢阮，齐齐摇头。见众人不知，谢阮面露得意地道："据说，下毒者用了一种奇特的壶。此壶带有机关，分为两层，一层盛酒，一层装毒。机关没开之时，倒出来的酒自然无毒，可一旦拧动机关，便可把毒从壶嘴内混入酒中。太宗皇帝是看到其他饮酒之人都无事，所以毫无防备，才会中了招。"

"看来，用酒壶下迷药切实可行。"李凌云道，"若此迷药有异味，那么死者定会觉察。可见此迷药并无异味，此等奇效迷药在世间并不常见。凶手能寻到此药，说明他是精通药理之人，若是术士，也非普通术士，而是一个懂医的术士。"

明珪道："这种术士百姓称其为'医道'。我阿耶也算，他就是因为治好了一个官家小娘子的病，才被那小娘子的父亲荐到宫中的。宫中曾经有人来查探，是因为小娘子和其父多次美言，阿耶才得到了天皇、天后的信任。另外，术士都热衷于服用五石散[①]或炼制出的各种丹丸，服用后容易身体不适。因害怕有损颜面，他们不会去找普通大夫诊治，此时医道便成了唯一之选。所以术士之中，擅长医术者尤为受人尊敬，多数术士也乐意和医道往来。如果这酒是一名医道给死者喝的，那么死者或许不会太过防备。"

明珪说到这里，突然神色严肃地道："我阿耶虽说也是一名医道，但很难讲他会不会也饮用了其他人所配的药酒。毕竟医道也有各自擅长的手段，就和

---

① 中国古代方士、道家、道士炼制的一种内服散剂。最早见于《史记·扁鹊仓公列传》，虽作为药用，名医淳于意已指出其药性猛烈，服用不慎，危害甚大。后方士、道士之流炼五石散服食，作为长生之术。但许多人因长期食用五石散而丧命，唐代孙思邈呼吁："有识者遇此方，即须焚之，勿久留也。"据葛洪《抱朴子》记载，五石散的成分为丹砂、雄黄、白矾石、曾青、磁石这五石。而据《诸病源候论》记载考之，五石散之通行方当为石钟乳、硫黄、白石英、紫石英、赤石脂这五种矿物质药物烧炼而成。此等矿物炼成的五石散，服后内热，喜冷食，着单衣，故又名"寒食散"。

大夫也会求人诊治是一个道理。如果两桩案子的凶手真是同一人，那他用此种无色无味的迷药迷晕我阿耶，恐怕也不是什么难事。"

"这种医道有很多吗？"李凌云不禁问道。

"不多。"明珪摇摇头，"医道对各种草药十分熟悉，精通炼制丹丸。他们用丹丸来提升自己的功力，以求起到延年益寿的效果。医道入门要求颇高，首先，买药需要耗费不少钱财，识药也需要有人教学。一般来说，医道皆家庭富裕而有师承。因为有这些门槛，别说东都洛阳，就是整个大唐，医道也并不多见。"

听了明珪的解释，李凌云道："既然医道并不多见，那么只要锁定目标，凤九或许便能打探到一些消息。如此一来，你阿耶的案子兴许就不那么难破了。不过正如谢三娘此前所言，这一切都是我们的推测，你阿耶之案与此案是否为同一人所为，还不能贸然下结论。再者，如果在查案时过于重视要达到的目的，再加上受破案期限的影响，我们所思所想，自然都会往你阿耶案子的方向靠。要想确定凶手到底是谁，单凭一桩怪案还远远不够，我们还需要从大理寺或凤九那里挖出更多的案子，只有这样才能做出公允的判断。"

说完这些，李凌云将查验过的尸首脏器一个个小心放入脏器罐。那尸首解冻后果然腐败得格外迅速，一些嗅到腥臭的蚊蝇闻风而来，在封诊屏外嗡嗡乱叫。

李凌云知道，在如此炎热的天气里，被水泡过的尸首腐败起来要比普通尸首快上数倍，所以必须采用一些特别的保护措施才行。

撤去屏风，李凌云把辛仵作叫到面前，给他一条油绢尸袋，让他把尸首放进去，接着再用蜡封住袋口，避免蚊虫进入，最后盖以冰块，将尸袋放置于阴凉处。

辛仵作有些不解，因为县上处理尸首一贯颇为粗疏，按道理来说，验尸完毕，尸首便可就地掩埋。但既然是大理寺的命令，他也只能遵从。辛仵作却不知道，李凌云之所以这么吩咐，是因为他们是偷偷提前来查案的，并不打算给大理寺制造障碍，否则容易罪上加罪。再说他们已经抢在前头，不能让大理寺过于难堪，若连尸首都给处理掉的话，大理寺的人难免会恼羞成怒。

三人自知大理寺此时应该已有所察觉，或许他们已在赶来的途中。李凌云不敢耽搁，急切地找人带路，前往案发地点——死水湖。

谎言缉凶　回京受困

第十五回

大唐封诊录

前往死水湖的路上，辛件作与县衙的人态度非常恭敬，言语中拼命猛拍三人的马屁，就差把他们捧上天去了。

他们这样溜须拍马，让明珪有些好奇。一问之下才知道，早先发生的那桩狐妖案早已在京畿各县传得沸沸扬扬，因妖言惑众，接连两任县令被罢免，此事一出，人人自危，谁都怕自家的管辖地发生难以解释的怪案，一旦处理不好，这可是要被摘了乌纱帽，发配到鸟不生蛋的地方去的。若非如此，白县令也没必要将此案直接上报大理寺，请求协助。凭他们的本事，根本就无法破案，所以他们对大理寺的人难免寄予厚望，马屁自然也拍得啪啪响。

若不是需要留下几人维持治安，白县令绝对会要求整个县衙的人出动，协助明珪等人破案。不管是出于真心还是假意，至少这白县令的表面功夫也算做到了极致。

约莫在午前，众人终于赶到了死水湖。

李凌云等人一看，那湖泊波光粼粼，湖上水鸟飞翔，若不是湖边围着木栏杆及铁锁链，这绝对是一片风光极好之地。

县上跟来的人纷纷站在湖边，口中默默祷告。李凌云心知他们之所以这么做，估计是因为湖中接二连三出现死尸，这些人心生畏惧。

所以李凌云并不打搅，而是缓缓绕湖行走，仔细观察起湖周围的情况。

这是一片天然形成的湖泊，有好几个村落那么大，呈卵圆形，东西宽而南北窄，湖的东南两面为高高的崖壁，西北两面则是树林。

李凌云自言自语："看来，凶手从西面和北面，都可以进入此湖啊……"

一旁的辛仵作接话道："人是可以进入，但在此二面，官府早就立了木牌，称此湖为'死水湖'，湖中发生过多起诡异的溺亡案，因此禁止百姓下湖捕捞或游泳嬉戏，倘有违反之人，一旦抓住，定会重罚。"

辛仵作环视四周，手指着郁郁葱葱的树林，又道："此湖西北二面均被树林环抱，摸不清地界的外来者可能会直接迷失在树林里，很少有人能走到湖边，而且不熟悉这里的人也不可能会来这里。"

辛仵作又带着李凌云来到湖边，指着地上的一根原木，道："这就是捆绑尸首的那根木头了。"

李凌云蹲下拨弄原木断口，眯眼道："断口整齐，凶手使用的是长柄大斧。此树木质间隙极大，硬度不足，不难砍伐。"

李凌云用手轻松抠下一块，继续道："此乃树中为数不多的轻木，这种木质量较轻，在水中所受浮力颇大，只要将此木稍加雕刻，便可制成扁舟，浮于水中时很是稳定。此树林中多为宽叶树木，而此种轻木也是宽叶树木，一般人不仔细分辨，很难认得出来。"

明珏瞧了一眼，发现附近与之树干大小、粗细一致的树比比皆是。若是随意而为，那么在湖边就近选料无疑最为省力，可凶手偏偏要舍近求远，从树林之中找了这么一根轻木，一定是出于什么目的才有此举动。于是他大胆猜测道："虽说轻木在水中所受浮力更大，但对凶手来说，这又有什么特别用处呢？他为何单单选择用轻木来捆绑尸首？若只是捆绑尸首，这附近哪一棵树不能胜任？"

"明子璋提了个好问题。"谢阮捏着下巴，来回踱起步来，"……轻木到底有何用处呢？"

李凌云则反问了一句："你阿耶死后，被凶手穿在引雷针上，这又有何用处呢？”

谢阮顿感惊诧。“难道你已确定，凶手就是六合观……”

“还不能妄加判断！”李凌云道，“如果凶手只是单纯地夺人性命，直接将人杀掉用土掩埋，或是扔下悬崖，一般都很难被发现。可他却多此一举，把尸首捆在原木上。这在我们封诊道以往查的案子中也出现过，名为附加举动。它的出现往往表示凶手怀有不为人知的目的，比如说在极度仇恨引起的凶杀案中，就常会出现辱尸的附加举动。本案凶手不嫌烦琐，其目的也很明确，就是让人能轻易地发现尸首。”

谢阮不解地问：“杀完人还希望尸首被发现，他难道是在公然挑战我大唐的律法权威？”

“也可能就是泄愤！”李凌云轻描淡写地补了一句，眺望周围的树林，“此前我们已有判断，死者是吃过晚饭两个时辰之后遇害的，那时天色已晚，恐怕很难分辨出树木的种类。”

“或许凶手提前砍好了树木？”明珪猜测道。

“此湖经常死人，人迹罕至。尤其是白天，除了虫叫鸟鸣，几乎听不到其他动静。这就好比在热闹的街市大喊一声未必会引起别人的注意，倘若在空荡的街头大喊一声，势必引起不小的骚动。

“况且树林边就是村庄，陌生人白昼进入树林，很难不引起注意。假如凶手白天来砍树，要是暴露行迹，被村里人盯上，恐怕会得不偿失，无法完成杀人图谋。所以最稳妥的办法，就是在夜深人静时悄悄入林，一旦发现任何风吹草动，便能趁着夜色全身而退。”

辛件作点头赞同道：“李先生说得不错，附近百姓虽说不会下湖，但不代表不进林子捕猎、采摘野果，平日进入树林的人也不在少数。本案不就是两个小童上树采蜜时发现的吗？所以我也觉得，白天来风险太大，只有夜里比较合适。不过……要想在树林之中寻到轻木，夜晚不借助火光怕是很难，可点灯的话，又逃不过村庄巡夜人这一关。我就纳了闷了……凶手到底是如何做到摸黑找到轻木的呢？”

"这并不难!"李凌云不以为意地道。

那辛仵作恭敬地道:"还请李先生明示!"

"他可以白天提前在树上做好标记,这样夜晚寻找轻木便能事半功倍。"

辛仵作仍是不解。"就算如此,到了夜晚,伸手不见五指,如不点灯,他又是怎么发现标记的?"

李凌云并不着急回答,而是对阿奴招招手,打了几个手势,后者便从封诊箱里找出一个漆黑斗篷。只见阿奴用竹篾将斗篷撑起,此时斗篷的形状看起来就像一顶又高又尖的帽子。

阿奴手持这顶"帽子",在树林中四处搜寻,最终在距湖边百丈以上的地方找到了一根树桩。在阿奴"阿巴……阿巴……"的叫喊声中,一行人走了过去。李凌云蹲下查看,确认正是轻木的树桩,粗细也和捆绑死者的原木相同,此地正是凶手取材之处。

李凌云冲阿奴点了点头,阿奴把"帽子"置于树桩一侧,裹住部分树根,接着打开"帽顶"的小孔,眯起眼睛朝内瞅了瞅。在这一处未发现异常,阿奴又起身观察另外一处,直到绕着树桩快走完一圈,才朝李凌云招手,示意发现了情况。

李凌云将眼睛凑在小孔上观瞧片刻。"找到了,我猜测记号不会做得太高,果然是在树根上。"

众人好奇地逐一对着小孔查看,他们在树根处发现了一个斜五边形的标记,这个标记在斗篷拿开之后就完全看不到了,但将斗篷罩上隔绝光亮后,却能自己发出微微的光。

"这不是用刀刻的,应该是用一种很特别的颜料绘制而成的。"李凌云沉吟道,"能在夜间发出光芒的颜料很少,如果将夜明珠磨成细粉,掺进颜料中,倒是可以做到,但萤石之光并非这种颜色。此色偏黄,而萤石之光往往偏绿,有的甚至还会偏蓝,想来不是同一种东西。却不知凶手用的是什么颜料。"

"如果我猜得没错的话,这种颜料与萤火虫有关!"明珪走到李凌云身边,看着树桩上模模糊糊的记号,极为自信地道,"我小时候,阿耶给我捉过萤火虫，当时他曾随口告诉我，有的人可以将使萤火虫发光之物取出，做成夜晚可以发光的颜料。但必须在萤火虫死去之前摘下它的尾部才能进行制作，并且做成后，要小心密封存放。如若接触空气，这种颜料便会慢慢失效。用这种颜料画下的记号白天经阳光暴晒，夜里便会发出光亮，只要不人为破坏，就会在一段时日里不断发光，夜间可见，只是经过的时日越长，颜料陈旧，光亮越发暗淡，直至彻底消失。我们现在看到的光极为暗淡，那是因为已时隔多日，且颜料被露水稀释了。在凶手作案当晚，这个斜五边形应该是很容易被看到的。"

明珪又继续道："在大唐，某些人会用这种方式，白天在户门口做下记号，半夜则选好时机进入户主家中抢劫。我阿耶说，研制出这种颜料的人是一名医道，他是以虫入药时意外研制出这种东西的。此法，术士以外的人绝不会懂。"

"巧合太多，此案越来越像是医道所为。而明子璋的阿耶也属医道，凶手若要对他下药，他不一定就存有戒心。还真是歪打正着，这案子的凶手或许就是我们要追查的那个家伙。"

谢阮一时情急，竟在辛仵作面前把实情道了出来。不过这位辛仵作也并非愚钝之人，谢阮虽以小吏身份示人，可哪儿有小吏敢多次出口顶撞大理寺少卿，最奇怪的是，后者还对她毕恭毕敬，所以他断定这位谢姓小吏绝非一般人。为官之道，讲究非礼勿视、非礼勿听，所以辛仵作不管听到什么，都只当没听见，不做任何回应。

明珪见谢阮说漏嘴，赶紧转移话题。"凶手砍下的这棵树虽是轻木，但也需一人环抱才可以抱住。就算是习武之人，最少也要耗费半个时辰才能把树砍断。"

李凌云望着树桩，突然又想到了另外的问题。"这半个时辰里，死者在哪里？凶手砍树声音不小，若要不被察觉，动作一定要快。树木断面上留下的是长柄大斧的砍切痕迹，这种斧子很沉，他又是怎么把斧子和死者一起带到这里来的？"

"自然需要牲畜来运送了。轻木虽轻，但毕竟还是有一定的分量的，而死者一旦失去意识，也死沉死沉的，如果没有牲畜，凭凶手自己的力气，怎么可能运过来？"谢阮边说边点头，笃定地道，"凶手绝对带了牲畜，不会错的！"

见李凌云也跟着点头，明珪下令道："此处遍地杂草，牲畜停留时一定会啃食草木……你们四处找找，重点寻觅一下有没有类似的痕迹。"

县上的人听令，连忙四散寻觅。没过多久，果然有人在一棵树下找到了一片低矮的杂草，杂草叶片上能看到明显的牲畜啃食痕迹。

李凌云来到此处，将被牲畜啃咬过的叶片摘下，平铺在封诊录的空白页上。接着，他用炭笔沿着叶片边缘涂画，待空白处被完全涂黑，他迅速将叶片抽出，此时封诊录上便留下了曲曲折折的痕迹。

李凌云扫了一眼，很快得出了结论。"是马。"

他拨开草丛，又发现了一些干燥的粪便，用手捏开粗看后道："马粪里有干料……谷物、秸秆……从饲料看，好像是官马。"

"等等，我想想……"谢阮思索道，"凶手不只骑马，而且还骑的是一匹官马。凶手如果是术士，他要怎么才能得到官马呢？"

"这种马要么是官员家中的，要么就是出自官府驿站。还有一种可能，就是凶手自己有马，是用官府的草料喂养的。可是要把官府的草料弄到手也非易事。"明珪在一旁说。

"真是处处古怪。如果凶手是医道，这种人会治病，自有诊金收入，有马匹不足为奇，奇的是为何是一匹官马，倘若不是官马，又为何要喂官府的草料。"谢阮奇怪地道，"李大郎，你可想得明白？"

李凌云不声不响，取出夹子夹起粪便，然后"咦"了一声。

"怎么了？"谢阮不解。

"按形状看，这是马粪无疑。"李凌云满脸迷惑，"马粪、驴粪都外表光滑，呈黑褐色。驴粪大小如鸡蛋，可掰成块状；马粪大小如鸭蛋，外表呈球状。但如果马食用的是青草，因青草内含有大量水分，马吃后消化、排泄都会很快，粪便较稀，不易成形。你们看，现场的马粪干燥，呈球状，说明这马长期食用的是干草料。而马、驴与牛不同，牛有四个胃囊，而马、驴都是单胃，胃里能装的草料比较有限。一般来说，马吃下的草料不到两个时辰便会被全部消化。

而官马比普通马匹体力消耗大，为了确保可以长时间地奔跑，官马所食饲料均是经过特殊调配的干草料。"

"就是说……凶手的马，吃的是干草料。"谢阮抓抓头，"吃干草料的马很多，这也值得大郎惊讶吗？"

"你看这马粪……"李凌云让六娘拿来一个小托盘，他把粪便捻碎，一点点将其中未消化的残渣夹起，并在托盘里排列整齐，道，"马粪中可见谷物、秸秆、苜蓿草、梭梭，这些未消化的草料长短一致，这马分明是有人精心饲养的。而且从草料的种类看，这是一匹极其彪悍的马，属于沙漠马种，耐力很强，一般的驿站根本不会有这样的官马。这种马是大唐引入之后特别培养，专门用于骑兵作战的战马。凶手是如何搞到这种马的？"

"战马？"明珪闻言，顿时睁大了眼。三人面面相觑，还是李凌云先开了口："你们还记得，之前我们在大理寺殓房，从尸首脖颈断口推测出凶手所用的刀是什么刀吗？"

"怎么可能忘记？"谢阮眉头紧皱，"刀是用马血和水淬炼，经极其复杂的工艺，结合用刀者习惯打造的一把定制款御用陌刀。此刀价格昂贵，所需材料不是民间所能使用的……而此案中，凶手竟用一匹战马运送尸体……"谢阮的手握紧腰间刀把。"御刀、战马、官府的草料，难道……"

明珪面色寒冷如冰，接过话去，沉声道："难道，杀我阿耶的，当真是东宫的人？"

"有很大可能，但还不能断定凶手来自东宫。"李凌云否定道。

"那我就不明白了，"谢阮双臂抱胸，有些不快地道，"能用御刀，又有战马，凶手不是东宫的人，还能是谁？"

"其实我一时间也想不明白，只是宫里很大，未必就是东宫。"李凌云摇头，有些不以为然，"不过，想不明白也没关系。"

"为什么？"谢阮费解地问。

"封诊查案，一切以证据说话。一时间想不明白也无妨，等到证据齐全，自然能找出真相。所以我说没关系。"

李凌云说着，顺着马蹄印和泥土拖拽的痕迹一路追到了湖边。他指着湖岸对阿奴道："割掉杂草，小心些，不要踩在痕迹上。凶手既然用马把树木和人拽进湖中，仔细查看一定会发现迹象。我们找一找，看他究竟是在什么地方下手的。"

阿奴领命，在前方小心割去杂草，李凌云跟在阿奴身后仔细辨别，众人则追随在末尾，缓缓前进。

终于，他们在湖西边的一片泥土地上有了新的发现。阿奴割开杂草后，不仅看到了拖拽痕迹，还发现了大量干涸的血迹。

"死者身上没有砍刺留下的伤痕，看来凶手就是在这里挖去死者双眼的……"李凌云围着血迹看了看，在旁边的软土上发现了一些脚印。

"脚印是同一人留下的……死者被挖眼时，已被绑在了原木上。"李凌云向阿奴使个眼色，后者拿来一个陶罐，众人并未看清罐中装的是何物。只见阿奴舀出一瓢清水，一点一点倒入罐中，接着又用树枝不停地搅拌。没过多久，阿奴瞅了瞅，感觉黏稠度已够，便抱着陶罐乐呵呵地返回李凌云身边，只见他将人群驱散，从罐中挖出一坨白色膏状物，均匀地敷在脚印之上。

"这是什么？"谢阮好奇地问，"上次你取牛蹄印时也用到过这个东西。"

"石膏！一种药，其性大寒，干燥后发硬，我们封诊道先人无意中发现了此药的特性，便用它来取痕。此药遇水可呈糊状，将其覆盖在泥土上的脚印上，待其发硬，便可固定住脚印，这样一来可以长期保存，二来可以随用随取，很是方便。虽然凶手在天师宫不曾留下脚印，但若在其他案子中发现脚印的话，那么我们也就相当于有了实证！"

在等待石膏彻底干燥的同时，谢阮放眼朝死水湖中看去，喃喃道："不知凶手到底为何要挖去死者的双眼……莫非是想毁容吗？"

李凌云闻言摇头道："尸首浸泡于水中，会因吸水和腐败变成巨人模样，就算留着眼睛，时间一长，眼珠也会突起，甚至掉落，根本无法凭尸首辨认出死者的相貌，比毁容还彻底。这也可以间接说明，凶手挖眼不是为了毁容，而是另有缘故。"

"辨认不出相貌……"明珪若有所思，片刻之后才道，"我看凶手应该很清楚，尸首被水浸泡后会变成巨人模样，所以他认为没有毁容的必要……如果是这样，凶手跟我阿耶一样是医道的可能性，就变得更大了。"

"他砍树所用的长柄大斧，一般县城里也没有铁匠可以制作，或许是在东都购买的，根据这条线索也能追查一下……"李凌云道，"我查看死者双目时，发现血脉断口非常干净，凶手用来挖眼之物一定不是手指，而是可以不伤害双眼，边缘又很锋利的锐器。"

李凌云抬手，从封诊箱中掏出一把铜制小勺递给二人看，那小勺正好是一颗眼球大小，边缘锐利无比。

"窒息而死的人，眼球上常会有针状出血点，所以，我们封诊道便制作了相应的工具，用来挖眼查看。这是我们封诊道特有的工具，凶手又是怎么得到这种工具的呢？我觉得，凶手居住的地方或许距离集市不远，他所用之物虽然不凡，但也能轻易找人定制。"

"要是他用的工具和你们的一样是定制的，那反倒容易查了……"谢阮道，"不知凤九那边怎么样了，不过麻烦他去打探一下东都附近医道的情况，应该是可以的。"

"也可以查一下失踪的术士，有一就有二，有二就有三，或许还有别的术士被凶手杀害，却没有被发现。"明珪推测道。

辛仵作自然不清楚这些事，在一旁听得一愣一愣的，想要插话，一时间又不知该说什么，只是觉得这些从东都城来的人，好像对案件的破获胸有成竹。

辛仵作想了想，干脆豁出去了，起身恭敬地对三人道："敢问各位，我县这桩案子可是鬼怪作祟所致？"

"自然不是了，"李凌云皱眉道，"鬼怪怎么可能留下能让人追踪的痕迹呢？"

凶手留下的脚印很浅，石膏只有薄薄一层，这天又是个艳阳天，说话间，石膏已完全发硬。六娘把石膏脚印取下，给李凌云看了一眼，便贴上纸标，收在封诊箱内。

李凌云合上箱子道："能看的差不多都已看过了。以封诊的线索分析，凶手是故意用药酒将死者迷晕，然后拖拽到这里的，接着，凶手把死者捆绑在原木上，挖去其双眼，将其扔到湖中，致其溺水而死。虽不知道凶手为何要费尽周折用如此奇怪的手法作案，但能确定的是，一定是人杀人，绝非什么水鬼作祟。"

"那……在这之前，为何有那么多人横死于此湖呢？"此时风吹湖面，湖面闪烁起一阵银色光芒，看着波光粼粼的湖面，辛忤作颇为惆怅。

"这湖……"李凌云走到湖边看了看，在湖中发现了一些小鱼，又见湖底是一个斜着延伸到深处的坡面，他转头问辛忤作，"你们说它是死水湖，是由于它不通河道，没有河水注入吗？"

"对，没错！"辛忤作连连点头。

"这个湖是什么时候出现的？你们本地人有没有在湖中放养过鱼苗？"

"一次地动之后，天降大雨，此湖便出现了，它已存在五六十年了，并不曾有人在里面放过鱼苗。"辛忤作否定道。

"大旱之时，它是不是从来没有彻底干涸过？"李凌云又问。

"不曾，就算大旱，至少也余下三分湖面。"

"原来如此，那我知道了。"李凌云道，"它其实并不是死水湖，如果真的只有雨水注入，又不曾有人放养鱼苗的话，那这湖里的鱼又是从哪里来的呢？"

孟县众人一听，颇有恍然大悟之感。辛忤作问道："那……那鱼到底是怎么来的？为何因为有鱼，就知道不是死水湖呢？"

"地动之后，应该是有一条暗河流经此处，只因那暗河流速缓慢，所以很难察觉。与此同时，此处又恰好积蓄了大量雨水，才得以形成此湖，湖中的鱼就是从暗河游过来的。"李凌云手指湖中心，"你们看，湖中央有一些落叶在湖面上打转，证明此湖应该是一个漏斗状，湖底暗流一旦翻涌起来，很容易形成吸力极强的漩涡。"

"漩涡——那两艘渔船相撞，死去的人久久才浮起……原来是……"辛忤作大惊道，"看来……那些人是被漩涡卷入了暗河，尸首是在发胀肿起后才浮起来的。"

"正是如此，所以并没有什么水鬼吃人，渔船突然倾覆，善泳者被漩涡卷入溺死，自有缘故，不是什么神鬼的惩罚。"李凌云话音刚落，远处突然传来一阵骚动之声。

谢阮起身朝那边看了看，突然面色大变，道："糟！是大理寺的人。"

"糟？为何糟？各位不就是大理寺的人吗？大理寺来了人，怎么会糟？"辛忤作还没反应过来，只见面前三人猛地跳起，那昆仑奴更是左手提着怪箱，右肩扛起绿衣女子，一行五人撒腿便朝林中跑去。

跑路时，谢阮不忘大喊一声："林北官府木牌处相见！"

几人心中有数，早料到会有这么一出，万一在这个节骨眼上被大理寺的人堵住，后果不堪设想，于是几人急忙跑路，眨眼间便不见了人影。

此时，发出骚动声的人已到了湖边，那是一群身穿大理寺玄色紧身翻领胡服，腰挎直刀的彪悍男子。

打头一人与明珪冠帽相仿，但身材胖壮，凸肚圆膀，满脸络腮胡子。他正是在大理寺妨碍李凌云和明珪查看案卷的徐少卿——徐天。

"明珪在哪儿？"徐少卿对辛忤作大喝一声，"未经大理寺许可，竟然勾结外人私查案件，尔等快快告知我们他的去向，否则死罪难逃。"

辛忤作吓得一抖，想起刚才那几人说了一些自己听不懂的话，心知他们定有问题。他当下也不敢隐瞒，忙道："他们已经跑了，只听他们说，在林北官府木牌处相见。"

"追！"徐少卿抖着腮帮子的肉喊道。大理寺的一群人便朝着北面扑将过去。

然而这群人虽如群狼入林，匆忙追捕，却不知这是几人早就商量好的声东击西之计。

他们嘴上喊着去林北，其实往别的方向去了。

大理寺众人匆忙地跑远后，从树林中的几棵树后闪出几个身影。他们朝着大理寺众人看了看，然后猫着腰向湖的西面遁去……

在谢阮的提前规划下，五人很快在死水湖西侧的官府木牌下重新集合，而后他们走了一条不为人知的小道，毫发无伤地躲过了大理寺的追捕。

第二天日头偏西时，李凌云一行出现在东都城外十里的官道上。谢阮策马跑了一圈，回到众人身边摇头道："前方无人阻拦，只有一些路人在亭中休憩。"

"看来至少今日可以顺利入城。"明珪遥望着地平线处那青灰色的巨大城池，"徐天只带了十骑追来，况且那边还有案件拖着他，咱们应该不会有大碍。"

谢阮赞成地点点头。"还好明子璋你多长了个心眼，提前做好了文书。至少从官面上看，大理寺少卿完全可以直接决定如何调查地方呈上的案子。不是要害大错，寺中处罚也有限，我看那个徐天恐怕也不希望外人知道此事，毕竟家丑不可外扬。"谢阮皱着鼻子，她越想越来气，于是又嘲讽地道，"说来我倒想看看他们究竟能做什么地步，是不是真有胆量和天后作对……"

她是天后的人，对大理寺的所作所为早已心怀不满。但此时李凌云想的却是别的问题，他在花马上心不在焉地道："不知凤九查得如何，是不是已有线索……要是什么也没查到，仅凭死水湖里的尸首，只怕无法证明我们的猜想，那我们岂不是又走到死路上了吗？"

明珪也明白李凌云的担心不无道理，仅凭死水湖案和明崇俨案的相似之处，就想将两桩案子并案来说服天后下旨，几乎是不可能的。

然而此时，他也只能安抚道："车到山前必有路，凤九那面没有消息来，便是还在查，大郎无须多想。"

"李大郎一遇到案子就像个痴儿一样！脑袋里面压根放不下别的东西。"谢阮被他弄得有些心焦，转头问六娘，"这一路我们走的是斥候用的小道，路途艰难，又是通宵赶路，你们都不觉得饥渴吗？不如我们去亭里喝口水如何？"

东都洛阳城外的官道两旁布满了逆旅商铺，很有一番热闹气象。在供路人休息的亭中，卖水的人也很多。此时不知从哪里飘来一片浓厚的阴云，竟渐渐沥沥落起雨来。

谢阮这么一说，原本不觉得口渴的一行人此时也都想喝口清洌甘甜的泉水了，顺便去亭中躲一躲雨。

五人进了亭中，各叫了一碗冰冷甘甜的泉水喝下。谢阮忍不住感慨道："此水很好，很是甘洌香甜。"

那卖水的老头儿闻言笑道："一大早小老儿就去山上接水，一路挑到这里，卖了二十余年了，谁都说这水甜。"

老头儿话音未落，便听见一声冷笑传来，只见一群大理寺装扮的人快步走进亭中，把五人团团围住。

为首者是个身高六尺的精瘦汉子，二十五六岁模样，身系铜制獬豸头蹀躞带，脸上骨骼嶙峋，细眼乱眉，颇有阴狠之相。

这汉子面色不善地对明珪叉手，腰板不弯地行礼道："明少卿，出使受理州府疑案，承制推讯，是我这个大理寺司直①的活。你贵为少卿，抢下属的活干，怕是不好吧？"

李凌云见那汉子衣装不见金饰，知道他品级定然低于明珪。大理寺主官为大理寺卿，其下便是少卿，少卿仅有两个名额，除了明珪，便是那徐天徐胖子。然而此人见到明珪，行礼非常敷衍，显然没有把这位上官放在眼里，可见

①官名。相传商汤时已有此官。汉武帝元狩五年（公元前118年）置丞相司直，省称司直。秩比二千石，掌佐丞相举不法，职任甚重。东汉改属司徒，协助督录诸州郡上奏。后魏至唐沿置，属廷尉或大理寺，掌出使推按。唐代亦于太子官属中置司直，相当于朝廷的侍御史。北宋元丰改制后于大理寺设。

明珪这少卿之职，在大理寺的人眼里确实虚得厉害。

"唐千尺？你要去州府？道路宽阔，不必到这里和我争道吧！"明珪温和地笑着，甚至脸上还微微有尴尬之意，眼神却森冷起来。

叫唐千尺的大理寺司直见明珪装傻，脸上顿时阴云密布，冷冷地道："某奉命请明少卿回寺，至于这二人嘛……"

唐千尺眼中冷光乍射。"通通给我抓起来！"

"胆大包天，当真是胆大包天。"谢阮上前一步，朝后仰着身体，故意挺起腰，凸出她腰上的金鱼袋，那鱼袋摇来动去，确实非常显眼，"大理寺司直是吧！区区一个从六品上，你哪里来的底气在从四品上的少卿面前耀武扬威？"

唐千尺在大理寺为官，也算是个老刑名了，眼力自然很好。

谢阮一行并不清楚，其实唐千尺昨日便带人出京，住在城门外的驿站里，今日更是天蒙蒙亮就已带人埋伏在不远处。他早就凭借直觉判定，到了东都附近，明珪一行人定会放松警惕，大概率会进这亭内休息。果不其然，他赶来时，大老远便看出亭内有一人是女扮男装。

大唐风气开化，女扮男装并不少见，只要有婢女陪同，女子的行动还是很自由的。原本唐千尺也没太在意，他只知道徐少卿离京之前说，要去县里把抢在他们大理寺前头参与私查案子的家伙都抓住。

但"那边"却在徐天出发不久后约见了唐千尺，告诉他徐天不敢和天后当面锣对面鼓，不过是做个样子，根本不会真的抓人。而以明珪为首的这群人，会对太子的将来造成很大威胁。

在张文瓘担任大理寺卿时，唐千尺就已经在寺中任职。由于张文瓘素来与天后不和，唐千尺也和大理寺的很多人一样，对天后的势力相当不满，久而久之，渐渐便被理念相同者吸引，成了"那边"的耳目。

听说此事之后，作为李唐皇族的坚定支持者，唐千尺决定按"那边"的吩咐，来给明珪制造点麻烦。

可此时一见女子腰上鱼袋的颜色，唐千尺马上意识到，这就是传闻中天后身边那备受宠爱的谢姓女官。

他心中暗道不妙，毕竟不满归不满，却也不表示他这个从六品上的大理寺司直就胆敢直接与天后身边的红人起冲突。

尤其谢三娘任性妄为的名声在外，天后也是出了名地维护自己人，要是得罪得狠了，哪怕外朝官员向来讨厌内宫干政，却也不见得那些"大人物"就乐意来救他。

好汉不吃眼前亏，唐千尺眼珠微转，努力挤出个笑容。"没想到会在这里偶遇谢将军，在下本以为谢将军这样娇媚的女郎应该跟此事无关才对。"说完，他面色一变，吩咐左右，"把那绿衣女子、昆仑奴，以及那个少年郎带走。"

谢阮见唐千尺坚持要把李凌云拿下，抬手挡在李凌云身前，横眉怒叱道："住手，你们不准碰他！"

唐千尺嘿笑连连。"他无官无品，未经许可插手大理寺的案子，必须严惩，否则我大唐律例岂不成了一纸空文？谢将军还请自重，女人嘛，就应该有些女人的模样。再说了，就算你比本官品级高，本官今日也是可以据理相争一下的，我劝你还是不要闹得太不好看。"

谢阮知道，现在的李凌云确实有点"妾身未明"的味道，毕竟按天后的旨意，李凌云真正能查的案子只有一个，也就是明崇俨案。而他参与调查死水湖案，说起来是违规的，追究起来，也的确是大理寺占理。

她早就听出唐千尺话里话外都在嘲讽她的女子身份，心中不满至极，但也找不出道理可讲，只能咬牙挡在李凌云身前，呵斥道："你要抓他，就先杀我。"

她很明白，现在不是计较唐千尺态度的时候，而且绝不可以顺从他的意思。大理寺表面上主要负责案件复审和判决处刑，实际上里面却建有一座大理寺狱，虽说是用来暂时羁押人犯的，可既然是牢狱，自然也就有相应的逼供手段。

在谢阮看来，李凌云是在为天后做事，要是被大理寺下了狱，姑且不说李凌云会被怎样，哪怕他只是进去打个转，毫发无伤地被释放，对天后来说也是大损颜面的事。

上官婉儿和谢阮一文一武，辅佐武媚娘时各有分工。但这不表示谢阮就真的头脑简单，她知道自己今天是一定要维护李凌云的，或者说，她是在维护天后的面子。

李凌云却没有谢阮这种意识，见谢阮用性命相保，正觉得有些吃惊，转眼发现明珪也走到了自己身前。他手扶直刀，用一种李凌云自从认识他以来从没见过的冷酷表情直视着大理寺司直唐千尺。

"自张公去世之后，大理寺卿一直由宰相遥领①，寺中掌事的实际上就是徐天徐少卿，但是，他跟我是同级官员。"明珪淡淡地说着，说"同级"二字时却吐字格外清楚。

他抬手缓缓抽出那把直刀，整个动作没有发出半点声响，幽蓝刀刃竖在身前时，连谢阮也看得心神一震。

很明显，这位脸上总是带着笑意，面容温厚，看来更像一位文人雅士的明少卿，居然也是一位刀法不俗的高手。

"我是以斜封官的身份入寺的，所以你们一向对我心怀怨愤。我明白你们的感受，从未计较。但今日你要是说自己领了徐天的命令，必须带走这些人的话，我明子璋也不妨跟你唐千尺把话给挑明了……"明珪抬起直刀，冷漠地看着唐千尺，将刀尖指向他的咽喉，"就算是徐天在这里，他也没资格命令我。唐司直你自己想想清楚，你又算是个什么东西。"

说到最后几个字时，明珪的声音已轻不可闻，但他的语气却好像数九寒天时洛水的冰面一样，冒着锥心刺骨的寒气。

唐千尺面色一变，此时他才终于想起，面前这位自打调进大理寺后，就缺乏存在感，仿佛一抹影子的明少卿，当初是如何带着天皇、天后的特旨，大摇大摆地走进大唐三法司中枢的。

同时，他还想起了关于明珪的父亲明崇俨的那些传闻。

---

① 只担任职名，不亲往任职。

据说天皇陛下曾三度测试明崇俨的术法，反复确认过明崇俨的本事十分可靠。其中有一次是让一群奏乐人在封闭的石洞里奏乐，让明崇俨在听不见乐声的情况下猜测奏乐的人数和他们所奏的乐曲，结果明崇俨全部说中，天皇、天后因此对他格外宠爱。

而且，明崇俨可以在宫中住宿，经常一待就是许多天，因为天皇、天后根本舍不得他离开宫中。再比如，明崇俨还被天皇请去评价天皇的几个儿子，而他居然敢直截了当地说太子"不堪承继大位"，评价将要继承大唐天下的国本 ① 时，就像评价一个准备继承父亲豪宅却毫无能力的儿子一样。

与此同时，他还想起了明珪身边那个男装女子是怎么带着一群凶神恶煞般的家伙毫不客气地闯进东宫臣属家中，连床也拆开来，寻找谋杀明崇俨的罪证的。

在这一男一女的身后，一直都有一个冷漠高贵的女人的身影，甚至很有可能还要加上看似性情柔和，实则让众臣捉摸不透的大唐至尊。

到了这个时候，唐千尺的心中终于有了退缩之意。大理寺可以直接反对天后，表达对宫中参与他们负责的案件的不满，因为她的确把手伸进了三法司，可表达不满，显然也得有个限度。

今天他强行带走李凌云，或许这个限度就会被打破。所有朝臣都清楚，一旦招致天后的报复，下场必然会无比凄惨——不管在前朝还是后宫，这个女人都不会放过她认定的仇人和绊脚石。

他眼神复杂地看向提刀面对自己的明珪。在他思索的这段时间里，明珪的刀尖没有一点抖动，而就连习武多年的他也还做不到这等地步。

唐千尺发现自己小看了明崇俨的儿子，看来明珪不是由于父亲在天皇、天后处得宠就被特别照顾的普通人，更不是什么性情温和的鹿崽子，从眼下的情形来看，他反而有可能是披着羊皮的一头恶狼。

此时此刻，唐千尺感到万分尴尬，毕竟他来得气势汹汹，甚至还经过一番

---

① 立国的根本，特指皇位继承者。

仔细计划，此次前来不过是准备挫挫明珪的锐气，并不打算真对明珪怎么样。依他的如意算盘，这回来到东都城外堵截，至少也应该拿下那个没有官职，衣着颇为普通的李姓青年。要是他毫无成果地离开，在寺中的威信必遭损害，在"那边"的人面前，只怕也不好交代。

唐千尺既没办法硬来，却也不愿就此退后。

正当双方僵持不下时，一个人的到来，终于打破了僵局。

亭外，一架由八位强壮仆佣抬着的肩舆①徐徐沿街而来，所有仆佣脸上都戴着毛绒熊面。这架肩舆装潢极为华丽，像一座镏金镀银的宽阔亭阁，四面以银色轻容纱②为帘幕，上面懒懒斜倚着一个手持白玉如意的紫衣男子，肩舆一旁则跟着个红衫白袍的狼面童子。

"唐司直，今日卖我个面子，此事不要再追究了，可好啊？"凤九懒散的声音传来。狼面童子抬手掀起帘幕，露出凤九那被面具遮盖了一半的脸。

"凤先生？"唐千尺看向凤九，面露难色。

"唐司直，你家里的宅子就置办在立德坊南新潭旁对吧，此坊向来多有官员居住，按理说阳气很重，是不会有什么鬼魅作怪的。可新潭的潭水极深，听说不知通往何处河道，也不知潭中会不会突然就出现什么怪东西，说不定还会跑进贵府里，搅扰得家里人不得安宁，我今日一想，着实有些担忧啊！"

凤九说着，似是不耐烦地张嘴打了个哈欠，微带皱纹的双眼瞥着大理寺司直。唐千尺脸色唰地变成猪肝色，随后又黑得仿佛被锅底灰抹过。

东都城的地下水道中，一直生存着一些不见天日的"东西"。这些"东西"并不被城中居民当作人来看待，这是因为他们的所作所为远远超出"人"的范畴，作奸犯科，无所不为。当然，大唐朝廷也从未把他们当作百姓。

---

① 俗称"轿子"。用人力扛抬以代步。盛行于晋、六朝，其形制为二长竿，上无覆盖，中间设一椅子坐人。初为在山上行走的工具，又在平地也用它代步，乘坐舒适。唐宋规定大臣乘马，老病者可乘肩舆，以示敬爱。此时的肩舆已经改进，上面有顶，四周设有遮蔽物，有的还有缨穗彩绘等装饰。到了清代，肩舆更为华丽，官轿有绿呢大轿、蓝呢大轿等，四个人抬的称四抬大轿，八个人抬的称八抬大轿，根据官员的品级而定。民间通常只有两个人抬的小轿。

② 无花薄纱。

但这同时也说明，这些"东西"只要不被当场抓到杀死，他们的行为就不受大唐律制约。虽然凤九话里话外并没有真要把他的家眷如何的意思，但既然可以让这些"东西"进入徐宅"搅扰"，自然也可以让他们干点别的可怕的事情。

唐千尺虽然脸色难看，但也知道有凤九的威胁，已足够他跟"那边"的人交代今日为何会徒劳无功了。他不发一言地对凤九拱手行了个礼，领着大理寺的下属转身迅速离开了这座亭子。

唐千尺自凤九的肩舆旁走过时，却听见凤九低声道："且慢！"

唐千尺憋着气看向凤九，拱手道："凤先生还有何事？"

凤九抬眼看向前方亭中的谢阮，淡淡地道："你方才颇有瞧不起女子之意啊！须知没有女子生养，世上又哪里会有男子？就算你是七尺男儿，也是从你母亲肚子里爬出来的。"

唐千尺紧咬牙关，低头听凤九继续道："唐司直要是不服我今日所说，你们大理寺再不安分一些的话，大可以试试看，这天下有没有可以收拾你们的女人。"

唐千尺听得一张脸涨得通红，嘴里却一句话也说不出来。他知道此事不同寻常，一旦说错话，那位皇后的确可以让他见识见识女人的厉害。他虽然心中憋屈，但也只得拱了拱手，灰溜溜地带着自己的人离开了。

有趣的是，唐千尺离去之时，东都上方萦绕的阴云也正好散开许多，太阳的金光落在了洛阳城上。

明珪沉默地收刀。谢阮走到肩舆边，不快地对凤九皱皱眉头。"你怎么才来？"

"我觉得你们不该盼着我来才是。"凤九从怀里掏出一沓硬黄纸[①]，在风中轻轻摇晃，"依我看，列位还真是一波未平，一波又起。"

众人见凤九一脸戏谑，心里不由得一沉。

---

① 纸的一种。名称由来与制法说法不一。此纸从唐代开始生产。

　　凤九见状，作势要把硬黄纸塞回怀中，可犹豫了一下，还是拿了出来。"算了，是福不是祸，是祸躲不过，我只能祝你们好运。不过这回，你们的麻烦事，可真的要来了……"

（第一卷完）

附录一

破案！老祖宗绝对是认真的！

大家平时看古装罪案剧时，有没有考虑过这样一个问题：古人在审案时，为何一定要让犯人签名按手印？

如果他们对手印的作用并不了解，那他们让犯人按手印的目的又是什么？

正所谓"外行看热闹，内行看门道"，接触刑事技术（痕迹检验）这一行之前，我或许会和大多数人一样并不在意，甚至会主观地认为古人审案就是靠严刑逼供。

可每当我翻开我国刑事技术相关的专业书，总能在前言部分发现大段文言文，这让我产生了一种感觉——古人的智慧，绝非我们以为的那么简单。

为了追根溯源，解开这个按手印的谜题，我开始翻阅古籍，参考各种史料，想要搞清楚古人到底是用什么方法断案的。

在系统翻阅了大量文献后，我简直是打开了新世界的大门。只怕大家也想不到，早在几千年前，古代的"前辈"们，就已经制定出了勘查犯罪现场的详细规则，其中包括指纹检验、足迹检验、工具痕迹检验、文书笔迹检验、法医鉴定、理化检验等方方面面，有些方法，甚至一直被沿用至今。

是不是感觉很玄奇？

没错，当我把资料系统地整理出来时，我就是这种感觉，要不是有白纸黑字的古籍记载，我也不会相信这一切竟是真的。不得不说，咱们老祖宗的智慧，真的超越了今人的想象。

不信？

别急，接下来让我分门别类地把古代的"刑事技术"逐一刨根寻底，大家就会真真切切地感受到，老祖宗对待破案这件事，绝对是认真的！

第一回　痕迹检验篇

第一话　指纹

人类知道指纹的时间可以追溯到新石器时代，在西安半坡遗址中出土的六千多年前的陶器上，就发现了指纹。在考古发掘中出土的陶器、青铜器上所刻的云雷纹，就是参照指纹绘制而成的。既然指纹那么早就被古人注意到了，那么在源远流长的历史长河中，必定会有人去研究指纹。

中国是世界公认最早对指纹进行利用的国家。在美国芝加哥的菲尔特博物馆中，一枚中国古代的泥印在此静静保存着，这枚印正面刻有主人的名字，反面则留下了一根拇指的印痕。

这枚罕见的泥印被制作成型的时间，距今足有两千多年，可以算作目前人类发现的最古老的指印印泥之一。自然，这枚指印在这里代表着"印主自己"。

《后汉书·志第九·祭祀下》曰："尝闻儒言，三皇无文，结绳以治，自五帝始有书契。至于三王，俗化雕文，诈伪渐兴，始有印玺，以检奸萌。"

在三皇时代，人们没有使用文字，于是便采用结绳的方法来记录事务。直到五帝时，才产生了文书凭证。到夏、商、周时期，习俗教化、雕绘文字越来越丰富，而弄虚作假、伪装假冒之事也越发多见起来，于是有了玺印，目的是防范作奸违法之举。

时间来到秦汉，此时封泥制已普遍盛行起来，人们书写在竹简、木牍之上，这样写成的信件、文书需要用绳索进行连接和捆绑，以防有人偷拆。在绳结处会用泥封起，再在泥上加盖官私印章，这样一旦被人打开，封泥就很难复原。有历史实物可以证明，从西周到秦汉，印章和指纹可以交替运用，印章大多为识字的人在用，而且制作需要一定费用，因此没有印章的平民，就加盖两根手指印。

这种具有契约意义的指纹运用大约出现在西汉初期，最早的办法，是在竹简上"画指"，做法是：由书契人先书写契文，在契尾一一写出双方当事人、见证人、中间人的姓名，然后相应人士在自己的名字下，按男左女右的原则，印画中指、食指两节或三节长度的线段，并在指尖、指节位置画上横线，以示该契约是由自己签署的。

等到唐代时，指纹已在田宅买卖、婚姻家庭、人口买卖和财务借贷等民事契约的签署时广泛运用。851 年，阿拉伯商人索拉罗在他写的《大唐风情》中有这样的记录：在此处，不管是谁向人借钱，都要立下借据，借债人得用中指和食指在借据上并排捺印；倘若双方签订契约，那么双方的指纹就印在两纸骑缝处。

而在唐代以后，官府中兵丁名册、狱词、画供等，也同样有以指印为证的文字记载及实物遗留。宋后，在人口买卖契约和离婚休书上，更是普遍采用捺指纹或压手印的做法。

可见，在历朝历代，指纹作为契约文书的签署标志，均有法律效力。

在古代，还有一门行当对指纹的研究达到了登峰造极的境界。

是哪一行呢？

相术。

科技不发达的古代社会向来是迷信滋长的土壤，不论是何朝代，都市的街边，都不乏卜卦算命的"半仙"。

南唐宋齐邱的《玉管照神局》就是古代相术之代表，内容涉及相手、相面、相骨等多种"算命技术"。

相术在民间流传甚广，据野史记载，算命这回事最早可追溯到商周时期。袁忠彻整理的《神相全篇》可谓相术的集大成者。

《神相全篇》中有一段关于掌纹的描述让人感觉非常不可思议："三才纹乃掌中三大纹，人人有之，乃在母胎受气成形、擎拳掩耳而成，十分辛苦。自上至下，第一纹居火，为天纹，主根基；第二纹居土，为地纹，主财禄；第三纹居明堂，为人纹，主福德。"

它的意思如下：

三才纹，也就是人手掌中的三条最大的纹路，这三条纹路可谓人人皆有，人还没出生，尚在母亲腹中，三才纹就已经成形，是婴儿握拳遮耳的时候自然形成的，所以非常深刻。手掌从上往下，第一纹在五行中属火，是天纹，反映一个人人生的基础；第二纹五行属土，为地纹，主此人人生的财运、官禄；第三纹在明堂上，叫作人纹，主此人的福气和德行。

这种说法其实具备一定科学性，现代胚胎学研究表明，指纹在胎儿三四个月大时便开始产生了，到婴儿大约六个月大时成形。一个人从此时开始，直到长大成人，指纹也只不过变大变粗，但纹样却终生不会发生改变。

现代高科技仪器研究的结果，竟与古人的结论不谋而合，这足够使人震惊。至于古人是用了什么方法才得出如此精准的结论的，目前还是一个不为人知的谜题。

感到神奇了吗？

告诉你，神奇的还在后面。如果光是理论研究，还不算什么，古人最厉害的，是把指纹技术早早地运用到了医术之中。

清代太医吴谦等人编修了《医宗金鉴》，在这本书的第五十卷，医师们提及了一种结合指纹，对三岁以下小儿进行诊断的方法，名曰"一指定三关"。

中医将人体分为诸多"经络"，手上的指纹属食指桡侧缘的脉络，属手太阴肺经，是其中一个分支。指纹的状态会反映出相关脉络，通过观察指纹表现出的状态，结合脉象便可以诊断疾病。

由于儿童手腕部位短小，加之问诊时儿童也时常会哭闹，影响脉象，所以给儿童把脉，常常诊断不准。好在，儿童的皮肤细嫩，皮下的血脉容易暴露，而血脉的病症还会表现在指纹上，所以对三岁以下的孩童，古代中医常常会结合指纹变化来进行辅助诊断。

他们认为，指纹有"风""气""命"三关，其中食指掌指纹为"风关"，近节指间纹为"气关"，远节指间纹即为"命关"。

诊断时，要将患病儿童抱到光亮的地方，医生用左食指和拇指握住患病儿童的食指末端，同时用右拇指在患儿食指掌侧面，从命关开始，朝向气关、风关反复推几次，只要用力得当，指纹会显现得更加明显，方便观察。

如指纹浮而明显的，病情比较表浅；指纹沉隐不显的，病情可能在体内伸出；纹细而色泽浅淡的，多是虚症；纹粗而色泽浓滞的，可确诊是实症。另外，若纹线颜色看起来是鲜红的，就属于体外感染的风寒；若纹线颜色看起来是紫红的，多属于体内发热的症状；若纹线颜色看起来是青色的，大概率是风症或痛症；纹线颜色是青紫或紫黑色的，极大可能是血脉堵塞；当纹线颜色出现淡白色，基本上可以判断是脾虚。

据文字与实物可知，我国人早在两千二百多年前，就已经在利用指纹进行侦查活动了。

这是一个特别的时间：1975 年 12 月。

就在这一年，湖北省云梦县睡虎地秦墓中有大量竹简出土。竹简上用墨写着秦代的隶书，里面记录着从战国晚期直至秦始皇时期的法律制度、行政文书、医学著作以及关于吉凶时日的占书。

睡虎地秦墓竹简计 1155 枚，其中包括残片 80 枚，后人将其分类整理为10 部分，分别为：《秦律十八种》《效律》《秦律杂抄》《法律答问》《封诊式》《编年记》《语书》《为吏之道》以及甲种与乙种《日书》。

这里面《语书》《效律》《封诊式》《日书》都是原书的标题，而其他几部分的标题都是后人整理时拟定的。

其中,《封诊式》的部分占 98 简,内容为对官吏审理案件时的相关要求,以及对各类案件进行调查、现场勘查、审讯等程序化处理的文书程式。简单来讲,其主要内容就是在调查案件时,将犯罪现场封锁起来,再仔细进行现场勘查的刑事技术规范。

简文一共分为 25 节,每节第一简简首写有小标题,包括《治狱》《讯狱》《封守》《有鞫》《覆》《盗自告》《口捕》《盗马》《争牛》《群盗》《夺首》《告臣》《黥妾》《迁子》《告子》《疠》《贼死》《经死》《穴盗》《出子》《毒言》《奸》《亡自出》,还有两个小标题由于字迹模糊而无法辨认。

其中《穴盗》一节对指纹的运用就有所记载:"内中及穴中外壤上有刻(膝)、手迹,刻(膝)、手各六所。"

其意为:房内以及洞里外土上存在膝印和手印,分别有六处。

这部分记录表明,早在秦代,手印在侦查破案中就已成了重要证据之一。到了唐朝,指纹鉴定的各种技术日趋成熟,唐代出土的许多契约、遗嘱等文书上都能发现指纹、指节纹或掌纹的印迹。往后的朝代中,也都在文书上沿用以指纹、掌纹鉴别真伪的习惯。

1927 年,德国人罗伯特·海因德尔就在其《指纹鉴定》一书中提到,中国唐代的贾公彦,是世界上第一个提出用指纹识别人的学者,他早在唐高宗永徽[①]元年(650 年)时,就发现了指纹的特征及用途。

指纹技术的推广运用,伴随着历史文明的发展。古人当兵就要造册,这种册子叫作《箕斗册》,除了记录士兵的名字、年龄、家庭住址之外,还会按上其指纹来保存,册子上对识别指纹的方式方法也有详细介绍。

由于这种方式大大利于人口管理,能有效地防止冒名顶替,在清代时,便进一步推广到各州县,逐步建立起比较完备的"古代指纹数据库",这种库藏资料由专人管理。也就是说,只要罪犯在犯罪期间不小心留下了指纹,官府只

———————————

① 唐高宗李治曾用年号,650—655 年。

需把其留下的指纹拓印下来，发往周边各州县进行对比，就很快能够锁定案犯，这和现代侦查中使用的指纹数据库比对系统如出一辙。

而由于指纹的独特性和规律性，古代固然没有现在这么便利的指纹识别设备，但只要经过专业的指纹技术培训，指纹比对的准确率甚至可以达到95%以上。

据记载，在古代，指纹的比对方法有四种。

第一种，目测法。这个很好理解，就是直接用肉眼去看。

第二种，叠加法。拿一张纸，按一枚指纹，然后将这枚指纹与需要比对的指纹叠放在一起，看是否重合。

第三种，透光法。这是比对陈旧指纹的方法，在暗室中利用光源，透过通透的油纸观察指纹轮廓。纹线清晰的，可直接画出；纹线模糊的，则叠加比对。如此即可得到罪犯指纹全貌。

第四种，撕接法。把新按指纹的纸撕开，然后把撕开的纸上的部分指纹与需要比对的指纹进行接合。如果接合后的指纹线路是完整的，就说明是同一个人的指纹；如果无法接合，则说明这不是同一个人的指纹。

由此发展出的指纹提取方法有三种。

第一种，哈气法。如果在现场发现某物可能存有指纹，直接哈气便能用肉眼分辨。

第二种，布灰法。将燃烧后的炭粉碾碎，撒在指纹上，用嘴吹或用兔毛轻轻掸过，便能发现指纹。这种方法在古代还适用于足迹提取，后面会进行介绍，现在暂且不表。这种方法，其实就是现代刑事技术中的指纹刷显法的雏形。

第三种，烟熏法。这种方法适用于大型室内现场。古人在使用哈气法观察指纹时，其实已经知道陈旧的汗液指纹可以吸水变得清楚。古人虽然并不知道原理，但已知晓这一事实。在古代，在勘查大型室内现场时，勘查人员若并不知道嫌疑人触碰过哪些地方，就会关门闭户，在室内用木炭将水煮沸，待室内湿度上升后，再闷灭炉火，让烟尘颗粒在室内飘散。当灰尘遇到潮湿的指纹时，指纹便会显现。

另外，还有用植物汁液使血迹指纹显现的方法，只是记载于野史，这部小说中也提到过。

第二话　足迹

与指纹相比，足迹更加直观。早在远古时期，我们的祖先就已经掌握了利用野兽足迹追捕猎物的方法。追溯历史，我国是世界上最早将足迹应用于刑事办案的国家之一。

前面提及的《封诊式·穴盗》，原文记载如下："内中及穴中外壤上有刟（膝）、手迹，刟（膝）、手各六所。外壤秦綦履迹四所，袤尺二寸。其前稠綦袤四寸，其中央稀者五寸，其蹱（踵）稠者三寸。其履迹类故履。"

意思如下：

房内以及洞里外土上存在膝印和手印，分别有六处。屋外土壤上有秦綦履留下的鞋印四处，长一尺二寸。鞋印前部花纹密，长四寸；中部花纹稀疏，长五寸；跟部花纹密，长三寸。鞋印看起来像是旧鞋留下的。

由此可见，早在两千多年前的秦朝，人们就已将足迹作为侦破案件的线索和证据，并已开始研究穿鞋足迹的结构特征。

明代天启[①]六年（1626年），出现了一本名为《智囊全集》的古籍，经增补后，全书共收录上起先秦、下至明代的历代智囊故事1061则，书中提到的人物，大多运用智慧和谋略创造历史。它是讲述我国古人运用聪明才智巧妙地排忧解难、克敌制胜的处世奇书，也是我国文化史上一部篇幅庞大的智谋之书。

其中，《杨武》篇中有这样的记载：

[①] 明熹宗朱由校的年号，1621—1627年。

金都御史杨北山公名武，关中康德涵之姊丈也，为淄川令，善用奇。邑有盗市人稷米者，求之不得。公摄其邻居者数十人，跪之于庭，而漫理他事不问。已忽厉声曰："吾得盗米者矣！"其一人色动良久。复厉声言之，其人愈益色动。公指之曰："第几行第几人是盗米者。"其人遂服。

又有盗田园瓜瓠者，是夜大风雨，根蔓俱尽。公疑其仇家也，乃令印取夜盗者足迹，布灰于庭，摄村中之丁壮者，令履其上，而曰："合其迹者即盗也！"其最后一人辗转有难色，且气促甚。公执而讯之，果仇家而盗者也，瓜瓠宛然在焉。

意思如下：

金都御史杨北山，单名武，是关中康德涵的姐夫，任淄川令，他这个人善于用奇思妙计。某次，城中发生了买米商户失窃的事，始终抓不到小偷。杨公便下令将失主的几十名邻居全带到府衙问话。当一干人等被带到衙门后，杨公让他们全跪在庭院中，而自己却慢条斯理地处理其他公文，压根不理他们。过了一会儿，只听杨公厉声道："我已经知道那个偷米的家伙是谁了！"这时跪在庭下的人群中，有一人闻言神色大变。不久，杨公又厉声重复了一遍，那人的神色越发惊慌。杨公就指着他说："第几行第几人就是盗米者。"那人一听，很快就承认了自己的罪行。

又有一次，发生了一桩盗窃田园里的瓜的案子，那晚风很大，下了很大的雨，瓜田中的根叶藤蔓都被人给连根拔起，什么都不留下。杨公怀疑是园主仇家干的，就让手下采集盗瓜者遗留下的脚印，又在庭中铺上细灰，让村中的丁壮一一在灰上走过，同时说："要是脚印相合，那人就是盗瓜贼！"最后一名壮丁一直借故推托，并且呼吸急促，杨公当即抓起此人审讯，果然是因两家有仇隙而发生的盗窃行为，其人所盗取的瓜果，全堆放在家中。

很显然，这个故事，便是一个史料有记载的，关于足迹检验及提取的案例。这种提取方法并不复杂，在民间，人们由于长期进行放牧、狩猎等生产活动，已不断积累了丰富的足迹追踪技术。这使得他们能根据蛛丝马迹找到失散、逃跑的牲畜和隐藏起来的犯罪分子。

远了暂且不说，咱们国家的足迹学泰斗马玉林前辈就是足迹学研究者的代表。他生于1906年，去世于1981年。年幼时家贫，他10岁起给财主家扛小活、放羊，放羊时习练辨踪、跟踪本领。

虽未念过书，但他很聪明。他以羊的大小、肥瘦、毛色等体征为依据，经过长时间观察、比较、琢磨，练出一手看蹄印就能联想出羊的体态特征的硬功夫。所以他放羊时很少查数，只要跟在羊群后面看蹄印，就知是否有羊走丢，丢了的是哪只。

有羊走丢时，他就顺着蹄印追踪，不论远近，准能找回来。从此，他除了常常找回自家的失羊外，还常帮助乡亲们找回丢失的牲畜。经过长期的码踪实践，他头脑中积累了一套完整的辨踪经验，从足迹的轻重、步态、步幅、虚边、压力、带土等情况，即可分析出人的性别、职业、习惯、年龄、身体特征等，而且摸索出了在沙土上、硬地上、草地上、水上、砾石地上、雪地上、河水中、雨天的路面上辨迹追踪的方法，掌握了较完整的步法追踪技术。

在古代，是否有与马玉林前辈类似的研究者？

不光有，而且还不少。

大名鼎鼎的《荀子·劝学篇》中有一句"不积跬步，无以至千里"，意为：没有从一步步开始的积累，是不可能到达千里之外的。古时以迈出一只脚为跬，再迈出一只脚为步。它是步法追踪研究的基础。

《尚书·牧誓》中有这样的记载："今日之事，不愆于六步、七步，乃止，齐焉。夫子勖哉！不愆于四伐、五伐、六伐、七伐，乃止，齐焉。"

意思是：今日之战，阵列前后距离不得超过六步、七步，要令行禁止，保持整齐。将士们，共勉！不超过四、五、六、七回合交战后，当停则停，要保持整齐。

显然，当时的人们已把步法特征应用于军事训练。

还有一个大家熟悉的成语"邯郸学步"，它出自《庄子·秋水》，原文为："子往呼！且子独不闻夫寿陵余子之学行于邯郸与？未得国能，又失其故行矣，直匍匐而归耳。今子不去，将忘子之故，失子之业。"

这个故事说的是战国时燕国寿陵的某位少年，因为赵国邯郸人走路的姿势特别优美，于是不远千里跑到邯郸学习当地人走路。可他不但没学会像邯郸人那样走路，连自己原本的走路姿势也忘了，最后只好爬着回去。

此文说明，古人很早就已开始进行步法研究。而类似的把足迹用于破案的古代例子，除《封诊式》外，可谓举不胜举。

第三话　工具痕迹

工具痕迹的运用，大约在公元 9 世纪以前就已得到了发展。随着原始社会从旧石器时代、新石器时代到铁器时代的逐步发展，远古人所使用的工具也从石头制品、木制品，渐渐地发展到了铁制品、青铜制品等等。与此同时，工具痕迹在侦查破案中，出现的频率也逐渐增高。

《封诊式·穴盗》记载："内后有小堂，内中央有新穴，穴劳（彻）内中。穴下齐小堂，上高二尺三寸，下广二尺五寸，上如猪窦状。其所以塦者类旁凿，迹广□^①寸大半寸。"

意思如下：

房内后方有个小堂，墙中央有一个新挖的洞，洞通进房内。洞底部与小堂地面平齐，上高二尺三寸，下宽二尺五寸，上面像猪圈形状。用来挖洞的工具像是宽刃的凿，凿的痕迹宽二（？）又三分之二寸。

还有小标题无法辨认的一节记载："□□某爰书：某里士五（伍）甲、公士郑才（在）某里曰丙共诣斩首一，各告曰：'甲、丙战刑（邢）丘城，此甲、丙得首殴（也），甲、丙相与争，来诣之。'诊首□髫发，其右角痏一所，袤五寸，深到骨，类剑迹；其头所不齐膡膡然。以书谳首曰：'有失伍及菌（迟）不来者，遣来识戏次。'"

---

① 缺字疑为"二"，所以在后面的白话文译文中，在"二"后面加"（？）"表示存疑。文中的"□"均为古籍中辨认不清的文字。

意思如下：

郑这个地方某里的士伍甲、丙一同报告说斩得首级一个，分别报告说："甲、丙在邢丘城作战，这是二人所获得的首级，甲、丙相争，都说是自己砍的头，所以只能上告。"检验首级、小发，发现右额角上有伤口一处，长五寸，深及骨，像是剑的痕迹。其被割断的颈部短而不整齐。用文书征求，辨认首级说："如果有掉队的、迟到的，派到军戏驻地辨认。"

以上为利用工具痕迹特征来推断工具种类的案例。

南宋著名法医学家宋慈曾著有一本闻名于世的法医著作，名为《洗冤集录》。其中，卷之四中的《他物手足伤死》一篇中有这样的记载：

律云：见血为伤。非手足者，其余皆为他物，即兵不用刃，亦是。

伤损条限：手足十日，他物二十日。

斗讼敕：诸啮人者，依"他物法"。

元符敕《申明刑统》：以靴鞋踢人伤，从官司验定，坚硬即从他物，若不坚硬，即难作他物例。

或额、肘、膝挢，头撞致死，并作他物痕伤。

诸他物是铁鞭、尺、斧头、刀背、木杆棒、马鞭、木柴、砖、石、瓦、粗布鞋、衲底鞋、皮鞋、草鞋之类。

意思如下：

律上说：见血就可以视为受伤，除了手脚打踢以外，其余都为他物所伤，即使兵器不用锋刃时造成的也算。

伤损的法定责任担保期限分别为：手足伤是十天，他物伤是二十天。

斗讼敕文：凡是咬人的，依照"他物法"处理。

元符敕《申明刑统》：用靴鞋踢人的，由官吏检验来确定，如果踢人的靴鞋比较坚硬，就按"他物"处理；如果不是很坚硬，就很难作为"他物"来处置。

用额头、肘部、膝盖抵压，以及用头撞这种用身体硬处导致死亡的，也能够当作"他物"伤痕。

所谓他物指的是：铁鞭、尺、斧头、刀背、木杆棒、马鞭、木柴、砖、石、瓦、粗布鞋、衲底鞋、皮鞋、草鞋之类。

此文说明，当时的古人，对工具痕迹就有了系统的分类。

在《杀伤》一节中，宋慈还强调："凡验杀伤，先看是与不是刀刃等物，及生前死后痕伤。如生前被刃伤，其痕肉阔、花文交出；若肉痕齐截，只是死后假作刃伤痕。"

意思如下：

只要是检验锐器伤，先看是不是用刀刃等物所伤，以及判断是生前还是死后伤。如果是生前被锐器所伤，痕迹可见皮肉开阔，创口花纹交错；倘若肉痕比较整齐，可以判断是死后伪造的锐器伤。

很显然，当年的办案人员已经十分注重工具痕迹的价值，并将其列为主要物证之一。

第四话　文书笔迹

老祖宗在几千年前就创造了文字，而由于文字的使用与推广，以文字为犯罪手段的案件，以及文字引起的民间纠纷也就随之出现。

《史记·孝武本纪》记载："齐人少翁以鬼神方见上。上有所幸王夫人，夫人卒，少翁以方术盖夜致王夫人及灶鬼之貌云，天子自帷中望见焉。于是乃拜少翁为文成将军，赏赐甚多，以客礼礼之。文成言曰：'上即欲与神通，宫室被服不象神，神物不至。'乃作画云气车，及各以胜日驾车辟恶鬼。又作甘泉宫，中为台室，画天、地、泰一诸神，而置祭具以致天神。居岁余，其方益衰，神不至。乃为帛书以饭牛，详弗知也，言此牛腹中有奇。杀而视之，得书，书言甚怪，天子疑之。有识其手书，问之人，果伪书。于是诛文成将军而隐之。"

意思如下：

齐地人少翁，懂得通鬼神的方术，以此觐见了陛下。陛下非常宠爱的王夫人故去了，少翁用方术在夜间招来王夫人及灶鬼，天子从帷帐中看见的确是故人的容颜，因此拜少翁为文成将军，恩赏了许多东西，对其极为恭敬有礼。文成说："陛下如果要和神明往来，那么宫室、被服和神用的不一样，神明是不会到来的。"于是制造绘有云气的车子，各用胜日驾车驱除恶鬼；又兴建了甘泉宫，中间是台室，画着天一、地一、泰一等神明，摆置祭器以召唤天神。过了一年多，少翁的方术却越来越不行了，神仙并不来。少翁于是写帛书喂牛，装作不知情的样子，说这头牛腹中有怪异。杀牛看腹中，果然得帛书，书上所说甚为怪诞，天子心生疑虑，又从字体认出执笔书写的人，拷问此人后，发现果然是伪书，于是诛杀文成将军，对这件事秘而不宣。

这是我国有确切史料记载的最早的笔迹鉴定的例子。

而《三国志·魏书·国渊传》记载："时有投书诽谤者，太祖疾之，欲必知其主。渊请留其本书，而不宣露。其书多引《二京赋》，渊敕功曹曰：'此郡既大，今在都辇，而少学问者。其简开解年少，欲遣就师。'功曹差三人，临遣引见，训以'所学未及，《二京赋》，博物之书也，世人忽略，少有其师，可求能读者从受之'。又密喻旨。旬日得能读者，遂往受业。吏因请使作笺，比方其书，与投书人同手。收摄案问，具得情理。"

意思如下：

当时有人写匿名信诽谤朝政，太祖痛恨此类举动，想知道写信的人是谁。国渊奏请把原信留下，不要把它的情况宣露出去。那封信中很多地方都引用了《二京赋》的内容，国渊命令功曹："这个郡本来就大，而且又是都城，但有学问的人却不多。你去挑选几个聪明有知识的年轻人，我要派他们去拜师学习。"功曹挑选了三个人，国渊在遣派前召见了他们，教导说："你们学的东西还不广泛，《二京赋》是本博识的书，只是世人忽略了它，很少有能讲解它的老师。你们这就去找寻能够读懂它的人，向他请教。"然后又秘密地吩咐他们，此事不要声张。花了十来天的时间，找到了擅读《二京赋》的人，三人就去拜师学习。官吏让他们趁机要那人写了一纸笺书，然后与那封信做比较，发现那人所写的与诽谤信笔迹相同。当即拘捕那人审问，果然得知了此人写诽谤信的真相。

这就是笔迹鉴定在具体案例中的实际运用，这个案例距今已一千八百多年，我国对笔迹的运用，不可谓不早。

到了唐朝，查案时就有征验书迹这种手段了，而那时古人主要通过四种方式来对笔迹进行验证。

第一种，检验文书纸面特征。常用的方法有透光观察、水浸、肉眼观察等。唐代的张楚金就利用透光观察法和水浸法来检验拼接、剪贴的文书，成功侦破了湖州佐使江琛诬陷刺史裴光案。

第二种，分析文书笔迹，通过书写习惯比对笔迹样本，从而确定字迹出自谁手。前文提到的《三国志·魏书·国渊传》所记载的案例中，官吏使用的便是这种方法。

第三种，分析文书中记载的内容，获取线索。书面语言利用文字符号来表达人的思想，不同的书写者，其遣词造句的习惯也不同。《棠阴比事》中就记载了"程颢诘翁"的案例，程颢就是通过分析"翁"这一用词智破了讹诈案。

第四种，利用文字与印文之间的差异来破案。根据"墨水""印文"变化规律，再结合印章、掌印、墨迹形成的先后顺序来进行分析。宋时的元绛，就曾根据指纹印迹与墨迹形成的先后顺序破获案件。

第二回 法医篇

我国的法医学起源于战国时期，到战国后期出现了令史一职，主要负责带领隶臣对尸体进行检验。

最早记载与法医检验有关的内容的，是《礼记》与《吕氏春秋》。在《礼记·月令》和《吕氏春秋·孟秋纪》中都有这样的记录："是月也，有司修法治，缮囹圄，具桎梏，禁止奸慎罪邪，务搏执。命理瞻伤、察创、视折、审断、决狱讼、必端平。"通过这段记载可以看出，当时已有官员负责验伤。

公元前407年，魏文侯任用著名法家李悝进行政治改革，颁布了《法经》。《法经》综合当时各诸侯国法律，是中国第一部比较完整的成文法典。我国历史上著名的商鞅变法，其中的刑法（《秦律》）就是依据《法经》制定的。

我国古代法医学的雏形，大约就是在实行《法经》与《秦律》以后出现的。

相比先秦时期，稳定的大一统的政治环境，使秦朝的法医检验制度有了进一步的发展和完善。在法医检验制度方面，最主要的记载，又是来自《封诊式》。

《封诊式》涉及七个方面的内容：审讯、犯人历史调查、查封、抓捕、自首、惩办和勘验。《封诊式》中所介绍的勘验范围可谓相当广泛，包括活体检验、首级检验、尸体检验、现场检验和兽医学检验等。

例如《封诊式·争牛》中有这样的记载："爰书：某里公士甲、士五（伍）乙诣牛一，黑牝曼麿（麋）有角，告曰：'此甲、乙牛殴（也），而亡，各识，共诣来争之。'即令令史某齿牛，牛六岁矣。"

意思如下：

爰书：某里公士甲和士伍乙一同带来一头牛，是有角的黑色母牛，系有长套绳，报告说："这是甲、乙的牛，牛丢了，甲、乙都认为是自己的，一起带来争讼。"当即命令令史某检查牛的牙齿，发现牛有六岁了。

纵观《封诊式》全篇能够看出，每起案件都有一个报案的缘由，这与现在法医学鉴定中的简要案情十分相似。

案情介绍完之后，就是现场检验和现场勘查，现场勘查完毕之后，由令史撰写检验报告。从这一系列的行为可以看出，法医检验在秦朝，已有了专门的组织和系统的制度。

从《封诊式》中，还可以看出秦朝司法检验人员的工作情况。《封诊式·告臣》中提到"令令史某诊丙"，由此可见，文中提到的令史其实就是主要的检验人员，他的工作比较杂，不仅要对尸体进行检验，还要对现场的痕迹进行分析，另外抓捕犯人也是他的活。可见，令史应该是世界上最早的验尸官。

另外，《封诊式》中还提到了隶臣妾。隶臣妾其实就是男性奴隶和女性奴隶，他们主要在犯罪现场勘查中起辅助作用，类似打下手的。

以上断案理论基础，其实源自古人对医学的研究。医学作为研究人体的生命科学，离不开解剖学的"辅佐"。例如肾脏在什么位置，脾脏起什么作用，血管又有什么功能，粪便是如何形成和排出的，这一切都需要通过解剖学来搞明白。

在先秦之前的一段时期里，中国存在杀掉俘虏用于祭祀的习惯。例如，在甲骨文中，有一个"凶"字，它就是头颅的意思，通常是指战俘的头颅，如"用危方凶于妣庚"，翻译过来，就是用危方国王的头颅来祭祀妣庚。

另外，在古代，祭祀用品可不单单只是头颅，根据祭祀内容的不同，祭品往往也会有很大的差异，人的五脏六腑都可以用来祭祀。而在肢解人的过程中，古代人其实对人的身体构造也有了一定的了解。

据说，黄帝的臣子俞跗的医术相当高超，尤其是在外科方面特别有经验，他能根据五脏六腑的穴位割开皮肉，将人体的脉络调理顺畅，另外，他还可以做开颅手术。

《史记·扁鹊仓公列传》对他是这样记载的："臣闻上古之时，医有俞跗，治病不以汤液醴洒，镵石挢引，案扤毒熨，一拨见病之应，因五藏之输，乃割皮解肌，诀脉结筋，搦髓脑，揲荒爪幕，湔浣肠胃，漱涤五藏，练精易形。"

黄帝还有一位臣子，名叫伯高，他也是一位精通解剖学的医生。据说，他测量过人体每个部位以及骨骼的尺寸，用此数据来推算人体经络的长短；另外，他还曾向黄帝仔细描述人体器官的容量以及规格大小。他的理论与现代解剖学测量的结论基本吻合。

由此可见，这两位上古神医的医术极为高超，几乎可以与现代医学水准媲美。换言之，早在四千多年前，古人治疗疾病就已经在使用剖开皮肉、检验五脏六腑的医学外科技术。

成书于战国至秦汉时期的《黄帝内经》是中国最早的医学典籍，分《灵枢》《素问》两部分。其基本素材，就来源于古人对生命现象的长期观察、实践。

《灵枢·经水》就明确记载道："夫八尺之士，皮肉在此，外可度量切循而得之。其死，可解剖而视之。其脏之坚脆，腑之大小，谷之多少，脉之长短，血之清浊……"

汉唐时期，则是我国古代法医学进一步发展和完善的时期。

汉代蔡邕在对《礼记》作注时说："皮曰伤，肉曰创，骨曰折，骨肉皆绝曰断。"意思是说：表皮的伤叫作伤，伤到了肉叫作创，伤到了骨叫作折，骨肉都伤叫作断。

在处理各种犯罪案件时，一定要重证据，看看伤是在表皮还是肌肉，是骨折还是筋骨皆断，要秉公执法，就要根据伤情的不同状况来判决。

隋朝太医博士巢元方等人于大业六年（610年）撰写了一本名为《诸病源候论》的医学典籍。从该书记录的关于死因的认知来分析，当时的太医院对人类诸多种死因的判断已经相当全面了。

《诸病源候论卷之三十六·金疮诸病·金疮内漏候》云："凡金疮通内，血多内漏，若腹胀满，两胁胀，不能食者死。瘀血在内，腹胀，脉牢大者生，沉者死。"

就是说如果金属锐器制造的创伤贯通体腔，会造成腹腔内部大出血，进而造成死亡，这是关于锐器伤致死的翔实记录。

唐朝的《唐律疏议》对"法医检验结论掺假"是这样规定的："诸有诈病及死伤，受使检验不实者，各依所欺，减一等。若实病死及伤，不以实验者，以故入人人罪论。"

上面明确规定了，参与检验的人员在鉴定诈死、诈伤的案件时，倘若检验结论造假，就要受到刑罚，其刑罚的惩戒程度只比诈死、诈伤者低一等；倘若真的是病、伤、死的，检验结论掺假，就要按照故意加罪于人来处罚。

由此说明，在唐朝，法医检验已经传习开来，并列入刑律，唐代关于"法医检验结论掺假"的法律制度，也被后朝历代所沿用。

法医学在唐朝全面发展，而到了宋朝，相关的法医学制度就更加完善了。大家熟知的世界上第一部系统的关于检验制度的专著《洗冤集录》就是在这个时候诞生的。

该书详细记载了宋朝时关于检验尸体的法令、方法和一些需要注意的地方，另外书中还记载了各种尸体现象，以及尸体现象该如何判断，对诸如窒息死、中毒死、高温热死、棍棒等钝器伤、刀剑等锐器伤等等，都有着相当翔实的记录与分析。

到了南宋以后，《洗冤集录》便成了历代仵作学习法医检验的教材，并被宋、元、明、清各代定为刑事检验的准则。

另外，《洗冤集录》被翻译成多种文字，传到亚洲乃至世界各地，对世界法医学史都有着深远的影响。

第三回　理化检验篇

从字面意思上理解，理化检验就是对物体的物理特性和化学特性的分析。

古代理化检验与现代理化检验的区别，无外乎就是检验仪器的差异。从古至今，随着社会生产力的提高，人们对物体自身特性的了解也逐渐透彻，这也是人类文明进步的标志。

早在远古时期，人们制陶、冶金、酿酒、染色，其实都是理化检验的初级表现形式。当术士们在皇宫中、屋社中、深山老林中，为能求得长生不老之药或是荣华富贵，他们开始了最早的"理化实验"。

秦始皇统一中国后，为了寻求长生不老之法，不仅命徐福等人出海寻找长生不老药，还召集了一大帮方士不分昼夜地为他炼制丹药。

方士炼丹虽然以长生不老为目的，但也总结出了一些理化检验的规律。如炼丹鼻祖葛洪在《抱朴子》中写："丹砂烧之成水银，积变又还成丹砂。"他写的其实就是我们现代化学体系中研究的物质相互变化的规律，即物质间可以通过人工干预相互转化。

火药的发明，就与西汉时期的炼丹术密切相关。

古人炼丹的方法是把硫黄和硝石放在炼丹炉中，长时间用火炼制。在炼丹过程中，难免会出现着火和爆炸现象，经多次试验，人们终于找到了配制火药的方法。

除了中国的"方士"，还有国外的"炼金术士"，他们为了实现各种奇思妙想，开展了一次又一次的原始化学实验。为此，他们还发明了各种器具，如炼丹炉、蒸馏器、熔炉、加热杯，还有一些极为精细的过滤装置。他们根据当时的社会需要炼制出丹药，其中很多是现当代常用的酸、碱、盐。

最让人感到惊讶的是，春秋战国时代，著名的思想家惠施就提出："一尺之棰，日取其半，万世不竭。"意为：一尺之棰，我今天拿走一半，明天又拿走一半的一半，后天再接着拿走一半的一半的一半，如是"日取其半"，总会有一半剩下，所以这种取法，是取之不尽拿之不竭的。这句话体现的原理就是：物体可以无限被分割下去。

墨家学派的"科圣"墨子则说："非半弗斲则不动。说在端。"意为：倘若是不能分开的东西，使用什么方法都不能将其分开，那么这个东西便是"端"了。

两人分别从自身的角度提出了自己的观点，这就是原子论的雏形。

而我国古代还有一种有关物质构成的五行学说，学说把物体的构成分为金、木、水、火、土五类。战国时代五行学说得到长足发展，意义范围也随之扩大。

一种是五行相生说，即"金生水，水生木，木生火，火生土，土生金"，构成一个循环。

另一种是五行相克说，即"金克木，木克土，土克水，水克火，火克金"，如此也构成一个循环。

从"五行生克"演变而来的唯物哲学思想，至今仍是中国文化的重要组成部分，在古代中医学、天文学、数学等科学领域运用极其广泛，思想渗透到数千年后。尤其是与之融合的"天干""地支"学说，也影响颇广。

古代将物质的"理化特性"应用于破案的案例，于后世典籍之中也颇为常见。

如《北史·李惠传》中就有这样的记载："人有负盐负薪者，同释重担，息于树阴，二人将行，争一羊皮，各言藉背之物。惠遣争者出，顾州纲纪曰：'此羊皮拷知主乎？'群下以为戏言，咸无应者。惠令人置羊皮席上，以杖击之，见少盐屑，曰：'得其实矣。'使争者视之，负薪者乃服而就罪。"

意思如下：

有两人，一人背盐，一人背柴，他们同时放下东西，在树荫下休息。就在两人准备离开时，他俩因一块羊皮争吵起来，都称羊皮是自己的，于是报官。李惠听言让两人都出去，接着他对州里的主簿说："拷打这块羊皮，问问它的主人是谁？"属下都以为是他的戏言，没有人应答。李惠就让人将羊皮放到席子上，用木杖敲打，发现从羊皮上落下少量颗粒，经品尝系盐粒，他便说："找到真相了。"他让两个争执的人看，背柴的人当即服气认罪。

此案仅是其中一例而已，在古人的理化破案体系中，毒物检验往往最具代表性。

东汉思想家王充著有《论衡》一书，书中既有专门讨论毒物问题的篇章《言毒》，也有涉及毒物问题的《吉验》《雷虚》《道虚》《语增》《遭虎》《论死》《死伪》《订鬼》等篇章，举例如下。

《论衡·吉验》篇云："之毒螫之野，禽虫不能伤。"毒螫为蝮蛇、虎狼之类的猛兽毒虫，该篇对有毒动物做了明确定义。

《论衡·语增》篇云："魏公子无忌为长夜之饮，困毒而死。"这是用毒酒杀人的典型案例。春秋战国时期就已有使用鸩酒杀人的例子。

《论衡·死伪》篇云："高皇帝以赵王如意为似我而欲立之，吕后悉恨，后鸩杀赵王。"这也是用毒酒杀人的案例。

《论衡·遭虎》篇云："水中之毒，不及陵上；陵上之气，不入水中。各以所近，罹殃取祸。"所谓水中之毒、陵上之气，就是对毒物的地理分布及特征的描述。

该文献对汉代所见毒物通过认识、类型、机理等多个方面进行了科学的阐述，又描述了下毒和解毒的方法。可以说，《论衡》为我国古代毒物学奠定了基础。

有了这个基础，古人定不会放弃研究。而且古人制造出的许多失传之物，都超乎今人的想象，尤其是麻沸散和蒙汗药这两种难解"毒物"的配方，至今仍是个谜。

"麻沸散"一名出自《后汉书·方术列传》。有人认为麻沸散与蒙汗药是两种存在一定关联又有着不少差异的神秘之药：共同之处是，它们都可以让人昏迷不醒；区别在于，使用麻沸散是为了治病救人，而使用蒙汗药则是为了让人昏迷不醒，方便行不法之事。

还有人认为，麻沸散中有洋金花，其有毒成分是东莨菪碱，可使人狂浪放荡、暴躁、愉快、不知疼痛；至于蒙汗药，更多人认为它是一种麻醉药，成分是曼陀罗。

古代的毒物记载归结起来，可分为四种。

第一种是植物毒，如：断肠草、番木鳖、夹竹桃、毒箭木、曼陀罗、阿芙蓉①、花蘑菇等。

第二种是动物毒，如：鸩毒、豚毒、蛇毒、蟹毒、蛙毒、昆虫毒等。

第三种是矿物毒，如：鹤顶红、金刚石、汞、铅、砷等。

第四种是气体毒，如：木炭不完全燃烧时产生的气体（一氧化碳）、从地下冒出的毒气（天然气）、腐败霉菌气等。

《洗冤集录》中关于各类毒物检验有翔实的记载。卷之四中的《服毒》一篇这样介绍：

---

① 罂粟。亦可代指鸦片。

凡服毒死者，尸口眼多开，面紫黯或青色，唇紫黑，手、足指甲俱青黯，口、眼、耳、鼻间有血出。

甚者，遍身黑肿，面作青黑色，唇卷发疱，舌缩或裂拆，烂肿微出，唇亦烂肿或裂拆，指甲尖黑，喉、腹胀作黑色、生疱，身或青斑，眼突、口、鼻、眼内出紫黑血，须发浮不堪洗。未死前须吐出恶物，或泻下黑血，谷道肿突，或大肠穿出。

有空腹服毒，惟腹肚青胀，而唇、指甲不青者；亦有食饱后服毒，惟唇、指甲青而腹肚不青者；又有腹脏虚弱老病之人，略服毒而便死，腹肚、口唇、指甲并不青者，却须参以他证。

该篇详细说明了鼠蟒、草毒、砒霜、蛇虫等多种毒物的中毒症状，以及中毒后该如何检验和解救，并阐述了空腹服毒、体弱多病者服毒以及将毒药放入死者口中伪装成中毒等几种情况下的尸表区别。

既然古人对毒物早有了解，那么该如何检验毒物，当然也有他们自己的方法。

古装影视剧中比较泛滥的一种方法叫"银针试毒"。其实银针试毒在《洗冤集录》等多部历史古籍中均有记载，在古代断案中也常被使用。

然而即使用这种方法成功检验出毒物，其实也不过是瞎猫碰上死耗子。因生产技术落后，古代砒霜内含有硫和硫化物等杂质。硫或硫化物与银接触会发生化学反应，使银针的表面生成一层黑色的硫化银。

所以，使银针变黑的不是毒，而是硫和硫化物。把银针刺入鸡蛋，银针也会变黑。上文已述，古代毒物种类颇多，绝非只有砒霜一种，所以银针试毒只是一个笑话，切不可当真。

那么古人真正验毒的方法又有哪些呢？

在介绍之前，我们先来看看《山海经·西山经》中的一段话："有白石焉，其名曰礜，可以毒鼠。有草焉，其状如槁茇，其叶如葵而赤背，名曰无条，可以毒鼠。"

另外，唐代张鷟撰写的《朝野佥载》记载："又礜石可以害鼠……鼠中毒如醉，亦不识人，犹知取泥汁饮之，须臾平复。"

老鼠啃食粮食，破坏家具，还可以传播各类病菌，古人对付老鼠可谓煞费苦心，甚至研究出多种毒鼠药物，对老鼠中毒后的反应、死亡时间均做了相当详尽的记载。

因老鼠、兔子新陈代谢较快，食入毒物立刻就会产生反应，所以古人验毒时多用老鼠、兔子等小型哺乳动物。后来，古人发现金丝雀对毒物也十分敏感，只要沾染一点毒物便会马上死亡，宫廷中也有用金丝雀试毒的记录。

而在这些动物中，老鼠最易繁殖，所以老鼠就成了古人验毒的专用工具，甚至民间还有专门饲养老鼠的商客，他们会把那些没有携带疾病的"一代鼠"饲养出栏，贩卖给达官显贵，用于餐前试毒。

古人断案时，验毒的过程如何？

以某人中毒而死为例。

办案人员会先观察尸观，七窍流血、口吐白沫等都是中毒的典型症状，在心里有个大致判断后，办案人员便会以鼠验毒，证明死者确实是中毒而死，随后再寻找毒源，判断毒物种类。

因各类毒物的颜色、气味、状态均不相同，所以办案人员心里会有一个大致判断。古代生产力水平较低，无色无味的毒物极其稀少，且毒物的种类不到百种，仔细辨别就能发现各类毒物的不同之处。假如发现是动物毒，就要考虑是否有人能接触到此类动物，接着再根据线索进行查证。

综述

通过以上的介绍，大家已了解到，古人在刑事技术领域已涉及痕迹检验、法医学、理化检验的方方面面，甚至有些研究比现代人的研究还要透彻，所以希望大家在看完这篇科普文后，不要再觉得古人断案都是靠严刑逼供。

　　破案！老祖宗们真的是认真的！

九滴水

附录二

封诊式·穴盗

在大家读完《破案！老祖宗绝对是认真的！》这篇科普文后，为了让大家真真切切地感受到古人破案的细节，我还原了《封诊式》中的《穴盗》一案，这是一起挖洞入室盗窃案。通过本案，可以详细地了解两千多年前，古代犯罪现场勘查工作的方式方法。

【原文】

爰书：某里士五（伍）乙告曰："自宵臧（藏）乙復（复）结①衣一乙房内中，闭其户，乙独与妻丙晦卧堂上。今旦起启户取衣，人已穴房内，劈（彻）内中，结衣不得，不智（知）穴盗者可（何）人、人数，毋（无）它亡殿（也），来告。"即令令史某往诊，求其盗。令史某爰书：与乡□□隶臣某即乙、典丁诊乙房内。房内在其大内东，比大内，南乡（向）有户。内后有小堂，内中央有新穴，穴劈（彻）内中。穴下齐小堂，上高二尺三寸，下广二尺五寸，上

---

① 疑读为"裾"。裾衣，有长襟的衣服。

如猪窦状。其所以埱者类旁凿，迹广□寸大半寸。其穴壤在小堂上，直穴播壤，披（破）入内中。内中及穴中外壤上有郄（膝）、手迹，郄（膝）、手各六所。外壤秦綦履迹四所，袤尺二寸。其前稠綦袤四寸，其中央稀者五寸，其疃（踵）稠者三寸。其履迹类故履。内北有垣，垣高七尺，垣北即巷殿（也）。垣北去小堂北唇丈，垣东去内五步，其上有新小坏，坏直中外，类足距之之迹，皆不可为广袤。小堂下及垣外地坚，不可迹。不智（知）盗人数及之所。内中有竹招，招在内东北，东、北去辟各四尺，高一尺。乙曰："□结衣招中央。"讯乙、丙，皆言曰："乙以乃二月为此衣，五十尺，帛里，丝絮五斤[①]蘖（装），缪繒五尺缘及殿（纯）。不智（知）盗者可（何）人及蚤（早）莫（暮），毋（无）意殿（也）。"讯丁、乙伍人士五（伍）□，曰："见乙有结复（复）衣，缪缘及殿（纯），新殿（也）。不智（知）其里□可（何）物及亡状。"以此直（值）贾（价）。

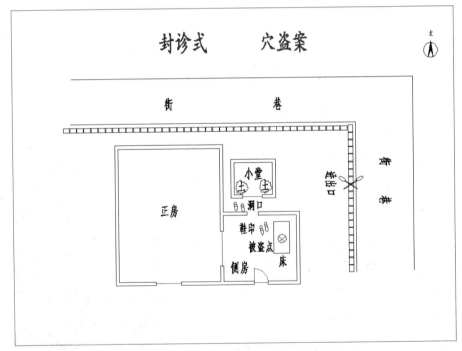

根据《封诊式·穴盗》绘制的案发现场示意图

---

① 唐代的 1 斤约合今 661 克。

【译文】

爱书：某里士伍乙报告："昨天晚上他把自己的一件棉裙衣放在自己家的侧房中，关好了门，他和妻丙晚上睡在正房，今天早上起床开门拿衣服时，发现有人在他家侧房的墙上挖了一个洞，裙衣丢失，不知道盗窃者是谁，也看不出来是几个人干的，他们家除了裙衣外，没有其他财物损失，因此前来报案。"

令史接到报案后，当即前往查看，搜捕盗窃者。

令史爱书：我和乡某、牢隶臣随乙及里典丁共同查看乙的侧房，他们家的侧房在正房的东边，与正房连着，朝南有一扇门，房内后方有个小堂，墙中央有一个新挖的洞，洞通进房内。洞底部与小堂地面平齐，上高二尺三寸，下宽二尺五寸，上面像猪圈形状。用来挖洞的工具像是宽刃的凿，凿的痕迹宽二（？）又三分之二寸。挖出的土堆在小堂上，旁边散落的泥土均指向洞，嫌疑人是从这个洞钻到房间里面的。房内以及洞里外土上存在膝印和手印，分别有六处。屋外土壤上有秦綦履留下的鞋印四处，长一尺二寸。鞋印前部花纹密，长四寸；中部花纹稀疏，长五寸；跟部花纹密，长三寸。鞋印看起来像是旧鞋留下的。

房间的北面有墙，高七尺，再往北面就是街巷。北墙距小堂的北部边缘一丈，东墙距房五步的地方，墙上有较小的新缺口，缺口向外，看起来很像是人在翻越院墙时留下的痕迹，没有办法测量其长、宽数值。另外，小堂和院墙外的地面都是硬土，没有办法留下痕迹。因为在路上发现不了其他痕迹，所以搞不清楚盗窃嫌疑人的数量及逃跑方向。

房间里有一张竹床，床在房的东北角，床东面、北面各距墙四尺，床高一尺。报案人乙说："把裙衣放在床中央了。"询问乙夫妻二人，两人都说："这件衣服是在本年二月新做的，用料五十尺，用帛做里，装了足足五斤棉絮，另外还用缪缯五尺做镶边。"

他们不知道盗窃者是谁，盗窃者何时盗窃的他们也不清楚，他们也没有怀疑对象。询问报案人的邻居，邻居伍某说："是曾见过报案人有一件棉裙衣，用缪缯镶边,是新衣服,但不清楚里子是什么做的,也不清楚衣服是如何丢失的。"根据邻居的供述,可以判断衣服的价值。

【案情分析】

从查案经过看,两千多年前侦办案件的流程,与当今办案的流程很是相似。

第一步,由报案人报案,接着叙述案发过程。

报案人士兵乙在案发前一晚将自己的一件棉裙衣放在侧房,关好门,和自己的老婆丙回到正房休息,早上醒来发现侧房的墙上有新挖的洞,棉裙衣丢失,经查,没有其他经济损失,于是报官处理。

第二步,办案人员在接案后,核实被盗物品,并估算物品价值。

根据物主交代,失窃的棉裙衣是同年二月新做的,用料五十尺,以帛做里,装了五斤棉絮,用缪缯五尺做镶边。为了能够精确估算涉案金额,办案人员询问了物主的邻居,邻居证实报案人的确有一件用缪缯镶边的棉裙衣,但不清楚里子的用料情况。如今在办理盗窃案时,立案也是以被盗物品的价值为衡量标准的,涉案物品都要在物价局进行估价,若达不到追诉价值(盗窃案立案标准一般是 500 元至 2000 元以上),嫌疑人就不会受到刑事处罚。本案中,询问证人物品价值这一步骤与之异曲同工。本案中失窃的衣物,根据当时的物价进行估算,差不多与当下的一件貂皮大衣价值相当,此物别说在古代,就是在现今,也是够立案追诉的。

第三步,办案人员到达犯罪现场,开始对现场进行实地勘查。

盗贼是挖开侧室北面的墙进行盗窃的,洞底部与小堂地面平齐。"堂"就是建筑的台基,它是高出地面的建筑物底座,又称座基。其主要作用为防潮、防腐,分为普通台基和须弥座两类,一般房屋用单层台基,隆重的殿堂用两层或三层台基。

盗贼用的是较宽的刀凿挖洞,挖出的土被堆放到小堂上,散落的土也都朝向侧房北墙,这从侧面证明报案人家的小堂与房屋距离不远。房中和洞里洞外的土上有膝印和手印,各六处,洞外散落的土还发现了四处秦綦履的鞋印。

报案人表示并不知道盗贼的人数，也没有怀疑对象。而从现场提取的鞋印长度一样，为一尺二寸，可判断为一人作案。分析鞋印的磨损特征可知，嫌疑人穿的是一双旧鞋。

秦朝在服制上是有严格的社会等级划分的，庶人不能穿丝制品做成的锦履，他们只能穿材质为麻的普通鞋。而锦履的鞋底花纹是有一定的规格的，所以分析鞋底花纹特征就能看出，行窃者非普通老百姓。

鞋印前部花纹密，长四寸；中部花纹稀，长五寸；鞋跟部花纹密，长三寸。

秦朝的一尺约等于现在的 23.1 厘米，换算下来，鞋印前掌长约 9.24 厘米，中部长约 11.55 厘米，后跟长约 6.93 厘米，相加可得全长约为 27.72 厘米，接近 28 厘米。

古人做鞋，均为手工衲底，鞋长与脚长相差不大，对照现在的鞋码尺寸，相当于欧码的 44 码，旧国码的 46 码，穿这个码号的鞋的脚，别说是在什么都吃不到的古代，就算放到现在，也算是超级大脚。而脚的大小又与身高成正比，那么盗贼绝对是一名彪形大汉。

另外，可以明确的是，嫌疑人是在夜间作案，挖洞入室，接着翻墙离开的。从描述不难看出，嫌疑人选择的作案轨迹是最短路线，说明他对现场比较熟悉。而嫌疑人挖洞的地方就在床的旁边，距离被盗物品不远，嫌疑人是如何知道报案人的衣服放在侧房的床上的？很显然，嫌疑人对报案人的家及报案人的生活规律了如指掌，那么本案定是熟人作案。

调查至此，办案人员已在现场提取到了膝印、手印、鞋印，又掌握了盗贼的鞋底花纹特征、鞋码特征、身份等级特征，另外根据鞋印步距，还可以估算出嫌疑人的身高。而这名嫌疑人又是报案人的熟人，现场勘查人员只要把报案人身边符合这些特征的人找出来，就基本可以锁定嫌犯，此案便可轻松告破。

看完这起案子的复盘，大家是不是觉得古人破案，好像跟现在影视剧里放的一点都不一样，甚至会觉得，两千多年前的破案程序，已经相当严谨。

那是自然！

我泱泱中华，上下五千年，是四大文明古国中唯一延续至今的国家，早在数千年前，我中华的法律制度及执法体系已傲然领先于全世界。如何增强民族自豪感？如何坚定文化自信？我认为，就是在历史长河中，重现我华夏文明之瑰宝，使之客观、完整地呈现在大众的视野之中。弘扬传统文化、传播法制文明，这既是对古代执法人员的尊敬，也是我作为现代执法者义不容辞的责任。

九滴水

图书在版编目（CIP）数据

大唐封诊录 / 九滴水著 . –– 长沙：湖南文艺出版社，2022.5
ISBN 978-7-5726-0393-8

Ⅰ.①大… Ⅱ.①九… Ⅲ.①长篇小说 – 中国 – 当代
Ⅳ.①I247.5

中国版本图书馆 CIP 数据核字（2021）第 197094 号

上架建议：畅销 · 小说

DATANG FENGZHEN LU
大唐封诊录

作　　者：九滴水
出 版 人：曾赛丰
责任编辑：匡杨乐
监　　制：毛闽峰
策划编辑：张园园
特约编辑：朱东冬
营销编辑：刘　珣　焦亚楠
封面设计：有点态度设计工作室
版式设计：梁秋晨
插图绘制：璎　珞
出　　版：湖南文艺出版社
　　　　　（长沙市雨花区东二环一段 508 号　邮编：410014）
网　　址：www.hnwy.net
印　　刷：三河市中晟雅豪印务有限公司
经　　销：新华书店
开　　本：680mm × 955mm　1/16
字　　数：350 千字
印　　张：23
版　　次：2022 年 5 月第 1 版
印　　次：2022 年 5 月第 1 次印刷
书　　号：ISBN 978-7-5726-0393-8
定　　价：52.80 元

若有质量问题，请致电质量监督电话：010-59096394
团购电话：010-59320018